U0037868

三生三世
步生蓮
壹·化繭
唐七
著

作者序

《三生三世步生蓮》並非我最近構思的故事，其實這本書在二〇一〇年便開坑了。那時候流行論壇ＢＢＳ，我有個自己的站子，許多讀者會來玩兒。

記得是在完成《華胥引》後，我在那站子上開啟了《步生蓮》，大綱搭建完畢，也連載了一萬多字。但一萬多字後，卻覺得寫不下去了，因為人物形象一直沒在我腦子裡真正立起來。

關於連宋和成玉的人設，我覺得自己一直沒有找對方向。

我寫書是那樣，若男女主角不夠立體真實，無法在我心中栩栩如生，令我信手拈來，那他們所承載的故事，我無法講述下去。我不是情節驅動的作者，而是人物驅動的作者。

就是這樣的原因，導致那時候寫作《步生蓮》，有些痛苦。我第一次遇到一個縱然已搭建好了大綱，卻完全講不下去的故事，掙扎了一段時間後，依然無果。我認為自己一輩子也講不了這個故事了，覺得和連宋，和成玉沒有緣分。考慮良久後，我擱置了它，轉而開始創作《三生三世枕上書》。

那時候如何能想到，七年之後，如同被一片濃霧籠住身形，使我始終不得見其真顏的連宋和成玉，竟會突然在我腦子裡清晰起來。那是二〇一七年，在我剛剛結束《四幕戲》這本書的創作之時。

那一年，生活的巨浪淹沒了我。那是我迄今為止的半生當中，最為辛苦的一年：一邊打著無窮無盡的維權官司，一邊承受著巨大的輿論風波，身心遭受雙重重壓，時常崩潰。人在最為絕望和痛苦的時刻，往往會去尋找宗教的安慰。那是我對宗教最感興趣的兩年。我渴望從宗教中尋到自己遭遇那些禍事的原因，從宗教中尋求平息痛苦的解脫之法。那兩年，我對宗教和人生，有很多感悟，也有很多疑問。

至今回憶起來，都很玄學，就是在那個時刻，《步生蓮》原本縹緲不清浮於表面的人物形象，在我腦中變得清晰了。我的痛苦讓我去親近宗教，讓我去崇拜、去想像一個理想中的神。然後連宋和成玉的形象在我腦海中突然變得那麼生動，就像是正確的時刻終於來臨，他們親手撕破了那片厚重霧靄，來到了我的身邊。我突然就明白了《步生蓮》的男女主角應該是什麼樣的。這本書的主題又應該是怎麼樣的。

這個被我遺忘了七年的故事，就這樣在我腦海中復甦了。有那麼多的衝動和靈感催促著我去完成這個故事。我重寫了大綱，重做了人設，重新開始了《步生蓮》的寫作。

這一次，這個故事的寫作很順利。

如今大家拿到《步生蓮》的前兩冊書，大概就能明白，這次的男女主角和之前三生世界的男女主角，不太一樣。《步生蓮》寫愛情，但也寫一個凡人和一個神的成長。凡人的成長是同這人世和解；神的成長，是太上忘情，大道至公。

每一本書，都有每一本書應該被寫出來的時間。我始終相信這一點。

十一年前的二〇一〇年，那不是正確的時間，彼時年少的我，也未曾真正領教關於成長的喜、怒、哀、樂、愛、惡、欲、癡。而若干年後，我終於成熟了許多。或許成熟後的我，才能同《步生蓮》有緣，才能同連宋和成玉有緣，才配講出《三生三世步生蓮》這個故事吧。我是這麼想的。

唐七

二〇二一年九月四日於成都

序章

鎖妖塔崩潰時鬧出毀天滅地的動靜，此時二十七天卻寂然無半分人聲，諸神嘆著氣一一離去，沒人注意到九重寶塔下還壓著瑤池的紅蓮仙子。

她是被疼醒的，睜眼時所見一片血紅，雙腿被縛魔石生生截斷，鎖妖塔黑色的斷垣就橫亙在她面前。冷月的幽光中，疼痛如綿密蛛絲一層繞著一層，將她裹得像個不能破繭的蛹。

尚未被諸神禁錮的妖氣似蛟龍游移在東天之上，將煙嵐化作茫茫血雨，在星河雲海間扯出一幅朱色的紅綢。

紅色的雨落在她臉上，帶著冰刺的冷意浸入肌理，冷汗大滴大滴自她額角滾落，乾啞的嗓子無法出聲。

疼痛，無休無止的疼痛。

她不知該求生還是求死，更不知該向誰求生向誰求死。疼痛逼得她不能移動分毫，連自我了斷都不能。

雨霧蒼茫，她想起自己為什麼會在這裡，她是來幫好友桑籍一起帶走他被困鎖妖塔的心上人。擅闖鎖妖塔是永除仙籍的大罪，她如何不知，只是寄望於自己素來無往不利的好運氣。

可再多的好運也有用盡的一日。

這一次，被救的人妥善離開，而運氣用盡的她不得不代替他們承受九重寶塔被冒犯的全部怒意。

寶塔崩潰之時，縛魔石自塔頂轟然墜下，快如隕星的巨石如利斧劈開她眼前三寸焦土，她只來得及說出「不要回頭」。

不要回頭。

被縛魔石隔斷的最後一眼裡，他正抱著懷中女子小心地閃過塵煙碎石。他聽了她的話，沒有回頭。

二十七天之上，望不見天宮的模樣。他們是否順利逃脫她全然不知，為了救他們，她搭進去一條命。她其實不曉得會是這樣的凶險，臨行前還告訴自己這是最後一次，只消他們逃出九重天，她便再不用為朋友情誼兩肋插刀，鬆快日子指日可待。

可誰想一語成讖，這果然是最後一次，最後最後一次。

一個神仙，卻死在鎖妖塔裡，就算是她，也覺得這未免跌份。攀著遍是血污的碎石想

要一點一點爬出廢墟，可每動一下，都像是千萬把鈍刀在身上反覆切割。

她看見自己的血自縛魔石下蜿蜒流出，直流入鏡面般的煩惱海，血跡蜿蜒之處，紅蓮花盞剎那怒放，一瞬間，二十七天遍地妖嬈的赤紅。

三千世界，不管是哪一處的紅蓮，人生的最後一次花開都是空前絕後的美態，何況她這四海八荒坐在花神最高位的花主。

她行將死去，占斷瑤天的萬里春色，只因是最後一場花開。

天邊散溢的妖氣忽凝成巨大人形，狠狠撞擊四極的地煞罩，發出可怕的低吼。破曉時分，正是逢魔之時。

她已不指望誰會回來救她，醒來時雖有一剎那那麼想過，可鎖妖塔崩潰，萬妖亂行，諸神將二十七天用地煞罩封印起來，明擺著九重天上無人能鎮壓得了這些被關了萬萬年、凝聚了巨大怨氣的妖物。

她其實已經認命。

她並非生而仙胎，而是靈物修煉成仙，原本便該除七情，戒六欲，即便此次還能僥倖得救，她心中所想，於她而言也是遙不可及，所以這樣也好。

這一生實沒有什麼好指望的了，爬不出鎖妖塔也沒什麼了，縱然日後會變成個笑話，反正她也聽不到了。

她正要安心地閉上眼，蒼茫雲海裡卻忽然傳來一陣低迴的笛音。笛音之下，齊聚東天的妖氣像一匹驀然被刀鋒刺中要害的困獸，歇斯底里地掙扎怒吼。而綿延纏繞她的劇痛也在一瞬間消逝，她只來得及睜開眼。

茫茫視線裡，不遠處的天之彼陡起滔天的巨浪，白浪後似乎盤旋著一條光華璀璨的銀色巨龍。

她想抬手揉揉眼睛，終歸沒有力氣。而浪頭一重高過一重，似千軍萬馬踏蹄而來，所過之處翻滾的妖氣幾乎是在瞬間散逸無蹤。雨幕褪去血色，星河間笛音低迴悠揚，二十七天重為淨土。

笛音之下出現如此盛景，四海八荒，她只識得一人。可那人此時應正身披鐵甲，征戰在魔族盤踞的南荒大地。

來不及想得太多，目光所及之處已出現一雙白底的錦鞋，雖是遍地血污，鞋子卻纖塵不染，男人冰冰涼涼的聲音響在她頭頂：「我不過離開幾日，妳就把自己搞得這樣狼狽。」

她費力抬頭，看著蹲在自己面前的白衣神君，蒼白的臉上浮出一個苦笑，可話已不能說得完整：「我只是以為，這次還會有……好運……」

煙嵐漸開，白色的日光穿過地煞罩灑遍二十七天每一個角落，她已看不清他的表情，只是感到他冰涼手指撫上自己臉側：「妳真以為，那些都是好運氣？」

他是第一次這樣同她說話。他從來不曾對她說過這樣的話。

也許是人之將死，許多不曾細想的事在心底一瞬通明。可笑她是個神仙，卻相信世間有什麼好運。

被壓在鎖妖塔下，最疼的時候，她也沒有流下淚來。她這一生從未哭過，不是堅強，只因紅蓮天生便無淚。紅蓮無淚，心傷泣血。一滴血自她眼角落下，滑過蒼白臉頰。

她太晚明白這一切，卻不知該如何回答，血珠凝成一顆紅玉，落在他手中。她張了張口，想盡力把那些話說得完整：「若有來生，三殿下……」

她握住他的手：「若有來生……」最後的時刻已至，遍地的紅蓮瞬間凋零，可那句話卻還未來得及說完整。她蒼白的手指自他手中滑落，緊閉的眼角還凝了一粒細小的血珠。

他低頭看著她，良久，將手中紅色的玉石放進她冰涼掌心，握緊：「若有來生，妳當如何呢？長依。」

煩惱海上碧波千尺，漂浮的優曇花次第盛開，白色的花盞在雨幕中飄搖。若有來生……可神仙又怎會有來生呢？

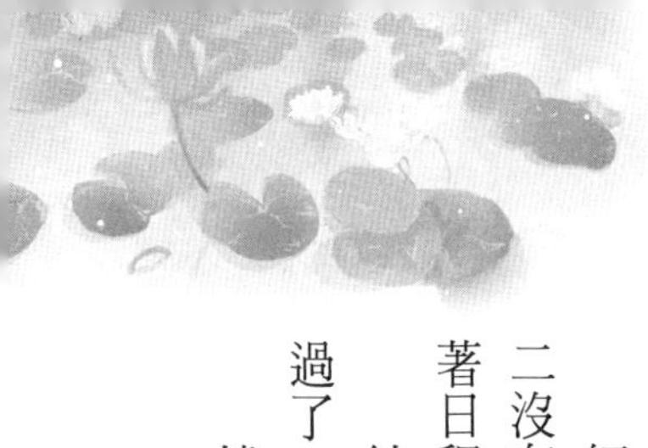

第一章

敬元四年的仲夏，靜安王府的紅玉郡主從麗川的挽櫻山莊回到了王都平安城。

因當朝太皇太后一道懿旨，將她許配給了某位剛打完勝仗的將軍，著她即刻歸京。

紅玉郡主成玉年幼失怙，六歲時她親爹靜安王爺戰死疆場，去了；她親娘靜安王妃從此一病不起，撐了半年，在她七歲上再撐不下去，跟著她爹也去了。從此偌大靜安王府，只留她一棵獨苗。

雙親早逝，紅玉郡主懂事也早，接到太皇太后旨意，並不似她的公主姐妹們一般，先要去打探打探駙馬合意不合意。倘若不合意，不得寵的公主便要哭一哭，再嫁；得寵的公主便要大哭一哭，還不嫁，還要將皇宮鬧得雞飛狗跳。

紅玉郡主成玉，她是個令人省心的郡主，她一沒有去打探傳說中的郡馬合不合她意，二沒有哭。她二話沒說端著個繡架就上了馬車，一邊心平氣和地給自己繡著嫁衣，一邊算著日程，一天不多一天不少回到了平安城。

結果進了城才被告知，說婚約已然取消，信使早已被派出王城，大約路上同他們錯過了。

據宮裡傳來的消息，說婚約取消，乃是因那被賜婚的將軍心心念念著北衛未滅，恥於安家，而將軍一腔捨小家為大家的愛國之情令太皇太后動容非常，便照著將軍的意思，將此事作罷了。

成玉的侍女梨響脾氣急，得知這個因由，火冒三丈：「北衛未滅恥於安家？毋庸說北衛近年兵強馬壯，數次交鋒，彼我兩朝都是各有得失，便是在北衛不濟的太宗時期，我們也不過只將大熙的戰旗插到了北衛的玉渡川！哼，他這擺明了是不想娶我們郡主找的託詞！」梨響含著熱淚嘆息，「郡主已將自己鎖在樓頂兩日兩夜，想必是不堪受辱，心傷得狠了，奴婢真是為郡主憂心。」

大總管朱槿面無表情地查驗手中的藥材：「不必擔心，送過去的一日三餐倒是都食盡了，夜裡還要拉鈴討要加餐。」

梨響熱淚更甚：「須知心傷也是極耗心力的一樁事，食得多，大抵是因郡主她心力耗得多，心力耗得多，大抵是因郡主她太過心傷，我可憐的郡主嗚嗚嗚嗚……」

朱槿停下來看了她好半晌，話中隱含不可思議：「妳這個邏輯，居然倒也說得通……」

梨響口中的樓頂，指的是紅玉郡主在王都的繡樓十花樓的樓頂。

十花樓此樓，乃京中第一高樓。

十層的高樓，比京郊國寺裡的九層佛塔還要高出一截，且日夜關門閉戶，也不知建來何為。年長日久，傳說就多了。

其中最出名的一則傳說，說「群芳之冠，冠在十花，奇卉與異草共藏，珍寶同美人並蓄」，傳得十花樓簡直是個人間天國。

人間天國不敢當，但說起奇花異草、珍寶美人，十花樓還真不少。

相傳紅玉郡主週歲上得了怪病，天下神醫莫之奈何，眼看小郡主要一命嗚呼，靜安王爺無奈之下求助國師。國師開的藥方子十七個字：「起高樓，集百花，嬌養郡主十五載，病劫可解。」靜安王爺得了方子，火急火燎從皇帝處求來旨意，三個月裡起了這十層高樓，集了百種花卉，這便是奇花異草的來處。

再說珍寶。當年靜安王爺尋遍大熙搜羅到的一百種花木裡，有兩株已修煉成形，皇帝的皇宮裡也尋不到這修煉成形的奇花異草，自然可算是無價珍寶。這兩株花妖，一株是棵梨樹，便是成玉的侍女梨響；另一株是棵槿花，便是十花樓內事外事一把抓的大總管朱槿。

最後說美人。雖然十花樓裡能算得上是個人的，只得紅玉郡主成玉一個。但紅玉郡主顏色之好，常令樓中花草自生羞愧，一美可比百美，因此十花樓中諸位都正兒八經地覺得，外頭傳說他們美人很多，那也不算妄言嘛。

一美可比百美的紅玉郡主在第三天的早晨頂著一雙青黑的熊貓眼，邁著虛浮的步子踏出了閨門，守在門外的梨響箭步迎上去，一邊心疼地關懷郡主的玉體，一邊忍不住痛罵：「那勞什子鬼將軍有眼無珠，沒有此等福分同郡主共結連理，那是他的損失，無論如何，心傷憔悴的都不該是郡主，郡主您要是為他氣傷了身子可怎麼了得！」

成玉卻並沒有理她這一茬，瞌睡著遞給她一只青色的包袱，打著呵欠：「送去錦繡坊，他們正是急用的時候。」

梨響將包袱皮打開一個小口，嚇了一跳：「這是您的嫁……」

成玉還在打呵欠，手捂著嘴，眼角還有淚：「我改了兩日，改成了十一公主的尺寸和她必然會喜歡的花樣。」看梨響一臉蒙圈，她忍著睏意解釋，「十一公主下月出嫁，她自己的針線活繡個喜帕都勉強，宮裡的針線她又一貫看不上，聽說是去了錦繡坊定嫁衣，指名要蘇繡娘，可蘇繡娘近日犯了眼疾，錦繡坊上下急得團團亂，」她伸手拍了拍梨響手中的包袱，眼中閃過一道精光，「他們要得急，我們正可以坐地起價，誆他個五百金不會有問題。」

梨響默然了：「這麼說……這幾日郡主您並不是在為被拒婚而傷心？」

成玉停住了呵欠，愣了一愣，立刻倚住門框扶著頭：「傷心，傷心啊，怎麼能不傷心，那位將軍，呃，那位……嗯……將軍……」

梨響淡然地提示：「將軍他姓連，連將軍。」

成玉卡了一下：「嗯，是啊，連將軍。」她說，「連將軍鐵血男兒啊，北衛不滅，誓不成家，志向恢宏，有格局，錯過了此等良人真是讓人抱憾終生。哎，是我沒有這個福氣。」說完她力求逼真地嘆息了一聲，嘆完卻沒忍住又打了個呵欠。

梨響感覺自己有點無話可說。

「這事兒真是提不得，」她家郡主卻已經機靈地為這個不合時宜的呵欠解了圍，「妳看，這傷心事，一提就讓我忍不住又想去抱憾片刻。」她居然還趁勢為自己想要睡個白日覺找了個絕佳的藉口，「妳中午就不用送膳食上來了，我睡醒，呃，我從這種憾恨中想通了會自己出來用糕點的。」

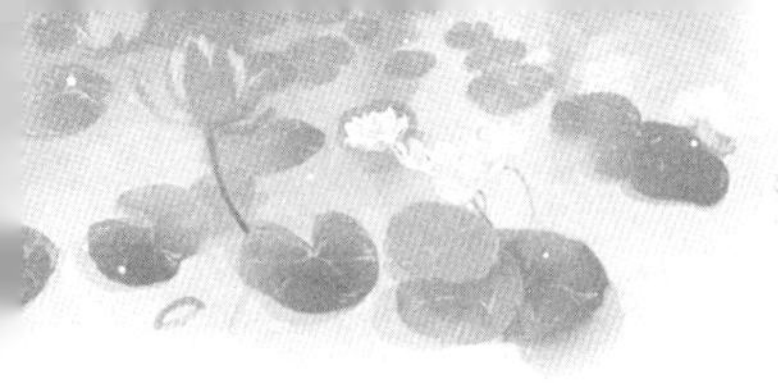

說著她一隻腳踏進了房中，似乎想了一想，又退了出來，強睜著一雙睏極的淚眼比出一根手指吩咐梨響：「方才那件事，不要讓我失望，五百金，絕不能低於這個數，懂嗎？」

梨響：「……」

梨響琢磨了好半天，午膳時虛心同朱槿求教：「郡主她這是傷心糊塗了還是壓根就不傷心呢？」

朱槿正埋頭在蘿蔔大骨湯裡挑香菜，聞言白了她一眼：「妳說呢？」

梨響撐著腮幫尋思：「看著像不傷心，她連連將軍姓什麼都沒搞明白，但明明回來的路上她那麼興高采烈地繡著嫁衣……」

朱槿繼續埋頭挑香菜：「不用和親去那蠻子北衛，嫁誰她都挺開心的。」大熙開朝兩百餘年，送去北衛和親的公主郡主足有半打，個個英年早逝，芳魂難歸。

思及此，梨響嘆了口氣，湊過去幫朱槿一起挑香菜：「可她自個兒又說了，錯過連將軍此等良人，可能要令她抱憾終生，我不知她這是隨口說說還是心裡真這麼想過，是以我琢磨著……」

朱槿一臉深沉地看向梨響：「是以宮裡若來人問起郡主的情形，妳只管形容得越淒涼越好，太皇太后還算心疼郡主，令太皇太后有所愧疚，總少一分將來送她去蠻族的風險……爪子拿開，那不是香菜，那是蔥，蔥我是很愛吃的。」

每到月底，成玉就會覺得自己是個十分悲慘的郡主，因朱槿發給她的月例銀子總是難以支撐她到每月最後一日。從前爹娘俱在時，她自然是個衣食無憂的郡主，直至雙親仙逝，成玉依稀回憶，她也過過挺長一段不愁銀子的好日子。

壞就壞在她手上銀子一多，就容易被騙，常被誆去花大錢買些令朱槿大發雷霆的玩意兒。

譬如十二歲那年，她花了五千銀子興高采烈地牽回來一匹獨角馬。可走到半路，馬頭上的獨角被路旁的灌木勾了一勾，居然就這麼被勾掉了。

再譬如十三歲那年，她花了七千銀子買了一粒傳說中佛祖蓮台上的千年蓮子。結果次日蓮子就在她書案上發了芽，梨響將發芽的蓮子移到盆裡，她激動地守候了兩個月，兩個月後盆裡居然長出了一盆落花生。

其他零零碎碎她被誆騙的事件更是不一而足，有一陣子朱槿一看到她，敲算盤的手就不能自控地發抖。

後來，就沒有後來了，朱槿覺得總是被她這麼折磨也不是個辦法，就沒收了她的財權。

因而，在十三歲的尾巴上，成玉便開始極慎重地思考賺錢這樁事了，鑽研了兩個月，發現最好賺的錢是她那些公主姐妹們的錢，從此奮發圖強。

功夫不負有心人，一年之後，憑借過人的天賦，紅玉郡主在刺繡一途和仿人筆跡代寫課業一途上的造詣都變得極為高深，成為王都第一成衣坊錦繡坊、以及王都第一代寫課業的非法組織萬言齋的得力幹將。

自成玉體味到生活的辛酸，不再被人誆銀子後，她誆人銀子的本事倒是見長。

次日午後，梨響果然從錦繡坊拎回來五百金，光華閃閃地擺到她面前。成玉開開心心地從一數到五百，再從五百數到一，掏出隨身錢袋子裝滿，又將剩下的放進一個破木頭盒子裡裝好塞到床底下，還拿兩塊破毯子蓋了蓋。

將錢藏好後，成玉麻利地換了身少年公子的打扮，冷靜地拿個麻袋籠了桌上的那盆姚黃，高高興興地拎著就出了門。

今日朱槿要去二十幾個鋪子看帳目，梨響又在方才被她支去了城西最偏遠的那家糕點鋪買糕點，她溜出十花樓溜得十二萬分順暢。

到得琳琅閣時正碰上徐媽媽領著個美嬌娘並兩個美婢送個青年公子出樓，那公子同那嬌娘你儂我儂、難捨難分得全然顧不上旁人，徐媽媽卻是一雙火眼金睛立時認出站在一棵老柳樹下的成玉來。

認出她來的徐媽媽一張老臉既驚且喜，不待眾人反應，已然腳下生清風地飄到了她跟前，一邊玉小公子長玉小公子短地熱絡招呼她，一邊生怕她半道改主意掉頭跑了似地牢牢挽住了她的胳膊，將她架進了樓中。

成玉隱約聽到身後的青年公子倒抽了口涼氣問他身旁的美嬌娘，語聲頗為激動：「他、他他他他便是傳說中的玉小公子？」

成玉一邊跟著徐媽媽進得樓裡，一邊不無感慨地回憶起她過去用銀子在這塊風月煙花地裡頭砸出來的傳奇。

玉小公子在王都的青樓楚館裡是個傳說，提起玉小公子的名號，但凡有幾分見識的煙花客們差不多都曉得。

當年她年方十二，便拿九千銀子砸下了琳琅閣花魁花非霧的第一夜，這個數前無古人估計也將後無來者。而在她砸下這個數之前，多年來整個平安城煙花界花魁初夜的價格，一直穩定地維持在五百兩銀。

玉小公子一砸成名，雖然她逛青樓不比其他的紈褲公子們逛得頻繁，但玉小公子她次次出手闊綽，隨意打賞個上糕點的小婢子都是七八兩銀，當得上旁的客人們叫姑娘的夜度資了，她就是這樣一個令人喜愛的敗家子。

徐媽媽只恨手底下沒一個中用的姑娘能套上她讓她天天上琳琅閣燒銀子，每每午夜夢迴念及此事，就不禁要一口老血翻上心頭，恨不得自己晚生四十年好親自下場。

同徐媽媽敘完舊，又擋了幾個聽聞她的敗家子之名而頗為仰慕的毛遂自薦的小娘，成玉熟門熟路上了二樓，拐進了花非霧房中。

花非霧的兩個小丫鬟守在外間。

成玉抬眼向小丫鬟：「徐媽媽不是派人來打過招呼了？怎不見妳家姑娘出來相迎？」

兩個小丫鬟囁囁嚅嚅：「姑、姑娘她……」

倒是四方桌上那盆開得正好的夜落金錢接口道：「芍藥她壓根不曉得花主您來了，方才這兩個小丫頭進去稟報，剛走到門邊就被她拿個硯台給打了出來，芍藥她近來心情不太好。」

成玉將兩個囁嚅的小丫鬟打發了出去，揭開姚黃身上的麻袋將它也安置到四方桌上，給自己倒了杯涼茶，搬開條凳坐下來喝著茶同夜落金錢八卦：「哎我說，她這是又看上誰求而不得了？」

夜落金錢倜儻地一抖滿身的綠葉子：「花主英明。」

花非霧是株芍藥，同朱槿梨響一般是個能化形的花妖，四年前進了王都，想在人間尋個真愛。結果找了個凡人一打聽，聽說在凡界，一個女子能光明正大接見許多男子的地兒就數青樓了。

花非霧是個深山老林裡頭出來的妖，彼時也不曉得青樓是個什麼地方，在路上問了個賣菜的，賣菜的上上下下打量了她足有二十遍，給她指了琳琅閣。她跑去一看，只覺得裡頭花花姑娘挺多，個個都還算漂亮，這個地兒同自己也算相得益彰，就誤打誤撞地以三十兩銀子把自個兒給賣進去了。

花非霧進了這王都的頭等青樓琳琅閣，想著自己也算是有個安身立命所了。他們山裡頭初來乍到安頓下來都講究一個拜山頭，花非霧覺著可能城裡頭也講究，花了大力氣不曉得打哪兒打聽出來，說京城花木界都由城北那座十層高的十花樓罩著，興沖沖地尋著一個月黑風高夜，就拎著自己的三十兩銀子賣身錢跑去十花樓拜山頭去了。

彼時十花樓的花中帝王姚黃正好從為救成玉的十年長眠中醒過來，花非霧傻成這樣令姚黃簡直嘆為觀止，不知哪根筋搭錯了竟瞧上了她，請成玉有空把這鄉下來的傻姑娘從琳琅閣裡頭贖出來。

但可能姚黃剛睡醒，腦子不大清醒，將這事拜託給了時年只得十二歲的成玉。

十二歲的成玉其時對青樓的唯一瞭解，是那約莫是個不招待女客的地兒。好在她一向愛騎馬射箭蹴鞠，梨響為行她的方便，平日裡給她備了許多公子裝。她隨意挑了一身套上就去了。入了琳琅閣，見此地香風飄飄張燈結綵地似乎在辦什麼盛事，好奇心起，隨手要了個包廂，打算瞧完熱鬧再去幫姚黃贖人。

結果剛喝了半盞茶，舞樂飄飄中就見花非霧一身紅衣登上了下面的高台，跳完一支舞，圍觀的眾人就開始熱火朝天地喊價，不一會兒已經從一百兩銀子喊到了三百五十兩銀子。

成玉心想，哦，原來青樓裡頭贖人是這麼個贖法。

彼時成玉還是個沒有被朱槿切斷財權的敗家子，這個敗家子買匹頭頂上黏了根擀麵杖的老馬也能花五千銀子。她覺得花非霧是個美麗的花妖，她還是個被十花樓的花中帝王姚黃看上的美麗花妖，怎麼能才值三百五十兩銀子呢？

她就一口氣將競價喊到了七千，整整比前頭的出價高了二十倍。

七千銀子方一出口，台上台下一片死寂，眾人的目光齊刷刷直射向她，成玉一臉蒙圈，半晌，不太確定地問大家：「那、那就八千？」

花非霧其實對銀子這個東西沒有太大的概念，只是見成玉比出個八千後，眾人更加沉默，盯著成玉的目光也更加灼灼，花非霧感覺她應該說點什麼為成玉解解圍，就仰起頭拉家常似地問她：「妳一共帶了多少銀子來啊？」

成玉掏出銀票來數了數，回答她：「九千。」

花非霧就點了點頭：「嗯，那就九千銀子成交吧，呵呵。」

成玉就這麼稀里糊塗地交了銀子買了花非霧的第一夜。

九千銀子一砸成名，琳琅閣也因這九千銀子的風光，立時超越了多年來同它相持不下並列第一的夢仙樓，成為平安城唯一的第一青樓。鴇母徐媽媽多年夙願一朝實現，歡喜得當場就暈了過去。

徐媽媽暈過去的那四個時辰裡，成玉終於搞明白了她九千銀子只是買了花非霧的一夜，而非她整個人。因她一向是個敗家子，也並不覺得肉疼，心中反而有幾分欣慰，只覺她十花樓的花中帝王姚黃看上的妖，就該是這麼的名貴。

再一問要將花非霧贖出去需多少銀子，暈了一整夜方才醒過來的徐媽媽一看打聽此事的是她這個冤大頭，心一橫就開了十萬銀子。成玉感慨地覺得這個價格定得十分合適，但恕她沒有這麼多銀子，用了個早飯就回去了。

事情沒有辦成功，見著姚黃時成玉也並沒有心虛，問心無愧地同他解釋：「你眼光太好，看上的妖精太過名貴，我就買了她一夜，和她一起涮了個羊肉火鍋，沒有錢再繼續買她第二夜。」

姚黃百思不得其解：「傻成那樣了還能名貴？她自己把自己賣進青樓也就賣了三十兩。」

成玉就嘆息了一聲：「自從她被你看上，就一下子變得好名貴了，」比出八根手指，「如今已經九千銀子一夜了，為了買她，我連涮火鍋的錢都沒有了。」

此話被正從田莊裡回來的朱槿和梨響聽到，梨響當場瞧見朱槿的手都被氣抖了。

此後成玉被朱槿在十花樓裡整整關了十天。

這便是成玉同花非霧，花非霧同姚黃的孽緣了。

第二章

世間雖有千萬種花木，大抵卻只分四類：花神，花仙，花妖，和花木中不能化形者。世間花木皆有知有覺，然能仰接天地靈運而清修化形者，卻實乃少數，要嘛是根骨好，打長出來便是一族之長；要嘛是生的地兒不錯，靈氣匯盛隨便修修就能修成個漂亮妖精。

十花樓的百種花木屬前者。成玉她爹當年確是費了心血，將花中百族之長都羅致進了十花樓，才保得成玉她安然度過命中的病劫。須知若非為了成玉，這百種花木十來年前便皆當化形，十花樓如今也不至於只得朱槿梨響兩位坐鎮。

而從深山老林裡頭跑出來的花非霧，則堪當後者的代表。

花非霧老家的那座山，它不是座一般的山，乃是四海八荒神仙世界中靈靄重重的織越仙山。司掌三千大千世界百億河山的滄夷神君便棲在那一處。

花非霧長在滄夷神君後花園的一個亭子邊兒上，神君愛在亭中飲茶，沒喝完的冷茶都灌給了她。神君不知道拿茶水澆花是大忌，花非霧也是命大，非但沒被神君一盅茶一盅茶地給澆死，反而莫名其妙地，有一天，突然就化形為妖了。

成玉對此非常好奇，問花非霧：「妳既是在神仙的府地化形，那化形後不該化成個花仙或者花神的嗎？怎麼妳就化成了個妖呢？」

花非霧神神叨叨地同她解釋：「因為花主既逝，萬花為妖，這世間早已無花神。」

成玉說：「我沒有聽懂。」

花非霧不好意思承認這句話她自己其實也不是很懂，揉了揉鼻子：「不懂也沒有什麼，只是大家都這麼說。」

怕成玉追問，花非霧轉移話題問成玉：「為什麼這裡的花都叫妳花主呢？四海八荒中也曾有一位花主，她是紅蓮所修，花神中的尊者，被奉為萬花之主，」攤了攤手，「就是後來不知怎的仙逝了，但她仙逝之前，據說世間只有她有資格被稱為花主。」

彼時成玉只有十三歲，十三歲的成玉並不是很在意花非霧口中那位神仙的死活，她也不在意自己是不是和神仙撞了稱呼。她最近剛被朱槿收了財權，正全心全意擔憂著自己未來的錢途，根本沒有心思想別的。

她回答花非霧：「他們叫我花主，因為我是十花樓的老大，但我其實並不是十花樓真正的老大，我沒有錢，朱槿才是我們真正的老大。」

花非霧有些吃驚，問她：「那今天妳來找我的錢是從哪裡來的？」

成玉遙望天邊，淡然地回答她：「賭場裡贏的。」

被匆匆趕來尋人的朱槿一耳朵聽到，押回十花樓又關了十天禁閉。

花非霧想在凡界尋個真心人，於琳琅閣這等銷金窟中浮沉一年餘，方領悟到從遊戲人間的紈褲公子裡頭，其實並不能尋出個合心合意的真心人來。

揣著這個領悟，花非霧總算聰明了一回，深覺要實現自己這一腔夙願，她須得另謀出路。

但她對凡界之事不大熟，思量許久，最後求了她唯一熟識且有個好交情的凡人——十四歲的成玉——當她的參謀。

大熙朝養了女兒的富足人家，但凡家中長輩穩妥細緻一些，待孩子長到十三四便要籌謀著替孩子相看親事了。花非霧請成玉，乃是想著成玉她正處在談婚論嫁的年紀上頭，理應對凡界的風月事有一些研究，當得起她的參謀。

然成玉她打小沒了老子娘，朱槿梨響兩個花妖將她拉扯長大，也不是依著養出位賢淑郡主的禮度，乃是以她的活潑康健為重。且為了強健她的身子骨，朱槿還默許她頂著玉小公子的名頭長年混跡在平安城的市井裡，同一些意氣飛揚的活潑少年們射箭摔跤蹴鞠，養得成玉的性子其實偏男孩子氣一些。

紅玉郡主成玉，長到平安城裡別的少女們已開始偷偷肖想未來郎君的花樣年紀，她生命裡的頭一等大事是如何多賺錢，第二等大事是如何在下次的蹴鞠賽上再往風流眼裡頭多踢進去幾個球。

因此，當花非霧風塵僕僕地找來十花樓，要同她商量自己的風月大事時，剛替萬言齋抄完好幾篇代筆作業還沒來得及將抄書小本兒藏起來的成玉，整個人都是蒙圈的。

但她有義氣，忖度這事應當不是很難，送走花非霧後便閉門專攻起講神仙精怪同凡人結緣的話本子來，攻了幾日，自以為很懂，隔天便登門去了琳琅閣。

成玉同花非霧薦的頭一個法子，是「白娘子永鎮雷鋒塔」裡借傘還傘的法子。

說許宣當年在沈公井巷口小茶坊的屋簷底下，借給了白娘子一把傘，次日許宣到白娘子的家中討傘，這一借一討，恩就有了，情就生了，才得以成就一部《白娘子傳》。

她讓花非霧不妨也趁著天降大雨時，多帶把傘去城北的小渡口候著。見著從渡船上下來沒有帶傘的俊俏公子，便以傘相借，保不準便能套住個倒霉催的跟她成就一段奇緣。

從深山裡頭跑出來沒怎麼見過世面也沒讀過兩篇書的花非霧當即對這個法子驚為天人，連第二個法子也來不及聽，便高高興興備傘去了。

天公作美。

次日便是個雨天。

成玉被花非霧從十花樓裡提出來一路提到城北小渡口站定時，她還在打瞌睡。

小渡口旁有個木亭子，兩人在亭中私話。花非霧指著兩只蓋著油布的大竹筐子忐忑地問成玉：「這傘我帶了二十把來，花主妳覺得夠不夠？」

成玉有點蒙，道：「啊？」

花非霧搓著手道：「這個事我是這麼打算的，萬一今日這一船下來的公子們個個都是青年才俊，我個個都挺瞧得上的，那一兩把傘必然是不夠的，帶個二十把才勉強算穩妥。」

成玉就蹲下來翻了翻筐子裡的傘，問花非霧：「我們要將這兩筐子傘抬到渡口去，然後我守著這兩個竹筐站妳邊兒上，妳看上誰我就遞一把給誰是嗎？」她誠心誠意地勸花非霧，「這可能有點像我們兩個是賣傘的。」勸到此處突然靈機一動，「今日這個天，賣傘很好啊，我們……」

花非霧趕緊打住她：「要嘛花主妳就在這兒先守著這兩個筐子吧，我先拿幾把去前頭探探路，倘這一船客人貨色好，我再回來取剩下的，若是不如何，想三四把傘也盡夠我送了。」

成玉瞪著眼前的兩個竹筐子應得飛快。

花非霧走出亭子才反應過來，趕緊退回來囑咐成玉：「花主妳同我發誓妳不會把我留下來的傘給賣了。」

成玉拿腳在地上畫圈圈：「好吧，」抬頭怯生生看了她一眼，「那……妳說低於什麼價不能賣？」

花非霧咬住後槽牙：「什麼價都不能賣！」

小木亭坐落偏僻，前頭又有兩棵樹擋著，沒幾個人尋到此處避雨。

成玉守著兩筐子雨傘守得直打瞌睡，迷糊間聽到個男子的聲音落在她頭頂：「這傘如何賣？」

她嚇了一跳，半睜開眼睛，看到一雙半濕的白底雲紋靴，再往上一些，看到半濕的素白錦袍的一個袍角。成玉雖然腦子還不大清醒，卻本能記得花非霧臨走時囑咐過她什麼，因此含糊著小聲回答來人：「哦，不賣的。」

亭外風雨聲一片，急促的風雨聲中，那人淡聲道：「我誠心想買，小兄弟開個價。」

成玉揉著眼睛為難道：「沒有價的。」

「是嗎？這許多傘，卻沒有一把能夠論價？這倒挺有趣。」那聲音裡含上了一點興味，像是果真覺得這事有意思。

成玉心想不想賣就不賣嘛，這又有什麼有意思，她正好揉完眼睛，就抬頭看了那人一眼。

男子的目光也正好遞過來，二人的目光在半空交會。成玉愣了愣，男子垂頭繼續翻了把傘，那手指瑩白修長，光潔如玉，男子隨意道：「如此大雨，小兄弟賣我一把，算做好事行我個方便了，成嗎？」

成玉沒有答他，她在發愣。

要說賞鑑美人的造詣，大熙朝裡玉小公子排第二沒人敢擔第一。連後宮儲了三千佳麗的先皇帝，在這上頭的造詣也及不上自小長在十花樓、稍大些又常跑去琳琅閣混臉熟的玉小公子之萬一。

成玉在賞鑑美人上的過人天賦，乃是在美人堆裡日日浸染而成。她有個只有花木們才知曉的秘密：她天生見著花期中的植物，都是妖嬈美女或者俊俏公子，無關那花木是能化形還是不能化形。

譬如未化形的姚黃，不開花時成玉見著他是個不開花的牡丹該有的樣子，一旦開花，她所見的便再不是姚黃的本體，而是個俊俏青年鎮日坐在她的書桌上頭睥睨她的香閨。起初她感到壓力很大，後來姚黃一開花她就把他搬去隔壁朱槿房中，從此每個夜晚都能聽見他倆秉燭夜談，兩個花妖還涉獵很廣，又愛學習，她作夢都能聽見姚黃秉燭跟朱槿論證勾股定理，真是不堪回首的回憶……

因是如此這般長大，成玉在「色」字上的定力可謂十足，瞧著個陌生人的臉發愣，這種事她打生下來到如今還從未遇到過。這讓她覺得稀奇，沒忍住盯著面前的青年又多看了兩眼。

她注意到青年的頭髮和衣衫皆被雨淋得半濕，卻絲毫不顯狼狽。照理說他在雨中行走了有一會兒，衣袍鞋邊總要沾些泥濘污漬才對，但他白衣白鞋卻纖塵不染。

青年留意到了成玉直勾勾的目光，從頭到腳打量了她一遍，突然笑了一下，那笑未到眼底，因此顯得有些冷，可這含著涼意的一個笑，卻又意態風流。成玉獵美眾多，也沒見過一個人身上能有如此矛盾的氣質。

靜寂的風雨聲中，青年微微挑眉：「妳是個姑娘。」

女扮男裝從沒失過手的成玉腦子裡立刻轟了一聲，但她並沒有注意到青年在說什麼。她全副身心都投放到了青年的面容上：那一挑眉使他整張臉在冷然中透出生動來，是絕頂的美色。

成玉有點兒被迷得恍恍惚惚，但恍惚間她還沒忘記為自己的閨中好友花非霧做打算，她就是這樣一個閨密中的典範。

她腦子飛快地轉，心想這貿然入亭的青年，他此等皮相，簡直可以上打動皇天下打動后土，花非霧絕無可能看不上，但因緣際會，花非霧她此時不在此地，少不得就需要她來替花非霧作一回主了。

青年再次開口：「姑娘，這傘，」話還沒說完，便被遞到眼前的一把紫竹傘打斷，成玉盯著他目光灼灼：「這傘賣是不能賣的，但借給公子你一把卻是可以的，改天你記得還去琳琅閣啊。」補了一句，「找花非霧。」

青年接過傘，垂頭把玩了片刻：「琳琅閣，花非霧？」

成玉點頭，目光仍不捨得從青年臉上移開。青年就又看了她一眼，是沒有溫度的目光，但眼瞳深處卻浮出了一點興味，故而停留在她面上的那一眼略有些長，令成玉注意到了他的瞳仁竟是偏深的琥珀色。

「我沒記錯的話，琳琅閣是座青樓。姑娘看上去，卻是位正經人家的小姐。」青年道。他這意思是問她為何要將傘還去琳琅閣。這說來話就很長了，也著實是懶得解釋的一件事，因此成玉非常隨意地給自己找了個藉口：「也沒有什麼了，只是我經常去琳琅閣找樂子罷了。」

青年看著她，目光自她雙眼往下移到了她的下巴，定了定，又往下移了幾寸：「找樂子。」青年笑了笑，「妳知道青樓是什麼地方嗎？」

這個成玉當然是很懂的，不假思索道：「尋歡作樂的地方嘛。」

青年的表情有些高深：「所以妳一個姑娘，到底如何去青樓尋歡作樂？」

成玉立刻卡殼了，她能去青樓尋什麼歡作什麼樂？不過就是花銀子找花非霧涮火鍋罷了，但這個怎麼說得出口。

她囁嚅了老半天，含糊地回青年：「喝喝酒什麼的吧……」含糊完終於想起來她應承這白衣青年其實全為了同花非霧作媒，說那麼多自己的事做什麼，因此立刻聰明地將話題轉到了花非霧身上，還有邏輯地接上了她是個青樓常客這個設定，鄭重地同青年道，「所以你可以相信，我同琳琅閣的花魁娘子花非霧是很相熟的。」

青年道：「哦。」

哦是什麼意思，成玉一時沒搞清楚，但她察言觀色，感覺青年至少看上去並不像是討厭她繼續往下說的樣子，她就放飛了自己，在心裡為她將要胡說八道這事兒向滿天神佛告了個罪，雙手輕輕一拍合在了胸前：「為何這傘要還花非霧呢？因這傘其實不是我的，是花非霧的。花非霧她吧，人長得美就罷了，偏還生得一副菩薩心腸，常趁著下雨天來這個渡口給淋雨的人造福祉，這就是這個傘不賣的緣由了。」

她胡說八道得自己都很動情，也很相信，她還適時地給白衣青年提了個建議：「花非霧她性情嫻雅柔順，兼之擅歌擅舞，公子去還傘時若有閒暇，也正可賞鑑賞鑑她的清音妙舞，據說左尚書家的二公子曾聽過她一曲清歌，三月不知肉味，林小侯爺看了她一支劍舞，便遣散了一府的舞姬。」

她編得自個兒挺高興的，還覺得自己有文采，她這是用了一個排比來吹捧花非霧啊！可高興完了她才想起來壞了，她記錯了，能跳劍舞的不是花非霧，花非霧除了長得好看嗓子不錯其他簡直一無是處，劍舞跳得名滿王都那個是花非霧的死對頭。

她又趕緊替花非霧找補：「不過最近非霧她腳扭了，大約看不成她跳舞了，可惜可惜。」她一邊嘆著可惜一邊偷偷去瞧那白衣青年，心中覺得自己這樣賣力，便是個棒槌也該動心了，她預想青年面上應該有一點神往之色。

但青年垂頭看著手中的傘，並沒有什麼太大的反應，她也看不清他臉上有什麼表情。半晌只聽到青年問她：「那姑娘妳叫什麼名字？」

成玉蒙了：「哈？」

青年將手中的傘展開了，傘被展開時發出啪的一聲，他的臉被擋在傘後。

青年握住傘柄將傘撐起來的動作不算慢，但成玉卻捕捉到了那一整套動作，和隨著那套動作在傘緣下先露出的弧度冷峻的下頦，接著是嘴唇和鼻樑，最後是那雙琥珀色的意味不明的眼睛。

青年在傘下低聲重複：「我是問，姑娘妳叫什麼名字？」

成玉反應了好一會兒，咳了一聲：「啊我，」她說，「我就是花非霧行好事時偶爾帶出來幫襯的一個好人罷了，名字其實不足掛齒。」

青年笑了笑，也沒有再問，只道了聲謝，並允諾次日定將傘還去琳琅閣，便抬步走進了雨中。

連宋撐著借來的傘回到景山別院時，常在別院中伺候的小丫頭們已將一色亭中的湯泉收拾妥貼。大丫頭天步疾行過來接過他手中的傘，一面替他撐著，一面請他的示下，是先喝盅熱酒暖身還是先去湯泉中泡泡。

雨勢已小，一院梨花含著水色，氤氳在微雨中，白衣青年遠目微雨梨花：「將酒送至湯泉，這傘，」頓了頓，「明日著個小廝送去琳琅閣。」

大熙朝的官場裡有兩位奇人，一位是深受皇帝寵幸卻一心只想回老家開個糕點鋪的當朝國師，一位是明明位列武將之首卻比全國朝的探花們加起來都還要風雅好看的當朝大將軍。

一輩子就想開個糕點鋪的這位國師叫粟及，便是成玉的救命恩人。而那位又風雅又好看的當朝大將軍，便是成玉感覺很可以同花非霧結成佳偶的白衣公子——連宋連將軍。

連宋出身侯府，是老忠勇侯的第三個兒子，十四五跟著他父親征戰沙場，屢立奇功，二十五拜為大將軍賜大將軍府，乃是本朝開朝以來最年輕的一品大將軍。

眼睛一向在天上的國師粟及平生只讚過一人，便是同他齊名的連大將軍，說連三勇毅，破得強敵，立得國威；連三雅致，弄得丹青，奏得玉笛；連三他有神仙臨世之姿。

粟及頗有幾分仙根，已修得半身正果，因而他誇連三的一席話世人雖聽著感覺這是一種誇張手法，但他和連三兩個人卻都明白，他沒有誇張，連大將軍連三，他確然是神仙臨世。

大千世界有數十億凡世，大熙朝僅為其中之一，上天在這數十億凡世中化育的皆為凡人，天生天養，壽有盡時。但凡世之外卻有四海八荒神仙世界，在四海八荒神仙世界裡頭，九重天上天君的第三子三殿下連宋君領著四海水君之職，掌領東西南北四海的水域，乃是八荒至高的水神。

八荒至高的水神連宋君他離開四海來到這一處凡世，乃是因為另一位神祇，便是四十四年前死在九重天第二十七天鎖妖塔下的花神長依。

泡在湯泉中時，連宋瞧著一院子帶雨的梨花出神。

自長依死後，世間的花木似乎都失了一些顏色。從前長依在時，這凡間的梨花帶雨，總讓人能品出佳人含愁淚眼瀆瀆的情致，倒也有惹人憐愛的時候。如今卻只像個受盡欺凌的小媳婦兒，在雨中瑟縮罷了，看了也只令人心煩。

但這孟春冷雨和這令人心煩的梨花景，卻令連宋不知怎的突然想起同長依初見之時。

那倒著實是許久前的往事了。究竟是七百年前還是八百年前連宋並沒有細算過，總歸便是那麼個時候。

那時候九重天上的瑤池還沒有總管，天下百花還沒有花主。花主這個位置上無人，諸多事宜不便利，這事其實同他沒有什麼關係，無奈他的好友東華帝君司掌著神仙的仙籍和職階，有一回他下棋輸給了帝君，帝君便潦草地將這個擔子安到了他的頭上，令他暫代一代。

他暫且頂在這個職位上頭，瞧著底下的花神們為了花主之位明裡暗中鬥來鬥去，有時候他瞧著她們鬥得有趣，有時候又覺得鶯鶯燕燕的煩人。

大多時候他覺得她們是煩人的。

九重天的傳聞裡，他這個三殿下是個在神族裡排得上號的花花公子，風流之名四海皆知。年輕的水神，英俊善戰，地位尊崇，天族又一向崇武，姑娘們自然都愛他。

但世間有那種用甜言蜜語和溫存體貼鑄成的有情風流，或者說世間所謂的風流大多是這種風流；但世間也有以漫不經心和無可無不可鑄成的無情風流，便是三殿下那樣的風流。

故而他便是個八荒口中的花花公子，對美人們卻也沒有什麼格外的耐心。遇到座下的花神們互鬥得哭哭啼啼最後鬧到他跟前來請他判公允這種事，他通常是會覺得煩的。

而三殿下同他兩個打小謹遵天族禮度的哥哥又很不同，被纏得煩了便要一走了之。

九重天上最是神龍見首不見尾的神仙，說的便是他。因他打小就這麼行事，天君早習以為常，對他的兩個哥哥雖拘著嚴謹的禮法，對他卻一貫縱容。

那一回連宋被纏得煩了離開九重天，赴的是南荒，去找魔族七君緗之魔君的小兒子清羅君下棋。

兩萬年前鬼族之亂平息，叛亂的鬼君擎蒼被封印後，四海八荒險得太平，神族與鬼族重修情誼，處得還算不錯。見此情形，私底下有些想法的魔族七君也按捺住了蠢蠢欲動之心，兩萬年來天下從大面上瞧著，還算太平。因而一個神找一個魔下棋，也算不得什麼荒唐事。

清羅君好宴客，逢著喜事便要掃庭宴客，偏他又是個極其樂觀之魔，基本上每天都能教他從他平凡無奇的魔生裡頭瞧出喜事來，因此他差不多日日宴客。

然這一日宴客的清羅君卻面帶愁容。

坐在下首的一個圓臉青年嬉皮笑臉揿揭他的瘡疤：「清羅君這是在相雲公主處吃了閉門羹，一杯冷羹吃下去，鬱結進了肺腑，故此才外露出這許多愁意。」

相雲公主是魔族這一代中頂尖的美人，魔族裡傳聞她比之神族的第一美人青丘白淺也不差什麼。不過魔族一向愛同神族爭個高下，但屢爭屢輸，屢輸屢爭，又屢爭屢輸，搞得心理問題極大，自我判斷一向都不是很準確，因此連宋對他們這一族的種種傳聞並不怎麼放在心上。

圓臉青年旁邊的灰袍青年懶洋洋接話：「妃之魔君將相雲含在嘴裡怕化了，養得她一雙眼睛在天上，清羅你卻偏肖想她，」一得清羅君蹙眉一瞪後哈哈一笑，「倘你只是看上她的美貌，為何不招長依來伺候幾日？長依知情解意，便是這份知情解意要拿白澤來換，別人我不好說，不過清羅你嘛，多少白澤你也是給得起的嘛。」

席上眾人哄笑。

白澤乃是仙澤。八荒有四族，神族、魔族、鬼族、妖族攏共萬萬生靈。各族生靈有各族的氣澤，神為白澤，魔為玄澤，鬼為青澤，妖為緋澤。但不拘論哪一族，初生的小嬰兒體內的氣澤總是繁雜，要經種種修煉才能將之精煉純粹。越是強大的生靈，體內的氣澤越是純粹，灰袍青年調侃清羅君一個魔族皇子白澤卻多，乃是笑他不學無術。

清羅君生得五大三粗一根筋，駁起人來也是五大三粗一根筋，旁人暗笑他不長進他渾不在意，卻對拿長依同相雲做比這樁事意見極大：「長依，長依她能同相雲比嗎？」

清羅君一根筋慣了，人也實誠，便是看不起那喚作長依的女子，對一個女子他也說不出什麼刻薄話來。但一個三教九流的酒宴，最不缺溜鬚拍馬之人，立時便有人逢迎道：「小皇子說得是，一隻無主的花妖，不過靠著貴人跟前賣笑得貴人的一點憐憫苟活罷了，身卑位賤，又怎配同相雲公主相提並論？」

妖族和魔族共生於南荒，妖族弱小，自古附庸於魔族。而花妖們因生得好，常被有品的魔族豢於後室。南荒無主的妖少，無主的花妖更是少之又少。

這番逢迎話清羅君內心是贊同的，但要不要對一個弱女子如此刻薄他又是很糾結的，嘟嘟噥噥道：「也不好如此說長依，長依她吧，她就是，她就是……」但「就是」了半天也沒說出個所以然來。

一直在一旁研究手邊一只小巧溫酒器的連宋君，這時候破天荒開了口：「長依。」向著清羅道，「叫長依是嗎？」

天族的這位三殿下雖常來南荒找清羅君喝酒，清羅君張羅的許多酒宴，他碰上了也七七八八參加一些，但他坐的從來是清羅君右手的尊位，興致上來時也一向只同清羅君談上幾句。魔族裡頭仰慕三殿下想同他搭話的公子少年們不在少數，過去卻從未有誰能有機緣接上這位殿下的一絲兒話頭。

眼見得這是一個能同三殿下搭上話的機會，方才逢迎清羅的杏眼少年一雙黑眼珠滴溜一轉，立時將身子朝著連宋一側，討好道：「三殿下不是我們南荒中人，有所不知，這長依原本是株紅蓮，但因她的本體紅蓮卻是個不能開花的天殘，因而並沒有貴人願將她收入園中。是個花妖，卻無主，原本便是一樁貽笑大方的事了，近年來不知哪根筋搭錯竟想要修仙，四處搜尋白澤，」含蓄地嗤笑了一聲道，「為得白澤四處賣笑，與那些凡世的風塵女也不差什麼了，在妖族和魔族……」

連宋手撐著頭看向杏眼少年：「有多美？」

正繪聲繪色說到興頭上的杏眼少年一卡，一頓：「三殿下說的是……」

連宋就笑了笑：「方才聽你們說她美，她有多美？」

男人嘛，大抵都愛品論美人，尤其愛小酒一醺之後品論美人。宴上諸君琢磨著三殿下的這個話頭，眼風各自一掃，自以為領悟了三殿下的志趣所在，接下來的半場宴席便都淹沒在討論長依的美色裡頭了，倒是未曾有人再刻薄長依的出身。

提了這麼個話頭的三殿下卻未再發一言，面上看不出是有興致還是無興致，只是握著鐵扇的右手有一搭沒一搭地敲著桌沿，那是心不在焉的意思。

南荒正是春盛時候，碧海晴天，花木蓊鬱，景致頗好，連宋便多留了幾日。

八荒都覺連三風流，且確信這樁事毋庸置疑，但八荒又都拿不大準，世間美色千萬，三殿下他究竟愛哪一種？

天君三個兒子，大兒子央錯端肅，二兒子桑籍清正，都是不好巴結的主，好不容易連宋這位三殿下令有心之士們看到了一絲諂媚上位的希望，可三殿下的心思實在難以揣摩。

譬如說，你以為三殿下喜歡的是此種美人，此時伴在他身旁的也確是此種美人，你也想呈送個此種的美人討他歡心，但說不準第二日他身邊就又換了個與此種美人完全相反的彼種美人。

四海八荒之中，大家覺得論風流三殿下算不上最風流，但論難伺候和捉摸不透，三殿下應該是到巔峰了。

不過，前幾日酒宴上連宋那一句長依她有多美，倒是讓意欲巴結這位天族皇子的南荒貴族們看到了一絲希望。

大家也都很上進，奮力抓住了這一線希望。不過第三日，便有人將長依送進了連宋的房中。

連宋記得長依，是在一片燭光深處。

連宋來南荒，常居之處是西風山斷崖上的一處小院。

那已是後半夜了，他剛從清羅處弈棋歸來，踩著月光踏入斷崖小院的垂花門，甫一抬頭，便瞧見了北房中的燭光。

北房外立了棵合歡樹，絨羽似的一樹合歡花被月光燭光染成赤金，顯出了幾分豔色。合歡樹上繫著根細繩，延進北屋內，今晨他親自將繩子另一頭繫在了北屋中一個花架上。掛在細繩上的，是他閒著無聊製好後意欲風乾的幾十張箋紙。

院裡一陣疾風起，鬧得房中燭火飄搖，繩上的箋紙也似彩蝶般翩翩欲飛。連宋微一抬手，樹靜風止，邁步過去時他瞧著離房中燭光越近，薄光透過紙箋時，紙上的蟲鳥花卉便顯出一種別樣的靈動來。

他隨意翻弄著繩上的箋紙一路踱進房中。

燭火越盛，也越密織，有些落在燈架上，有些落在地上，高高低低的還排布得挺有情致。燭火深處，紅衣女子微微抬起頭來喚他的尊號：「三殿下。」那張臉確是美的，當得上眉目如畫。

連宋將目光移向她，但僅頓了那麼一瞬，便又重新移回到一張印了四季花的花箋上頭，隨意道：「長依。」

女子眼中微訝：「三殿下怎知我是長依？」聲兒輕輕的。

世說天君三個兒子，最靈慧者當屬二殿下桑籍。桑籍出生時有三十六隻五彩鳥從鋆明俊疾山直入雲霄相賀，此是天定的吉兆異象。而後桑籍他又在三萬歲時修成上仙，此又是桑籍他作為一個仙中俊傑的明證。在二殿下桑籍的灼灼光環之下，他的兩個兄弟無論在資質上頭還是在勳績上頭，似乎都有些失色。但某些神仙在此事上還是有不同看法的，譬如曾經的天地共主東華帝君。

東華帝君因自個兒出生時並沒有什麼天地異象，而後他居然長成了一個天地共主，因此並不迷信什麼出生時天地齊放金光有幾隻破鳥來天上飛一飛就有遠大前程之類的事。東華帝君始終覺得連三才是個可造奇才，天君得了連三，在生兒子這樁事上便可以就此打住了，反正再生也生不出比他更靈慧的。

因著被挑剔的東華帝君認可過的這種靈慧，連三同長依的第一次相見，自然省了「妳是誰？」「我是長依」「誰將妳送來我房中？」「某某將我送來您房中」「妳來這裡做什麼？」「來此處陪陪三殿下但是三殿下啊我賣藝不賣身的」之類的常規對話。連長依那句「三殿下怎知我是長依」，三殿下都覺得如此簡單的問題並不需要他浪費時間回答。

他依然端詳著那張四季花的花箋，將它取下來又對著一盞燭火就近照了照，過了會兒才道：「他們就算迫妳，以妳之能，不願來也不用來。他們可是誆妳本君因是仙，白澤取之不盡，因此得了本君歡心，本君自有許多白澤供妳取用？可本君清修至今，」說到「清修」二字，像是自己也覺得好笑，他就極淡漠地笑了一笑，改口道，「本君修煉至今，體內已無絲毫青澤，妳那被七幽洞中的雙翼虎所傷的幼弟，所需乃是有青澤相伴的白澤，本君的白澤，怕是對妳幼弟並無裨益。」

女子神色間微有動容，卻頃刻間便平復了下去。一個小花妖，在天族的皇子跟前倒是絲毫不畏懼怯懦。

小花妖的聲兒依然輕輕的：「三殿下明鑑，三殿下看事透透的，長依騙不過三殿下，既然三殿下並無長依所需之物，長依這就告辭了。」

說著還真乾脆地站了起來，拍了拍膝蓋上並不存在的塵土，從燭影裡大大方方走出來，走到連三近前時想了想，又福了一福，認真道：「三殿下，夜深了，您還是早些休息

吧，這個燭火雖不是我弄的，但若三殿下看著覺得不大好，我走之前將它們拆了便罷，也算是對三殿下在長依跟前一番坦白的報答。」

連三這才正經地回頭看了她一眼。

三殿下身邊來來去去許多美人，便是不在意，美人們的常規作態他看了一兩萬年也看得極熟了。他那番話之後，知情解意的美人必然要答：「三殿下說笑了，三殿下尊貴無比，能伺候三殿下已是小女子的福分，更談不上要從三殿下這裡討要什麼白澤青澤……」並不那麼知情解意的美人，起碼也要答：「三殿下怎知我搜用白澤卻是為了我的幼弟，而非世人所說的問道修仙，三殿下慧眼辨事，小女子深感佩服……」之類。

三殿下覺得這個小花妖有點意思。

小花妖站在他跟前幾步遠，看上去挺誠懇地在等著他的答覆。

手中那張花箋上，四季花的花瓣染色不夠純，三殿下信手將它餵了最近的一盞燭火，「本君聽聞妳知情解意，」他道，待花箋燃盡時他才略微抬眼，「看來似乎不是這麼回事。」

聽明白他的話，小花妖明顯有點震驚，瞪著眼睛看向他，退兩步認真思考了一下，再次看向他：「三殿下讓我走，我就走了，走之前還想著幫三殿下拆燭台，這這這還不夠知情解意嗎？」

這便是長依。

七八百年前的舊事，樁樁件件竟然還都沒忘記，三殿下揉了揉額角。

天步在三十六天連宋的元極宮伺候時，便是元極宮中最得用的小仙娥，來到這處凡世雖沒了術法，許多事做起來並不是十分便利，但天步仍樸實地延續了她在元極宮時的穩妥細緻，遠遠瞧見泡在湯泉中的連宋搖了搖酒壺，已經揣摩出這是他一壺酒已飲完、還有興致再飲一壺的意思，立時又端了備在小火爐上的另一壺酒，裙角帶風地呈送過去。

將酒壺仔細放在池畔後，天步突然聽得自家主子開口問她：「說起來，妳是否也覺得煙瀾同長依，性子上其實有些不同？」

天步細思片刻，斟酌道：「煙瀾公主是長依花主的魂珠投生，畢竟是在凡世中長大，往日在天上或是南荒的記憶泰半又都失去了，性子上有些轉變也是難免。」又試探道，「殿下……是覺得有些可惜嗎？」

就見連宋靠在池畔微微閉眼：「是有些可惜。」

第三章

成玉同花非霧這廂，自那日小渡口贈傘後，因連著好幾日下雨，她們就連去了好幾日小渡口，連贈了好幾日的傘。

但兩人都比較心大，雙雙忘記告知花非霧看上的那些公子書生們該去何處還傘，因此除了連三派來的半大小廝還回來一把外，並沒有等到其他人來琳琅閣同花非霧還傘結緣。兩人甚為沮喪，花非霧是花銀子買傘的那個人，因此比起成玉來，她更為沮喪。

但那之後城中倒是流傳開一個傳聞，說這一陣一下雨便會有個天仙般的小娘子在小渡口一帶贈傘以造福路人。

城隍廟門口擺攤的老道士有模有樣稱這位娘子是傘娘娘。

荔枝胡同的小李員外因受了傘娘娘一傘之恩，沒幾日便為娘娘捐了座廟塑了金身，在街頭巷尾傳為美談。

可惜的是那一陣花非霧沮喪得不怎麼出門，也不怎麼陪客，因此並不曉得自己被封了傘娘娘。

緩過來之後的某一天，花非霧帶著成玉去月老廟求姻緣，看月老廟旁邊新起了這麼一座傘娘娘廟，還以為是月老新添了一位專司幫助男女青年憑傘結緣的護法。她也沒想過月老有護法這事兒是不是有點不太對，二話沒說拉著成玉就跑進去先跪為敬磕了十個大頭。

而成玉，她這年十四有餘，正是既自負，又對自我認知特別不清楚的年紀，本以為天下之大，她無所不能，一朝卻敗在幫花非霧求姻緣這破事兒上，如何能夠認輸？閉門謝客苦讀民間話本整整十五日後，她又給花非霧出了諸如學香獐子精花姑子報恩的主意，或是學天上某個仙娥下河洗澡，待牛郎把她的衣服偷走然後兩人喜結情緣的主意，等等等等。

然花非霧姻緣艱難，這些主意她們挨個兒試過去，竟沒有一樁成事。而試著試著，不知不覺地，成玉她就長到十五歲了。

照著當朝國師粟及當年的批語，紅玉郡主成玉她一旦過了十五歲，便無須再困囿於十花樓中，倘她有那個本事，任她是想上九天攬月還是想下五洋捉鱉，都可隨她的意。

長了一歲，成玉對人生有了新的認識，不得不承認以她目前的才華，還難以幫助花非霧在她的姻緣路上有所建樹。因此在她剛過完十五歲生日終於能夠離開平安城的第二天，她給花非霧留了二十來冊有關神仙精怪談戀愛的話本子，就無愧於心地跟著朱槿和梨響南下麗川出去見世面去了。

麗川一待，就是一年加半載，離開時她還是個小小少女，重回平安城，卻已是個十六歲的大姑娘。

回到平安城，成玉第一樁事便是攢錢去逛琳琅閣看花非霧。不出她所料，花非霧不愧是那個堅忍不拔的花非霧，一年餘不見，她仍舊在尋覓真愛的道路上不屈地跋涉。

當是時正是未時末刻，天光並不見好，日頭僅顯出個影兒來，姚黃與夜落金錢一花一位，霸住多半張四方桌。成玉被擠在角落裡喝茶。

闊別一年餘的花非霧聽到外間成玉的聲響，激動得趿著鞋就迎了出來。

成玉覺得這種激動，證明了她和小花的友情。

花非霧撲上她的膝頭，一雙妙目隱隱含淚：「摯友！妳終於回來了，我等妳等得好苦哇！」

看，小花多麼想念她。

成玉像個慈祥的老母親一樣伸手撫了撫花非霧的鬢髮。

花非霧淚盈於睫：「妳可知妳回來得正正好，有個事兒只有妳能幫我，妳一定要幫我啊！」

……好吧她看錯了小花，小花根本不是單純地想念她。成玉像個冷酷的老父親一樣沉默了一下，從條凳上站起身來：「我想起來朱槿讓我去菜市場幫他買兩隻蘆花雞，我先……」

花非霧俐落地抱住了成玉的雙腿：「花主，這個時候談蘆花雞多麼傷感情，妳我二人的情誼豈是兩隻蘆花雞及得上的！」

成玉默默地掰花非霧的手指，掰了半天發現掰不開，只得從了她，認命道：「什麼忙，說吧。」

花非霧立刻爬起來同她排排坐：「近日我看上一位公子，長得那可真是……那才學那又可真是……」花非霧沒讀過幾篇書，一到要用個成語或者用個典故時說話就要卡殼，成玉自動幫她續上：「玉樹臨風，品貌非凡，博古通今，殫見洽聞。」

花非霧讚賞地一點頭：「是了，玉樹臨風、品貌非凡、博古通今、殫那個什麼來著。待會兒這位公子會過來聽曲，花主妳假意要獨占我，激起他的不服之心，讓他著緊我，這個忙妳就算幫成了！」

成玉驚訝地回頭看她：「我我我我我是個女的。」

花非霧雲淡風輕：「又不是叫妳真的霸占我，就是裝裝樣子，妳看，妳在琳琅閣行走這麼多年，就沒人認出來妳是個女的，說明妳演這個是有基礎的。」

關於成玉主張自己是個女的這事就算解決完了，花非霧長嘆一聲：「原本我是不打算在這些混跡青樓的紈褲子弟當中尋找可以同我結緣之人的，但連將軍此種絕品，著實不容錯過啊！」又語生哀惜，「可奈何連公子他十天半月的才來我這兒聽一兩次曲，快綠園的香憐、夢仙樓的歡晴、戲春院的剪夢，他時不時地還要去捧一捧她們的場，真是很令人煩惱啊……」

成玉左耳進右耳出，只覺得「連將軍」這三個字好像有點耳熟，像是在什麼地方聽過，但一時又忘了究竟是在何處聽過。不過聽花非霧的意思，這個連將軍似乎在京城各大青樓都有紅顏知己，她就誠心誠意地提醒了花非霧一句：「朱槿說一忽兒這個女子一忽兒那個女子的，這種叫花花公子，這種男人最要不得，我看小花妳還是……」

小花贊同地點頭：「書上說這種是叫作花花公子，但書上也教了如何馴服一個花花公子。說要將花花公子一顆放蕩不羈愛自由的心獨獨拽在手中，首先就是要令他心生嫉妒，嫉妒了，不安了，他就牽掛了，記得了，然後就牢記了，就愛上了，就情根深種了……」

這些情情愛愛的成玉不大懂，她琢磨著花非霧應該就是讓她演個紈褲，這個忙簡單，倒是幫得。演個喜歡逛青樓的紈褲，成玉覺得她是拿手的，畢竟她自十二歲就開始在琳琅閣混臉熟。但免不了她還是有些許顧慮：「妳說那個連公子他是個將軍是嗎？那他要是生氣了他會不會打我？」

顯見得花非霧並沒有考慮過這個問題，猶豫道：「不會吧……」

成玉就有點躊躇：「那麼我還是……」

花非霧終於想起來自己是個花妖：「天，我想起來我是個花妖啊，我會妖法的嘛，他若是打妳我會保護妳的。」

成玉提醒她：「妳為了我要和他打架嗎？那他說不準就不喜歡妳了。」

花非霧思考了一陣：「那倒也是啊！」

兩人一時探討得愁眉深鎖。

四方桌上的夜落金錢虛著聲兒問坐對面的姚黃：「姚帝您到底看上芍藥她哪一點？每年您都這麼特地過來瞧一瞧她為了別的男人神經兮兮，您這不是自虐嗎？在下也是不太懂您了。」

姚黃晃了晃蔫巴的葉子有氣無力道：「我為什麼看上她，這是個謎，而正是為了解開這個謎，我才每年定時來看她幾次。」

夜落金錢好奇：「那您解開這個謎了嗎？謎底是什麼？」

姚黃一派愁雲慘霧：「是我有病。」

花非霧的一個小婢子小跑著來稟報，說她奉命在樓上觀望時，似乎瞧見了連公子府上的馬車。花非霧立時進入狀態，須臾間已去摺屏前的一張琴几跟前歪著了。成玉和花非霧搭檔多年，默契使然，也趕緊去琴几跟前歪著了。

兩個小婢子亦很有眼色，一個倒酒一個抱著琵琶彈小曲兒。

然而成玉的問題在於，因她的敗家子之名廣揚京城，任勾欄中哪位名將，見著她無不是曲意逢迎，因此她並沒有逢迎討好他人的經驗。

花非霧在一旁看著她乾著急：「花主妳別只顧著自己吃吃喝喝，那酒妳要先餵給我喝，葡萄妳也要先餵給我吃啊，妳別忘了妳是喜歡我妳想要討好我啊！」

成玉剝著葡萄有點蒙：「跟平時不一樣的啊？」

花非霧重重點頭，原想著要教她一教，但一雙耳朵突然聽到已有腳步聲近在門外，臉上神色驀地一僵。

成玉顯見得也聽到了腳步聲，花非霧說跟平時不一樣，她應該餵她。她該怎麼餵花非霧？花非霧她這麼大個人了吃東西還要靠餵的？成玉她雖常混跡勾欄，但基本上也就是混跡花非霧的閨房，男女之間如何親密親熱她其實從未真正見識過，腦子裡一時茫然，不禁有點緊張。

小婢子適時地遞過來一杯酒，琵琶聲中，傳來兩聲敲門聲，接著門被輕輕一推。花非霧靈機一動撲進成玉懷裡，又立刻推開她一臉寧死不從的貞烈：「玉小公子您、您別這樣！」

成玉是蒙圈的，但她也是聰明的，腦子裡雖糊塗卻下意識曉得要配合花非霧，沉著嗓子道：「姐姐妳太美了，阿玉只是、只是情不自禁。」台詞行雲流水，就是表情有點木。

花非霧以一方絲帕掩面：「玉小公子一腔真情非霧銘感五內，可非霧……」話到此處假裝才發現洞開的房門，和站在門口的白衣公子，花容失色地嬌聲道：「連公子！」

成玉覺得到這裡自己可能還需要再發揮一下，因此木著表情又去拉了花非霧一把：「姐姐，阿玉並非孟浪，阿玉是真的……」

花非霧已躲閃到了琴几另一側，眼看就要起身向門口出現的白衣公子躲去，成玉心想躲那麼遠幹嘛，我又不是真的要如何妳。心裡這麼想著，目光也隨著閃躲的小花瞥去了門口，結果一下子就被門口那白衣公子右手中握著的摺扇給吸引住了。

逛青樓的紈褲們拿把扇子不是什麼稀奇事，成玉她自個兒有時候也拿把扇子裝風流，但青年手中那把扇子卻很不同。時人愛扇，扇骨多是木製或竹製，那等極富貴人家的王孫少爺們有時候用玉做扇骨，已算很稀奇。但這位白衣公子手中摺扇的扇骨卻非竹非木亦非玉，通體漆黑，泛著冷光，倒像是某種金屬。扇子合成一柄，不知扇面以何製成，垂在扇柄下的黑絲條間結了粒極小的淚狀紅玉，是整把黑扇唯一的別樣色彩。

成玉的目光先是定在摺扇上移不開，接著又定在了那隻握扇的手上挪不開。那隻手瑩白如玉，比女子的手還要修長好看，卻一眼便知那是男子的手，閒握扇子的姿勢雖有些懶散，但骨節分明，蘊含著力量。

似乎必須得是這樣一隻手，才合適拿這樣一把奇異的黑扇。

待成玉終於看夠了準備進入正題抬頭瞧瞧把花非霧迷得神魂顛倒的白衣公子長個什麼模樣時，卻已經過了這個村沒有這個店了。小花一個扭身閃到了青年面前，把青年擋住了一大半，而青年則往後退了兩步，徹底退出了成玉的目視範圍。

成玉只聽到青年的語聲從門外傳來：「原來非霧姑娘此處已有客了。」那嗓音微涼。

成玉覺得這聲音她在哪裡聽過。

成玉雖然不大在狀態，但花非霧照著劇本倒是演得很走心。非霧姑娘眼含清淚：「非霧也不知玉小公子他突然就……」

青年打斷了她：「有空閒，」那聲音有些玩味，「我再來聽姑娘唱一闋〈驚別鶴〉。」

成玉的好奇心完全爆棚了，她悄悄朝門口移了一步，又一步，還稍稍踮了踮腳，想要看清青年究竟長什麼樣。

其時青年正抬手幫她們掩上門扉，驚鴻一瞥之間，成玉只見得被門扉掩了多半的一張臉，注意到那半張臉上的狹長鳳目。僅是一隻眼，眼尾微微上挑，極漂亮，藏著威嚴，神光內斂。

那一瞬她覺得青年也在看她，然後青年的眼角彎了彎，弧度極小，卻看得出來，那是個笑。

成玉不由自主又往前跨了一步，與此同時那扇門扉已全然合上，青年的臉消失在了門扉之後，不待成玉回神，門外已響起腳步聲。

房中靜了一陣。

成玉沉默了一會兒，不大確定地問站在琴几前的花非霧：「我演得好嗎？」

花非霧也不大確定，躊躇著蹲到她身邊：「我覺著演得挺好的。」又補充，「我覺著我們都演得挺好的。」又問她的兩個小婢子，「我方才演花容失色那一段，是不是演得很傳神哪？」

小婢子點頭如小雞啄米，花非霧心中大定，跟成玉斬釘截鐵說：「照書上說，他就該嫉妒難安了，雖看不大出來吧，我覺得他回家就該嫉妒難安了……」

成玉鬆了口氣。

屋子裡唯一的男人，身為牡丹帝王的姚黃感覺自己真是聽不下去花非霧的胡扯了，忍不住說了句風涼話：「那人我看他不僅是面上看不出嫉妒難安吧，應是原本就不曾嫉妒難安過，說有空閒再來聽妳唱曲，這也不過是此種情形下的一句客套罷了。說不準他下次又有空閒，打算來聽妳唱曲，卻想起來妳是個忙人，房中說不準又有貴客，就懶得來了，畢竟夢仙樓、快綠園和戲春院也不乏能唱曲的美人。」

對自己一個本應只關心人間國運大事、清淨而又雅正的花中帝王，如今卻張口就能將京城幾大勾欄院的芳名如數家珍信手拈來這件事，姚黃一時倍感絕望，一番話說完，頓時有點了無生趣。

姚黃的幾句風涼話句句風涼在了點子上，還真令花非霧感到了懷疑和緊張，說話都口吃起來：「真真真真真的？那那那那怎麼辦？」

姚黃一邊了無生趣一邊還是於心不忍，語重心長地給她出主意：「妳要真想還能時不時見到他，讓他來妳這裡聽歌賞曲，就讓花主她追上那人同他解釋清楚吧，為時還不晚，現在追上去也還來得及。」

花非霧立刻將兩道灼灼視線投向成玉。

本以為已經沒自己什麼事兒的成玉正往嘴裡塞葡萄，看看花非霧又看看姚黃，指著自己：「又是我？」

一人一花齊齊嚴肅地點頭，以及點葉子。

成玉被花非霧推出琳琅閣大門時，夜落金錢不可思議地看向如老僧入定般遠目著天邊出神的姚黃：「姚帝，我以為您喜歡芍藥來著，可您卻又慷慨無私地撮合她同別家公子……或者您覺得只要她幸福您便也就幸福了，」話到此處夜落金錢幾欲落淚，「您對芍藥這情分真是，真是感天動地！」

姚黃沉默了半晌：「她要是嫁不出去，我有病成這樣，最後說不定真會娶她，趁著我現在還沒有病入膏肓，先救一下自己。」

成玉在琳琅閣外一條小胡同的拐角處蹲了會兒，才慢吞吞地晃蕩著出去追方才僅有半面之緣的連公子。

朱槿說過，女子要找郎君，該找個忠義又老實的，紅粉知己遍地的花花公子絕非良配……成玉一路踢著個破石頭一路嘆氣，要是她這麼蹓躂著追也能追到那位連將軍，那她就再幫花非霧一個忙。但若是追不到嘛，成玉打了個呵欠，望著她特地選出的這條荒無人煙的偏僻小胡同，沒忍住嘴角露出個笑來，小花，那便是老天爺看不得妳在姻緣路上受苦，借我之手救妳一救了。

她邊蹓躂著邊追人，蹓躂了一會兒，人沒追到，卻在小胡同裡蹓躂出個頗有意趣的手藝小店來。

於是她想都沒想就先跑去逛店了。

這手藝小店瞧著古舊，賣的玩意兒倒是件件新奇。譬如擺在櫃子上的一張黑檀木做的小巧戲台就很精妙：戲台子上小小一方簾幕一拉開，台上便出來個指頭長的木雕花旦靈活輕巧地耍手帕功。還有個在尺把長尺把寬的碧綠荷塘上吹笛子的牙雕小仙也很有趣：輕輕按一按荷塘中一個荷花花骨朵，小仙子十指纖動，便真有旖旎笛音飄然入人耳中。

成玉趴在櫃檯上眼睛一眨不眨地盯著吹笛小仙，戀戀不捨瞧了許久，摸了摸自己沒裝幾個錢的荷包，心酸地嘆了一口氣。

忽聞一旁有人聲響起：「此物做得精巧，對嗎？」

成玉喃喃點頭：「是啊，」轉頭，「你是在和我……」她卡住了。

青年離她極近，她一偏頭便撞進一雙狹長鳳目中。相學中說鳳目威嚴，內銳外闊，眼尾略挑，似這樣的鳳目最標準也最好看。眼前這雙眼睛她片刻前才剛剛凝神注意過，再見自然立刻認了出來。

成玉大驚，撐住一旁的櫃子「啊」了一聲：「是你！」她此時終於能看清青年的面容。乍一看去，那是張極英俊的臉，怪不得花非霧惦記。但不及她細看，青年已漫不經意地側身擺弄起櫃檯上另一件小玩意兒來，只留給她一個側面。成玉恍然覺得青年的好看有些眼熟，但一時又想不起曾在哪兒遇到過。

青年俯身端詳著面前的一個小物件，那是只銅製佛塔，搖一搖塔角上的佛鈴，便會有小和尚敲著木魚從閣樓中走出來。

青年撥了兩遍佛鈴，才想起來同成玉說話似的：「我記得妳在花非霧那裡……」他停了一停，找了個詞彙，「找樂子。」用完這個詞彙他似乎感覺有些好笑，即便只是側面，成玉也捕捉到了他上挑的嘴角處那一點淺淡的笑意，「怎麼又出來了？」

「我、我出來是……」成玉有些猶豫。她完全沒想到自己已經追得如此不走心了，就這樣居然還能碰上這白衣青年，難道這是上天注定了要讓小花入火坑嗎？

罷了。既然方才自己立了誓，那也只好如小花之願了。她糾結地囁嚅了兩三下，硬著頭皮答：「我是出來追你的。」

青年挑了挑眉：「哦？」

「嗯。」成玉鄭重地點了點頭，深深吸了口氣，在心底唸了句阿彌陀佛，請四方神仙原諒她又要開始胡說八道了。

「花姐姐……」她道，「愛重的是將軍你，我，」她狠了狠心：「就、就是我一廂情願愛慕花姐姐罷了，是我一向地糾纏她，但花姐姐她對我的糾纏其實是抗拒的，她更喜歡同將軍你一處……」起先她還有一些磕巴，但編到後來逐漸入戲，不禁就滔滔不絕起來，「將軍你這樣的人，是不會懂得一段無望之愛的心酸的，你愛的人，愛的卻是別人，對你不假辭色，這種苦你是不會理解的，我也不求將軍你憐憫我，我只求將軍你憐憫花姐姐，我唯一的期望，就是花姐姐將來不會遭受我如今經受的這些痛苦……」

青年一直挺有耐心，聽到此處終於忍不住打斷了她的話：「妳是說，妳喜歡花非霧？」

成玉因已向神仙們告罪，此時睜著眼睛說瞎話當然毫無負擔，她不僅毫無負擔，她還一邊胡說八道一邊驚嘆自己的蓋世奇才，怎麼能隨意一編就是這樣一篇傷感動人的風月故事！因過分沉迷於自己的才華，導致一時竟沒聽清青年問了她什麼。「你說什麼來著？」她呆呆問青年。

青年極富耐心，又重複了一遍：「妳是說妳喜歡花非霧，是嗎？」

聽清這個問題，成玉抹了把眼角並不存在的淚水：「是啊！」她很是入戲，「但，我雖然愛她甚深，可我今日一見將軍，也明白了將軍你同花姐姐才更加般配，你們這樣般配讓我覺得我應該立刻退出。我願成全你們，這樣也是為了花姐姐好。從此後我便再也不糾纏花姐姐，唯願將軍你能好好待姐姐，希冀你們二人能……」

青年玩味地看著她：「可我記得妳是個姑娘，不是嗎？」

「我是……哈？……啊？」

佛塔上的小和尚敲完一輪木魚退回了閣樓中，青年伸出食指來撥了撥第三層的小鈴鐺：「妳是個姑娘。」他說，嗓音平淡，並沒有什麼特別，成玉卻突然覺得，這五個字，她似乎在哪兒聽過。青年回過頭來：「怎麼不說話了？」

篤篤篤的木魚聲中，成玉看一會兒天又看一會兒地：「我，呃，嗯，那個……」她著實也不知道該如何繼續編下去了，感到了才華的枯竭，半晌，小聲道，「我扮成玉小公子的時候，就沒有人認出過我是個女的呀。」

青年手撥著佛鈴，停了一會兒才回她：「不是吧。」

成玉在女扮男裝這事兒上還是很有自信，聞言振作了一下自己，將自己的豐功偉績一條一條清楚地列給青年聽。「真的，不是我自誇，」她這麼開頭，「我八歲去開源坊蹴鞠，踢到現在做了開源坊蹴鞠隊的頭兒，他們也沒看出我是個女的；我十二歲幫朋友去琳琅閣瞶花非霧，瞶到現在做了琳琅閣的一等貴客，他們仍沒看出我是個女的；我十三歲開始在萬言齋幫人代寫課業，仿那些不學無術的少爺們的筆跡仿得好啊，他們依然沒看出我是個女的。我覺得在女扮男裝這個事情上頭，大家真的都要服我，可以說由內到外我都扮得很出色了，此前真的就沒有人看出過我是個……」

青年打斷了她的高談闊論，「妳是不是忘了，」他淡淡道，「一年前妳就沒有瞞過我的眼睛。」

「哈？」成玉道。

青年終於轉頭看向她，臉色冷了下來，是肯定的語氣：「妳的確忘了。」

青年走近一步，他身量高，微垂首目光才能落在她臉上。

成玉終於有足夠長的時間端詳青年的樣貌，見他鬢若刀裁，劍眉斜飛，那雙神光內斂恰到好處的鳳眼，無論看多少次依然令人讚嘆。而因此時站得近，能清晰地看到那雙鳳目中的瞳仁，似某種暗含光暈的褐色珍寶。

是了，琥珀。青年的瞳仁竟是少見的琥珀色。

成玉心頭一跳，突然靈光乍現：「小渡口……傘……小花……呃，是你！」話剛脫口，面前的白衣公子立刻便同已埋藏在記憶極深處那位衣衫半濕的英俊青年重合。她終於明白了為何今日見著這白衣公子總覺眼熟，連同他那些話也時而令她生出熟悉之感來，因一年前那個小渡口的木亭中，便是他站在她的面前，也是他挑眉向她：「妳是個姑娘。」

成玉一拍腦袋：「小花說的連將軍竟是你！」

青年看著她：「是我。」臉色依然是冷的，似是不滿她此時才想起他來。

成玉根本沒有在意青年冷淡的臉色，她憶起來這竟是位故人，臉上立刻生出了重逢故人的欣喜：「所以你還是去見了小花，」話到此處，幾乎是很自然地她就想起了那把傘，又想起了還傘之事，她就有些疑惑，「不對啊，那之後我沒聽說你上琳琅閣呀，我還跟小花打聽過呢，有沒有一位極好看的公子來找她還傘，她都說沒有。」她狐疑地看向他，篤定道，「你沒有還我傘。」

「妳打聽過我？」青年問她。

她點了點頭：「打聽了好多次啊，小花都煩了。」她再次篤定，「你真的沒有還我傘！」

青年的臉色緩和了下來，眼中甚至浮出了一點笑意：「陳年舊事，便暫且不提了吧。」頗覺有趣地看著她，「妳還記得不記得，剛才妳追著我跑出來，其實不是為了讓我還傘的？」

「哦，對！」她終於想起來自己的初心，「剛才我說到哪兒了來著？」

青年以扇端點了點她的肩：「我們方才說到了妳是個姑娘。所以妳和花非霧，」他笑了一下，「是怎麼回事？」

「那、那就是……」她囁嚅了會兒，覺得自己可太難了，青年已看出她是個女子了，她著實編不下去了，「我、我就是幫小花一把，她、她讓我假裝喜歡她，好讓你生氣嫉妒……」

青年點頭：「繼續。」

成玉腦門上冒出汗來，替小花申辯：「但小花這樣做，也不過是因為喜歡你罷了，她因為喜歡你她才會這樣的。」她努力地幫花非霧說好話，「你看，我們小花她長得那樣美，她又那樣喜歡你，你按理也該對她好的啊，你說是不是？」

吹笛子的牙雕小仙笛音突然停了，青年抬手撥了撥人偶旁邊的一個小花蕾，小仙娥又立時吹奏出另一支曲子來，青年輕聲：「她不及妳。」

成玉一雙眼睛牢牢扎在重新吹起笛子來的牙雕小仙身上，注意力全被吸引了過去，根本沒聽清青年說什麼，回過神來才想起問青年：「對了你方才說了什麼？」

青年卻沒有再答她，只笑了笑：「妳說照理我該對花非霧好，所以我問妳我該如何對她好。」

「哦，」成玉不疑有他，想了想，指著她一直注意著的那座牙雕小仙，有模有樣地向青年道：「我最瞭解小花了，我知道小花她就是喜歡這種小仙娥吹笛子這樣的小玩意兒，你要對她好的話，你把這個買下來送給她，她就好開心了！」說著心虛地偷偷瞧了瞧青年，不料目光正同青年相對，成玉立刻站正眼觀鼻鼻觀心。

青年在她頭頂上問她：「妳確定是她就好開心了，而不是妳就好開心了？」

成玉大驚，但還是強撐著小聲囁嚅：「是她就好開心了呀。」

青年道：「是嗎？」他隨意地撥弄牙雕小仙的玉笛，「我以為妳是花非霧的好友，我買下來送給她，回頭她就送給妳了。」

成玉完全沒搞懂青年怎麼就看透了她的如意算盤，一時頗感羞愧，又頗感沮喪，她低頭翻弄自己沒幾個錢的荷包，悶了一會兒，小聲回答：「那，那是我騙你的，是我想要那個牙雕小仙，不過我、我也不是有意騙你的，」她抬頭偷偷看青年一眼，又低頭繼續翻弄荷包，「我就是現在沒什麼錢，我其實賺錢很快的，但我賺到錢了這個小仙娥它說不準被誰買走了，所以我才想你可以買給小花，然後她可以借我玩一陣。」

青年看了她一陣，回頭叫醒老掌櫃，三兩句話間，老掌櫃已經包好了牙雕仙子裝進一個木盒中遞給了他。

青年將盒子轉遞給成玉。

成玉大喜過望：「我我我我馬上去送給小花，等她玩賞夠了我再討來玩幾日。」

青年止住了她：「送給妳的。」

成玉震驚得盒子差點摔地上，青年眼明手快伸手幫她兜住，成玉驚魂甫定地抱住盒子：「送我？為什麼送我？這很貴的啊。」

青年抬眼：「妳不是說我還欠妳一把傘沒還給妳？」

成玉抱著木盒子愛不釋手，可過了把手癮後，還是將盒子退了回去：「傘沒這個貴，再說傘其實也不是我花錢買的，是小花買的。我……」她想了一個詞，「我無功不能受祿的。」

「無功不受祿，」青年緩緩重複，有些好奇地問她，「那為何我買給花非霧就可以了？」

她立刻道：「因為小花有功啊，小花給你唱小曲。」

青年抬眼，好笑地道：「妳也可以給我唱小曲。」

她將木盒子退到青年跟前，滿面遺憾：「可我不會唱小曲。」

青年抬起摺扇將木盒推了回去，又推到了她懷中：「那何人給的禮妳是能收的？」

「長輩們給的吧，」她比起手指盤算，「還有堂哥堂姐表哥表姐什麼的給的，我應該都能收。」

青年思考了一瞬：「妳年紀小，我做妳的哥哥應該綽綽有餘。既然是妳哥哥，這便是兄長贈禮，長者賜不可辭。就這樣吧。」

成玉將青年的話仔細想了一遍，眼巴巴道：「可你不是我哥哥啊。」

青年微瞇了瞇眼睛：「那從今日開始，我就是妳哥哥了。」

「可……」

青年笑了笑，那笑竟含著一絲涼意：「我說是妳哥哥就是妳哥哥，平白得我這麼一個哥哥，妳還不高興了？」

成玉就被他帶偏了，沒有意識到問題的根本並不是她高興不高興有個哥哥的問題，問題的根本是依照這人間禮法，斷沒有誰當誰是哥哥，誰就真的是誰哥哥了這個問題。在這俗世凡塵，便是最不講禮數的草莽之輩，認個義兄也還要宰個豬頭焚香禱祝對著老天爺拜它幾拜。但青年在這事上似乎根本不準備和她講什麼道理，目光沉沉地看著她，看得她很有壓力。

她只好屈服了：「好吧，那就當你是我哥哥。」轉念一想，雖然成家的列祖列宗可能不高興她隨便認親吧，可青年長這麼好看，就算是列祖列宗們又能有什麼怨言呢？替列祖列宗們想通了這事，她立刻就接受了這一段奇遇，轉而問青年，「那哥哥你、你叫什麼名字？」

「我在家排行第三，熟悉的人都叫我連三。」

「哦，連三哥哥。」她想了想，「那我叫你連三哥哥，你叫我阿玉，以後你就是我哥哥了。」她老成地拍板道，「那這事兒就這麼定了。」

青年點了點頭，很認同她的總結似地，又問她：「哪家的阿玉？」

哪家的阿玉，成家的阿玉，但天底下只有一家姓成，那是天子成家。朱槿也早囑咐過她，她在外頭再胡天胡地也好，頂著玉小公子的名頭胡鬧便罷了，萬不可讓人曉得她姓成，要讓太皇太后和皇帝曉得她在外頭這樣胡鬧，她從此便可禁足十花樓直到出嫁那日了。

想到此處她打了個哆嗦，為難了老半天，嘟噥道：「沒有哪家的阿玉，就是阿玉。」

青年也不再問，似乎也不是真的那麼在意她到底是哪家的阿玉。或者到底她姓甚名誰，他其實都不在意。

但成玉此時並沒有什麼空閒去思索這些，她猶豫地看向青年：「既然你是我哥哥了，那有個事兒，我覺得可能還是需要提前告訴你。」她像是很努力才下定決心，沉重地看向青年，幽幽嘆了口氣，「其實認我當妹妹，是很吃虧的一件事。」

青年饒有興致：「願聞其詳。」

她不忍地看了青年一眼：「我特別能惹事的，你當我的哥哥，以後我惹出的事就會變成你的事，以前我惹出的事都是朱槿的事，不過以後……唉。」

青年依然挺有興致似地：「妳能惹什麼禍？」

她就又同情地看了他一眼：「你……你以後就曉得了。」她一邊抱著木盒子往外走一邊搖頭，「不過是你自己想做我的哥哥的，那就沒有辦法了。」

連宋站在這古舊小店的陰影中目送成玉遠去的背影。青色的錦袍籠住的，的確像是個少年的背影，但卻纖細窈窕，是女子的情態和風姿。不知為何世人竟認不出那衣袍裹覆之下是個姑娘，但三殿下也並不在意這些。

他這漫漫仙生，自他身邊來來去去的女子不知幾何，或是此種美態或是彼種美態，有如火的美人也有如冰的美人，但這些在他身邊來去的美人，其實於他而言全沒有什麼分別，一人是一萬人，一萬人是一人。

女子，不過就是那樣罷了。

然而他還從未有過一個妹妹。

三殿下自己也有些奇異自己今日的反應，為何會為了讓那小姑娘收下那座牙雕小仙，就提議要做她哥哥。他其實從前並不是這樣想一齣是一齣的性子。

一直在一旁佯裝打瞌睡的老掌櫃終於睜開了眼睛，臉上堆笑向他道：「那位小小姐可真有眼光，一眼便挑中了三公子最得意的作品。老朽記得那牙雕小仙當初可費了三公子不少工夫。」

他的右手停在那牙雕小仙方才擺放過的位置，手中摺扇有一搭沒一搭地敲了敲桌面，心中不置可否地想著，哦，或許便是因為這個原因吧。

第四章

大熙朝當今的天子成筠是個少年天子，因他的天子老爹一世風流，所以駕鶴西歸時除了留給他一片江山，還留給他許多未出閣的妹子。

他老子的後宮曾儲了三千佳麗，都是他老爹的女人，如今他的後宮也三千佳麗，都是他老爹的女人們、伺候他老爹的女人們的女人們，以及他老爹的女人們生給他的妹子們。

午夜夢迴時，成筠常覺得自己是個很悲摧的皇帝。他接盤了他老爹的江山，要養大熙朝的萬萬子民，他自小習帝王術，這個他覺得難度不太大。但帝師從沒同他講過如何養好他老爹給他留下的這一大堆妹子，他還要挨個兒把她們嫁出去，一天嫁一個都要嫁半年。

這還不打緊，民間還有不怕死的編小調來編派他老爹留給他的這筆風流帳：「樹上老鴰叫，公主遍地跑，天子日日苦，愁意上眉梢，妹子百十個，何時嫁得掉，嫁妝三千台，國庫搬沒了。」

因此成筠一見著公主們就要鬧頭痛，比起他這些異母的親妹子來，似成玉這等宗親之女的郡主他瞧著還要更順眼些。是以本朝公主們，泰半不過枉擔著個公主的虛名罷了。

不過凡事總有個例外。十九公主煙瀾便是皇家的這個例外，連一向對自己的公主姐妹無甚好感的成筠，對煙瀾都以另眼看之。

十九公主煙瀾生而不凡，說煙瀾公主降生那一年，大熙朝正遇水患，山水下注，江河滿溢，甚而有洪水灌入平安城中，但十九公主落地的一聲啼哭，卻使連日大雨驟然停歇，水患也不治自退。而待煙瀾公主三四歲上開蒙進學以來，更是屢出驚人之作。譬如煙瀾公主愛畫，六歲時繪出一幅天上宮闕，當朝國師粟及一判，它還真就是天上的宮闕，自此又證出煙瀾公主乃是個有仙緣的大福之人，先帝當日便將其封號定為太安，譽她為王朝之吉。

煙瀾有福，但並非處處有福，她出生後不過一年她親娘便病逝，此為一處無福；而她自生下來便身帶腿疾，雙足難行，此為另一處無福。

然煙瀾她娘連淑妃雖死得早，她外家卻不可小覷，她娘乃是老忠勇侯嫡親的妹子。大熙朝開朝兩百餘年，開朝時太祖皇帝親封的公府侯府伯府一代代傳下來，泰半傳到成筠這一朝都僅留了個殼子空有爵名，但忠勇侯府不然，煙瀾的外家忠勇侯府在這一朝出了個二十五歲的大將軍，連宋連將軍。

是了，太安公主煙瀾她直到成筠一朝，作為一個沒爹沒娘親哥哥還是個恐妹症的公主，她依然是整個王朝風頭最勁的公主，其實最大的靠山，是她當大將軍的表哥。

五月二十八一大早，連宋帶著煙瀾在小江東樓喝早茶。

小江東樓的竹字軒臨著正東街，街對面排布的全是讀書人常去的書局和筆硯齋，筆硯齋後頭是方遊湖，岸上垂柳依依，水中有個小沙洲，時人稱它白萍洲，白萍洲上時不時地會棲幾隻野雁孤鶴。

小江東樓建得挺高，竹字軒是樓中望景最妙的一處雅閣。作為王朝之吉，煙瀾是大熙朝唯一一個出宮從不受限的公主，因此連宋每月有個兩三日會帶她來此處喝早茶。天步瞧煙瀾頗愛此處四時的景致，便乾脆一年三百六十五日地將竹字軒訂了下來。

正是巳時三刻，連三在竹字軒中助煙瀾解一局珍瓏局。街上忽起喧嚷之聲，煙瀾身旁的侍女待要去關窗，看連三的視線還落在窗外，一時猶豫，煙瀾瞧見，順著連宋的目光也望了出去。

其實並沒有什麼特別，只是數名少年吵吵嚷嚷地從街北口行了過來。十來個少年，皆頭綁護額身著窄袖蹴鞠裝，一眼便知是隊行將參賽的蹴鞠少年。

新上來添糕點的小二剛當小二沒幾天，不大懂規矩，順著房中二位貴人的目光瞧見窗外那一群少年，不由多嘴：「是日進十斗金啊！」

侍女正要呵斥，被煙瀾抬手擋了，煙瀾輕聲問小二：「日進十斗金？」

小二終於想起來察言觀色，他瞧房中兩個侍女，伺候小姐的矮個子侍女是有些兇，但伺候公子的那位侍女瞧著卻很柔和。而做主子的這位小姐，同他們這樣的下等人說話時聲音也又輕又軟，脾氣無疑是好的；棋桌前的這位公子，他手中把玩著一枚棋子，一直偏頭望著窗外，他只能看見他的側臉，但他多嘴時也沒見這位公子說什麼，他想他脾氣也該是很好的。

他就面朝著那小姐揖了一揖：「回小姐，小姐定是來自大富之家，才不曉得我們平頭老百姓的樂子。平安城各坊都有支蹴鞠隊，安樂坊的日進斗金和我們開源坊的日進十斗金一向不對付，往日我們日進十斗金的老大玉小公子在京城時，每月他們都要同我們比一場。」

一提起他的偶像蹴鞠小霸王玉小公子，小二一時有些停不下來：「後來玉小公子離開京城遊山玩水去了，日進斗金覺著沒有玉小公子在的日進十斗金沒意思，每月一場的比賽這才作罷。我前幾日聽說玉小公子重回京城了，估摸著他們立刻便同我們下了戰書，所以今日我們日進十斗金這是應戰去了！」

煙瀾皺眉，輕細的聲音中含了疑惑：「日進斗金，那是何物？日進十斗金，又是何物？」

小二一拍腿：「日進十斗金是我們的隊名啊！」立在煙瀾身後的矮個侍女嫌惡地瞪了他一眼，他當作沒看見，「當初各個蹴鞠隊起名兒的時候，其他各坊要嘛叫猛虎要嘛叫惡狼，我們開源坊的老大玉小公子覺得這些名兒太過普通很沒有意思，就給我們隊起名叫日進斗金了，這個名兒多好，多貴氣！可安樂坊的老大胡常安事事都想壓我們開源坊一頭，竟偷了這個名兒先去蹴鞠會定上了，玉小公子一生氣，我們就叫日進十斗金了。日進十斗金，比安樂坊整整多九斗金！」他樸實地比出了九根手指頭。

那位一直沒怎麼開口說過話的公子抬了抬扇子：「你口中的玉小公子，」小二見他手中的黑扇朝著街上少年們的方向淡淡一指，「是打頭的那位姑娘？」

小二探頭一看：「是我們玉小公子。」他立刻就炸了，「我們玉小公子雖長得是太俊了，可一點不娘們兒，公子怎麼能說我們玉小公子是個姑娘呢？小公子他踢球那個猛，」他比出個大拇指，著急地替他偶像辯白，「真男人！男人中的男人！公子你看他踢一場球你就知道了，你都不能信這世上有這麼男人的男人！」

公子沒有再說話，公子他突然笑了一下，收起扇子起了身：「那我去會會她。」

大家都不相信她不是男人的玉小公子在小江東樓的樓下撞上連三時，正邊走邊嚴肅地和與她並肩的一個細高得竹竿似的少年講蹴鞠戰術：「胡常安他個頭雖壯，但你別同他比拚蠻力罷了，大家文明人嘛，拚什麼蠻力呢，我昨日去他們日進斗金探了探，哦別管我是如何探到的，胡常安他眼見得下盤還是不夠穩，而且……抱歉讓一讓……」

擋在面前的白衣身影並沒有讓一讓，成玉就自己主動讓了一讓，低著頭繼續同身旁的竹竿少年講戰術，可同那白衣身影擦肩時，手臂一緊，被握住了。

成玉就有點煩了，抬頭一望，瞧清楚握住她手臂的是誰，她驚訝地叫了一聲：「連三哥哥！」

跟隨著她的少年們見老大停下了腳步，亦停下了腳步，見老大驚訝地稱一個英俊的年輕公子做哥哥，一邊心想果然是老大家的人長得就是好看，一邊也齊齊恭敬地喚了一聲：「連三哥哥！」

成玉立刻回頭瞪他們：「是我哥哥，不是你們哥哥。」少年們撓著後腦勺面面相覷。成玉揮手讓他們站遠點兒，自顧自沉浸在那聲連三哥哥裡頭。

她沒有親哥哥，表兄堂兄其實也沒幾個，再則同他們也並不親熱，便是稱呼也一貫疏離地稱某某堂兄某某表兄，親熱地叫人哥哥這事兒還從未有過。這一聲連三哥哥，她自己叫得都很新鮮，還有點回味，不禁又樂呵呵地瞎叫了一聲：「連三哥哥。」

連宋放開她的手臂，上下打量了她一番：「最近沒在琳琅閣碰到妳。」

成玉一想，最近她忙著備賽，加之上次花非霧當著姚黃的面圖謀連三後，姚黃自我感覺被這麼傷一回他應該可以至少清醒三個月，欣慰地表示三個月內他都不想再看到花非霧了，因此成玉的確好些日子不曾去過琳琅閣了。

但花非霧和姚黃這事兒說起來太一言難盡，她就給自己找了個藉口：「因為我開始修身養性，不去青樓找樂子了。」

「哦。」連宋道，「但我聽花非霧說，妳和她保證了每個月至少要約我逛八次琳琅閣。」他笑了笑，「我一直在等妳來約。」

「我什麼時候同花非霧……」成玉卡住了。她簡直有些恨自己的好記性。她想起來了，依稀……是有這麼回事兒。

那日在手藝小店辭別連三後，她便提了牙雕小仙回頭去找了花非霧，順便接姚黃，且大致告知了他們她有負所託，事情沒有辦成功，但是她不知怎麼回事認了連三當哥哥。當是時姚黃非常冷靜地接受了這個結果，表示一切盡在他的意料之中。只花非霧一人失望了許久，還開了瓶十五年陳的桂花釀揚言要借酒澆情愁。

一人兩花把酒澆愁，她喝得暈暈乎乎時，小花眼睛一亮，同她說了什麼。此時著力回憶，成玉想起來小花她說的似乎是：「我竟沒有想到，其實花主妳做了連將軍的妹妹，這是一樁意外之喜啊，不正好光明正大邀他一起上青樓來喝花酒嗎？就上琳琅閣，就來找我！」

當時她可能是昏了頭了，傻乎乎地表示這真是一條妙計，她還正正經經地問了小花：

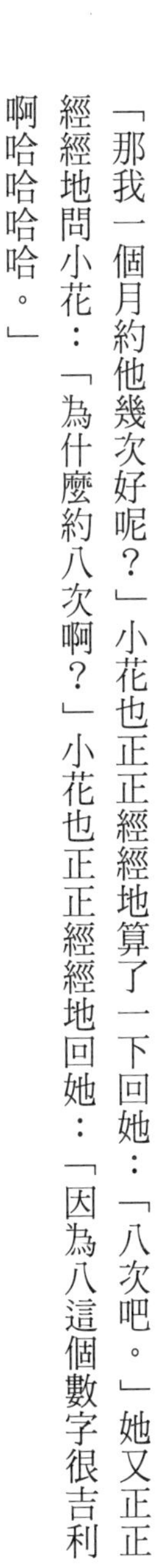

「那我一個月約他幾次好呢？」小花也正正經經地算了一下回她：「八次吧。」她又正正經經地問小花：「為什麼約八次啊？」小花也正正經經地回她：「因為八這個數字很吉利啊哈哈哈哈。」

當日一切歷歷在目，她甚至看到一旁的姚黃不忍目睹地閉上了眼睛。

想起來這一切的成玉，也在此刻不忍目睹地閉上了眼睛。然後她聽到連三淡淡：「結果等了許久也沒有等到，後來我想，妳大概是又忘了。」那微涼的聲音響在咫尺，也聽不出是什麼情緒，但成玉本能地覺得不能夠承認是她又忘了。可她又有些懷疑：「連三哥哥你真的在等我？」

就見青年抬了抬眼：「怎麼？」

她含糊：「因為約你逛青樓什麼的，這一聽就像是篇醉話啊。」

「哦，原來是醉話。」他不置可否，「但我信了，」看了她一眼，「若不是今日遇到妳，也不知這是篇醉話，還在傻傻等著，這怎麼算呢？」

成玉覺著「傻傻等著」四個字根本同連三很不搭，並且一個人傻傻等著另一個人約他逛青樓喝花酒，這事兒聽上去就不太對頭的樣子。但她又有些不確定，想著若連三他說的都是真的，他真等了她許久呢？

成玉腳踢著一旁的小石塊，腳尖踢出去，腳跟又磨著它挪回來，發愁道：「一個月逛八次琳琅閣這是不成了，我們兄……弟結伴逛青樓，這一聽就感覺這個家裡淨出二世祖敗家子了，九泉之下列祖列宗都要不得安寧的。」

連三提醒她：「我們倆不是一個祖宗。」

成玉慢吞吞地把石頭磨回來，飛快地看了他一眼，嗯啊了一聲，語重心長道：「所以兩家的列祖列宗都不得安寧啊！」

連宋垂目，嘴角彎了彎：「所以妳的意思是，我們一起逛，列祖列宗會不得安寧，但分頭逛，他們就能安寧了，是嗎？」

成玉立刻感覺頭痛起來，這當然不關列祖列宗的事，她不能兌現諾言陪連三逛琳琅閣，根本原因在於一個月偷摸著去一兩次還尚可，她要敢一個月逛八次青樓，朱槿就能一天打足她八頓。

但這種原因怎麼能說出口，她只好硬著頭皮：「我的意思是我改邪歸正了，不好再陪連三哥哥你逛青樓聽小曲了，要嘛，要嘛我……我帶你去吃好吃的吧！」

想出這個解決辦法，她覺得自己可太機靈了：「我帶連三哥哥你逛酒樓去，一個月逛八回，不，逛十回彌補你，好嗎？」她一激動，比出了九根手指頭，看到連三目光落在她的手指上，自己也拿眼角餘光掃了一掃，立刻又添了一根手指頭。

連三似在思考，臉上看不出對這個提議的態度。

她察言觀色，覺得自己必須上道一點，又立馬添了一句：「要嘛我今日就帶你去逛，好嗎？」

連三的目光順著她的護額滑到她被蹴鞠服裹出的纖細腰身，又滑到她身後數步外的一群少年身上：「妳今日不去比賽了？」不及她反應，伸手握住了她的手臂，「很好，那就走吧。」

成玉傻了：「我我我我我比賽還是要去的。」

連宋停下來看著她。他右手鬆鬆握著她的小臂，成玉掙了掙，沒能掙得開，她卯足了勁兒去掙，居然還是沒掙開，同時她感覺到連宋投在她頭頂的目光變得迫人起來。

成玉立刻明白自己掙錯了，但她也有些埋怨起來，可埋怨起來也有些嬌氣似的聲音軟軟的：「因為這個比賽我若不去，以後就不要在開源坊混了呀！」

當是時，遠天有驕陽破出晨曦，正照在面前小江東樓的牌匾上，幾個鎏金大字金光燦燦。「這樣好了！」她突然就有了主意：「連三哥哥你先在小江東樓喝一喝茶等我，一忽兒我就比賽完了，賽完了我就來找你好嗎？」

她一心想要說服他：「小江東樓好啊！從前我在京城時，小江東樓的竹字軒還能訂到，竹字軒望景尤其好，我有時候也來竹字軒喝茶，那時候在樓中坐著，沉浸在窗外的景色中，簡直逍遙似神仙，時間唰啦一忽兒就過去了！」說到「唰啦」兩個字時，還用空著的那隻手豎起來一根食指從左到右快速劃拉了一遍，表示真的很快的意思。

她斜眼偷偷摸摸看連宋，瞧見他似乎又在思考，她就舔了舔嘴唇，又比了遍剛才那個動作，口中還給自己配了一遍音：「唰啦……」

三殿下終於鬆動了，放開了她的手：「那我便在竹字軒等妳。」

成玉鬆了口氣，可這口氣還未徹底鬆下去，她突然想起來竹字軒老早就訂不上了。

「竹字軒不成的，」她小心翼翼道：「因為竹字軒被個什麼什麼貴人給占了，已經不許外人訂了。」一念及此事不禁義憤填膺一腔正氣，「其實，胡亂花這種錢幹什麼呢，是吧連三哥哥，好地方就該與民共享嘛！」說這話時她儼然已忘了當初平安城裡頭，論最能亂花錢，她玉小公子排第二沒人能排第一。

連三似笑非笑看著她：「可妳不是說竹字軒最好嗎？我只要最好的。」

成玉一個頭兩個大，連三太難搞了，她可太難了。

「我那時候是挺喜歡竹字軒的，但有個梅字軒我也很是鍾愛，連三哥哥你不妨在那裡等著。」她硬著頭皮勸連三，且為了證明梅字軒的不錯，她還招了招手讓少年們圍到她身邊來，咳了一聲，邊同少年們使眼色邊問他們：「我是不是常帶你們來小江東樓喝酒飲茶啊？我那時候除了竹字軒，是不是還很喜歡梅字軒來著啊？」

可惜的是大家默契不夠，少年們並沒有領會到她的心機，她身旁的矮個少年猶豫著接話道：「小江東樓的梅蘭竹菊四雅閣我們都跟著老大你試過，梅字軒如何我們沒有注意過，不過老大你的確最鍾愛竹字軒，還專門作了詞來讚嘆過從竹字軒望出去的風景，說『雁鳴白萍洲畔……』」冥思苦想，手拐一撞旁邊的白淨少年：「『雁鳴白萍洲畔』什麼來著？」

成玉恨鐵不成鋼地道：「我明明就很喜歡梅字軒來著！」

矮個少年還在用力推白淨少年：「趕緊想想，『雁鳴白萍洲畔』什麼來著？」又對大家道，「唉你們也想想！」

成玉不得不道：「我記得帶你們吃酒喝茶是有的，詞我應該沒有作過的。」

白淨少年最先想出來，承著矮個少年將後頭幾句詞一氣補充完：「『雁鳴白萍洲畔，月照小江東樓，清風買醉解憂，翠柳遮斷春愁。』老大，這個的確是你作的。」

成玉拒絕道：「不是我吧……」

白淨少年認真道：「老大你十三歲那年的年末歲首，請我們在竹字軒吃酒，長吁短嘆

說往後再沒有豪闊日子好過，最後再請大夥兒豪闊一把留個念想，小江東樓自釀的醉清風你一個人喝了三罈，喝完就開始一邊哭一邊吟詩作賦……」

成玉全然不記得有這麼一齣，還在拒絕：「我沒有吧……」

矮個少年憋著笑，抬頭指向臨著竹字軒的一棵百年老樹：「老大你還爬上了那棵樹，這事還驚動了朱槿哥，朱槿哥來帶你回去，你死都不下來，哭著說做不成全平安城最有錢的玉小公子你就一輩子長在樹上了，朱槿哥說那你就長在樹上吧，然後生氣地走了。」

成玉晃了一晃，站穩道：「我不會吧……」

白淨少年補充：「然後你就一邊抱著樹一邊哭一邊唸叨『清風買醉解憂，翠柳遮斷春愁，一個愁，兩個愁，三個愁，愁深似海，遍地愁。』我們想帶你下來，可沒有朱槿哥的功夫，湖生他爬樹算爬得好了，卻也只爬到了半中央，遠搆不著蹲在頂上抱著樹梢唸叨著一個愁兩個愁愁深似海的老大你。」

話題被少年們扯得越來越偏，而成玉也全然忘了她招少年們過來的初衷是要將連三勸進梅字軒中，她耳根泛紅，一隻手壓在腦門上向連宋道：「我、我要走了。」

三殿下沒理她，倒像是聽進了少年們的胡扯，微垂了眉目，整個人看上去也不再那樣冷淡，挺有興致似地問少年們：「所以你們就讓她在樹上待了一整晚？」

瞧見這自他們過來只靜在一旁、看著並不太好搭話的英俊青年居然也對他們的言談感到了興味，少年們越加興奮，爭先回答：「那倒沒有，我們好話說盡，可老大就是不下來。」

「不過沒多久日進斗金的劉安帶了他的蛐蛐兒紫頭將軍來找我們湖生，老大想看鬥蛐蛐兒，就自己從樹上爬下來了。」

「朱槿哥大約還是不放心，後來又來了，瞧見樹上沒了老大快急瘋了，結果進樓一看老大正興高采烈趴在桌上看鬥蛐蛐兒，當場臉就青了。」

成玉頭頂簡直要冒煙，生無可戀地道：「哦，這個我記得了，你們說完了嗎？說完了就走吧，比賽要開始了。」

連三看著她似笑非笑：「妳的似海深愁，來得快去得也挺快。」

成玉臉一下子就紅了，但還是強裝鎮定：「那時候我只有十三歲。」又驅使少年們：「走走走，比賽要遲了。」

卻被連三叫住：「妳走前是不是應該告訴我，我們究竟約在何處？」

成玉被少年們攪得頭腦發昏，一時沒反應過來，就聽連三低笑了一聲：「這是要我拿主意的意思了。」連三一笑，那風采似清月溶波萬里，又似曉春染花千色，成玉被這轉瞬即逝的一個笑迷得暈暈乎乎，暈乎之中，三殿下已做了決定，「那就定在雀來樓吧，我去雀來樓等妳。」

「雀來樓。」成玉一下子清醒了，「是全平安城最貴的那個雀來樓？」

「嗯，最貴的雀來樓。」

賣嫁衣賺的那五百金早花完了如今窮得一塌糊塗的成玉郡主，感覺到了人生的艱辛，她捂頭沉思了片刻，想起來今日託好友李牧舟在球市上買了自己贏，她要贏了這場比賽她就能有錢請連三在雀來樓吃一頓了。她咬了咬牙：「那……好吧，連三哥哥你先去雀來樓等著我吧。」惡狠狠地扯了扯頭上的護額，「這麼場比賽若我贏不了也不用在平安城混

了！」說完殺氣騰騰地領著少年們便朝著城南的蹴鞠場地狂奔而去。

連宋站在原處目送他們時，聽到她換了口吻邊走邊教訓少年們，頗循循善誘：「剛才你們做得很不對，以後不能再那樣了啊。」

少年們懵懂發問：「不能怎樣呢？」

她語重心長：「我那麼丟臉的事，你們怎麼隨便就講給別人聽了呢？丟的是我的臉，難道丟的不也是你們的臉嗎？」

有少年不解反駁：「可那不是老大你的哥哥嗎？」

成玉就不說話了，他們身影轉過街角時，連宋聽到她幽幽地嘆了口氣：「好吧，哥哥是可以講的，以後不要同外人講啊。」

連宋在小江東樓的牌匾下又站了一會兒，將手中的摺扇隨意把玩一陣，然後反身逛進了一家書局，並沒有立時重回竹字軒。

煙瀾收回落在窗外樓下的目光後，坐在竹字軒中怔忪了片刻，向靜立一旁的美貌侍女道：「從前只見三殿下同國師說過這樣長時間的話。」

天步笑道：「殿下願意同凡人們多說幾句話，不是很好嗎？」

煙瀾握棋子的手稍稍收緊了，聲音很輕：「一個半大少年罷了，又有什麼好聊的。」語含疑惑，「或許殿下在天上時便愛同這樣的少年結交？」

天步因站得離窗遠些，並未看清樓下聚著的是怎樣的少年們，故而含笑問道：「是如何一位少年呢？」

很多。」

煙瀾垂目：「背對著我，看不大清模樣，只看背影，頗覺普通。」皺了皺眉，「但話

天步搖了搖頭：「殿下從前，最不愛話多之人。」

煙瀾靜了片刻，目光有些迷離：「我看不透三殿下。」

天步依然含笑，但沒有接話。

煙瀾繼續道：「我那夜……憶起在鎖妖塔中同三殿下訣別那一幕，次日便去他府中找了他，我問他那時候為何要救我……他似乎毫不驚訝我想起那些事，也並不見得十分開心。他從書裡抬起頭來看我，笑著回我，『妳是說我為何會救長依？沒有什麼特別的理由，不過是長依她終歸於我有些不同罷了。』」

她雙目中泛起愁緒：「天步，妳說他這話奇怪不奇怪，我想我就是長依，他也知道我是長依，所以他才來到這處凡世，出現在我的身邊，但他卻從未叫過我一聲長依。我想了許久，」她眸中泛起霧色，襯得那雙漆黑的眸子楚楚可憐，「是因我除了鎖妖塔一別，卻難以記起過往種種，所以三殿下他並不覺得我是長依罷了，」她向著天步，「我想得對嗎？」

天步輕聲：「有些事公主若有疑惑，不妨當面去問問殿下好些，公主身子不大康健，不宜憂思過重。」

煙瀾靜了一靜，良久，目光移向窗外，似在問天步，卻更像自言自語：「妳說三殿下他對長依究竟是如何想的，對我又是如何想的呢？」

天步在心底嘆息了一聲。

大千世界數十億凡世，每一處凡世的時間流逝都不同，有些比九重天上快些，有些比九重天上慢些。此處大熙朝就比天上快許多，九重天一日，大熙朝一年。

天步記得她跟著三殿下初到此處凡世時，正是長依魂斷鎖妖塔的第二十八年，彼時天君新得的小天孫夜華君不過二十五歲。

確然，凡人中二十五歲已算是個青年，但始有天地之時，天分五族，力量越是弱小的族類壽命越是短暫，成長越是迅捷。而譬如仙魔之胎，其胎孕育不易，長成更不易，因此二十五歲於神仙而言，不過還是個極小的小娃娃罷了。

九重天給小小的夜華君做生辰那一日，天君在宴後留下了三殿下。從三殿下的面上，看不大出他有沒有料到天君要同他說什麼。小小的夜華君一臉端肅地來同他們拜別時，三殿下還圖著有趣，擰了擰小夜華君白皙的小臉蛋。

天上有許多小仙童，生在天上的仙童們個個靈動可愛，其中最尊貴最漂亮可愛的小仙童要數夜華君。但小夜華小小年紀，卻是個不苟言笑的性子，譬如其他的小仙童，被長輩捏臉蛋時總要撒一撒嬌，小夜華卻理都懶得理似的，繼續禮節周全地拜完天君又去拜了三殿下。

那時候三殿下看著小夜華頗為玩味：「你是知道長大後便要娶我們神族的第一美人白淺，而白淺她比你年長許多，所以你才故意這樣從小就開始老成，以便將來能夠與她般配是嗎？」

這種話原本不該同個小孩子講，九重天上任是誰膽敢在小天孫面前如此言語，天君怕都要扒掉他們的皮，但唯獨三殿下，天君即便聽著，也當作一陣耳旁風。

只小夜華白皙的小臉上透出一點紅來，那紅很快便蔓延至耳根，耳根紅透時臉卻不怎麼紅了，他端肅著一張小臉：「侄兒請三叔慎言。」

三殿下就笑了。

三殿下笑起來時，那雙琥珀色的眼中似有秋葉紛飛，華美中含著落木蕭蕭而下的冷峻。他一向如此，即便是柔和的笑，也帶著秋日的疏離意味。

三殿下俯身，摺扇抵住小夜華小小的肩膀：「慎言什麼？」

小夜華抿著嘴角。這確然不是什麼難題，但答出來未免令人尷尬，小夜華是天上最聰慧的仙童，雖然年紀小，也懂得此種尷尬，站在那兒耳根紅透，一副不知道如何是好的模樣。

一旁的天君適時地咳了一聲，小夜華立刻大拜了一拜天君，像他的三叔是個什麼洪水猛獸似地，立刻將小步子匆匆踏出去，護送他的恩師慈航真人前去十七天的別宮休憩去了。

三殿下遠望著離開的夜華君，緩緩將手中摺扇合上，寶月光苑中無憂樹上結著的妙花微微地泛著冷光。

天步的印象中，這一代的天君慈正帝為了顯示自己帝心深沉，是個說話很喜歡拐彎抹角的天君。但小夜華離開後，當這一角只留下父子二人，再添上一個不遠處隨侍的她時，慈正帝對著三殿下卻既沒有拐彎抹角，也沒有端天君的架子。

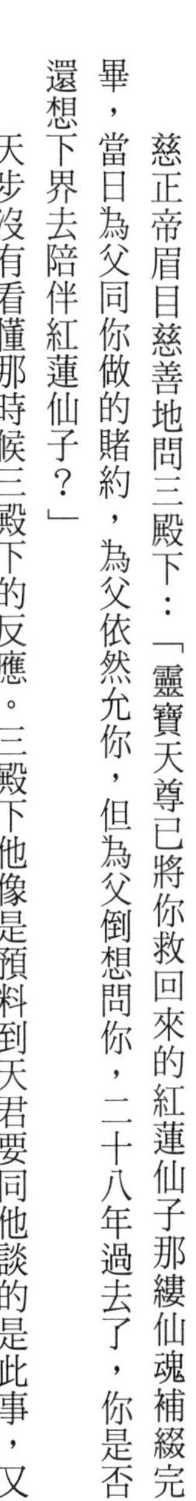

慈正帝眉目慈善地問三殿下：「靈寶天尊已將你救回來的紅蓮仙子那縷仙魂補綴完畢，當日為父同你做的賭約，為父依然允你，但為父倒想問你，二十八年過去了，你是否還想下界去陪伴紅蓮仙子？」

天步沒有看懂那時候三殿下的反應。三殿下他像是預料到天君要同他談的是此事，又像是沒有預料到是此事，或者他根本不在意天君要同他談的到底是何事。

「已有二十八年了？那就去吧，」他答道，「凡世兒臣沒有長待過，想來也不會比近來的九重天更加無聊了。」

天君看了他好一會兒，重重嘆了口氣，拂袖疾走了幾步，幾步後又倒轉回來，終歸沒憋住發了火：「你大哥雖代了你二哥之位，但才能上畢竟不如你二哥，你若平素能多幫著你大哥一些，為父也不至於忙成這樣，天宮中也不至於常無新事，你倒還嫌上無聊了？」

三殿下覺得天君很無理取鬧似的：「兒臣同兄長本應各司其職，井水不犯河水。」

天君瞪著眼睛：「井水不犯河水？信不信明日朕就將你大哥身上的擔子卸到你身上去？」

天步覺得天君平日裡雖甚為可怕，但同三殿下發脾氣的天君卻一貫是有些可愛的。

三殿下抬頭看了天君一眼，有些無奈似地笑了笑：「方才父君詢問兒臣是否意欲下界，兒臣應了，父君貴為天君，君不可戲言。」

天君被噎得半晌沒說出話來，吹鬍子瞪眼地走了，三殿下禮貌性地在原處停留了片刻，然後一路蹓躂著去了東華帝君的太晨宮，沒有再讓她跟著。

天君提及的那個賭約是什麼，天步是知道的。

她在凡世待了十八年，再加上天上那二十八年，如此算來，那樁事是發生在四十六年前。

四十六年前，為壯天族的實力，令魔族和鬼族更加忌憚神族，天君曾為膝下第二子桑籍前往青丘之國，向九尾狐族的白止帝君求娶他唯一的女兒白淺。

天族和九尾狐族好不容易定下來這樁親事，不料桑籍卻與白淺的婢女小巴蛇少辛暗中生了情。此事為天君所知，天君憎厭小巴蛇，為免她毀掉自己在強族大業上的一招妙棋，不由分說便將小巴蛇關進了遍地是妖物的鎖妖塔。桑籍不忍心上人受苦，為救小巴蛇勇闖了鎖妖塔。小巴蛇倒是救出來了，搭進去的，卻是其好友紅蓮仙子長依的一條命。

此事鬧得忒大，也正因如此，青丘白淺同九重天二殿下的婚事自是告吹了。但天君又怎能棄置掉這一步聯姻好棋，故而天定之君、將來必承天君大統的小夜華甫一出生，便有了青丘白淺這麼個未來媳婦兒。

這段過往裡頭，惹出事端的二殿下桑籍失了唾手可得的太子之位，被貶至北海，做了個小小水君，小巴蛇夫唱婦隨，隨著桑籍亦去了北海。縱然天君有責罰，兩人也算是有了個正果。而紅蓮仙子長依一條命，相形之下，卻令知曉這段過往的諸仙們都覺得，它殞得有些冤枉。

關於紅蓮仙子長依為何會伴桑籍闖鎖妖塔，最後還為了桑籍同小巴蛇能得救而命喪鎖妖塔，天上諸仙們的想像力有限，私底下傳來傳去，不過兩種說法。

一說因長依同二殿下桑籍乃是密友，長依此舉乃是為好友兩肋插刀，彰的是「大義」二字。一說因長依她戀慕著桑籍，此舉乃是為愛捨身，成全他人殞捨自己，彰的是「大愛」二字。

關於後一種，膽大又性喜傷春悲秋的仙娥們每談及此，便忍不住多說兩句。多說的那兩句無非是，長依真正傻，縱然她是為妖而後成仙，需絕情絕欲，她愛上桑籍其實是犯禁，但左右都是犯禁，為何不愛上三殿下。二殿下一心戀著條小巴蛇，她戀著二殿下這也是空戀，三殿下才是真正為她好的良人，聽說三殿下為了救她急急從南荒趕回，毫不猶疑捨掉半身修為只為救回她一口活氣……如何如何。

如小仙娥們所議論，當日長依她神魂俱滅，三殿下確是毫無猶疑地散了半身修為，只為斂回長依的一口氣息，而後三殿下他將她的這口氣息凝成了一顆明珠，還欲尋天族聖物結魄燈為她結魂造魄，令長依她能再生為仙。正因如此，才有許多傳聞，說誰能想到風流無雙的三殿下竟也能有一顆癡心。

癡心。

連天君都信了三殿下救長依乃是因對長依有癡心。

紅蓮仙子長依私闖鎖妖塔，照著天規，魂斷塔下乃是她當受的懲罰，三殿下卻罔顧天規，令天君震怒。元極宮中天君怒目三殿下：「情之一物，縹緲如夕霞晨露，無形無蹤，最不牢靠，世間本沒有什麼情值得你散去半身修為，你今日為長依犧牲至此，當有朝一日情消愛散，你必為今日後悔。世間本沒有什麼長存之情，本君日常瞧著你遊戲八荒，以為你早已懂得此中道理，本已很是放心，今日卻眼見你因情徇私，實令本君失望，你太過魯莽！」

三殿下彼時臉色還有些蒼白，卻並不把天君的盛怒當一回事似的，三殿下他也的確一向如此：「父君教訓得是，」他笑了笑，「不過，世間大抵也有不悔抑或是不會因時因事而轉移的真情吧，我從前沒有見到過，如今，」他頓住了沒有再細說，只道，「有時情大於法，的確於法不容，但破了這法，似乎也沒什麼可後悔。」

天君臉上訝色與怒色並存，大抵是未曾料到一向不當情是個什麼東西的三殿下竟說出此番言語，瞧了三殿下許久，而後一言不發地離開了元極宮。

天君寄在三殿下身上的厚望，天步其實有過耳聞。是從前有一回東華帝君同三殿下下棋時提及，說天君有意讓三殿下承襲仙逝多年的墨淵上神的神職，做天族護族的戰神。論戰名，三殿下在整個天族的少年神君中，確然是無人能出其右的。

天君的毛病是，他一向認為不為世情所動搖之人方能成就偉業。因此被他看上要委以大任者，他第一堂課要教給他們的，便是如何做個無情的神君。天君私底下更偏愛三殿下一些，也是這個原因。

端肅的大殿下與清正的二殿下瞧著是無情之人，卻著實是有情之人，而風流的三殿下瞧著是有情之人，卻從不當情是個什麼，其實是最最無情之人。

這天資靈慧的小兒子，戰場上從未有過敗績的少年神君，性子雖是閒散了些，成天也不知道在想什麼，但他聰明強大，最妙的是世間無情可動他，無情可擾他，他便是活脫脫為護族戰神這個神位而生。

但有一天，這樣完美的小兒子卻同他說，世間大抵也有不悔抑或是不因時因事而轉移的真情，有時候，情大於法也沒有什麼。

天君覺得這太有什麼了。他在凌霄殿中苦苦思索了兩日，第三日有了主意，顧著三殿下的身體，再次親臨了元極宮。

元極宮的玉座上，天君淡淡道，他會親自去上清境請靈寶天尊補綴紅蓮仙子長依的仙魂，而後令長依以凡人之身在一處凡世重生。

凡人有壽限，一壽一甲子，正正六十年，他允三殿下去凡世陪紅蓮仙子六十年，不過要封住周身法力，若這六十年裡三殿下能對紅蓮仙子深情不變，證明這世間果有不悔抑或是不因時因事而轉移的真情，那他便認可三殿下他所說的情可大於法，屆時他會讓紅蓮仙子重回天庭，再賜神位，令其重列仙班。

而倘若三殿下他對長依之情果然如夕霞朝露，連六十年都撐不過，那他今日如此捨棄修為救護長依，便是大大的魯莽，長依會身入輪迴永為凡人，他也需去西天梵境佛祖跟前清修七百年靜心斂性。而後接任護族戰神之位，此是給他的教訓。

這便是那個賭約。

天步記得當時三殿下驚訝了好半天，但他也沒辯解什麼，反就著天君的意思接下了這個賭約。

天君是誤會了，誤會得還挺深。

長依，二殿下，三殿下之間究竟是怎麼一回事，外人雖不甚明瞭，但天步打小跟著三殿下服侍，瞧著總比外人要清楚些。

九重天上都說避世在太晨宮中的東華帝君是最有神仙味的神仙，因帝君他數萬年如一日地待在三清幻境裡頭，唯有四時之錯行，日月之代明，造化之劫功能引得他老人家注意一二。但有時候天步想，帝君他不將那些小事情放在眼中，乃是因帝君他上了壽數，這並沒有什麼；三殿下他年紀輕輕，在此道上與帝君比之卻也不遑多讓，這就十分難得了。

大概因三殿下他生來便是四海八荒最適合當神仙的神仙吧。

譬如與和三殿下年紀相仿的大殿下二殿下做比，三位皆是身分尊貴的少年神君，大殿下有欲，他的欲是凡事都要強出兩個弟弟；二殿下亦有欲，他的欲比大殿下高明一些，乃是於四海之內壯天族之威名於八荒之內建不世之奇功；而三殿下呢，瞧著三殿下他身邊美人一茬接一茬，像是個風流無邊的樣子，似乎是最該有欲之人，但於三殿下而言，這世間萬物為空。三殿下內心沒有任何欲望。

她從前在「空」這個字上頭並無領悟，只是有一回聽三殿下同帝君飲茶對弈論法，提到了「空」這個字。他們談得高深，她沒有聽懂，因三殿下願意成全她們的向道問佛之心，她琢磨一陣沒有琢磨明白，便在私底下討教了三殿下。

天步記得，彼時伴在三殿下身旁的美人是義水神君的小女兒和蕙神女。天上那時候盛傳三殿下應是對和蕙神女十分中意，因這位神女已伴了他四月有餘。東海之上千重白雲掩住的雲山之巔有鹿鳴鶴嘯，風姿妍麗的和蕙神女靠坐在一株萬年古松旁，正輕攏慢捻地彈一張七絃琴，偶爾望向三殿下的眼神中盡是繾綣傾慕之意。

站在一旁提筆描繪和蕙神女的三殿下聽到自己問他何為「空」時，並未停下手中的畫筆，他嗓音微涼：「世間事物，皆有流轉生滅，無恆常之事，無恆常之物，亦無恆常之情；萬事無常，有必成無，無中生他物，又必成有，但這流轉生滅中卻沒有什麼是抓得住，能恆常的，這便是空。」

她兀自不解，瞧著不遠處的美貌神女，輕聲問道：「那麼此刻對殿下來說，也是空嗎？空，難道不是令人乏味？殿下覺得此刻乏味嗎？」

三殿下一邊提筆蘸墨一邊漫不經心地答她：「空令人感覺乏味？」他笑了笑，那笑容含著些無聊意味，淡淡掛在嘴角，「不是乏味。」他說，「空是令人感覺荒蕪。」

天步一直記得那日說「空是令人感覺荒蕪」的三殿下，他的眼中是神族難得的美人，筆尖也是這位難得的美人，那張畫靈性俱現，至少說明三殿下他看著美人時並沒有敷衍，但那時候三殿下他的神色，卻有一種世間萬物都不值一提的百無聊賴。

是以，因三殿下散修為救長依這事而將三殿下他就此傳成一個情種的種種傳聞，天步聽在耳中是覺得有些可笑的。

令三殿下動容的，並非是長依，而是長依對桑籍逾七百年不變的那一份癡情。

大約「無常之空」令三殿下他感覺荒蕪，他未曾見到這世上有「非空」之物，而長依對桑籍那份恆久的癡情，令他覺得那也許會成為一種「非空」，因此令他格外珍視罷了。

他捨掉一半修為也要令長依保住性命，不過是因為，只有活著的長依才能向他證明這世上也許真的有「非空」之物。

仙途漫漫，皆是荒蕪，這一切三殿下他都看得透透的，但三殿下他大概並不愛這樣荒蕪的漫漫仙途。所以三殿下他自己有時也會說長依於他而言不同，她確是不同的，只是這不同，同兒女情長全無關係罷了。

日頭烈起來，街上喧鬧聲益甚，這是人間。

天步瞧著眼前一臉愁思的少女，她長得頗似長依，此時臉上的表情更是像極了當初長依避在偏處一人為桑籍傷情的時候。

但如今她已記不得桑籍。

片刻前她問道三殿下對長依是如何想的，對她又是如何想的。誰能料到長依在凡世重生，卻對三殿下生了情意？

天步再次嘆了口氣。

煙瀾她對三殿下生出情意並非好事。

凡世中的確有那樣充滿旖思的話本，說什麼英偉天神降臨凡世千般苦尋萬般苦尋只為尋回失散的前世真愛之類，戲台子上演一場就能引得大姑娘小媳婦兒哭一場，但那終歸是話本故事罷了。那樣為愛如何如何的天神，決然不會是這四海八荒的年輕水神，九重天上的連三殿下。

第五章

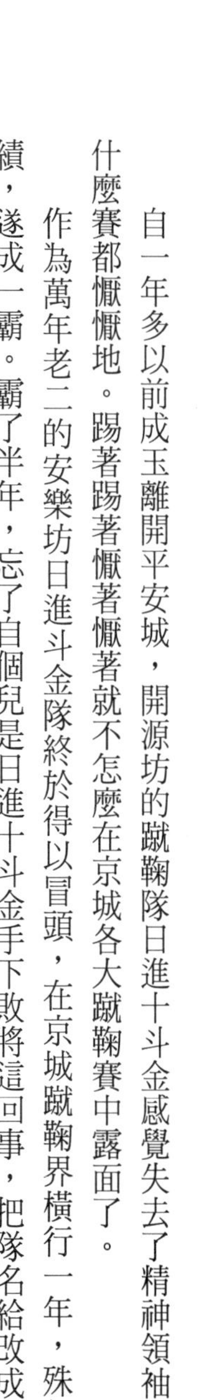

自一年多以前成玉離開平安城，開源坊的蹴鞠隊日進十斗金感覺失去了精神領袖，踢什麼賽都懨懨地。踢著踢著懨著懨著就不怎麼在京城各大蹴鞠賽中露面了。

作為萬年老二的安樂坊日進斗金隊終於得以冒頭，在京城蹴鞠界橫行一年，殊無敗績，遂成一霸。霸了半年，忘了自個兒是日進十斗金手下敗將這回事，把隊名給改成了獨孤求敗。結果改完隊名的第二天，他們的剋星玉小公子就回京城了。

然後第二旬，他們的剋星玉小公子就滿足了他們獨孤求敗的願望，領著日進十斗金把他們給端了。

當頭的烈日底下，日進斗金的各位英雄好漢們，熱淚盈眶地，從十五比三的比分牌子上頭，從成玉漫不經心歪著頭撩起前襟擦汗的動作裡頭，以及從成玉撩起前襟擦汗時看台上大姑娘小媳婦兒們熾烈得能熔鐵化銅的視線裡頭，看到了終極……

平安城大姑娘小媳婦兒們的偶像，蹴鞠小霸王成玉玉小公子正蹲在好友李牧舟的生藥鋪子裡一張一張數贏回來的銀票，有些感慨地對蹲在她對面亦在數銀票的李牧舟發表感想：「都是血汗錢啊。」

李牧舟點頭道：「沒人相信你們隊能贏日進斗金他們十個球，虧得我膽子大，跟了妳一把，這一票贏的夠開三個月義診了。」

成玉埋頭從數好的銀票裡頭抽了三張出來，將剩下的全推給了李牧舟：「給，夠開一年義診了。」

李牧舟納悶：「妳不是缺錢嗎？」

成玉將三張銀票疊成小小的豆腐乾裝進荷包裡頭拍了拍，抹了把腦門上的汗：「沒事，我賺錢快，這三張救急夠了。」

聽聞鋪子外頭有腳步聲傳來，成玉撲通一聲歪地上，嘴唇都嚇白了，和李牧舟比口型：「朱槿怎麼來了？他知道我讓你代我賭球了？」她有點站不起來，爬著往後室躲，「完了我要被打死了。」

李牧舟也一愣，但迅速鎮定：「我不會供出妳的，妳放心好了。」一邊迅速地將銀票塞進胸口一邊將成玉滾巴滾巴揉進了病人躺的床底下，還踹了一腳，自個兒則正襟危坐在床沿，順便撈起一本書。

仁安堂是個前店後院的格局，鋪子連著條小走廊，直通天井，廊道入口處闢了個小間出來以供重病之人休養，因此只擋了條深色的布簾子。

朱槿站在布簾子跟前敲了敲門框才掀簾而入，李牧舟假裝自個兒正全神貫注在手中的書冊上頭。

房中明明還有兩張木頭凳子，朱槿卻偏偏也坐到了床沿上。成玉趴在床底下，瞧著橫

在她鼻子跟前的朱槿的一雙靴子，緊張得手直發抖。
朱槿溫聲向李牧舟：「我來看看你的傷如何了。」
成玉想起來，她上次走夜路不小心掉河裡，被救起來時去了半條命，朱槿的聲音也沒有此刻一半這麼關懷。她不禁好奇起來，小李到底受了何等重傷？
正胡思亂想，卻聽李牧舟自己也挺疑惑：「傷？什麼傷？」
然後一陣窸窸窣窣，朱槿似乎執起了李牧舟的衣袖：「昨日削藥材時，不是在這兒劃了道口子？」
李牧舟的左手食指上，是有一道口子，但那是道稍不注意就看不出是個傷口的口子。
成玉全身心都沉默了。
朱槿關切地問李牧舟：「會不會留疤？」
成玉在心裡冷酷地幫李牧舟回答：「應該很難。」
李牧舟本人似乎根本沒考慮過會不會留疤的問題，輕快地道：「無所謂吧。」就聽朱槿沉聲：「無論如何，這幾天不要做重活，藥膏要記得塗，」又道，「你收進來準備切的藥材，我都替你切好了，因此別再在院子裡搜羅著忙來忙去。」
大概是聽到不用幹活，李牧舟傻高興地哦了一聲。
兩人又聊了些李牧舟藥園子裡種著的花花草草，直到成玉在床底下全身都趴得要麻痺了，朱槿才離開。
李牧舟趕緊將她拖出來：「我覺得朱槿他應該不是來找你的。」他這麼總結。
成玉慢吞吞地看了他一眼，慢吞吞地拍掉膝蓋上的灰塵，心情複雜地道：「我也這麼覺得。」

李牧舟很有些不解：「既然不是來找你的，他最近這麼閒嗎？還有空來我這裡隨意走走，還幫我把活兒都幹了？」

成玉坐在床邊很努力地想了一會兒：「如你所說，他這樣關心你，的確令人費解。」她提出了一個非常可怕的思路，「小李……你是不是得絕症了啊你？」

被小李從仁安堂打了出來。

成玉灰頭土臉地從仁安堂跑出來，一看時間不早，趕緊朝雀來樓狂奔而去。但她愛看熱鬧，碰到有人扎堆的地方就控制不住停下腳步，加之心又軟，一看到什麼慘兮兮的事情就愛掏荷包獻愛心。路上走走停停獻了一路愛心，等人到了雀來樓，將荷包翻個底朝天，她吃驚地發現裡頭竟只剩一張十兩的小銀票了。

平安城有三大銷金窟，雀來樓排在夢仙樓和琳琅閣前。時人說「無金莫要入雀來」，說的就是雀來樓。去夢仙樓琳琅閣睡個姑娘也不過七八兩銀，進雀來樓卻連兩個好菜都點不上。因此當成玉被小二引上二樓雅間，在門口處一眼瞧見裡頭的一桌珍饈，和坐在一桌珍饈旁正往一只銀爐中添加銀骨炭的連宋時，她感覺到了命運的殘酷，以及自己的無助。

但大熙朝的禮俗是這樣，誰邀飯局誰付錢，沒帶夠錢卻上酒樓擺宴請人吃飯，這是有心侮辱人的意思，要挨打的。她就算放連三鴿子，也不及邀連三吃飯，吃了飯卻讓連三付帳這事兒更得罪連三。

成玉揉著額角，躲在門廊裡思索眼前的困境，雀來樓又是個不能賒帳的地兒，小李的仁安堂比十花樓離此地近得多，可就算跑回去找小李拿錢再跑回來，也需多半個時辰，這跟放連三鴿子也沒兩樣了。

她一籌莫展。門縫裡覷見連三身旁還恭立著兩人，一個瞧打扮是個婢女，另一個是雀來樓的掌杓大廚文四姐。

文四正低頭同連三說話，她聽得一句：「刀魚多刺，三公子刀法好，切片俐落，刺也除得很乾淨，便掌著火候將魚肉煮得色白如玉凝而不散，這便成了。」

那絕色的侍女嘆了口氣：「可如何辨認魚肉是到了色白如玉凝而不散這一步，我和公子在這上頭都有些……哎，上次也是敗在這一步！」

成玉聽明白了，這是連三正同文四姐學煨湯。

她一時有點茫然，因為很顯然連三同煨湯這事兒很不搭。她雖然想著為連三和花非霧做媒，但打她看清楚連三長什麼樣子，就一心覺得只有隱居世外梅妻鶴子這樣的人生才能與他相配。明月之下彈彈琴作作畫什麼的，這才是他這個長相該做的事情。但此時她恍惚回想了一下，她初見連三時他在逛小渡口，重逢他時他在逛青樓，今早見他他又在逛街，而此時，她無奈地想著，他居然跟著個廚娘在學煲湯。

樓道處突然傳來了雜聲，幾個壯漢抬著個大箱子上了樓，經過成玉時還有禮貌地對她說了聲小公子請讓讓。

成玉疑惑地瞧著壯漢們將箱子抬進了連三所在的雅室中，箱子被拆開來，待看清那一丈長七尺高的巨型裝置是個什麼玩意兒時，成玉捂住了額頭。我天，不會吧，她在心裡對自己說。

室中的美貌侍女瞧著那裝置頗為高興：「公子好思量，這次定然不會失敗了。」又溫柔地向一臉茫然的文四姐道，「上次我記得將魚肉放下去後，四姐妳一分不多一分不少正好煮了半刻，是吧？」

文四一臉不在狀況：「大約……是半刻吧，但是否一分不多一分不少，這個奴婢卻沒有計算過，奴婢一向只是看魚肉的成色，覺得差不多時便將它出鍋了。」

在侍女和文四言談之際，連宋自顧自調整了丈長的木頭裝置；待將那裝置調整好後，他拿火掀撥燃了銀爐中的炭火；當金黃的火苗燃起來後，他起身扳動了那巨大裝置的驅動桿；看著木製的齒輪緩緩轉動起來，他才重新踱回了擺著一桌子菜的八仙桌旁。

齒輪轉動的聲音慢悠悠響在房中，竟是有些悠揚又古老的聲韻。那侍女早停止了和文四的交談，此時很及時地遞過去了一張打濕的巾帕。忙完一切的連三接過去慢慢擦著手，將雙手一寸一寸都擦過了，他才微微抬了眼，向著門口：「妳在那裡磨磨蹭蹭多久了？想好了要進來嗎？」

天步聽說了今日三殿下同人在此約了午膳，因一向能同三殿下約一約的數遍整個國朝也就只有國師，故而她一直以為他們等著的是國師。但此時三殿下說話這個口吻卻不像是對著國師，她不禁好奇，抬頭看向門口。

先是看到一隻手扒住了門框，是隻很秀氣的手，形狀也很好看，有些小，像是隻小少年的手，或者是小少女。

又過了一會兒，一個纖細的孩子從門框邊一點一點挪了出來。說他是個少年，因他一

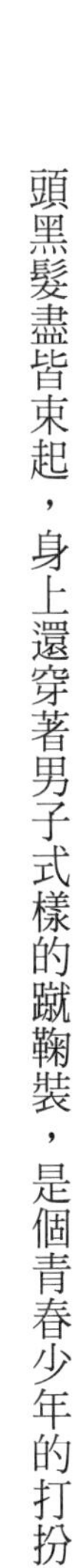
頭黑髮盡皆束起，身上還穿著男子式樣的蹴鞠裝，是個青春少年的打扮。

但待天步看清那張臉時，卻不禁倒抽了一口涼氣。是太過出色的一張臉。她猶記得當年三殿下身邊的和蕙神女已是四海八荒中有名的美人，可這少年的面容比之和蕙神女卻還要勝出許多。只是他年紀尚小，似一朵待開之花，美得還有些含蓄。但已可想見當此花終有一日全然盛開之時，將唯有「色相殊勝」四字才能形容他的絕色。

天步看愣了。

雅室門口，成玉硬著頭皮將自己從門廊邊挪了出來。

連三擦完了手，一邊將巾帕遞給天步一邊問她：「不想進來？」

成玉扒著門口：「……嗯。」

連三看著她：「為什麼？」

她目光放在連三身後，停了會兒，「那個是七輪沙鐘吧？」她扒著門框，曲起右手，只手腕動了動，指了指那座將整個雅室占了一半的木頭裝置。

方才那些壯漢將外頭的箱子卸掉時，成玉便知道他們抬進來的是七輪沙鐘。七輪沙鐘是當今天下最為精準的計時器物，原理是以流沙驅動聯排的七個齒輪推著指針在表盤上計時，乃是國師粟及兼職欽天監監正時期的發明，全天下只有幾座。她曾在太皇太后的寢宮裡見過一座。

成玉嘆了口氣：「你們沒有聽到它哭得很傷心嗎？」

一直在一旁不動聲色觀察著成玉的天步疑心自己是不是聽錯了，房中有片刻靜默，直到聽三殿下也問了句「妳說什麼」時，天步才感覺自己可能並沒有幻聽。

「你們沒有聽到七輪沙鐘它哭得很傷心嗎？」成玉重複了一遍。

「它可能是感覺自己被大材小用了吧，哭得都犯抽抽了。」她說得還挺認真，「你們知道的，它是沙鐘之王嘛，士可殺不可辱的。」她停了一下，「我聽著它哭得犯抽抽，心裡也有點難受，」話說到這裡她終於編通了整個邏輯鏈，可以回答出連三那個為什麼她扒著門口不肯進去的問題了，「所以我想我就不進來了。」

她咳了一聲：「我最怕聽人哭了。」分辨著連三的臉色，又道，「我在門口坐著也是一樣的，連三哥哥你還沒吃飯，那你用你的，」她抿了抿嘴唇，「我就坐在這裡陪著你好了。」

她是這麼考慮的：這一桌子菜，若連三他一個人用，那用完他肯定不好意思讓她結帳了。她就劍走偏鋒地演了這麼一齣。

其實若她面對的是兩個凡人，她這麼神神叨叨的說不準還真能把人糊弄住。但她面對的是兩位神仙。

作為一個神仙，怪力亂神天步就太懂了，眼前這座七輪沙鐘根本沒有一點成精的跡象，因此天步根本不明白眼前這絕色少年在說什麼。

「它真的在哭？」但她聽到她家殿下竟然這麼回應了。

接著，她聽到她家殿下居然還追問了句：「還哭得很傷心，是嗎？」

天步覺得世界真奇妙。

「嗯，哭得直犯抽抽。」而少年卻很肯定地這麼回答了，說著退回到了門廊中。

退回到門廊中的成玉自覺她應該算是過關了，正要鬆一口氣，卻聽到連三開口：「我准許妳待在那兒守著我了嗎？進來。」

成玉一臉蒙圈：「我剛才不是說過……」

「妳剛才說，」連三打斷了她的話，「士可殺不可辱，因為我用它來定時間煮魚湯，這座七輪沙鐘哭得直抽抽，妳不忍坐進來聽它哭，所以就不進來了。」顯然「直抽抽」這個詞對三殿下來說是個新詞，天步聽到他說到這裡時，難以察覺地停頓了一下。

連三短短一句話將整個事情都敘述得很清楚，也將她的邏輯總結得很到位，成玉眨巴著眼睛：「那你怎麼還……」

三殿下的目光似有若無瞟過七輪沙鐘，語聲很是平靜：「為了給妳熬湯才將它搬過來，我覺得，它就是哭抽過去，妳也應該坐進來，一邊喝湯，一邊聽它哭。」

成玉卡住了。半晌，她捂著額角裝頭痛，揉了揉眼睛，將眼睛揉得通紅，軟軟地為難狀道：「可我靠近一點，就感覺頭很痛，要是坐進來，我想我會受不了的。」她一邊說，一邊悄悄挑一點眼簾偷覷連三的神色。

就見連三笑了一下，依然很平靜地道：「那就只能讓妳坐進來，一邊忍著頭痛，一邊喝湯，一邊聽它哭了。」

成玉就又卡住了。

這一次她是真的卡住了，老半天也沒想出來該怎麼回答，沉默了片刻，她說：「連三哥哥你太殘忍了。」

連三點了點頭：「有點殘忍吧。」

「……」成玉從小到大，基本上都是讓別人拿她沒有辦法，平生第一次感受到了拿別人沒有辦法的痛苦，對過去被自己荼毒過的好友們竟然生起了一點懺悔之心。她呆呆地站在那裡倚著門框認真地發愁，想著繞了這麼大個圈子，努力演了這麼久，最後她居然還是要進去付帳嗎？可她沒帶銀子啊！她現在告訴連三她沒帶夠銀子她就跑來了，連三會原諒她嗎？他倆的友誼還能長存嗎？

她抬眼看連三，見連三也在看著她。她方才總覺得有什麼地方不大對，此時瞧著連三的臉，她終於察覺是什麼地方不對了。

她沉默了片刻：「連三哥哥，我其實有點聰明的。」

「哦？願聞其詳。」

「你根本不是為了給我熬湯才將七輪沙鐘搬過來的。」她篤定道，「今天因為我說要帶你逛酒樓，讓你在雀來樓等著，你是覺得閒著也是閒著，才想再熬一次那個魚湯試試看，你剛才根本就是在騙我。」她越說越覺得是這麼回事，「但是你從前總是熬不好，因為你總是辨不出來魚肉煮到什麼時候才算合適，所以你才搬來了七輪沙鐘。是你自己想成功熬一次湯罷了，根本就和我沒關係！」

「哦，」連宋道，「妳的意思是妳不喝不是專門為妳熬的湯，對嗎？」他雲淡風輕地總結，「這有何難，我再立刻專門為妳熬一鍋好了。」

成玉點了點頭：「因此我……」又立刻搖頭，「不對，」額頭卻不小心撞到了門框，「啊！」她輕呼了一聲，倒是不痛，但被打了岔，她腦子有點打結，「我是這個意思嗎？」她疑惑地問連三。

連三低著頭，她看不見他的面容，只能聽見他的聲音，她聽到他低聲落寞道：「是啊，妳嫌這鍋湯不是專為妳熬的。」

天步在一旁眼睜睜見證著這一切，感到真是見了鬼了。

成玉喃喃著：「不對呀，」這一次她終於把持住了自己沒有再被連宋繞偏，右手捂著被撞的額頭，「我覺得我的意思應該是，因為連三哥哥並非專為我熬的魚湯，所以我不喝也沒有什麼，連三哥哥一個人喝吧，我在這裡陪著你就好了。」話罷之時，沙鐘正好走過半刻，表盤上最短的那根指針上突然蹦出一隻拇指大的木雕畫眉鳥婉轉啼鳴。

連三看了她一眼，沒再說什麼，只伸手將煨著的湯鍋揭開，湯煨得合宜，立時便有鮮香撲鼻而來。

文四姐悄悄和天步道：「這魚肉的成色，正是色白如玉凝而不散，三公子此次這湯煨得正好。」天步嗯了一聲，見連宋伸出了右手，忠僕的本能令她神遊天外之時依然能趕緊將一只折枝花的描金瓷碗準確無誤地遞過去。

成玉今日大早起來，飯沒扒上兩口便被蹴鞠隊的少年們擁著殺去了蹴鞠場，折騰了一早上，早已飢腸轆轆，此時聞著湯汁的濃香，肚子立刻叫了一聲，唱起了空城計。她長這麼大從沒有被餓得這樣過，不禁低頭看著自己的肚子有點發愣。

連三已盛好了湯，目光亦停留在她的肚子上：「七輪沙鐘應該沒哭了，還不願意進來嗎？」

成玉捂著肚子左顧右盼，結結巴巴道：「我怎麼聽見它還、它還是……」

連三道：「這頓飯不用妳請，我已經付過帳了，進來嗎？」

成玉頓時愣了：「我、我不是，我就是……」眼見得整張臉一點一點紅透了，她支支吾吾道，「連三哥哥你怎麼知道，知道我就是……」

連三挑眉：「知道妳就是沒帶銀子所以一直胡說八道找藉口？」

成玉立刻道：「我不是故意不帶夠錢，沒有看不起你捉弄你的意思……」她飛快地抬頭看一眼連三又立刻低頭，「你沒有生氣吧？」

連三道：「沒有生氣。」

成玉明顯感到吃驚：「沒有生氣嗎？上一次我放了你鴿子，已經很失禮了，這一次又這樣，著實很對不住你，你真的不生氣嗎？」

連三看了她一眼：「妳也知道妳很對不住我啊？」

成玉慚愧地低著頭，又忍不住好奇：「那你，你為何沒有生氣呢？」

連三再看了她一眼：「可能是因為妳笨吧。」

成玉瞪大眼睛，顯然很吃驚：「我哪裡笨了？」

「每次說瞎話都被我拆穿，還敢說自己不笨了？」

成玉聞言立刻洩了氣，悶悶不樂道：「那只是因為我不太擅長那些罷了。」嘴裡說著話，肚子突然又叫了一聲，她的臉騰地紅透了，挨著門框捂著自己的肚子，一臉不知如何是好的樣子。

三殿下嘴角彎了彎，伸手將方才盛起來的那碗湯移到了八仙桌正對著門口的那一方，合上的摺扇在一旁點了一點，朝她道：「無論如何，先吃點東西。」

她磨蹭了好一會兒，才紅著臉拖拖沓沓地走進來，乖乖坐在了連三示意她坐下的位置上，擦了手，端了湯，喝湯之前還耿耿於懷地小聲嘀咕了句：「我覺得我還挺聰明啊。」臉還是紅通通的。

天步消化了許久，才接受了自家殿下竟在凡間認了個義弟的事實。三殿下能夠同凡人多說兩句話已然很了不起了，今日竟陪著這小少年說了許多話，泰半還都是些無聊話，令天步感到很震驚。

她思索著，是因為這小少年長得好看嗎？但在天步萬年來的印象中，三殿下並不是這樣一個膚淺的人。傳說中的神族第一美人白淺她哥哥白真，照理說可能要比這少年更好看些，但也沒見三殿下同白真有什麼結交。

天步難得又走神了。

在她走神之時，二人已將一餐飯用得差不多，此前他們偶爾有些交談，天步並未聽清，此時突然聽到她家殿下淡淡道：「我今日一日都很閒。」天步眼皮一跳，在心中否定道：「殿下，今日你並不閒，書房中積了一桌文書待你處置，國師遞了帖子說下午要來拜見，煙瀾公主也說有幾幅畫下午要呈給你看看……」雖然她沒有聽清此前他二人說了甚，但她覺得她很明白三殿下說這句話的用意。

成玉也理解了三殿下的用意，她眨了眨眼睛，想，連三的意思應該是，他今日一日都閒，因此她需陪他一整日才算完。這也沒什麼不可以，畢竟這頓飯是連三請的，她還吃得很暢快，做人總要知恩圖報。可唯一的問題是她身上只有十兩銀子，十兩銀子的花費能找到什麼好消遣？

她「那……」了一會兒，提議：「那我們待會兒去聽說書？」

連三慢慢喝著湯，沒有發表意見。

「看戲？」

連三依然沒有發表意見。

「捶丸？」

「木射？」

她甚至想出了：「盪鞦韆？」

連三放下碗，看著她宛如看一個智障。

成玉撓了撓頭，一不小心把護額撓了下來，又手忙腳亂地重新綁上去，邊綁邊道：「既然這些你都看不上，」她想了想，「那我帶你去個新奇的地方吧。」她一邊回憶一邊彎起了眼睛，「雖然連三哥哥你很挑剔，但那個地方，你估計挑剔不出什麼，一定會很喜歡的！」

雀來樓午膳用罷，天步被自家殿下打發回府了，她家殿下則被成玉打發進了連府的馬車裡頭待著。

成玉瞧著馬車上的車帷子放下去，一蹭一蹭地拐進雀來樓斜對面的藥材鋪子，急匆匆要了半斤雄黃粉，幾頭大蒜並幾塊紗布，蹲那兒飛快地搗鼓一陣做了幾個拳頭大的紗布丸子。

變故陡生時，成玉正將幾個紗布丸子放進個厚實的新鮮桐油紙袋裡抱著走出門，眼見得街上人群四散奔逃時，她還不知道發生了什麼，接著就瞧見方才經過的一個胭脂攤子一個首飾攤子相繼被撞倒。哦，她知道發生什麼了。

京城的治安泰半時候是好的，奈何天子腳下紈褲多，十天半月的大家就要因為鬥雞走狗搶姑娘之類的事情幹上一仗。刀劍撞擊聲傳入成玉耳中，她想，哇喔，今天這票他們還幹得挺大的，都動刀子了。

待人群四散逃開裸出打鬥場時，她才瞧見眼前的陣仗非同小可：幾十步開外的街中央，一隊蒙面人正持刀攻擊一個黑衣青年，青年還帶著個不會武的白衣女子。

蒙面人七八個，一招一式端的狠辣，招招都比著取命而去。幸而那黑衣青年身手高超，一邊護著身旁戴著冪籬的女子一邊力敵七八人，竟還隱約占著上風。青年的身形和劍招都變得極快，成玉看不大清青年的模樣，她也沒心思瞧這個熱鬧。

騎馬射箭蹴鞠玉小公子雖樣樣來得，但玉小公子她不會武。她自個兒曉得自個兒的斤兩，一明白這是齣當街刺殺的戲本，立刻就掉頭鑽進了藥材舖，在小夥計身邊占了個位置老老實實躲了起來。

長街上的行人很快清了一半，另有一半跑不快的還在大呼小叫地逃竄。人群四竄中一個老婦被人一擠一推正正跌在藥材舖跟前。街上這樣亂，若被兩個年輕力壯的不小心踩兩腳，這老婦人老命休矣。

刀光劍影的其實成玉也有點害怕，但瞧著老婦人她又不落忍，呼了口氣將紙袋子往地上一撂便貓著腰跑了出去。結果剛將老婦人扶起來打算半攙半拖地弄進藥舖子，就見一柄大刀打著旋兒迎面飛來。

成玉愣住了。

目光掠過成玉的一剎那，季明楓一愣，再瞧見朝她而去的那把刀，「躲開」兩個字出口前手中利劍已脫手追了過去，人亦隨著劍緊追了過去。

原本七個黑衣人已被季明楓修理得差不多，死了三個重傷了四個，最能打的那個在仆地前拚著最後一口氣，將兵器釘向了躲在他身旁的秦素眉。他返身將那把刀震偏方向時，並沒有想到它飛過去的那一方大剌剌站著個人。站著成玉。

季明楓是曉得成玉機靈的。她幾乎是他所認識的姑娘中最機靈的一個，可今日當此大險，她卻瞧著飛過去的長刀定定立在那兒一動不動。追過去的劍再快也趕不上那把先行一步的長刀，季明楓渾身發冷。

眼見著那刀尖離成玉不過兩三尺，斜刺裡突然飛出一把合上的摺扇。

那摺扇通體漆黑，只扇墜處一點紅芒，也不知是什麼。便在刀尖離成玉約有兩尺之際，扇子準確無誤地擊打在了刀身之上，發出一聲叮響，可見扇骨是以金屬做成。整把長刀都狠狠一偏，可即便整把扇子都以玄鐵做成，也該是個擋不住長刀威勢的輕巧之物。但就是這樣一把輕巧之物，卻輕輕巧巧將一柄合該有二三十斤的長刀硬生生撞得斜飛了出去。

成玉方才藏身的藥材鋪子當門刻了副對聯，叫「仙山無奇藥，市中有妙方」。被摺扇撞出去的那把挺嚇人的長刀，刀尖刷地插進那個「奇」字裡，入木足有三寸，顯出擲扇人功力之高深。

那樣大的力道，照理說便是那把長刀被摺扇撞擊後能產生反力，亦沒法推著它再沿原路返回，但不知為何，那黑扇同長刀一撞之後，竟沿著來路又飛了回去，目的地似乎是對街駐停的一輛豪華馬車。

在那摺扇靠近的剎那，從馬車的車帷後伸出了一隻手來。白皙修長的一隻手，從銀白色的袖底露出，明明日光中，有一種難言的優雅。那是一隻男子的手。黑色的摺扇正正落進男子手中，那隻手漫不經意地撫了撫扇柄，然後收了回去。

炎炎烈日之下，長刀劈面而來之時，成玉覺得那一刻自己什麼都沒有想。

她什麼都沒有想，南冉國古墓中的零星刀影卻突然如鬼影般自她的腦中閃迴而過，有個和氣的女聲低低響在她耳畔：「不要怕，郡主，不要怕。」隨著那女聲響起，眼前瞬間模糊成了一片，成玉一剎那有些恍神。

長刀劈過來時被成玉半攙著的老婦因背對著打鬥場，並未瞧見這驚心一幕，待刀子扎進藥材舖子的對聯裡頭還不曉得發生了什麼，只是看成玉不動就拉了她一把。虧得舖子裡抓藥的小夥計有幾分義勇，立刻跑出去搭了把手將老婦人扶進了舖中，又掉頭要去扶成玉。

成玉這時候才迷迷濛濛反應過來，眼前卻依然模糊，她左右呆望了望，發現街上早沒了人影，空蕩蕩僅留了自個兒和十來步遠的黑衣青年。那白衣姑娘站得要遠一些。

她一雙眼還模糊著，只能瞧出大約的人形，心裡曉得這兩位該是方才被蒙面人圍攻的一男一女。她也不明白現下是個什麼情狀，就拿袖子揩了揩眼睛。

成玉揩眼時季明楓向前走了一步，卻並未再走近，就著那個距離一言不發看著她。

連宋撩開車帷原本是想看看成玉是不是被嚇傻了，季明楓定在成玉身上的視線和不由自主靠近的那一步正巧落入他眼中。他將車帷挑起來掛在了內裡的墨玉鉤上，重新拾起剛才等候成玉時隨意翻看的一冊閒書，卻沒有翻覽的意思，只是捲在手中。他坐在馬車中看著那二人，視線平淡，右手中的書卷有一搭沒一搭地敲著膝蓋。

成玉揩眼時就覺著有人在看她，待雙眼清明了一抬頭，正正對上季明楓的視線，她先是蒙了一會兒，接著一張臉在一瞬間褪盡血色。

季明楓握劍的手緊了緊，叫她的名字道：「阿玉。」

成玉低聲道：「季公……」改口道，「不，季世子。」她勉強鎮定了容色，「沒想到在此處碰上季世子，上月聽說世子大破南冉，世子是陪同王爺來京中述職的吧。」

季明楓道：「能大破南冉，妳出力……」

成玉卻沒讓他把話說完，瞧著不遠處橫七豎八躺著的蒙面人，硬生生轉了季明楓的話題：「京中其實一向太平，卻不知為何今日讓世子遇上這等狂徒，世子怕是受驚了，啊，有巡使來了，」她抿了抿嘴唇道，「季世子還有事忙，我覺得我就不耽誤……」

季明楓的視線幾乎是扎在她身上，硬是打斷了她的話：「那時候為什麼不聲不響就走了？」

成玉像是沒有料到他會問這個，低著頭默了一默，再抬頭時她唇角含著個笑。臉頰雪白，卻含著這麼個裝出來的笑，她低聲卻清楚地道：「沒有不聲不響，我記得該留下的，我都留給世子了。」

季明楓抿住了嘴唇。

季明楓不說話，成玉也不知道該說什麼。她面上瞧著還算鎮定，其實整個人都是蒙的，她不明白為何會在此地遇見季明楓。她其實並不希望再見到任何一個同麗川王府相關之人。可今日，竟一見就見了兩個，一個季世子，她虛虛瞟了眼仍站得有一段距離的白衣女子，還有個世子夫人。

她的腦袋開始發暈，且疼。她臉色雪白地按住了額角，極想快點脫身，左顧右盼了半刻，看季明楓還是不說話，就低聲又重複了遍方才已說過一次的告辭話：「季世子還有事忙，我也還有些事忙，這就不耽誤世子了。」她說著想施個禮告辭，卻想起自己身上著的是公子裝，就沒曲膝，只又勉強笑了一笑，移步向一旁的藥材舖子，但她其實不曉得自己要去藥材舖子裡頭幹什麼，她的頭還暈著也還疼著。

季明楓道：「妳就這麼不想……」

對面的馬車裡卻突然傳出男子的聲音：「往哪兒走，不認路嗎？」

季明楓偏頭看向馬車，成玉這才想起自己到藥舖子裡是來幹嘛的，繼而想起藥舖子裡還擱著她的幾個紗布丸子，繼而想起她根本沒有敷衍季明楓，她的確還有事，她得帶連三去個稀奇地方解悶子，那稀奇地方是她心儀的山洞。

她定了定，邊向藥舖子疾走邊回道：「認路的，就是我還有東西忘在舖子裡，等等我啊。」

在藥舖中她掏出隨身的小藥瓶，倒出來一粒寧神丸，皺眉看了藥丸子一會兒，乾吞了。

成玉扎進藥舖子裡頭時領頭的巡使來向季明楓問話，言語間曉得這是邊陲來的世子爺，免不了一番執禮寒暄，秦素眉站到了季明楓身旁，街上人也漸漸多了些。

這繁華大街一時一個樣，只雀來樓旁那輛雕工精緻的馬車無論大街上是動是靜都安穩如初。不僅駕車的馬伕十分沉定，連套車的馬匹也通靈性似地未曾因人群的躁動而浮跳驚躍。

成玉抱著桐油袋子跑出來時頓了一頓，看到季明楓在同巡使說話，她鬆了口氣，旋風似地晃到了馬車跟前。

京中出了這樣的大事，蒙面人死了三個昏迷了四個，邊陲來的世子爺手臂也有一些擦傷，這是何等的大事。領頭的巡使辦事細緻，但有時未免沒有眼色，世子爺處問的話就多了幾句。

季世子雖是有問必答，注意力有一多半卻是放在隔了半街的馬車上。

他看到成玉一陣風似地颳到馬車跟前，方才聽過的那個男聲復又響起：「跑得還挺快，竟沒有腿軟？」語聲微涼，卻並不冷酷。

成玉乖巧回答那男聲：「軟了一會兒，你在馬車裡叫我的時候已經不軟了。」

那男聲停了停：「嚇壞了？」

成玉繼續乖巧回道：「……也沒有。」

那男聲淡淡：「說實話。」

成玉躊躇了一下：「……嚇壞了。」

男子像是笑了笑：「說妳笨妳意見還挺大，危險臨頭不閃不避，妳在想什麼？」

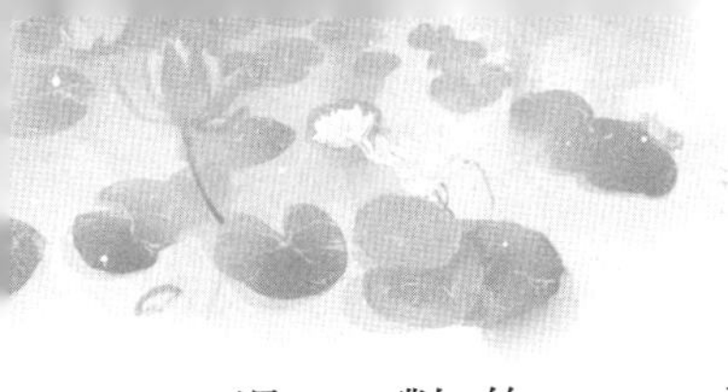

成玉支支吾吾：「沒反應過來呀，是人都會有反應不過來的時候嘛，連三哥哥你肯定也有這種時候了，做什麼教訓我。」

男子道：「我沒有過那種時候。」

成玉驚嘆了一聲。

男子又道：「妳想過沒有，今日我若不在，妳會怎樣？」

成玉停了一會兒，輕聲道：「……會受傷，會死。」

季明楓握緊了手中的劍柄。

男子道：「所以以後該當如何？」

這一次成玉停了許久，開口時聲音發著飄：「以後……我既然不能保護自己，所以以後……最好不要逛街了，對不對？」

季明楓的心臟猛地瑟縮了一下。他從前便是那樣要求她。他總讓她安分一些，既然不能保護自己，就別總將自己置於險地，給他人找麻煩。直到她離開後很久，他才知道這些話其實都是些傷人話。

男子有點驚訝地笑了一聲：「妳是傻的嗎？」

成玉輕聲道：「不能保護自己，就不能把自己置身險境，給別人找麻煩，不能犯這樣的錯。」她似乎有點迷茫，「所以我以後可能應該減少逛街，不給別人找麻煩，這難道不對嗎？像我今天就犯了錯，給連三哥哥你找了麻煩……」

男子沉默了一會兒，才道：「不能預料的危險，叫作意外。逛街不危險，今天在街上遇到的這件事，就叫作意外。意外發生，不是任何人的錯。」

成玉很驚奇似地：「所以也不是我的錯？」卻依然糾結，就像在迷宮裡打著轉，「可我要是不選在今天逛街，我也不會遇到危險，連三哥哥也不會遇到危險。」

男子伸出了手：「當然不是妳的錯，妳也沒有給我添麻煩。」他停了停，「我只是希望以後遇到意外，妳能更加機靈一點。」

季明楓瞧見男子將成玉拉上了馬車，自始至終他沒有看到男子的模樣，也沒有看到在男子說出那些話之後成玉臉上的表情。

他握著劍柄的手指，卻用力得有些僵硬了。面前的巡使還在絮叨什麼，季明楓完全沒有注意到，他突然想起來成玉以前叫他什麼。

她以前親密地叫他世子哥哥。

那竟然像是許久以前的事了。

季明楓在原地站了很久。

第六章

平安城的姑娘裡頭，要論英氣，當屬崇武侯府滿門將星供出來的將軍嫡女齊大小姐齊鶯兒。齊大小姐名字起得嬌嬌滴滴，本人全不是那麼回事，生下來就跟她老父待在邊關，她老父在前頭衝鋒陷陣保家衛國，她就在後頭作威作福欺男霸女，八歲上頭才被她老父急吼吼丟回京城。因邊關練出來的義勇，齊大小姐她一把二十八斤重的精鐵大刀耍得出神入化，砍得豺狼劈得猛虎，是平安城名門小姐們當中的一朵奇葩。

平安城名門小姐們當中的另一朵奇葩是紅玉郡主成玉。

這兩朵奇葩走得很近。

但就算是這樣的齊大小姐，也自認為自己在「膽色」兩個字上頭拚不過成玉。她齊大小姐不畏豺狼虎豹，不懼蚊蟲鼠蟻，她總還怕個蛇，總還怕個怪力亂神，總還怕他們家祖宗祠堂裡供著的那根碗口粗的家法。

但成玉她真是什麼都不怕，說起來她也不會舞槍不會弄棒她連大刀都不會耍，但她就是什麼都不怕。

齊大小姐遙記得有一回，紅玉郡主拖著她一起去訪京郊小瑤台山半山腰一個隱密山洞。她兩股戰戰，剛走到洞口就不行了，待從夕陽餘暉中瞧見洞裡不遠處橫伏著的幾條碗口粗的大蛇時，她差點就嚇得把成玉當場給掐死了。

成玉居然還很鎮定，就是被她掐得咳嗽了幾聲，拍開她的手：「啊呀，妳真的怕蛇呀。」很吃驚似地，又嘆氣，「妳是我的好朋友，我才想帶妳來，裡邊真的有很漂亮的東西，妳真的不跟我進去看看？」還鼓勵性質地拍了拍她的手背，「那些蛇其實沒毒，沒什麼可怕的。」

齊大小姐將大刀插在地上，頭搖得像個撥浪鼓。

十四歲半的成玉就很有些沮喪了：「你們一個個怎麼都這樣的，小花她怕，牧舟他怕，湖生他們怕，好不容易等到妳回來了，連妳都怕。」

靠在自己二十八斤精鐵鑄成的大刀上的齊大小姐牙齒打著顫建議她：「妳去找朱朱朱朱朱朱朱槿。」

成玉攙扶著她從洞口退出來，沉鬱地嘆了一口氣：「哎，那就算了。」

的確就算了。

自那以後，成玉有兩年多沒再逛過小瑤台山上的這個山洞，因第二個月，她愛跑去大小瑤台這兩座山上探幽訪秘的事兒就被朱槿發現了。山中凶險，她又是那樣一副命格，甫知此事的朱槿氣得差一點和她同歸於盡，此後那半年防她防得甚嚴。

那半年一過，在她喜迎十五歲之際，朱槿又立刻帶她出了王都去了麗川，因此這個小山洞便被她拋在了腦後兩年多。

夕陽餘暉中，三殿下站在洞口拿摺扇撩開垂地的碧綠藤蘿，目光落在洞內蜷臥著的幾條巨蟒身上，停了一會兒，又輾轉至布滿青苔的洞壁，再輾轉至陰森漆黑的洞底深處，他問了成玉一個問題：「這就是妳所說的，」他回憶了一下彼時成玉的用詞，「那個我決計挑不出什麼毛病的，一定會喜歡的新奇地方？」

他思考了一瞬：「我看不出來自己為什麼要喜歡這個地方。」

成玉一邊同連三解釋：「不是啊，穿過這幾條駐守的蟒蛇才能到那個地方。」一邊將驅蛇的紗布丸子取出來綁了自己一身。她綁完自己又去綁連三，三殿下主動退後和她保持了足有三丈的距離：「妳不要過來，我不綁那個東西。」

成玉嘆了一聲，好心好意地哄勸連三：「這個東西看著醜，但驅蛇管用啊，你不綁著它，我們不好穿過那幾條蟒蛇啊，這是最安全且有效用的辦法，連三哥哥你忍一忍罷了。」說著看準時機飛快地挨近連三兩步。

但三殿下也立刻退後了兩步。

成玉比著繩子無奈：「就綁一會兒，連三哥哥你不要任性。綁上這個才安全，你要是不綁，我就不帶你進去了！」

三殿下看了眼洞中：「只要穿過那個蛇陣就可以了，是嗎？」

成玉幾乎立刻明白了連三的想法，趕緊出聲阻止：「不要亂來，太危險了！」

連三點了點頭：「妳說得對，是太危險了。」話罷身形忽地向後急掠，眨眼已消失在洞中。

成玉腦中一片空白，反應過來後，驚恐地追著連三消失的行跡而去。

洞中極昏暗，濃重血腥味撲鼻而入時，成玉整個人都晃了一晃。她不敢去想那是誰的血腥味，抖抖索索掏出個火摺子點燃，火苗的亮光雖於瞬間鋪滿了洞口，但再要照往深處，卻有些羞怯似地。

成玉的腳步是試探的，那光便也是試探的，不太確定地，一寸一寸挪動著爬過深處的黑暗，終於將內洞勾出個模糊的影子來。

連三好端端地站在那模糊的光暈中，成玉緊繃的神經鬆懈下來。

周圍遍地蛇屍，血腥味染了一洞，唯連三站立的那一處未沾蛇血，是塊乾淨地兒。微暗的火光中，連三一身衣衫潔白如雪，他微微偏頭整理著右手的衣袖，影子被火光投在洞壁上，一副沉靜模樣。

看著這樣的連三，成玉終於明白方才她勸說他洞內危險時，他那句「是太危險了」的附和是什麼意思。她說的是蟒蛇太過危險了，而他說的是他對於這些蟒蛇來說，太過危險了。

成玉不忍地又看了一遍地上的蛇屍，捂著額頭心想，真的很危險啊，連三哥哥你。

連三收拾完畢，抬眼平平淡淡問她：「已經過蛇陣了，妳想給我看的東西呢？」

成玉緩了一會兒，一邊兩條腿交叉跳著見縫插針地穿過地上的蛇屍，一邊曲起手朝前頭指了指：「還有一段路，走到盡頭就是了。」火摺子的亮光被她帶得一跳一跳，她一蹦一跳的影子投在洞壁上，簡直有點活潑可愛，搞得這麼個大型兇殺案現場都有點生機勃勃的意思了。

連三接過她手中的火摺子隨意將前路一照，頓時皺了眉頭，成玉探頭過去，瞧見地上

的泥漿和沿途的動物腐屍，訕訕地：「那每個陰森的山洞，都是這樣的了，連三哥哥忍忍罷了。你聽過一句話沒有，叫美景險中來，說的就是這個嘛！」

連三看著前面的小道：「這不叫險，這叫髒。」

成玉胡亂敷衍：「都差不多嘛。」說著她抬腳就要去前面引路，但腳剛抬起來，整個人便被連三攏入懷中。

繼而她感到兩人快速地掠過了那條小道，那種快法風馳電掣，比她騎著最快的駿馬奔馳在最為平坦的大道上還要來得更快速一些。

洞中沒有風，她卻在那極快的剎那間感到了風。

但那種速度下的風卻並不凌冽刺人，反而像自夏夜白玉川上吹拂而過的柔軟晚風，帶著初夏特有的熨貼和溫熱。

溫熱是她的臉頰和額頭。

連三抱著她，將她的額頭臉頰都貼在了他的胸口，大約以為她很難受得住那種快速，因此那是個保護的姿勢。

連三的胸口是溫熱的。

放下她時連三看了她一會兒。火摺子是早就熄滅了，此時的光是來自這洞府盡頭的光。或許是連三胸口的熱度感染了她的臉頰，成玉覺得自己的臉熱得有些發燙，就抬手揉了一揉。

手指玉蔥似的，揉在粉面桃腮之上，帶著無心的嬌，眼簾微微抬起，眼神雖懵懂，眼睛卻是那樣水潤，如同早春第一滴化雪的水，純然，嬌，且溫柔。好看極了。

成玉並不知自己此時是如何一副面容，只是有些好奇地看向安靜的連三，見他琥珀色的眼睛有些幽深，見他的右手抬起來，像是要撫上來似的，又見那如玉的一隻手最終並沒有撫上來，在半空停了停，收了回去。

成玉注意到了他手指的方向，不由得揉了揉左眼的眼尾，依然懵懵懂懂的：「我的眼睛怎麼了？」

連三笑了一聲，那一聲很輕，含在他的嘴角。她想著是不是沾了什麼東西，不由得揉得更加用力。連三止住了她的手：「沒什麼，只是泛著紅。」他回答她。

「是嗎？」成玉不再揉了，有些忐忑，「被我揉腫了嗎？很醜吧？」

連三沒有及時回答她，又看了她一會兒，直將她看得茫然起來，才道：「沒有，很好看。」

她愣了一下，連三已偏頭轉移了話題，他打量著眼前這瀰漫了白霧的山洞，問她：「妳說的我一定會喜歡的地方，是這裡？」

成玉便也隨著他一起打量起眼前的白霧來，她有些費解：「就是這裡呀，但從前沒見過這裡起霧，」她猜測地托起下巴，「是不是待會兒霧退了就……」話未完，一洞白霧已風過流雲散似地退了個乾乾淨淨，轉瞬之間將方才遮掩住的景色全部呈現了出來。卻並不是成玉喜愛的那片勝景，而是一處美麗宮苑。入眼處一派美妙祥和，仔細聽時，耳邊竟還傳來似有若無的歡悅鳥鳴。

這裡明明是小瑤台山的山洞，山洞中卻藏著這樣雕樑畫棟的宮苑。這一瞧就不是什麼自然造化。成玉的臉一點一點白了，恐懼感從腳底蔓延至她全身，待攀到肩頸時，似幻化作一隻兇狠的大手死命扼住了她的喉嚨。

南冉古墓的那一幕再次掠過她的腦海。

連三此時卻並未注意到成玉神色的變化。他有點驚訝，若他沒辨認錯，這白霧散盡後呈現出來的，是個仙陣。且這仙陣還是個洪荒時代的仙陣，只在東華帝君儲在太晨宮的書經上出現過的憂無解。

百般煩憂自心而生，無人可導無法可解的大陣，憂無解。

這是凡間。凡人居住的、眾神並不會在此立身的凡間。

這裡卻開啟了一個洪荒仙陣。

成玉想要給他看的東西當然不會是這個。

憂無解最擅洞察人心，迷惑人心，困囿人心，甚而折磨人心，是個迷心之陣。但此陣唯有殺意方能觸發。三殿下絲毫不懷疑愛帶堆紗布丸子來逛這個山洞，和那群蟒蛇還能和平共處的成玉，從前應是連這陣法的邊角也沒觸到過。

一長串美人自前方的朱漆遊廊款款行來，個個薄衫廣袖，行止間飄飄欲仙。有那等妖豔嬌媚的，有那等孤高清冷的，有那等莊重端麗的，還有那等文雅秀致的。

很顯然憂無解認為連三是風流的，但同時他又太過善變令人捉摸不透，因此就連它這麼個專為體察人心折磨人心而生的仙陣，都體察不出來他到底最喜歡哪一款美人，只好各色各樣的都呈了一個出來迷惑他。

那一串美人中走在最前頭的小女孩性子格外活絡一些，瞧見一隻彩蝶飛過她眼前，眼睛一亮便離隊撲蝶去了。待小小彩蝶被她籠在手心時，她開心地笑了笑，又抬頭隔著老遠的距離瞧連三，觸及到連三的目光，不怕生地同他眨了眨眼。

模樣和作態竟都有點像成玉。

三殿下愣了愣，但那怔忪不過一瞬之間，下一刻他像覺得這陣法的舉措挺有意思似地勾了勾唇角，漫不經意斂了目光，只扇子在手中有一搭沒一搭地輕輕敲動。

也便是在那一瞬之間，花園之中驀然生出許多彩蝶，引得緩步徐行的美人們一陣驚呼。而又因莫名出現的彩蝶全朝連三而來，因此美人們的笑鬧聲也一路向著三殿下而來。彩蝶翩翩，綵衣亦翩翩，翩動的綵衣薄紗之間暗藏了好些情意纏綿的眼波，含羞帶怯，欲拒還迎。

早先同連三眨眼睛的小姑娘最是大膽，瞧著是追彩蝶，追著追著便靠近了連宋，偏著頭天真狀道：「哥哥你幫我撲一撲那隻藍色的蝴蝶可好嗎？」

她學成玉學得的確像。三殿下笑了笑，信手一揮，將一隻立在摺扇扇尖輕輕展翼的藍蝶送到了少女面前。

斯人斯景，可謂賞心悅目，但眼睜睜瞧著這一切的成玉卻只感到恐怖。

她並非不經世事的小姑娘，十五歲的麗川之行，讓她對這世間瞭解了許多，知道越是要人命的危險，越是藏在美妙之處。

她瞧著那妍麗的美人們只像瞧著一隻隻紅粉骷髏，內心的恐慌益勝，幾乎有些腿軟。

可乍見那籠著藍蝶的幻境小美人就要作態偎進連三懷中，成玉愣是撐住了自己，搶先一步跨到了連三身後。待那活潑的小美人面帶嬌羞地試圖撲到連三身上時，成玉踮起腳來欲蒙住連三的眼睛。

但可能是連三身量太高，可能是她太過焦灼，雖踮起了雙腳，她的雙手也只碰到他的下頦。

他那張好看的臉冰鑿玉雕般冷淡，可真正觸碰上去，感到的卻是暖意。

她的手指在那未曾預料到的熱度之下蜷縮了一下，接著，她感到他的手指跟了上來，像是有些疑惑似地，劃過她放在他下頦上的四指，輕觸了觸：「妳在做什麼？」他輕聲道。

那手指也是溫熱的。

她輕輕顫抖了一下，試著將雙腳踮得更高，因此失去了平衡，緊緊貼住了他的後背。

連三僵了一下，可她來不及注意那些。

他的身體比看上去還要來得更高大一些，抱著他時，她感到了一種莫名的緊張，她的雙手胡亂劃過他的臉龐：「連三哥哥，」語聲顫抖，「連三哥哥，」聲音裡帶著驚恐和懼怕，「不要聽，不要看，也不要說話。」

三殿下愣住了。

好一會兒才回過神來。他沒有想到成玉不但沒有被憂無解迷惑，反而還能有神志來提醒他此地的異樣。一個凡人，在憂無解中竟還能保持本心，除非她一生都快樂無憂，心底從沒有過絲毫痛苦和憂愁。但這顯然是不可能的。

三殿下有些疑惑，不過此時並不是疑惑的時候。

他無意識地再次碰觸了成玉貼在他臉上的手指，她卻誤以為他想要掙開她，急惶間整個身子貼上來，將他貼得更緊，手指也不再徒勞地尋找他的眼睛，而是整個手臂都放下來環住了他的腰。

她的雙手緊緊圈住他，溫熱的身體貼在他的背後，側臉緊緊挨著他，「你聽我說連三哥哥，」聲音啞而急促，帶著一點顫抖，「這些都是假的，這裡不是什麼好地方，這些漂亮姑娘們也都……你不要去看她們，不要去想她們，她們很危險！」大約是瞧他沒有再掙扎掙動，她試探著放鬆了對他的禁錮，只一隻手環抱住他，另一隻手則收了回去，探進了她自己的衣領深處。

連三沒有動，也沒有說話。

片刻前成玉抱住連三時，那求著連三幫她撲蝶的活潑少女有些顧忌地遁去了一旁，但眼見成玉並不是個什麼厲害角色，少女又施施然重靠了回來。無視緊摟住連三的成玉，纖纖素手自衣袖中露出來，緩緩撫上連三執扇的那隻手：「方才我的藍蝴蝶被驚走啦，哥哥再幫我撲一隻？」手指比春夜還要多情浪漫，眼波比秋水還要柔軟深遠。她笑盈盈看著連三。

三殿下垂著眼，目光卻並沒有放在撲蝶少女伸出來誘他的那隻手上，而是停留在圈住他腰的那隻手臂上面。自紫色的衣袖中露出的一小截發著抖的皓腕，白得有些過於耀眼了，腕骨和尺骨因用力而有些突出，微微緊繃的皮膚像是透明似的，覆在那小巧而精緻的骨頭上。很美的一截手腕。美得近乎脆弱的一截手腕。卻無端地嬌。

那玉臂忽地動了，那白皙、脆弱又嬌美的小手離開了他的腰部，握住了他的一隻手，她的另一隻手也緊跟著撫了上來，一點一點掰開了他的手掌。那溫暖而柔滑的觸覺令他忽地緊繃了身體，她卻沒有感覺到，只是執著地將一樣東西遞到了他的掌心之中。攤開一看，是一枚符篆，大約剛從貼身之處取出，還帶著人體的微溫。

「不要聽，不要看，連三哥哥。」那兩隻手滑下來再次環住了他的腰，水似地滑，玉似地潤，帶著可恨的天真。她再一次輕聲地告誡他，「不要聽，不要看。」告誡他的聲音裡帶著輕顫。輕顫，這說明她一直很害怕。「這枚護符非常靈驗，曾經護佑我躲避過許多劫難，我牽制住這些漂亮姐姐，連三哥哥你照著來時的路退回去，護符一定能保佑你走出這個山洞。」她說。

這樣害怕，居然還在想著怎麼助他全身而退。這個粗淺的計策當然對付不了憂無解這樣的陣法，但她有這個心卻令他格外開了眼界。

那一直勾纏連三的活潑少女終於找到個空檔偎在了他身前，還在試圖討他的歡心，笑得嬌滴滴又軟綿綿地叫他哥哥，讓他再給她撲隻黃色的蝴蝶。三殿下將扇子抵在唇上，同她做了個噤聲的手勢，那是很緩慢的一個動作，也正因了那緩慢，故而極為雅致，小姑娘看得一愣。一愣後越加嬌軟地貼過去，卻在張口欲言之時突然臉色大變，纖白的手指壓住自己的喉嚨不可置信地望向連宋，但三殿下臉上並沒有什麼格外的表情。反應過來後小姑娘空著的那隻手狠狠抓向連宋，三殿下不閃不避，只是微微勾了唇角，然後他搖了搖頭，那一雙纖纖素手便被定在半空，接著那姑娘整個人都像雕像似地快速凍結在了三殿下身前。

三殿下抬眼瞧了瞧遠天的碧雲，執扇的手似落非落在成玉環住他的手臂上，終究是沒有落下去。他停在那兒，似有些思索。

自然，這一切成玉是不知道的，她聽著那活潑少女哥哥哥哥地迷惑連宋，又見連宋始終不言，她終於想起來傳聞中連三他是個地地道道的花花公子。

既然是花花公子，那可能都愛美人投懷送抱。連她瞧著那美貌的小姑娘都有些骨頭酥，連三到底能不能把持住，這事著實不容樂觀。她心中如此作想，下意識便更緊地摟抱住連宋，祈望能借此拴著他的魂魄勿叫人勾走。

她一邊抱著他，一邊還小聲地同他說話，試圖讓他保持清明：「連三哥哥你再清醒一小會兒，我不該帶你來這裡，從前這裡不這樣，我不該惹這樣的禍，」說到不該惹禍時，她茫然了一下，有些疑惑，有些悲傷，「季世子說得沒錯，我膽大包天恣意妄行，錯一百次也不知道悔改，都是我的錯，」她狠狠地苛責自己，聲音發飄，「我總是惹禍，那次沒有讓蜻……」「蜻」這個字剛出口，她奇異地頓住了，整個人都隨之凝滯定格，好一會兒，她才回過神來似地，卻再沒將那句話補充完整，只是道，「我一定會讓你出去，」像自己同自己發著誓，「這次如果需要誰死掉，就讓我死掉，但我會讓你出去。」那聲音極輕。

連三皺了皺眉，敏感地覺得身後那女孩子的精神狀態似乎出了些問題，但不及他再細察，她已一把將他推向了來路的方向，自己則迎面扎向了嬉笑撲蝶的美人堆中。

成玉雖不會拳腳，但她受百花供養，氣血最是吸引妖物，足以用來調虎離山。幾乎是在扎向那群美人的瞬間，她拔下了頭上的銀簪，簪子俐落劃破手腕，帶出一泓細血。鮮血溢出時立刻有就近的美人失神地勾住了她的手腕，口中忽化出利齒。

但想像中的疼痛並未到來，那利齒並未欺上她的肌膚。就像陣風掠過蕩盡塵埃似的，猛烈陣風將她從衣香鬢影翩飛彩蝶之間劫走，欲睜眼時，頭被輕輕一按，抵住了一處堅實胸膛。

「不要聽，不要看，不要說話。」微涼聲音響在她頭頂，含著戲謔。那是她曾說過的話。

她愣了一愣，靠在他懷中，鼻尖處縈繞了似有若無的香。那香亦微涼，如山月之下潺潺的流水。她今夜一直沒想起來那是什麼香，此時卻靈光乍現。那是沉香中的第一等香，白奇楠香。是連三衣袖間的香味。

成玉喉頭發緊，努力抬起頭來：「你沒有被迷惑住，是嗎？」

連三沒有回答，取而代之的是她的髮頂被輕輕一撫：「也不要動。」

她心中大石撤了一半，卻還是擔憂：「連三哥哥，讓我看看你是不是果真沒有被迷惑。」

她感到他的手掌托住了她的後腦勺，而後她的整個頭顱都被埋進了他懷中，一片昏暗中，她聽他低聲道：「不能看。」

她躊躇：「你、你是不是還沒有完全清醒？」

他輕聲一笑：「不是，只是這個世界現在……大約有點可怕，阿玉，妳先睡一會兒。」

她遲疑著在他懷中點了點頭，又想起這似乎是連三第一次叫她的名字，「阿玉」這兩個字自他口中道出，竟奇妙地果真像是珍寶鑄成似的，含著上好的珠玉才有的那種天然潤澤。

但來不及想得更細緻些，便有睏意襲來，不過瞬剎之間，她已沉入了黑甜睡鄉。

連三瞧了會兒成玉的睡顏，將她黏在臉上的髮絲往耳後抿了抿，方抬起頭來：「我以為憂無解果真是能體察人心的陣法，不過，」他向著東天，「你在本君心中所看到的，便是這些無趣之物嗎？」

在他話落之際，片刻前還兀自祥和富麗著的宮室竟於一瞬之間轟然倒塌，花草於呼吸間枯萎，彩蝶於剎那間化灰，盛裝的美人們眼睜睜瞧著自己的身體一寸一寸腐敗枯折，那些人間難見的美貌驚恐地扭曲，她們在哭鬧尖叫，卻沒有任何聲音響起。

山洞外戌時已至，雲破月開。當日天君同連三做那個賭約准許連三下界時，確然封了他周身法力。然三殿下乃水神，掌控天下之水，水乃屬陰，月亦屬陰。這一處凡世的清月又是至陰之月，似個藥引子般能引出至陰之水中的造化之力，因而便是天君的封印，亦封不住月夜裡連三的法力。

所有的損毀和破壞盡皆無聲，因而顯得陣法中的這一幕十分可怖詭異。而那冷淡的白衣公子立在那唯一一處未被破壞掉的芳草地上，單手摟住熟睡在他臂彎中的紫衣少女，臉上卻是對他親手製造出的這一場天地翻覆的無動於衷。

巍巍殿宇纖纖美人皆化粉揚塵，便在萬物消逝天地都靜的一刻，黑暗中驀然刺進來一道光。待光線鋪開去，陣中又換了新模樣，已是一片一望無際的荒漠，搭著半空中一輪相照的清月，冷風吹過，掀起的塵沙止步於三殿下兩步開外。

陣法新造出來的這個情境，每一寸氣息似乎都帶了情緒，含著一種漠然、又含著一種荒涼。三殿下抬眼瞧了瞧四圍情境，垂目一笑：「荒漠？」淡淡道，「有點意思了。」

他懷中的成玉伸手抓了抓臉，似乎近在咫尺轉悠的沙塵擾了她的清夢，抿著嘴一張臉深埋進他胸膛，但依然不是個好睡的姿勢，她就換了一個姿勢，又換了一個姿勢。三殿下垂頭看了她一眼，手中摺扇忽化作一朵雲絮大小，托住沉睡中的成玉浮在半空之中。

清月，冷風，荒漠，打著旋兒的翻飛黃沙，白衣公子，扇上美人。這一方天地似是無始亦無終，那些靜溢於其間的荒涼情緒像一隻隻細小蟲子，鑽入人的肌理，勾人愁思，令人大憂大悲，連沉睡中的成玉都被擾得不時皺眉，臉上時而流露出痛苦表情。如此千萬憂思襲來，神志一派清醒著本該更能感覺到此種痛苦的連三卻似乎並不拿它當一回事。

躺在摺扇上的成玉還拽著三殿下的衣袖，三殿下一邊將袖子從她緊握的拳頭中鬆開，一邊向著眼前的一派虛空道：「洞察人心的陣法中，你也算是八荒首陣了，」他笑了笑，「雖探查出來我的內心是一片荒漠，但你這漫天漫地的悲苦，似乎並不能折磨一個心中一片荒漠之人。」

便在三殿下似笑非笑的話音落地時，清風化陣風，激揚得狂沙漫天，東天驀然湧出一段黑雲，湧動的黑雲後響起一個縹緲女聲：「憂無解已數萬年未迎得一位仙者來闖，尊駕既有好見識，知吾乃八荒首陣，那可知吾亦有溯回時光之能？尊駕心底雖為一片荒漠，但亦有所願之事，尊駕所願，是否……」天地再次翻覆，陡然化作妖氣肆虐的二十七天，蒼茫似紅綢的血雨中，矗立其間的鎖妖塔從根基開始動搖，那是行將崩潰的先兆。

凝望眼前此景，連宋的眼睛微瞇了瞇，女聲笑道：「吾猜得可準？」她的語氣輕飄，「尊駕要不要也猜一猜，此是個引誘尊駕的幻境，還是吾溯回了時光，施給了尊駕一個完成心願的機會?」

東天盤繞著形似巨蟒的妖氣,而那一段黑雲亦並未隱去,黑雲背後的女聲帶著玩味和詭異,卻瞧不見有什麼人藏在它後頭,只能感到一道沉甸甸的視線,和一雙巨大的眼睛。

三殿下沒有花心思去猜黑雲後藏著的是誰。他雖未生於洪荒時代,卻因長年混跡於東華帝君的藏書閣,因而對洪荒之事也見解頗深,那女聲甫開口時,他便明瞭了那是此陣之靈。

自盤古一把巨斧劈開天地,神眾魔眾們次第臨世以來,八荒中征戰時起,好勇鬥狠之事不可盡數。以陣鬥法這樣的爭鬥,因趣致風雅,為諸神所喜,因而洪荒時候法力高明的神祇便造出了許多高明的陣法來互相比鬥。高明到了某個程度,陣法便活了,衍生出護陣的陣靈來。

三殿下立在茫茫血雨中,攤開的摺扇浮於他身前,短短一柄,扇上的成玉不知所蹤。而此時倒的確像是回到了四十六年前那一日,不同之處只在於四十六年前當他匆忙自南荒趕回時,鎖妖塔已然崩倒,地煞罩中萬妖亂行,紛飛的血雨裡被鎮壓在縛魔石下的長依已奄奄一息,怒放的紅蓮一路延伸至渺無邊際的煩惱海。

紅蓮盛放預示的是死亡,彼時他再如何全能,所面臨的也只得四個字,無力回天。

而今似乎這一切都還可救,鎖妖塔尚未崩潰,長依也尚未被縛魔石困壓住,他若在此時飛身而入,確有很大可能將長依她帶出死地。可這一切,須如陣靈所言,確是它回溯了時光將他帶回了四十六年前。

一片蒼茫血雨中，三殿下往前走了一步。

那並不太遠的鎖妖塔震顫得更加厲害，塔壁現出裂紋之時塔門忽開，一個俊秀青年懷抱一個受傷的白衣女子狼狽地躲避著隨寶塔崩潰而跌落的碎石。

同他視線相接時，俊秀青年臉上現出一抹驚喜：「三弟，快去看看長依！」便是在同一刻，塔頂突然現出崩塌之象，塔中傳出女子的厲喝：「不要回頭！」那嗓音中摻著決絕與淒厲，俊秀青年一愣之間猛然轉頭，塔中女子的聲音再次響起：「不要回頭！」俊秀青年一時掙扎，匆促中道：「長依交給你了。」終歸選擇了逃生之路。

然立在數步開外的三殿下他並沒有入塔救長依。

置於寶頂之下的縛魔石驀然墜落，只聽見女子一聲飽含痛苦的低啞驚呼，此後便再無聲息，囚於塔中的萬妖倏忽之間脫困，妖風拔地而起，似要在片刻席捲整個九重天，而後卻被一頂從天而降的地煞罩兜頭困住。此間種種，皆同四十六年前那一幕沒甚兩樣。直到妖氣忽凝成巨大人形，開始兇猛地撞擊地煞罩，妖風肆虐過的寶塔廢墟中，突然傳出女子痛楚的呻吟。隱忍低迴的，長依的呻吟。

然而三殿下一張臉上沒有任何表情。

直至煩惱海中盛開了毀滅的紅蓮，長依虛弱的呻吟歸於虛無，紛飛的紅雨中含了刺鼻的血腥味，三殿下依然未移動分毫。甚至沒有同從前一樣，入塔去瞧一瞧臨終的長依。只是在一切結束之後，半抬了頭，視線冷冰冰地放在了東天的那一段一直未隱去的黑雲上頭。

黑雲後的陣靈忽地笑道：「卻不知尊駕是何來路，定力委實過人。即便看穿了方才並非時光回溯，乃是一則幻境，可連掌樂司戰的墨淵上神，傳說中定力一等一的仙者，都曾被吾這一式擾過他的清修亂過他的心境。倒看不出來，尊駕的定力竟尤勝於墨淵上神。」

三殿下收回了冷淡神色，像感覺這一切都頗為無聊似地：「本君不敢同墨淵上神作比，只是或許彼時上神他心中有情，然本君……」他笑了笑，「所以我方才問你，你能如何折磨一個心中一片荒漠之人呢？」

許是此話激怒了陣靈，腥風血雨的二十七天眨眼消失，取而代之的是一片荒山一扇斷崖，崖壁上斜生出一棵老雲松，雲松上掛著個昏睡的小小少女。松幹和崖壁正正卡住少女的一截細腰，而崖底則圈了好大一群待哺的餓狼猛虎。

陣靈輕輕一笑：「雖不知尊駕方才如何瞧出了那二十七天是個幻境，不過，尊駕此時不妨再瞧瞧，現在這個是真的，抑或又是個……」

然不等她一席話說完，那虎狼盤踞的崖底忽生出湍急洪流，似誰射出一支長箭，將一干猛物俐落地串成一串，裹挾著兇猛水浪扎向不可知的遠方。連三身前攤開的鐵扇則像認主似地疾飛向被險險掛在老松上的成玉，在老松斷枝的一刻穩穩托住了她。

眼看陣靈想要再次幻化情境，天地八方忽生出八道巨大的水牆，陣靈便在此間掙扎，一時化出宮闕樓閣，一時又化出荒漠狂沙，或是荒山斷崖，然無論是荒山斷崖，宮闕樓閣，還是荒漠狂沙，盡皆為水牆傾倒下來的滾滾洪流覆蓋鎮壓，無一倖免。

一時之間天地皆是一片白浪濤濤，三殿下站在最高的那一柱水浪之上，鐵扇正巧將成玉托到他的跟前，他垂頭看了一眼那扇上熟睡的側顏，一撫衣袖將扇子撥到了身後，方抬頭向著那被巨大水繩纏縛其間不得動彈的陣靈道：「還有其他招數嗎？」

陣靈憤怒地掙扎：「黃毛小兒，未免托大，」顯見得動了真怒。傳說中此陣的確沒有什麼好脾氣，此時因難以動彈而變得極為狂暴，「豎子雖能壓制住吾，可若無無聲笛，你還以為能自己走出我這憂無解嗎？便看豎子能壓住吾幾時！」

三殿下好涵養，待她罵夠了才微微抬眼：「少綰的那支無聲笛？」右手手掌上忽化出一支白玉笛來，「你說的，可是這一支？」

陣靈失聲：「你為何……」

連三微微一笑：「看來你的確被困在這凡世太久了，不知少綰在羽化之前，將此笛留給了新神紀的水神嗎？本君，便是這新神紀的水神了。」

成玉從黑甜睡鄉中醒過來時，入眼的首先是連三的下巴。她彼時枕在連三半屈起的一條腿上，連三的一隻手放在她腦後撐著她的後腦勺，因此她醒來並不覺得頭疼難受。

她眨巴著眼睛看著連宋，回想自己怎麼就睡著了，記憶卻有些霧濛濛。似乎是連三不耐煩走那麼髒的路，因此攏著她用輕功步法將她轉瞬間就帶入了洞底。結果今次洞底卻生了霧障。

他們原本打算候著那霧障消失，看洞底美景還在否，結果那霧障似能催人入眠似的，她沒撐一會兒就靠著洞壁睡著了。

嗯，應該就是這麼回事了，她想。

她無意識地在連三腿上動了動，就見連三低頭看她：「醒了？」

「霧退了啊？」

「退了。」

她偏了偏頭。霧果然退了，洞頂嵌著許多明珠，因此洞中一切都很清晰。她的目光正對上洞府盡頭的一片小水塘，水塘雖只占著洞底極偏極小的一隅，然塘水清清，青碧可愛。最惹人稱奇的是浮在田田蓮葉間的九朵煥發出明亮光彩的異色蓮花，花盞玉盤大，飽滿欲裂，每一盞皆是一種色彩。

成玉一下子就清醒了，幾乎是從連三身上跳了起來，難掩興奮地跑去水塘跟前，兩眼放光地比劃：「這才是我說的連三哥哥你一定會喜歡的新奇地方啊，這個小水塘裡這些蓮花，你難道不覺得它們好看嗎？」

天下花木，凡是花期，她瞧著都是人形，只這一塘蓮花，她瞧著它們仍是蓮花。她知道這可能有些異常，但因不曾感到危險，故而從未對朱槿梨響提及。

她目光憐愛地凝在一塘蓮花身上：「世人說『蓮出淤泥而不染，濯清漣而不妖』，蓮的美是清雅之美，但我看這一塘蓮的美，是比蘭花還要增一分幽，比牡丹還要增一分豔，比梅花還要增一分清雅！」

其實她也沒見過真正的蘭花、牡丹以及梅花開起花來是什麼樣，她只看過畫冊，因此這完全是在瞎誇，但這麼頓瞎誇卻把她自個兒給誇陶醉了，她信誓旦旦：「這絕對是世間難見的美景，我根本想不出這個世界上會有不喜歡它們的人，連三哥哥你說呢？」

三殿下有些敷衍：「可能吧。」

不過成玉也沒怎麼在意，她沉醉地拿手挨個兒輕撫那九朵蓮花的花盞，還靠近了同它們私語，抒發自己的相思之情。什麼「長相思兮長相憶，短相思兮無窮極」，什麼「衣帶漸寬終不悔，為伊消得人憔悴」，連「在天願做比翼鳥，在地願為連理枝」她都背出來了，想了一想，感覺不是很合適，又小手一揮重新來過：「哦，這個不算，我再背個別的。」

三殿下在一旁聽著，覺得幸而這一塘蓮花睡著了，不然保不齊就要爬起來打她一頓。是了，這一塘蓮花，乃是有靈之花。

相傳大洪荒時代，在東海之外大荒之中的大言山頂，生著一塘九色蓮，同根異株，各花色不同，妙用也各不相同：紅蓮能釀酒，紫蓮能為藥，白蓮可製毒，黃蓮又能如何如何。因大言山日月所出，靈氣匯盛，此株九色蓮不久便修成人形，而後受路過大言山的祖媞神點化，賜名霜和，成了祖媞神的神使。

說眼前的這一塘九色蓮便是祖媞神的神使霜和，其實挺說得過去，因憂無解這個陣法，乃是當初少綰神造來護佑祖媞神閉關的一個法陣。

憂無解陣和九色蓮霜和在幾十萬年後竟一同現身於一處凡世，雖令人費解，但也不是不可能之事，畢竟當年祖媞神為護佑人族而羽化歸去時，歸去之地並非仙界，正是在四海八荒之外的凡世。

祖媞神，少綰神，一位是自世間的第一道光中孕育萬年後化生而成的真實之神，一位是魔族的始祖神。兩位誕生於大洪荒時代的女神，同曾經的天地共主東華、崑崙墟的尊神墨淵、青丘之國的狐帝白止以及十里桃林的主人折顏算是同個世代。似三殿下這等在遠古眾神應劫之後的上古時代出生的神祇，其實還同他們差著蠻遙遠的輩分。天地初開，便為洪荒，洪荒之後，乃是遠古，遠古之後，乃是上古，上古之後，方為此代。

關乎這兩位鼎鼎大名的洪荒女神，史冊中記載得或許不少，但至今還能尋到的卻不多。聽說關乎少綰神的史冊，大部分都被戰神墨淵私藏進崑崙墟了，而關乎祖媞神的，最終不知歸處。

世所共知，祖媞神是為助少綰神將人族護送去凡世而羽化的。

彼時人族弱小，於八荒中生存極艱，少綰神憐憫人族，竭盡神力打開了與凡世相連的若木之門，將人族送去了凡世。而彼時十億凡世並無適宜人族生存的自然四時、山川造化，少綰神因此求助祖媞神，便是祖媞神以萬盞紅蓮鋪路將自己獻祭了混沌，化育出萬物來供人族繁衍生息。

自光中化生的真實之神祖媞也就此在凡世羽化，羽化之日六界紅蓮開遍，而後萬千紅蓮齊化為鴻蒙初開時的那道光，消逝於蠻荒之間。

三殿下凝目眺望了會兒那塘九色蓮，半晌，走到近處，掬了紅蓮蓮瓣上的清露來嘗。一直趴在塘邊的成玉有樣學樣，亦掬了幾顆來嘗，立刻十分驚訝：「這是清酒的味道。」又仰頭向連宋，「真奇了，這是酒嗎？品起來竟是好酒的滋味。」

三殿下垂眼：「差點忘了，小江東樓的醉清風妳一個人能飲三罈。」

成玉卡了一下，垂著頭嘟噥：「又不是什麼好事，連三哥哥你總記著這些做什麼。」

三殿下瞧著她，一時有些走神，方才他已趁她沉睡之時探過她的魂魄，她的魂體呈現的，確然是個凡人模樣。可見她的確只是個凡人。可為何憂無解對她不起作用？難道是憂無解它作為一個洪荒仙陣，不屑去迷惑一個凡人？這倒也有可能。

成玉沒有注意到連三的走神，嘗過了紅蓮清露，十分自然地要去試試其他花盞中清露的滋味，被神思回復的連三抬手止住了。這十成十便是九色蓮霜和，霜和身上除了可釀酒的紅蓮和可為藥的紫蓮，其他幾朵花朵朵不好消受，成玉她一介凡人，哪裡消受得起。

這一塘蓮花，蓮葉青碧可愛，花盞嬌濃飽滿，方才所嘗之酒亦沒有陳腐之味，可見霜和他是個活著的霜和，只是十分虛弱需要沉睡，因而現出了本體藏在這偏僻山洞中罷了。

三殿下的心中有波瀾微起。

霜和是個神使。眾神應劫後的新世代中，已然沒有神使這個神職，因神使乃是一種血契，與其主同命相連，第三代天君也就是三殿下他老父慈正帝以為此乃不正之術，因此在即位之初便將其廢黜了。神使與其主同命相連，說的是神主既逝，神使則亡，反之亦然。霜和是祖媞的神使，霜和既然重現人世，那麼真實之神祖媞她或許並未真正羽化。

祖媞神生於光中，傳聞說她為護養人族而步步生蓮化光而去，這彷彿是她已羽化的一個實證。但光乃不生不滅之物，生於混沌又歸於混沌，即便是已逝之光，哪一日再生於混沌亦未可知。這些天生天化的洪荒之神，他們的命途和機緣，一向都不好揣度。

三殿下將整個洞府都查看了一番，卻並未感到此處還有什麼其他神跡的遺留。轉身瞧見玩累了的成玉已歪在水塘邊打起瞌睡來，便走過去順手摘了塘裡居中的那朵紅蓮，又抱起成玉來帶她出洞。

祖媞大約真的復生了，但霜和尚在沉睡，這說明即便復生，祖媞她的神性亦尚未甦醒。若祖媞神性甦醒，自然會召霜和前去隨侍。

這一位除開是凡人的母神，能化養萬物外，她還能溯回時光，這是誰都想要的逆天之能。若有一天祖媞歸位，到時候四海八荒，應是很難再維持現下這副光景了。

夜風清涼，平安城四平八穩地扎在山下不遠處，能瞧見城中還有依依的燈火。自鴻蒙初開，八荒中初有了凡人，到少綰、祖媞合力將他們送來這些凡世，凡人的繁衍存續著實不易。彼時這些凡世自然不會有高壯的樹木，青青的山頭，華美的房舍，抑或是柔和的燈火。人族並不像如今這樣安居樂業。

不知兩位女神目睹今日凡世形狀是否會欣慰快意。

連三面無表情地看著眼前這一切。

這竟然是凡世。

月上中天，他站了會兒，便要帶著成玉下山。偏頭時見趴在他肩頭的成玉半睜開了眼睛。他停下了腳步，就見她反應了一會兒似的，那雙黑瞳在全然睜開後透出了一些亮光，而她的眉頭在此時蹙了起來。

她離開了他，有些憤憤地挪到了一丈開外：「我想起來了！」她抿著唇。

連三不動聲色地看著她：「想起了什麼？」

她一臉控訴：「連三哥哥你今早說你一直在等我逛青樓，等了很久，卻一直沒有等到我，搞得我很內疚，可我想起來了，上次我們在手藝小店分手時，你根本沒有告訴我你住在什麼地方，因此你根本不可能等著我去約你，你都在騙我，一直把我騙得團團轉！」

連三愣了一會兒，他方才還全意想著祖媞復歸這樁事，這是何等大事，此時她卻同他說這個。但這樣的對比卻令他感到了樂趣。

他走近了一步：「我的確一直在等妳，」他停了一停，「在琳琅閣中等著妳。」

成玉懷疑地眯起了眼睛：「難道你還天天在琳琅閣中等著我不成，」她的唇線抿得平平的，篤定道，「又是騙人，我會去問小花的！」

「我想著妳也許在琳琅閣的時候，就會去琳琅閣等著妳。妳可以去問花非霧，那之後我去了琳琅閣多少次。」說著他又走近了一步。

成玉頓時不知該如何回答了。這根本沒有辦法回答，因為只有連三他自己知道他去琳琅閣是為了什麼。她簡直都要有點欽佩連三了，平日看著話不多，但說出來的話句句讓人不知如何反駁。她冥思苦想：「那，那……」

便見連三手中那把摺扇的扇柄突然落在了她的肩頭。她從未見過他打開那把摺扇，此時那把扇子卻被打開了一點，他的拇指落在啟開的兩片扇骨之上，月光照在那洞開了一點點的漆黑扇面之間，那扇面竟似兵器般泛出了鋒利而冷淡的銀光。

可他的動作卻是溫和的。那扇子輕輕點在她的肩頭，他的身體隨著那緩緩施力的扇面壓了過來，而後他的嘴唇挨近了她的耳郭：「不要胡思亂想，誤解別人。」那一定是極近的距離，因那話音就像是耳語，她聽得清清楚楚。

她覺得他應該還低低地笑了一下，「會讓人心傷。」他說。五個字竟像是生了鉤子，黏在了她的耳郭。她一邊覺得那聲音好聽，一邊不知該怎麼辦好。恍惚間那扇子啪的一聲在她耳邊合上了，扇柄掠過她的肩頭，他退到了原來的距離，只那麼清清淡淡地看著她，但眼神中卻是含著一點笑意的。

他明明已退了回去，「會讓人心傷」那五個字卻帶著比耳郭更高的溫度，緩慢地灼燒著她的耳根。成玉簡直有點蒙，既搞不清這是怎麼一回事，也不知連三的話是什麼意思。

隱約覺得應該是抱怨她不相信他傷了他的心，可……她無意識地撫著耳垂，半晌，含糊道：「連三哥哥你是在戲弄我嗎？」

「妳說呢？」

她不明白「妳說呢」這三個字意味著什麼，很莫名地抬頭看他，但只見到了他的背影。她只好軟軟地抱怨：「你怎麼這樣啊！」

「我應該怎麼樣？」他在前面問她。

她認真想了一會兒，卻沒有想出來，她也不知道什麼樣的連三才該是連三，冷淡是他，溫和是他，挑剔是他，難以捉摸是他，咄咄逼人是他，令人生氣也是他，對她好的，還是他。

她就深深嘆了一口氣，含糊道：「我也不知道，可能什麼樣的連三哥哥，都是連三哥哥吧。」說著趕緊跟了上去。

她不知道連三對這個答案是否滿意，因為他沒有再說話。而挨著他時，她突然瞧見了方才在山洞中被他摘下後拿在手中的那朵紅蓮，奇異地發現明明是離根之花，花蕊中卻突然浸出一些水澤來。就像是幽幽夜色中，一朵花在悲傷落淚。沒來由地，竟讓她也感到了一點哀傷。

第七章

成玉次日被朱槿關了禁閉，說是夜不歸家眠花宿柳有失德行。她頭一晚躺在連三的馬車上，一路從小瑤台山睡回了平安城，三殿下叫她不醒，便順道將她放進了琳琅閣託給了花非霧。

花非霧左手接過成玉，右手就派了個小婢子去十花樓通傳，說她許久不見花主，十分想念，留她一宿說些體己話。

花非霧自認為自己在人間混了四年餘，凡俗世情以及這人世間的禮節該是個什麼樣她已把握得滴水不漏，這樁事她辦得極妥。因而甫聽聞成玉歸家後仍被朱槿拘了，很想不通，當場便撇下了來邀她遊湖的尚書公子急奔去了十花樓。

得知成玉其實被關在仁安堂，又轉奔去了李牧舟的仁安堂。

至於關禁閉這回事，玉小公子這回有點淡然，但同時她又有一點凝重。

仁安堂後院的小竹樓裡，玉小公子面前攤了個抄書小本兒，正拿一筆狗爬般的楷書照著抄《古文尚書》，顯然又是在做她的抄書生意。

花非霧坐在一旁罵朱槿：「……若他不喜花主妳歇宿在我那裡，昨夜他大可遣人來將妳領回去，何必隱忍一夜，而後卻誣賴妳一個眠花宿柳的罪名？眠的是什麼花，宿的又是什麼柳？他又不是不曉得妳是個女兒身，妳如何眠我宿我？他便是花主妳真正的兄長，管束妳也管束得太嚴苛了些，何況他還不是花主妳的兄長！如此行事，太過可恨！」

若是往常，成玉早附和上花非霧了，今次她卻欲言又止了好半晌：「妳不要責罵朱槿，朱槿他吧，他其實那麼喜歡關我禁閉，不過就是……」她鼓起勇氣，「我覺得他就是想有機會多來看一看小李罷了。」

花非霧道：「哈？」

成玉語焉不詳：「我從前其實很想不通為什麼好多次朱槿他關我禁閉都要關在仁安堂。」

花非霧道：「不是因為朱槿他自個兒沒有那麼多空閒看著妳，牧舟日日待在仁安堂，方便看著妳嗎？」

成玉看了她一眼，壓低聲音：「其實每次我被關過來，朱槿日日都會來看我，有時候能從清晨坐到午後，更有時候，他還要在這裡過上一夜。」她默了一默，待花非霧將一張檀口張得碗口大，繼續道，「比之將我關在十花樓，我覺得他這樣行事，可能要更加費神一些，」又問花非霧的意見，「小花妳覺得呢？」

小花沒有什麼意見，小花合上嘴巴沉默了。

此時樓下傳來腳步聲，竹樓不大隔聲，兩人齊齊屏住了呼吸，就聽見李牧舟的聲音飄飄而來：「往常禁閉頭一天，阿玉總還是要淘些氣想法子溜出去，今兒倒奇了，我去瞅了三趟了，只在看書練字，是個知錯的樣子。你上去再教訓她一頓，差不多了就將她放出來吧。」李牧舟這是在幫她說好話，這等好話是說給誰聽的，她同花非霧對視一眼，氣息不

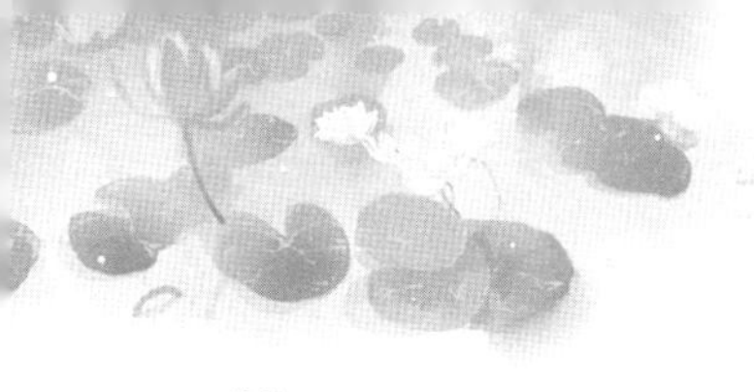

約而同地斂平了。

果然接著就響起了朱槿的聲音：「阿玉那裡……我不大急。」又道，「今日風好，你陪我在此坐會兒？」

李牧舟道：「我前頭還有些事，要嘛我給你沏壺茶來，你飲著茶自個兒坐坐？」

朱槿停了一停：「方才進來時看到你新採的草藥，竟有許多我都不認得，在此閒坐也是閒坐，先去前頭幫你切切藥材，待你有空了再教我辨識辨識那些草藥，你看如何？」

李牧舟的毛病是好為人師，一聽朱槿有求教他之處，他一顆傳道授業之心怦然而動，十分歡欣地從了這個安排。

兩人一路說著話遠去。

花非霧看向成玉：「朱槿他一個花妖，凡間的草藥，他能有哪一株識不得？這顯然是篇胡……」「胡話」二字未及出口，也算是在風月機關裡闖蕩了四年餘的花非霧驀然回過味來，一臉震驚。

成玉道：「小花妳怎麼了。」

小花道：「天哪。」

成玉道：「小花妳淡定。」

小花道：「天哪天哪。」

成玉遞給小花一杯涼茶壓驚。

小花接過茶盞道：「朱槿他不曉得李牧舟一直思慕著夢仙樓的賽珍兒，還籌謀著替她贖身這件事吧？」

成玉道：「天哪。」

小花一把扶住她。

成玉道：「天哪天哪。」

小花將手裡的茶盞復還給成玉壓驚，成玉撐著桌子坐下來：「那我們朱槿怎麼辦啊？」

兩人凝重地對視了許久。

朱槿的意思是要將成玉關足十五日。

成玉在仁安堂中寫寫畫畫，有時候還和來看她的小花相對而坐，說說小話同情同情朱槿，日子也並不難捱，一轉眼，十天過去了。

這一日一大早，梨響匆匆趕來仁安堂，說因天子將率群臣前往皇城外的行宮曲水苑消夏，同行的太皇太后唸叨成玉，玉口欽點了她伴隨鳳駕，懿旨今日一早遞到了十花樓，因此託太皇太后娘娘的福，她的禁閉提前結束了。

成玉打著呵欠繫著衣帶子站在一旁，任梨響收拾她的衣物和賴以賺錢的一個繡架及幾個小抄本兒。這件事並沒有讓她很開心，因為去行宮中伴隨太皇太后的鳳駕和在此關禁閉到底哪個好受些，還真不好說。

成玉她昨夜抄書抄得晚了些，今日起早睏乏，跟著梨響出竹樓，到得李牧舟坐診的大堂時眼睛尚有些睜不開。

時候已經不早，堂中李牧舟正替一個病老翁切脈，走在前頭的梨響上前向小李大夫告

辭道謝，還在鬧著瞌睡的成玉則在後頭同一條將她纏掛住的門簾作鬥爭。

有個人上來幫了把手，替她解開了被門簾上一個小鉤纏掛住的衣釦，成玉從布簾中脫困，人也沒看清便胡亂拱手道謝：「多謝多謝。」謝完了才想起來抬頭看看恩人，這一看瞌睡立時沒了。

她十日前曾在雀來樓下的大街上見過兩位故人：一位是季明楓季世子，一位是他新聘的世子夫人。此時她跟前站著的就正是一身白衣的世子夫人秦素眉。

秦素眉見她認出自己，微微一笑，款款開口：「前些日在朱字街上碰到郡主，本該過去拜見，只是事體有些特殊又倉促，不意今日竟在此處見到郡主，便擇簡向郡主問安了，不知郡主這半年多來，一向可安好？」

秦素眉是麗川王爺親批過的溫良賢慧識大體，說話處事一向親切周全，但即便為親切周全故，她方才說這個話以她世子夫人的身分而言也算太謙了。

但成玉並沒注意到這個，她本心中不欲同麗川相關的任何一人打交道，聽秦素眉問安，幾乎是本能地皺了皺眉，只在嘴中敷衍道：「勞夫人掛念，紅玉諸事皆安，想必夫人妳也十分安好，方才多謝妳，」眉頭很自然地又皺了皺，「不過此時我有些急事，需先辭一步了。」說著腳上已跨出兩三步去。

秦素眉面容微驚，成玉自然沒看到，只聽到她在身後追問：「郡主如此，是當真對麗川毫無留戀？」

成玉的腳步頓了一頓，終究沒有留下來，也沒有否認秦素眉的話，低頭邁出仁安堂時同人撞了一撞，她垂著頭讓過來人，口中胡亂抱歉了兩句，與那人擦身而過。

她沒察覺出來被她撞了的人是季明楓。

季明楓甫進仁安堂便被成玉撞了滿懷，他右手本能地扶了對方一把，鬆手時才發現撞了他的人是誰，一時愣在那裡。直到成玉走到隔壁的書畫舖子，季明楓才回過神來似地抬眼望住了她的背影。

秦素眉前幾日傷了腿，來仁安堂是來看腿傷，此時她一條腿還有些不便，慢慢走到季明楓身邊，分辨他的神色，低聲道了句：「郡主似乎對我有些誤會，」又緩緩斟酌，「怕郡主她的確是有什麼急事才走得這樣匆忙，倒不見得是在躲我，或者是躲世子你。」

季明楓微垂了眼睫，他沒有回她的話，望住成玉背影的身姿像是一棵玉樹，卻是立在懸崖邊的一棵樹，從骨子裡透出孤獨感來。

成玉匆匆而行，是要殺去琳琅閣，因她終於想起來禁閉前她允諾了連三一個月帶他逛十回酒樓這事兒。可禁閉這些時日，日日同小花擔憂著朱槿和李牧舟，她居然忘了這一茬。連三這人，挑剔又難搞，脾氣還不大好，她整整十日音訊全無，必然又會記她一筆帳。想到這裡她不禁心如死灰。她其實也不知該去何處尋他，唯有琳琅閣這麼一個地方，她覺著她去了他應該就能曉得。

在禁閉中時還不覺得，也沒怎麼想起過連三，可一旦被放出來，站在這人來人往的大街上，瞧見這久違的街景，入得腦海的第一幅畫面竟是那日小江東樓下他攔住自己的去路，她抬頭時見他微微含笑的樣子。

她也沒想過這是為什麼，但心中未免動容，一邊嘆著氣匆匆而行，一邊恨不得還能有從前的好運，在街上隨意逛逛便能再同他來一場偶遇。

結果沒碰到連三，卻在離仁安堂五百步的綢緞莊前，碰上了連三的侍女。

一時兩人都有些怔然。

天步初見成玉時便很震驚，再見依然震驚，但今次震驚的點不大一樣。天步上下打量了她足有三遍，才緩緩開口：「玉……姑娘？」

成玉今日一襲白衫裙，圖著方便，只讓梨響簡單將頭髮給她編了髮辮，在髮辮上簪了一二白玉釵環。雖裝束得簡單，但只要不瞎就能認出這是個少女，而非少年。

成玉很高興天步將她認了出來，將天步身周數丈都掃了一遍，沒瞧見連三，有些失望，又同她確認：「連三哥哥不在呀？」

天步一邊得體地回應她：「公子不在，只奴婢一人來綢緞莊閒逛買些布匹，玉姑娘找公子是有事嗎？」一邊在心中感嘆：是個少女啊。自上回在雀來樓中見過成玉後一直懸著的一顆心終於鬆了下來。其實彼時天步便瞧出了連三對成玉的不同，三殿下對一個少年那樣不同，讓作為忠僕的天步這些時日想起來就甚覺揪心。今日始知成玉她原來是個姑娘。成玉她是個姑娘，這可真是謝天謝地啊！

成玉卻不知這短短一瞬間天步內心的波瀾起伏，想了想道：「我原本想去琳琅閣找連三哥哥的，沒想到在這裡遇上了姐姐，那煩請姐姐帶個話給連三哥哥好了，就說我……」她彎起食指來揉了揉臉頰，像有些不好意思，「就說我被關了十日禁閉，今日剛被放出來，」她抬眼看了看天步，說話時又將眼睫垂下去，不大確定似的，「想約他明日逛酒樓，不知他有沒有空。」

天步的目光全然被成玉的小動作所吸引。她這麼一副少女打扮，眉梢眼角都是靈動表情，令天步不由自主便瞧得入迷，心中忍不住想這姑娘生得如此好看，便是三殿下果真要待她不同，她也很匹配這份不同。作為一個凡人，她在身分上固然與三殿下不大般配，但那些神女們，身為神仙長得還沒一個凡人好看，又真的能匹配三殿下了？也不盡然了。

難為天步她內心中演著一場辯論賽，耳中竟還聽清了成玉在說著什麼，還能有條有理地回答她：「公子這幾日都十分忙碌，難以見得他影蹤，明日得不得空，這個卻不大好說，需問了公子才知曉，不如奴婢尋機去問問公子，得了準信再來通傳玉姑娘？」

成玉呆了一呆，有些落寞：「那就是說他沒有空了。」凝眉想了想，她讓步道，「那，那就不將日子定在明日吧，太急迫了，還累姐姐來回通傳。我過幾日要去看我……祖母，這四五日其實都空，若連三哥哥何時得了空閒，便差人來……」她又想了想，回頭看了一眼仁安堂的牌匾，指著晨曦之下的醫廬道，「便來仁安堂通傳我一聲好了。」

回想了一遍，覺得這個辦法很妥貼似的，抿起嘴角同天步笑了笑：「姐姐便這麼同連三哥哥說吧。」

梨響在綢緞莊不遠處候著自家郡主，雖然成玉同天步談話聲低，但梨響是個妖，耳力總比常人好些。

大熙朝是個祖上曾出過女皇帝的王朝，至當今天子成筠他爺爺一朝，朝中還有好幾位權重的女官。雖到成筠他老爹一朝，女官們都被他老爹給搞去後宮了，但直至今日，大熙朝女子的地位仍然很高，男女交往上大家也不拘束，都看得很開。

故而，當梨響聽明白她家郡主新近似乎結交了一位什麼貴公子時，她並不在意。反倒是立在仁安堂門口，似一株孤獨玉樹的季明楓季世子，讓梨響挑了挑眉。

「這位可是麗川王府中的季世子？」她三兩步踱到了季明楓跟前，敷衍地同他施了個禮。

直至梨響離開，秦素眉依然十分驚訝季明楓竟能容一個奴婢在他跟前如此放肆。

大熙開朝之初，封了六位異姓藩王，迄今唯留麗川季氏一脈。

季明楓是當今麗川王最器重的嫡子，乃麗川季家第十四世孫。

秦素眉她爹是王府主簿，她自小同季明楓一起長大，懂事起便開始崇拜季明楓。在秦素眉心中，季明楓霞姿月韻，允文允武，是當世最為傑出的俊才，甚而有時候她覺得麗川若有十分靈氣，這十分靈氣便都匯在了季明楓一人身上。只是這十分靈氣生成的季世子大約在降生時單缺了一味日暖之息，因而生得性子寒冰也似。

可能因他爹是顆情種，曾為情誤事，寒冰也似的季世子生平最恨紅顏誤事，於女色上得不上心，比個和尚也差不離。能同季世子走得近的女子，在秦素眉印象中只得三人，一個她，一個紅玉郡主成玉，還有一個後來的諾護珍。

據她所知，紅玉和季世子的緣分，始於去年春日。彼時紅玉郡主遊玩麗川時遭遇強匪，同家人離散，被路過的季世子順手搭救，又順手帶進了麗川王府中。

在秦素眉的回憶裡，這位郡主被救後，有很長一段時間，十分傾慕季世子，無論世子去往何處，她總愛沾前沾後地跟著，左一聲世子哥哥右一聲世子哥哥。世子不搭理她，她也不怎麼生氣。

因她纏得多了，後來世子似乎也同她親近過一段時日，但那段時日並不很長。

不久後世子便救回了那位異族姑娘諾護珍，世子對諾護姑娘很是另眼相待，之後便同郡主越來越疏遠了。郡主似乎很是傷心了一陣。

而後便發生了南冉古墓之事。這位郡主不知做了什麼，惹得一心想征服南冉的世子大怒，世子當夜之怒連她都是平生僅見，竟將闖禍的郡主關在了王府中。

再然後，便是這位郡主不告而別。

在那之後，秦素眉便放寬了心，並不覺得季明楓對成玉有什麼別念。有時候她還會想，無論開初有沒有情分，到成玉離開麗川時，季明楓應該多多少少是有些厭憎她了。若不然，在發現成玉不告而別的當夜，他為何什麼表情都沒有，表現得那樣平靜？且那之後他也沒有派人去尋找過成玉，甚而在王府中的半年多來，他連提也不曾提起過這位在麗川王府中暫居了半年的郡主。

可此次入京再次逢見這位紅玉郡主，世子的態度卻讓秦素眉的心中波瀾頓生，直覺過往有些事，她要嘛未曾留意，要嘛留意過的那些，她看得不夠分明。

她腦海中又響起方才那美貌丫頭一番咄咄逼人的高談。

「郡主在麗川流落時，幸得世子大義相救，又允郡主在麗川王府中暫居了半年，我們十花樓十分感謝。本應著厚禮相酬，但南冉古墓一事，貴王府卻不厚道，看我們郡主孤身落難在王府，便以狠言羞之辱之，又以威權迫之壓之，著實欺人。不過恩怨兩重，就算兩

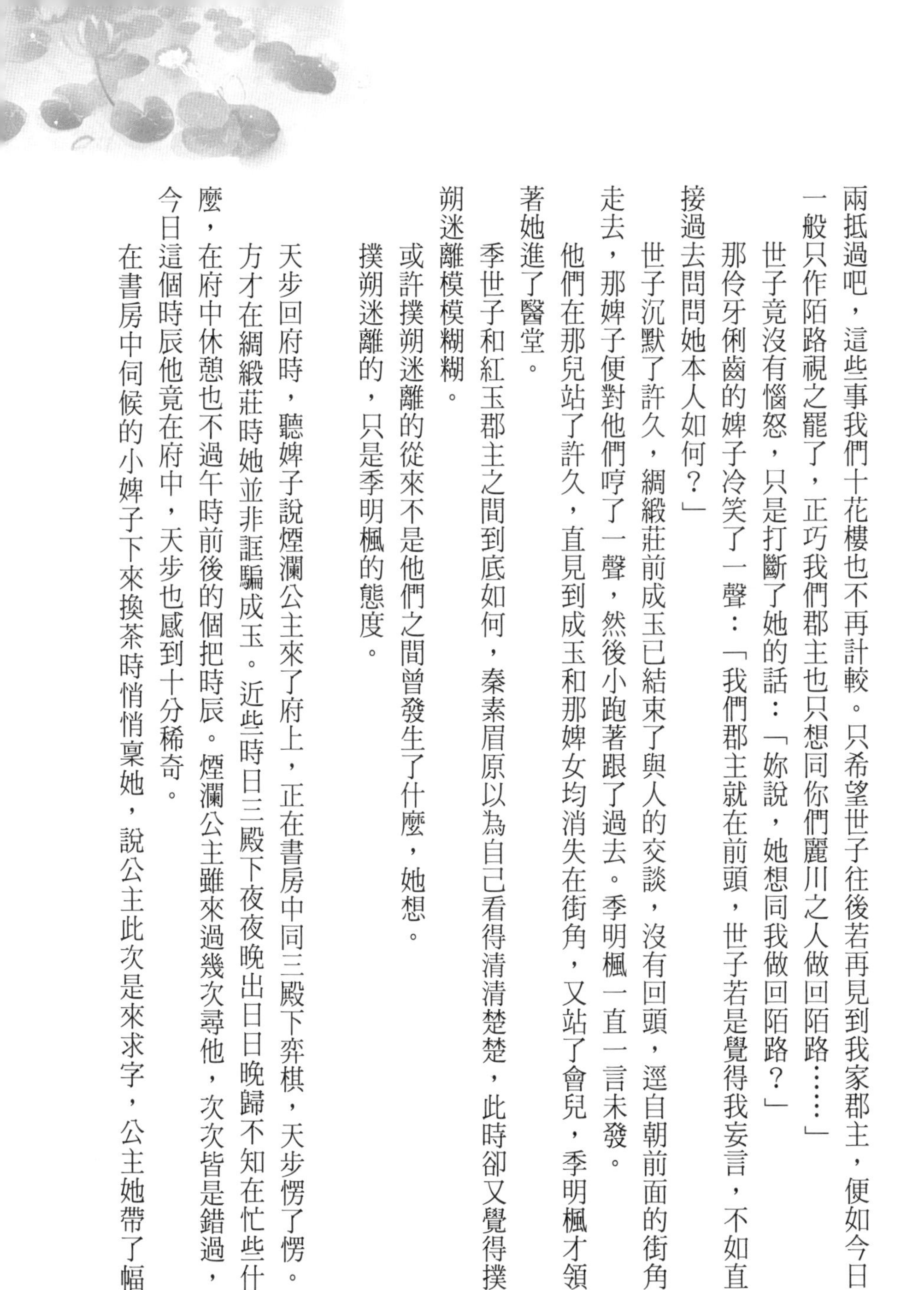

兩抵過吧，這些事我們十花樓也不再計較。只希望世子往後若再見到我家郡主，便如今日一般只作陌路視之罷了，正巧我們郡主也只想同你們麗川之人做回陌路……」

世子竟沒有惱怒，只是打斷了她的話：「妳說，她想同我做回陌路？」

那伶牙俐齒的婢子冷笑了一聲：「我們郡主就在前頭，世子若是覺得我妄言，不如直接過去問問她本人如何？」

世子沉默了許久，綢緞莊前成玉已結束了與人的交談，沒有回頭，逕自朝前面的街角走去，那婢子便對他們哼了一聲，然後小跑著跟了過去。季明楓一直一言未發。

他們在那兒站了許久，直見到成玉和那婢女均消失在街角，又站了會兒，季明楓才領著她進了醫堂。

季世子和紅玉郡主之間到底如何，秦素眉原以為自己看得清清楚楚，此時卻又覺得撲朔迷離模模糊糊。

或許撲朔迷離的從來不是他們之間曾發生了什麼，她想。

撲朔迷離的，只是季明楓的態度。

天步回府時，聽婢子說煙瀾公主來了府上，正在書房中同三殿下弈棋，天步愣了愣。方才在綢緞莊時她並非誆騙成玉。近些時日三殿下夜夜晚出日日晚歸不知在忙些什麼，在府中休憩也不過午時前後的個把時辰。煙瀾公主雖來過幾次尋他，次次皆是錯過，今日這個時辰他竟在府中，天步也感到十分稀奇。

在書房中伺候的小婢子下來換茶時悄悄稟她，說公主此次是來求字，公主她帶了幅

〈蝶戀花〉，栩栩如生一幅畫呈上來請公子給題幾個字兒。公主原本的興致像是很高，還幫著公子磨墨濡毫來著，公子的興致也像是不錯，公主請他題字，他就題了。

小婢子說，她不識字，因此並不曉得公子題了什麼，只瞧著那些字龍走蛇行，體骨非常，是很好看的字，公子還題了整整四行，她想著公主是該高興的。可公主讀完那四行字臉色頓時就不好看了，默默收了畫，喝了一盞茶，又欲言又止了一盞茶，最後卻也沒說什麼，只是請公子再陪她下局棋。她印象中煙瀾公主求的事，公子很少不依的，故而兩人一直下著棋，直下到此時。

小婢子說評書似地同天步稟完，很有些為自家公子鳴不平：「公主想要什麼，公子可都依她了，但公主的臉色卻一直沒好起來過，」她偷偷向天步，「奴婢覺得，公主的脾氣是越發古怪了。」

天步嘆了口氣。小婢子稟的這樁事，顯見得是煙瀾她以畫傳情，結果落花有意流水卻無情，因此落花自傷罷了。這倒讓她憶起一樁舊事。

當年長依戀著桑籍時，忍到身如枯木，心如死灰，也曾作過一幅〈春鶯啼繡閣〉圖請桑籍題字。

拿〈春鶯啼繡閣〉喻她對桑籍的一段閨閣之情，確是太文了，也含蓄得忒狠了，倒不怪桑籍沒瞧出來，竟在上頭題了一句「春鶯喜鬧新柳綠，曉風一拂青天白」。

長依揣著這句詩回去解來解去，也不過解出這幅傳情圖可能激發了桑籍的一些大志，使他想如曉風一般滌蕩八荒重建一個清明天地這樣的意思……

長依很神傷。

天步走了一會兒神，暗道入凡後的長依，別的一概忘了，性子也變了許多，唯一保留了的，竟是愛以畫傳情的這份小心思，著實令人感嘆。

煙瀾還在書房中同連三耗著。

甫入此凡世，三殿下便吩咐了讓她多看著些煙瀾，天步琢磨，那就是說煙瀾的一舉一動她都該瞭如指掌，那今日煙瀾呈了什麼圖，三殿下題了什麼字，她似乎也該瞭解一下。小婢子在一旁囁嚅：「彼時是蘭問姐姐在一旁伺候公子筆墨。」蘭問是連三案前的筆墨侍女。

蘭問來到天步跟前，神色很是複雜，先給她做了一點鋪墊：「當是時……煙瀾公主攤開畫來請公子題字，是幅〈蝶戀花〉，蝶戲秋海棠，乃是前朝劉子隆劉才子的大作，公子沉默了一下，問公主題什麼，公主含蓄地說題一些對這幅畫的註解便可。」

天步點了點頭：「〈蝶戀花〉，若配註解的詩詞，當然該配兩句彩蝶如何戀秋花的豔詞。」她在心中佩服煙瀾，這暗示頗為大膽，以煙瀾的性子，定是鼓了許久的勇氣才能做到這個地步。天步不禁好奇三殿下究竟題了什麼竟能讓煙瀾臉色立變，她向蘭問：「妳在旁伺候著，有瞧見公子他題了什麼嗎？」

蘭問語重心長：「奴婢方才有沒有提過，那幅畫上畫的是秋海棠？」

天步不解：「妳是提過，不過這關秋海棠什麼事？」

蘭問就面無表情地背了起來：「秋海棠，多年生草本，蘭月開花，桂月結果，塊莖可入藥，多治咳血，衄血，跌打損傷。」

天步的臉色逐漸凝重：「妳不要說它們是……」她沒有把話說完。

蘭問沉默了一下：「嗯，」面現不忍，「就是公子給那幅畫題的註解。」又補充道，「因此公主看了臉色不好。」

「……」天步一時竟無話可說。

天步既回了，連三跟前自然是她去伺候著。剛為他二人換上熱茶，桌上的一局棋便了了，公主欲辭，天步注意到公主辭別的神情中別有一絲悵惋。

天步很是同情煙瀾，只覺煙瀾竟還能癡迷地看著連三滿面悵惋，說明用情很深。她試想了下要是她違反天條有了個心上人，這個心上人卻在她攤開來藉以傳情的名畫上寫秋海棠多治跌打損傷，她感覺不用天君來棒打鴛鴦，她自個兒就能先和人割袍斷義了。

煙瀾走後，連三信手在棋盤上重擺了一副殘局，又伸手問她要茶。天步趁著遞茶的當口上前稟道：「今日奴婢去綢緞莊買布時，遇見了那位玉姑娘。」

連三低頭喝著茶，聞言停了一下，是讓她繼續說下去的意思。

天步緩緩道來：「玉姑娘認出奴婢來，請奴婢帶句話給殿下，說她被關了十日禁閉，今日方從禁閉中出來，想邀殿下去逛酒樓。因殿下這幾日難得在府中，故此奴婢照實回了，玉姑娘說那便看殿下的意思。她因幾日後要去探望她祖母，大約不在城中，但這四五日，她都很空，說殿下若籌得出時間有那個空閒，便差個人去橫波街的仁安堂傳個話給她。」

連三擱了茶杯微凝了眉，不知在想些什麼，好一會兒，天步聽他開了口，語聲有些奇異似地：「她穿了裙子？」

這似乎是和他們所談之事全然不搭邊的一個問題。

天步心想玉姑娘她不是個姑娘嗎？一個姑娘穿裙子這到底是件多稀奇的事兒啊？她躊躇著反問連三：「玉姑娘她……不該穿裙子嗎？」

連三撐著額角看著棋盤，右手拈著一枚黑子欲落不落，淡淡道：「我沒見過罷了。」待黑棋落子後，他才又問了句，「是什麼樣的？」

偶爾會覺得自己善解人意是朵解語花的天步在連三面前經常體驗自信崩潰的感覺。因沒聽懂他在問什麼，她鸚鵡學舌一般謹慎地又詢問了一遍：「殿下是說，什麼……什麼樣？」

連三看了她一眼：「她穿裙子是什麼樣？」

天步回想了一下：「好看。」

連三看著棋盤：「還有呢？」

天步又回想了一下，篤定地：「是條白裙子，非常好看。」

連三從棋局上抬起頭來，面無表情地自身旁書架上取了一冊書扔到她面前：「拿去好好讀一讀。」

天步垂頭瞧了一眼封皮，書封上四個大字「修辭通義」。「那……和玉姑娘的約呢？」她撿起書來躊躇著問連三，這就是天步作為一個忠僕的難得所在了，話題已被連三歪到了這個地步，她竟然還能夠不忘初心。

連三一時沒有開口。

天步追憶著過去連三身邊那些美人們，試圖回想當年她們邀約三殿下時，三殿下他一向是如何回應的。但印象中似乎並沒有誰曾邀約過連三，無論是多麼高貴的神女，伴在連三身邊時，大體也只是候在元極宮中，等著三殿下空閒時的召見罷了。有些神女會耍小心思，譬如裝病誆三殿下去探望，博取他的憐愛和陪伴。但這也不算什麼邀約，且很難說三殿下他喜歡不喜歡姑娘們這樣，有時候他的確會去瞧瞧，有時候他又會覺得煩。總之很難搞清他在想什麼。

然三殿下同這位玉姑娘相處，似乎又同他當初與那些神女們相處不太一樣……天步打算幫玉姑娘一把，穩了穩神，幫玉姑娘說了一篇好話：「玉姑娘說這四五日她都空著，專留給殿下，便看殿下哪時能騰出工夫罷了。奴婢瞧著她一腔真意，的確是很想見見殿下。」

天步自以為這句話雖樸素卻打動人，三殿下應該會吃這一套。可惜三殿下鐵石心腸，並不吃這一套。

連三不置可否地看了她一眼：「她誆妳的罷了。」

天步吃驚：「……奴婢不解，玉姑娘為何要誆奴婢？」

「是誆我。」就聽連三平淡道，「被關的那十天竟忘了讓花非霧通知我一聲，怕我生氣。」

「這……」天步猛然想起來那夜連三自小瑤台山回來後，第二日，第三日，乃至第四日，他日日都要去一回琳琅閣。原是為了玉姑娘。

天步震驚了片刻，又細思了一番：「可當奴婢說殿下近日繁忙時，玉姑娘看上去十分沮喪，」她琢磨著，「奴婢還是覺著，她說想見殿下並非是誆殿下，倒真是那麼想的。」

「是嗎？」連三的目光凝在棋盤之上，嘴角勾了勾。

天步試探著：「那殿下……要去見她嗎？」

等了會兒才聽連三開口：「不用，」他笑了笑，摩挲許久的黑子落進了棋格中，「讓她也等一等。」他淡淡道。

第八章

四日轉眼即過，次日便是國師親批出來的適宜皇帝御駕西幸的大吉之日。成玉坐鎮十花樓中，翹首期盼仁安堂處連三的傳信，期盼了四日，沒有等到，喪氣極了。

好在小李處出了些事故，轉移了她的注意力。

小李之事，乃是一些煙花之事。說昨日夢仙樓彈琵琶的賽珍兒姑娘突然出家當了姑子，而花街柳陌有許多傳聞，傳仁安堂的小李大夫戀慕珍兒姑娘足有兩載，一直在癡心地攢銀子想替珍兒姑娘贖身。

花非霧擔憂小李大夫不堪這個打擊，故而特地跑了一趟十花樓，讓成玉這幾日多看著小李一些。成玉也覺花非霧慮得是，因此躲了朱槿，一徑去仁安堂約小李，想著陪他去街上虛逛一逛最好。多逛逛能解愁解悶。

仁安堂今日沒什麼病人，小李大夫一張白生生的俊臉上的確泛著愁容，見成玉來邀他，竟像是早料到她要來找他似的，一句話沒有，閉了館便同她出了門。

二人一路從臨安門逛到清河街，從清河街拐個彎又逛進綵衣巷，綵衣巷盡頭坐落的偌大一座樓子便是夢仙樓。

成玉陪著小李在夢仙樓前站了一陣，於冷風中打了兩個噴嚏。

小李凝望住樓側的一棵合歡樹：「走著走著竟到了此處。」

成玉想著這是傷情的小李預備同她訴情傷了，就打點起精神主動靠近了小李。

小李看了她一眼，悵然地指了指方才他凝望的那棵合歡樹：「猶記前年小正月時，我便是在那一處初見珍兒姑娘，彼時她正被個紈褲公子並幾個惡僕歪纏，要她在那棵合歡樹下彈一曲〈琵琶行〉。」

成玉兌起一雙耳朵聽著，並沒有什麼言語。

小李道：「妳也說說話。」

成玉她一個性喜蹴鞠的運動少女，對風月之事著實不在行，也不曉得在這種愁雲慘霧的悲情時刻她可以說點什麼，啞了半天，擠出來一句話：「哦，書上也寫過這種，英雄救美都是這樣的開頭……那珍兒姑娘她被惡僕歪纏……然後你過去幫了她，你們就認識了？」

小李遠望天邊：「哦不，那個紈褲王公子其實是我的一個朋友，難得碰上，我們就一起逼珍兒姑娘彈了一首〈琵琶行〉，又逼她彈了一曲〈飛花點翠〉，我們覺得她彈得很好，後來就常約著去找她聽曲。」小李一臉追思地總結，「這也是不逼不相識了，我也算珍兒姑娘的一個知音吧！」

成玉默道：「你們……這種發展好像和書上那種才子佳人的故事發展有點不太一樣……」

小李謙虛：「並沒有什麼特別了。」頓了頓，話鋒一轉看向她，「我沒有猜錯的話，今日妳來找我，是特地來向我打聽如何安慰你們家朱槿的吧？」

成玉道：「嗯……啊？」

小李高深道：「朱槿聽我說珍兒姑娘琵琶彈得好，我來夢仙樓他每每必要跟著來，我其實那時候就看出朱槿他對珍兒姑娘很不一般了，」他點頭讚服自己，「我果然有眼光，」又抬頭看成玉，「此次珍兒姑娘出家，朱槿他果然傷痛得很吧？唉，」他嘆了口氣，「朱槿他生得一表人才，珍兒姑娘又是色藝雙絕，兩人能修成正果也是一樁美事，但有時候吧，一段塵緣也並非一定就能修出個結果，此次珍兒姑娘她出家，我想她大約是感到了佛緣的徵召，既是珍兒姑娘有這段佛緣，塵世之緣便……」說著小李同情地搖了搖頭，「其實我也不曉得該如何安慰朱槿，你們這幾日多順著他些，看他能不能自己想通吧。」

成玉沉默了一下說：「那個，小李啊，我覺得……」

小李抬頭看了一眼天色：「醫館不能關太久，我得先回了，」又切切囑咐成玉，「就照著我說的，多順著朱槿一些，別讓他更煩惱。醫者雖不醫心，但朱槿啊我是曉得的，妳由著他傷心一陣，說不準就過去了，」看成玉一臉茫然，想了想，又提出一個新的建議，「或者，他要實在就是喜歡彈琵琶的，這麼著吧，過幾日我空了便領他去快綠園介紹他結識琵琶仙子金三娘，情傷嘛，呵呵，有什麼情傷是一頓花酒治不了的？」

成玉道：「我覺得這個事可能……」

小李大手一揮，打斷她道：「就算朱槿他堅定一些，一頓花酒把他治不好，我就不信十頓還治不好，我們來十頓的，呵呵，就這樣吧！」說著拍了拍成玉的肩，為自己癡情的好友感嘆了一兩句，抬步走了。

成玉目送走小李的背影，沉吟了片刻，覺著動不動就要請朱槿喝十頓花酒的小李，不大可能在癡情地攢著銀子要替什麼清倌人贖身。而至於小李斬釘截鐵說朱槿戀著賽珍兒這事，成玉想她今日從十花樓溜出來時，正聽見朱槿在同姚黃談大熙朝百年後的國運盈虛，言語間頗有唏噓之意。她覺得，若朱槿果真如此喜愛賽珍兒，他該把他所有的唏噓都獻給他自己，他還唏噓什麼大熙朝的國運呢。

朱槿、李牧舟和賽珍兒這一段三角情，她是看不懂了。但總的來說這個事裡頭應該沒有人會想不開，也不會出人命，既然不會出人命，那就是沒事了。

想通了她就打算回十花樓，抬眼時卻看到巷子口一團熱鬧，兩條腿不由自主便邁了過去。

巷口處原來是個老翁在耍猴，兩隻小猴兒藝高且機靈，吸引了許多人圍觀。

成玉亦圍觀了片刻，小猴子演完一段騎木輪後，老翁捧著頂草帽來求賞錢，成玉摸了摸袖子才驚覺今日出門竟未帶錢袋子。小猴子同她做了個鬼臉，她訕笑著受了，意興闌珊地打算一路逛回十花樓。

偏巧老天爺同她作對，所有她平日遍尋不著的趣致物兒都趕著今日堆到了她路過的街面：神出鬼沒的捏麵人的麵人趙，在綵衣巷轉出來的一條小街上擺了個麵人小攤兒；離京好幾個月的糖畫張，在麵人趙隔壁擺了個糖畫小攤兒；一月就開幾次店的陳木匠，竟也在今日開店展演起了他新製出來的十二方鎖。

成玉立刻就想衝回去拿錢……可回去後還能不能再從朱槿的眼皮子底下跑出來，就不大好說了，想想只得作罷了。

她磨蹭過麵人小攤兒，將攤兒上的蹴鞠小人兒看了又看；蹓躂過糖畫小攤兒，將攤兒上的蹴鞠糖畫也看了又看；流連進陳木匠的木器店，又將那把十二方鎖看了又看。這個鋪子跟前站站，那個鋪子跟前站站，閒站得累了，方沒精打采地踱到附近一個涼茶鋪子裡頭。老闆同她相熟，請了她一杯涼茶。

成玉喪氣地喝著茶，喝到一半，一個十二三歲的小童子忽然冒出來，將背上一個藍色的包袱嘿呦嘿呦解下來放到她身旁的四方桌上，說是有人送她的。

成玉莫名其妙拆開包袱皮，只瞧見許多精巧的小盒子堆疊其中。打開一個，她瞬間瞪住了眼睛，裡頭竟是那個蹴鞠麵人兒；再打開一個，裡頭竟是那個蹴鞠糖畫；她抖著手打開一個稍大些的，花梨木做成的十二方鎖躍入眼中，她彷彿還能瞧見鎖上頭她方才留下的指印兒。再將旁的幾個盒子一一啟開，都是她適才閒逛時在別的鋪子裡或看過或摸過的趣致小玩意兒。

成玉震驚抬頭，欲問小童子話，卻不見小童子蹤影。茶鋪老闆哈哈一笑揚手同她指路：「小公子這是找那童兒？趁著小公子點數這些禮盒時，那童兒去了對街的酒樓，老漢並未見著他出來，許是還在樓中哩！」

成玉左手還捏著那個蹴鞠麵人，匆忙謝過老闆，又託他替她看著桌上的盒子，三兩步出了鋪子直往對街酒樓而去。

剛走出茶鋪，她便看到了對街二樓臨窗而坐的白衣青年的側影。

彼時正好有雲移來，將過烈的日頭擋了一擋。清朗的藍天底下，前方的古雅酒樓似個雅正的美人亭亭玉立於這一條老街之上，樓前一株鳳凰木將一根枝條悄悄探進了二樓的軒窗。青年正微微抬頭看著那有些嶙峋的孤枝，臉被枝條擋住了大半，但即便如此成玉也認出了那是誰。

她高興地向青年招手：「連三哥哥！」

青年似乎愣了愣，而後才垂頭向她看來，看了她一陣，撐著腮向她比了個口型：上來。

成玉眉眼彎彎：「那你等等我啊！」

三殿下今日瞧著很閒適，但三殿下十幾日來也不過就得了這浮生半日的閒適。他當初降到此處凡世，乃是為了方便照看重生再世的長依，才屢建奇功將自己送上了大將軍這個職位。然本朝大將軍在外領兵禦敵，還朝後預聞政事，一向都是忙的。且近日除開那些政務，三殿下身上還添了一樁新事，夜夜都要去京郊附近探看一番，這就更忙了。

這樁新事乃是尋覓真實之神祖媞神的遺跡芳蹤。

三殿下本心其實並不願插手這樁事，然涉及到祖媞神，他雖不想管閒事，卻不得不有一些考慮。

祖媞神身負回溯時光之能，在她神性尚未甦醒之時，莫說是神族鬼族魔族，便是妖族，一旦尋到她，挾制住她也是十分容易之事。而無論哪一族探知挾制了此時的祖媞，於八荒都是劫難。

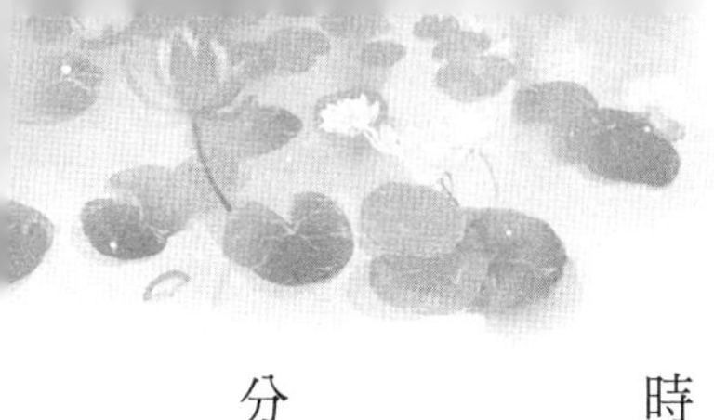

得到祖媞，便能得到回溯時光之能。於魔族，他們必想再臨洪荒時代，彼時少綰君一統魔族霸領南荒，東制神族西遏鬼族，魔族何等風光；於鬼族，他們必想重返兩萬年前，彼時擎蒼君未被封印，經營得鬼族與神族分庭抗禮，鬼族榮極一時；於神族，神族此時在三族中雖勢力最盛，然一旦得到祖媞，雄心勃勃的慈正帝也勢必會有一些新的計較和考量。

縱觀八荒之中，能護祖媞佑四海而無私心的，大約也只有太晨宮中的東華帝君同十里桃林的折顏上神這兩位洪荒之神了。而要在這樁事體上論「靠譜」二字，還須得指望東華帝君。

依照三殿下一向做事的體度，他是要將這事禍水東引給東華帝君的，但無奈他此時是個下界之神，難以親自傳言給東華不說，照時間推算，帝君也還在閉關之中，因此他只好自個兒先將這樁事給擔了。

三殿下尋了十來日，並無什麼收穫，但今晨拿到國師粟及的一個柬帖，裡頭倒出乎意料有些線索。國師說新近得了一書，書中竟載錄了一位他從未聽說過的遠古之神，他想找時候同他請教請教。

因此三殿下空出了半日，出門指教國師。

結果半路碰上了成玉。

那時候他其實離她很近，但她蹲在一個做麵人的小攤兒跟前，玩賞一個麵人玩賞得十分投入，根本沒有注意到他。

三殿下瞇著眼看著她，心想：誰說的期盼著同他逛酒樓，要在家中安坐，好好等候他給她傳消息來著？他沒有信她著實是明智。

她大約十分喜歡那蹴鞠麵人，拿著根紫檀木簪子扭扭捏捏同捏麵人的老翁打商量：「我拿這個簪子同老人家你換這個蹴鞠麵人行嗎？」老翁不識貨，瞅了眼那根簪子，沒有搭理她。

她又蹲得近一些同老翁商量：「那用這個簪子換我摸一摸你這個蹴鞠小人兒可好嗎？」老翁嫌棄地瞟了一眼她那根簪子：「摸不得，摸髒了。」

三殿下站在她身後數步外的一棵垂柳下，彼時只能瞧見她的側臉，但即便這樣他也瞧出了她的不開心。他目視著她委委屈屈地從小攤跟前站起來，目光還定在攤上那個蹴鞠麵人身上，定了好一會兒才磨磨蹭蹭地走了，走一步還要回三次頭。

她今日穿了身淺綠色的公子裝，頭髮束起來，額上綁了個同色白邊的護額。而她臉上也如同一個真正的小公子般未施粉黛，但那眉偏就如柳煙，那眼偏就似星辰，那容色偏就若曉花，那薄唇偏就勝春櫻，那一張臉絲毫未因無粉黛增妍而折損了顏色。而當她用那張臉做出委屈落寞的神色來時，看著的確讓人很不忍心。

三殿下自覺自己鐵石心腸，他的字典中從沒有「不忍心」這三個字，但一刻鐘後他盯著懷中的一人堆盒子，竟有一瞬間很是茫然，不明白自己在幹什麼。

他方才似乎跟在成玉後面，幫她買了麵人，買了糖畫，買了十二方鎖，還買了她看過摸過的所有小玩意兒。

街頭行人熙熙攘攘，三殿下站在街口第一次對自我產生了懷疑。他覺得成玉看上的這些東西，全都很蠢，比他做的佛塔小僧木刻花旦牙雕小仙差得太遠了，而以他的品味，他為什麼要把這些東西買給成玉，這完全是個謎。

正巧一個童兒從他身邊經過，他閉了閉眼，想著算了，眼不見心不煩，便給了童兒銀錢讓他將懷中亂七八糟的東西全給成玉送了過去。

成玉因是一路用跑的奔上了二樓，到得連三桌前不免氣喘。

三殿下抬眼便瞧見了她手中的蹴鞠麵人，眉心不受控制地跳了跳。但成玉全然沒有注意到三殿下臉上的嫌棄之色，挺高興地舉著那麵人湊到他眼前比了一圈，喜悅之情溢於言表：「這些東西，都是連三哥哥你給我買的嗎？」

三殿下不動聲色地往後退了退，大約實在不想承認自己在這種蠢玩意兒上花了錢，他沒回答她的問題，只轉而問她：「怎麼每次我碰到妳，妳都在為錢苦惱？」

成玉捏著麵人坐在他身旁，想了會兒：「也不只你碰到我的時候了，」她誠實地回答，「你沒碰到我的時候，我也在為錢苦惱。」她像一個飽經滄桑的老嫗一樣嘆了口氣，「我從十三歲開始，就在為錢苦惱了。」彷彿很懂人世艱難似地，老氣橫秋道，「但這就是人生啊，能如何呢？」說完她沉默了一下，「人生真是太難了，你說是不是？」

三殿下看了她一陣，從袖子裡取出一沓足有一寸厚的銀票，遞到她面前，看她愣在那兒不接手，傾身幫她裝進了袖袋中：「人生的事我不太懂，難不難的我也不知道，妳拿著一邊花一邊慢慢思考吧。」

成玉抬著袖子，瞪著裡邊的銀票，動作有點滑稽，語聲裡充滿了疑惑：「這是……給我的零花錢？」

三殿下給自己倒茶：「是啊。」

成玉捏著裝銀票的袖子，不可置信：「可我的親表兄親堂兄們，還有朱槿，他們都沒有給過我這麼多零花錢呀！」

三殿下擱下了茶壺，壺底碰在桌上嗒地一聲響。他皺眉道：「我也很好奇，他們到底是怎麼能容忍妳一直為錢犯愁的？」

成玉感到不能讓連三誤會她的親人們待她苛刻，硬著頭皮幫他們辯駁：「那大概也不怪他們了，可能我是個敗家子吧，在亂花錢上頭，總是讓他們防不勝防。」她有些期期艾艾，「可連三哥哥，這個錢，太多了，我是不是不該拿……」

三殿下從茶杯上抬眼：「這段對話有點耳熟。」

成玉立刻想起來當初連三送她牙雕小仙時的強硬態度。「可……」她試探著發出了一個音節，立刻不出所料地看到了連三涼涼的眼神。

她就發愁：「可我總是這樣，是不是不太好啊。」

「總是怎樣？」

她支吾了一會兒：「就是吃你的用你的，現在還拿你的……」

三殿下看了她一眼：「妳有錢嗎？」

她琢磨著關禁閉時攢下了多少錢，含糊道，「有、有一點吧。」

三殿下淡淡道：「有一點，那就是沒有了。」又看了一眼她一直握在手中的那個蹴鞠人，「喜歡我給妳買的這些東西嗎？」

她誠實地點了點頭：「喜、喜歡的。」

三殿下淡淡道：「那就是很喜歡了。」他繼續道，「想將它們退回去嗎？」

這次她沒有出聲。

三殿下看著她：「沒有錢，卻有很多愛好，要想過得好，除了吃我的用我的，妳自己覺得妳還能怎麼辦？」

成玉想了一會兒，沒有想出辦法來。

「唉。」她嘆氣：「所以我說，人生真的太難了。」

三殿下一錘定音，給此事劃了句點：「那就這樣吧。」

成玉顯然覺得就這樣也不太妥，她低著頭又想了一會兒，趴在桌上問連三：「那……連三哥哥你有沒有什麼特別喜歡的東西？」她側著頭看著他，輕聲問他，「我學東西特別快，學什麼都特別快，你有喜歡的東西，我學了做給你啊。」

三殿下看了她好一會兒：「唱曲能學嗎？」

成玉默了一下：「就只有這個我如何學都學不會，連三哥哥你換一個。」

三殿下換了一個：「跳舞？」

成玉又默了一下：「就只有唱曲和跳舞我如何學都學不會，連三哥哥你再換一個。」

三殿下再換了一個：「彈琴？」

成玉再次默了一下：「就只有唱曲跳舞和彈琴……」

三殿下無奈地打斷她：「妳不是說妳學什麼都很快？」

成玉飛快地看了他一眼，又低頭，腳尖在凳子底下畫圈圈：「那再聰明的人都有短板了……」

三殿下道：「妳的短板還挺多。」

成玉敢怒不敢言，想了半天，提議道：「我射箭不錯，我給連三哥哥你獵個野兔子吧。」

三殿下笑了笑：「我射箭也不錯，能給妳獵頭猛虎。」

成玉啞了啞：「那……那我還能過目不忘。」

三殿下挑眉：「真是沒有看出妳有過目不忘的本事。」

成玉想起來自己在連三跟前的確常忘東忘西，幾乎次次見面他都能挑出她新近又忘了什麼與他有關之事，她感到了話題的難以為繼，很是無力地為自己辯駁：「那……我要走心才不會忘，可能很多時候……我不太走心吧……」

「哦，不太走心。」三殿下道。

成玉立刻明白自己說錯了話，硬著頭皮補救：「或者有時候我喝醉了，或者想著別的重要的心事，那也會……」

今次三殿下比較寬容，沒有同她較真，只道：「但就算妳過目不忘，對我又有什麼意義呢？」這倒是切切實實的。

成玉感到討好連三真是太艱難了，她幾乎絞盡腦汁，終於想起來還有一項絕技：「那我……我會繡花啊！」為著這項絕技她幾乎要雀躍了，「連三哥哥你總不會繡花吧！」

話剛落地，被連三伸手用力一帶。她適才懶懶趴在桌子旁，整個身子都沒用什麼力，連三握住她的手臂將她帶往自個兒身上時，她像一隻懵懂的飛蛾撲向火焰一般，全無自

覺、全無道理、也全無抗拒地就撲進了他的懷中。

回神時，她才發現堂中一片嘈雜，原是上菜的小二路過他們後頭那一桌時被桌椅絆倒了，將手中一盆菜湯灑了一地。她方才坐在過道旁，幸得連三及時拉了她一把，才沒有被湯汁濺灑了衣裳。

恍惚中她聽到連三問她：「妳還會繡花？」

定神時才察覺和連三挨得極近，接著她震驚地發現自己竟坐在連三腿上，像個小蝦米似地微微躬著身子，一隻手握緊了連三的右臂，而連三的左手則放在她身後穩穩托著她的脊背。

在意識到應該不好意思之前，她的臉先一步紅了，是本能的、無意識的臉紅，因此那紅便有些懵懂。紅著的月季一般美麗的臉，漆黑的眼珠透出惶惑來，看上去有點羞赧。但羞赧也是天真的羞赧。

她坐在他腿上，沒有忘記回答方才他的提問：「我會繡花啊，還繡得很好呢。」聲音軟軟的，稍稍一擰，就能滴出水來一般。

她顯然對自己這突如其來的害羞感到不可思議，有些難堪的，又不解地咳了一聲：「連三哥哥，你放我下來。」她輕聲道。

三殿下卻並沒有放開她，他琥珀色的眼睛捕捉住了她，就像一頭猛虎捕捉住了一隻美麗的梅花鹿。成玉本能地有些恐慌起來，掙扎了一下，想要起身，連三的右手猛地按住了她的腰。

她疑惑極了，眸子裡全是驚異，不明白他這個動作是為何，但她的腰在方才的掙動之間挺直了，因此她再不用仰視他，幾乎可以平視他了。這微妙的高度上的差異，令她不再覺得自己像隻梅花鹿了。

她終於敢正視連三的臉，還有他的目光，然後她發現那張臉上竟是沒有什麼表情的。沒有表情的一張臉，卻在她看向他的一瞬間裡，於眉眼之間突然浮出了一點笑容，微熱的氣息靠近她的耳郭：「既然那樣會刺繡，就給我繡個香囊吧。」

「可……」她羞赧得不行，只能憑著本能行事，聲音仍是軟的，含著一點抱怨之意，「不要欺負我不懂啊，」她輕輕推了他一把，當然沒有推動，她低聲認真地同他解釋，「因為鞋帽贈兄長，香包贈情郎，給連三哥哥你，是要送鞋子的。」

他那好看的鳳目中仍含著笑意，右手依舊按著她的腰，他竟學著她也低聲道：「可我就想要個香囊。」微涼的聲線刻意放低了，就如同藏在月夜中的溪流，僅憑著那一點神秘的潺潺之聲，令人依稀辨明它在何處，有一種不能言說的幽昧之感。

那聲音能蠱惑人似的，她不知該怎麼辦，只好輕輕又推了他一把：「連三哥哥你要講道理啊。」

他握住了她推他的手，她極輕地顫了一下，不知該作何反應時，他卻已經放開了她。「我的正事來了。」他笑了笑，將她放在了一旁的條凳上，幫她整理了一下褶皺的衣袖，「自己去逛街吧。」又將那個混亂中被她遺落在地上的蹴鞠麵人撿起來遞給她，像什麼事都不曾發生過。

成玉如在夢中地離開了酒樓，回到涼茶鋪時才有些清醒。清醒後，她對自己產生了疑惑，照理說連三哥哥只是哥哥，他幫她一把，她不小心坐進了他懷中，這全然是個意外，她怎麼會臉紅呢？

她皺著眉頭拷問自己，直坐到涼茶鋪中生意多起來老闆嫌棄她礙事了，她才得出了一個似是而非的結論。那可能是因為那時候在連三懷中坐得跟個小蝦米似的，自己潛意識裡覺得這動作很幼稚很丟臉吧。

雖然是這樣離奇的藉口，但她竟說服了自己，還感到了釋然，並且鬆了一口氣。果然是一個沒有任何風月經驗的無知少女。

三殿下的正事是國師。成玉走後，倚窗候著國師上來的三殿下又是早先那位清冷雅正、孤身飲茶賞花、獨自來偷浮生半日閒的三殿下了。只是視線偶爾會飄到對街的涼茶鋪，直到國師坐到他跟前了才略有收斂。

國師粟及是先帝朝封的國師。國師被他師父哄騙下山輔佐先帝是在四十年前，彼時先帝還是個少年，國師也還是個少年。如今先帝墳頭的松樹苗苗已經長到三丈高，本該垂垂老矣的國師瞧著卻還是個青年，因此滿朝文武對國師都非常敬畏。

看到他那張臉就不得不感到敬畏。

國師被他師父撿上山修道那一年正逢大旱鬧饑荒，彼時國師拜師不過為了一口溫飽飯一個暖被窩，並沒有想到要證道飛昇那麼長遠。然抵不住他天生好根骨，道途就是要多平順坦蕩有多平順坦蕩，以至於後來年成好了他想下山回老家鎮上開個糕點鋪子，求了許多次他師父都不同意。

直到有一天求得他師父煩了，他師父就信手將他扔進了先帝朝中做國師。

先帝這個人，是個很拎不清的皇帝。縱然彼時朝中亦不缺賢明的文官和驍勇的武官，但先帝他是個能把賢明的文官和驍勇的武官統統搞進後宮的先帝，遇到這種皇帝，要保得國朝平穩，也真的只有信玄學，靠國師了。

因此國師在先帝一朝活兒一直很多，壓力也一直很大，朝中傳言他脾氣不大好，那也著實是脾氣不大好，直到先帝駕崩之後，國師的脾氣才變得溫順了一點。

成筠登上帝位後，為大熙朝帶來了新氣象，少年天子，清明有為，國體朝事之上治痼疾養故病，頗有些能為。而因朝廷整肅，慢慢成了一個清明朝廷，國師也就愉快地過上了養老的日子，每天看一看古書研究研究糕點，等著將成筠這一朝對付過去，如果還沒到飛昇的機緣，他就回老家鎮上開他的糕點鋪子。

當今天子是個有心的天子，知道國師的愛好，幫國師開糕點鋪子他雖做不出來，但時常給國師賞賜點珍本古籍是可以的。近日麗川王入京述職，呈上了許多南冉珍寶並南冉古書，天子就將新得的南冉古書挑了幾冊送去給了國師。

國師今日拿來請教三殿下的，正是其中一冊述史之書。

國師將書冊攤在三殿下面前請他一觀，指節叩住一處，道：「便是此處。」書冊上是南冉文字，眾及邊譯邊唸道，「……人祖阿布托率族眾移於此世，初至只見天地渺茫，無四時，無五穀，亦無生靈，族眾望此皆泣：『我輩死於此矣。』泫然哀啕。忽有神女自光中降，身披紅衣，足繫金鈴，其美如朝雲托赤霞，其態若寒月吐清輝。阿布托尊之祖神那蘭多，攜眾叩拜……」

跳過幾行續道：「獻祭之日，那蘭多裁風雨權作護法之幡，剪素雲以為登天之橋。風幡動搖，天橋乍起，橋中忽起萬千刀尖，密如梳篦。祖神那蘭多挽烏髮，披紅衣，赤足行於尖刀之上，行過處金鈴動，紅蓮開，鴻蒙生輝。天橋百里，紅蓮萬盞，那蘭多行至天橋彼岸而忽化作垂天之光，光似綵鳳垂翼，俯照寰宇，渺茫世界頓然清明，四時化出，草木俱生，鳥鳴獸走，與八荒無異。而族眾嚎啕，哭祖神那蘭多捨身之賜。人祖阿布托大悲，尋祖神仙體三月，得一紅蓮子。」

國師唸到此處停了下來，正欲啟口問連三他想問之事，見三殿下主動將書頁翻過，欲往後看，次頁卻是一片空白。三殿下再翻了一頁，倒是有字，上頭記載的卻已是另一樁事體。三殿下皺了皺眉，抬眼看他：「你是想要問我，此中記載的那蘭多是誰，對嗎？」

粟及道：「正是。」

「南冉語中的那蘭多，我想，」他停了停，「應該可以譯作祖媞。」

方才粟及所唸的這一段著實令連三有些震動，似這樣完好的關於祖媞的記載，八荒中已不可得，便是將這冊書遞到東華面前，怕帝君都要另眼相待。然而賞玩此冊已久，且將這一段同三殿下朗朗讀過一遍的粟及，在聽到「祖媞」這兩個字時卻並沒有什麼震動，反而還有點茫然。

三殿下瞧著一臉茫然的國師大人道：「看來你並不曾聽說過祖媞神的名諱。」又道，「想必此前連那蘭多你也未曾聽聞過了。」

粟及沉吟：「實不曾聽聞。」疑惑道，「不過，照此文中所述，凡人當是被一個叫阿布托的君王從什麼地方帶到了這個世間，但彼時此處卻很凋敝，其後有了那蘭多的捨身祭祀，才有了天地化育四時五穀，使得凡人們能生存衍息。照此說，那蘭多該是我等凡人的母神了，可關於天從何處生，人從何處來，各族雖有各族的傳說，我從前卻沒有聽聞過這樣的傳說。中原引為正統的傳說，乃是盤古開天，伏羲女媧兄妹和合而誕下凡人，為我等凡人調風順雨豐饒五穀的也皆為此二神。」

三殿下停了一會兒：「我所知的伏羲神女媧神未曾誕下過凡人，但南冉族提到的這位那蘭多，」三殿下改口，「這位祖媞神，卻是我們神族一直供奉的尊神，也的確是你們凡人的母神。」

粟及一臉震驚。

三殿下將那冊子又翻了兩頁：「這看著並非原本，墨是新墨紙頁非陳，乃是個抄本，」叩住那空白一頁道，「這一頁是抄漏了？此書的原冊可借我一觀否？」

粟及曾輔佐了先帝整整一朝，先帝是個肚子裡沒什麼墨水卻偏愛問十萬個為什麼的皇帝，粟及被他折磨三十多年，早已養成了但凡碰到一個疑問就要把和這疑問相關的祖宗十八個疑問全部搞清楚的習慣。

因此三殿下一問，國師便有對：「殿下說得沒錯，這是個抄本，但皇上賜來的，原就是這個抄本。」

三殿下沒來得及問的，國師大人還有對：「歷代麗川王都想要收服南冉國，南冉接壤麗川，可說是西南夷族中最神秘的一支，擅用毒蠱之術，又擅奇門遁甲，南冉國內還山澤眾多，幽秘難測。說這一代麗川世子打探到南冉有個古墓，古墓中藏有載錄南冉山川地理奇方奇術的許多古書，因此差人探入古墓中抄謄了最為要緊的幾冊書，意欲圖個知己知彼，百戰不殆。」國師修長手指點了點桌上白底黑字的書冊，「此冊便是當日抄謄的其中之一。但據說原冊加了秘術，遇風則化為揚塵，所以如今世上也沒有原冊，只有抄冊了。」

三殿下目光在書冊上的空白處停了一停：「所以，要知道此頁上記載了什麼，唯一的辦法是找抄錄之人探問了？」

粟及點了點頭：「麗川王治下甚嚴，雖未從他府中打探到此冊的抄錄之人，但我越是把玩這些文字越感熟悉，竟像是出自一位我識得的小郡主之手。那位小郡主聰明絕倫，精通數族語言，有一年以一十三種文字抄經為太皇太后祈福，這十三種文字中便有南冉文。而這位郡主，此前也正是在麗川遊玩。」

三殿下的手指有一搭沒一搭敲在「人祖阿布托大悲，尋祖神仙體三月，得一紅蓮子」這一行字上頭，淡淡道：「那便去問問這位郡主，『紅蓮子』之後，當日她還看到了什麼卻忘了抄錄。」

問也流利答也流利的國師大人此時卻卡了一卡，咳了一聲：「這個……」

三殿下抬眉。

國師大人又咳了一聲：「這個……殿下你還是別說出去是你想問這個事吧，若這事傳到那位郡主耳中，便是我去問，小郡主也不一定告知我了。」

三殿下皺了皺眉：「看來是個脾氣不太好的郡主。」

國師道：「小郡主……脾氣其實是好的，但是對殿下，可能……」

三殿下略有詫異：「我一個外朝之臣，還能同一個養在深閨的郡主有什麼積怨？」

國師大人沉默了片刻：「殿下你退過她的婚。」

三殿下道：「我……」然後三殿下就想起來了，的確有這麼一樁事。還朝之初，太皇太后賜了他一樁婚，但他一個天神同凡人成什麼婚，他就拒了。拒了他就忘了。

三殿下皺著眉，也沉默了片刻，然後道：「沒有退過，只是拒了罷了。」

粟及嘆了口氣，很真情實感地點評：「那對於一個姑娘家來說，也沒有什麼太大分別了。」

第九章

曲水苑建在京城西郊，倚著景明山造出了兩園十六院。東西兩園壘奇石以為巧山，集百花以為妙圃；前後十六院有亭台樓閣起龍飛鳳舞之勢，亦有幽屋小室舉古雅清正之風；更為神妙處是最後一院接水院有一方極大的蓄水池，接山水下引灌遍十六院，形成數十道曲水穿園並繞園的盛景，如龍走蛇行，妙趣非常。

如此氣派又如此精緻，便是連京城裡的皇宮都比不上，一看就是先帝爺的手筆。因為不是先帝那樣出色的敗家子，可以說很難有魄力造出這樣的行宮了。

自打在曲水苑安頓下來，成玉在她祖母太皇太后娘娘身邊一連伺候了半個月。

太皇太后年紀大了，不大愛走動也不大愛熱鬧，因此一連十五天她們都靜靜地關在十六院之一的松鶴院中誦讀、抄寫，以及探討佛經，從而讓成玉完美地錯過了皇帝大宴群臣、皇帝率群臣遊園，以及皇帝和群臣同樂一起看戲看雜耍等……一系列她非常喜愛的餘興節目。

且太皇太后一心向佛，因此松鶴院中唯有素膳，這一點也令成玉感到苦悶。還好她的手帕交，跟著自家祖母隨鳳駕也來了曲水苑的崇武侯府將軍嫡女齊鷩兒齊大小姐，每日都會看著時候過來救濟她一隻雞腿或者鴨脖子。

第十六日，成玉終於得以從松鶴院中解脫。因皇帝親來了一趟松鶴院，同太皇太后陳情，說烏儺素國的王太子攜幼弟及使臣來朝，於酒席之間誇耀他那幾位女使臣的擊鞠術，向他請了一場擊鞠賽。他准了，幾日後大熙同烏儺素便有一場大賽。代大熙出賽的四位巾幗雖已由沈公公遴選出來，但萬一場上出個什麼事故，總需有個替補，因此想將擊鞠術還不錯的紅玉郡主借出來一用。

太皇太后准了。

成玉隨著皇帝出松鶴院，心中著實雀躍，因此話也格外多。

譬如皇帝問她：「同烏儺素的那場擊鞠賽，妳可知朕為何要專去太皇太后那裡找妳做替補？」

往常她一般會祭上「臣妹愚駑臣妹不知」八字真言，直接將舞台讓給皇帝，皇帝說什麼就是什麼，因為宮中大家原本就都是活得這樣憋屈。

但今日她發言很踴躍：「皇兄憐憫臣妹啊！」她眉飛色舞，「臣妹知道皇兄其實根本不覺得臣妹的擊鞠術出色，也不是真的要拿臣妹去做替補，皇兄是覺著臣妹在皇祖母那裡唸了十五日經，吃了很多苦，因此特意拿這個理由來搭救臣妹罷了！臣妹真是感動啊！」

皇帝挑眉：「那知道朕為何要專程去搭救妳嗎？」

她笑眼彎彎，發自肺腑：「因為臣妹乖巧懂事啊！」

皇帝被她氣笑了：「妳……乖巧懂事？胡言亂語！」

她認錯認得比誰都快：「那臣妹知錯了。」

皇帝瞧著她，也生不起什麼氣來，咳了一聲，提起正事：「朕既搭救了妳，妳也幫朕一個忙，回頭見到大將軍，不要鬧脾氣給朕找事。妳若能做到，便是真懂事了，朕也便欣慰了。」

成玉費解皇帝為何突然提及大將軍，但看皇帝的模樣是不想她發表什麼高見，她就順從地沒有發表任何意見，只點了點頭：「嗯，臣妹懂了。」

皇帝嘆了口氣：「朕知妳心中委屈，但大將軍是國之棟樑，北衛未滅恥於安家這句話，不是專為了同妳過不去立下的誓言，這是一個將軍的大決心，朕亦時常為之感動，妳也該崇敬著些才是。」

北衛未滅恥於安家。這八個字挺耳熟。

成玉狐疑地在腦子裡過了一遍，突然靈光一閃，想起了一樁舊事：她剛回平安城時，有個將軍退了她的婚。

成玉她母親靜安王妃去世時，給她母親做法事的一個老道曾為她推過命格，說她今生有三個災劫：病劫，命劫，情劫。渡過病劫，有個命劫，渡過命劫，還有個情劫，一劫套一劫，無論哪一劫上有閃失，都將傷及性命，三劫齊渡過去，她方能求個平安得個順遂。在她的種種劫數裡，老道尤其提到的是情劫，說此劫應的是遠嫁和親，一旦遠嫁，郡主命休矣。

故而成玉在婚姻大事上是沒有什麼計較的，於她而言，只要不是和親便是好婚姻。是以初時聽太后賜婚，她有一瞬覺得命格終究對她網開了一面，後來又聽聞那位將軍拒婚，梨響氣得不行，但她卻沒有什麼看法，只覺天意如刀，命格終究還是那個命格。

彼時她不覺這樁事於己是什麼大事，因此未放在心上，不過兩月，已全然忘懷。此時皇帝提及，她才想起來，其實，這該算是一樁大事來的。

然後，她聰慧地感覺到了在皇帝的心目中，她此時應該是個因被那位將軍退了婚而懷恨在心的幽怨少女。而顯見得今次那位將軍亦將來曲水苑伴駕，皇帝怕她鬧出什麼事來失了皇家體面，令他臉上無光，故而提前來告誡她。

但皇帝畢竟還是感到愧對她的，因此告誡她才告誡得如此語重心長。

這。

這很好啊！

她立馬就入了戲，愁苦地抹著眼淚向皇帝：「那……一個被退婚的郡主，真的……很苦的，很難做人了的……可皇兄讓臣妹安分些……」她哽咽著，「那臣妹也沒有什麼別的可想了。」她哽咽得抽了一下，「聽人說前幾日皇兄宴客群臣時，招來的戲班唱的戲唱得很好，看了使能解憂解悶，臣妹的苦，興許看看戲能夠緩解一二……」

皇帝是個日常恐妹的皇帝，最怕妹子們在他跟前抹眼淚，聽著成玉哽咽，眼皮立刻跳了一跳，抬腳便要走，嘴上飛快道：「既然如此，讓他們再給妳開幾場罷了。」

成玉拭著眼角，腳上卻先一步攔在了皇帝的前頭，擋住了他繼續哽咽：「臣妹話還沒有說完啊，」她哽咽得又抽了一下，「臣妹想著，這個時節，看戲的時候要吃南方上貢的那種甜瓜才好，皮薄瓤厚，清甜汁水又多，不知道他們今年進貢上來沒有……」

被虛攔住的皇帝頭皮直發麻，繼續飛快道：「今晨剛貢上來，回頭給妳拿兩個。」

成玉還拭著眼角，空著的那隻手比出了五根手指頭：「五個。」

皇帝完全不想再多作停留了：「那就五個。」

成玉自松鶴院中放出來，吃著皇帝送她的甜瓜，聽著皇帝御批一天唱三次專唱給她的戲文，日子過得逍遙無比。戲聽膩了，她才想起來自己是個替補，還是需要去那支將代大熙出戰烏儺素的擊鞠隊中露露臉。

擊鞠，是打馬球。

成玉她自小玩蹴鞠，也玩擊鞠，十花樓的後園有個朱槿給她弄出來的擊鞠場，她時常馭馬在其上飛奔，十四歲時已能在疾馳的馬背上玩兒著許多花樣將木球打進球門中，在女子中算是擊鞠水平很高了。但因她從未在宮中打過馬球，故而皇帝並不知曉她的本事。

沈公公費了大力氣選出的擊鞠隊一共六人，除了成玉和齊大小姐，還有另一位貴女並三位宮中女官。

因大賽在即，這幾日練球練得很密。成玉只是個掛名的，故而沒有什麼上場練習的機會，她自個兒也覺得她在一旁看看就好。她是這麼考慮的，照場上這幾位的水準，她若是貿然上場，除了齊大小姐還能扛得住，她很難不將其他四位打得喪失信心，這對整個球隊來說可能並不是一件好事……

齊大小姐的水平同樣高出另四位許多，出於同樣的責任感，也很少去場上練習，不是遲到就是早退，練也不好好練，大多時候臉上蓋本破書在成玉身邊睡大覺。成玉不管，沈公公也不好管。沈公公覺得自己可太難了。

如此練了幾日，次日便是大賽。

未時末，皇帝領著百官親臨明月殿前凡有大賽才開場的擊鞠場，觀鞠台上座無虛席。三殿下今日安坐在了國師身旁。

三殿下前幾日奉皇命在京郊大營練兵，前夜才入曲水苑，因而座中烏儺素一干使者，以及大熙一干被太皇太后和太后詔來消夏的誥命小姐們，大多並不認得他。但這樣一位翩翩公子，如此俊朗不凡，他又坐在國師右側的尊位，可見位也很高，自然惹人欣羨好奇。

煙瀾遠遠望著連宋，瞧連宋並未抬眼看向鞠場。國師正同他說著什麼，他偏頭聽著，也沒有答話，手中的摺扇有一搭沒一搭地點著椅子的扶臂。

煙瀾心中一動，在她那些模糊的關乎九重天的夢境裡頭，她有時候也能瞧見這樣的連宋。九重天上總有各種宴會，三殿下不拿架子，要緊的公宴他總是出現，但也總是像這樣，不怎麼將注意力放到宴會上頭，大多時候都一副漫不經心的神態。

無論是何時，或是在何地，三殿下總是那個三殿下。她覺得這樣的三殿下令人難以看透，卻也令人難以自拔。

手臂被人碰了碰，煙瀾轉頭，瞧見坐在她身旁的十七公主。十七公主拿個絲帕掩著嘴，挨過來同她搭話：「好些時候未見大將軍，大將軍風姿依舊哇。」不等她回答，又神秘道，「方才我還同十八妹妹絮叨來著，想起來大將軍是煙瀾妹妹妳的表兄，那妹妹妳一定知道，皇祖母曾有意給紅玉那丫頭和大將軍賜婚吧？」

煙瀾沒有說話。

十八公主扯了扯十七公主的袖子，十七公主渾不在意：「都是姐妹，這有什麼不好問的，」向煙瀾追問，「此事妹妹可曾聽大將軍提過？」

煙瀾靜了好一會兒：「姐姐消息靈通，此事我卻沒有聽表哥提過。」

十七公主不大信，挑眉瞧著煙瀾，卻見煙瀾始終不言，也不好再逼問下去，給自個兒找了個台階道：「那便是大將軍護著紅玉名聲吧，大將軍倒是個有義之人，只是皇祖母也太過偏愛紅玉，才將此事弄得這樣尷尬，婚姻大事，大將軍自然不能接納一個成日只知玩鬧什麼也不懂的小丫頭片子做夫人，故而……」捂著嘴笑了一聲。

長著一副膽小眉眼的十八公主瞧瞧煙瀾又瞧瞧十七公主，嘴唇泛白地勸阻十七公主：「十七姐姐妳不好胡說啊，皇祖母賜婚大將軍，公主之下便是郡主的身分最尊，大將軍因是重臣，不能尚公主，自然該賜到紅玉頭上，這卻不是皇祖母偏愛誰不偏愛誰……」

十七公主又說了些什麼煙瀾沒有在意，她將視線放到鞠場上，雖面上一派波瀾不驚，然心口卻一徑地發著沉。太皇太后賜婚三殿下同紅玉之事，及至三殿下抗旨拒婚之事，她的確都有過耳聞。

紅玉郡主其人，煙瀾知道，那是靜安王爺的遺孤，因著太皇太后對靜安王爺的喜愛，故而紅玉在太皇太后跟前亦有幾分寵愛。紅玉她年紀尚小，不過十六，然容色非常，有傾國之姿，性子也很活潑，故此皇帝也很喜歡她。但她同紅玉卻沒怎麼說過話。

初聞太皇太后賜婚時，她的確有幾分驚訝，但她也料中了三殿下定會拒絕。

九重天上的仙姝們無不容色過人，亦未見得三殿下如何，況一紅玉乎。但太皇太后的賜婚，卻讓她開始真真切切考慮三殿下可能會有的婚姻大事了。

她想過許多回，然每想一回，她心中就沉一回，正如十七公主所言，照朝例駙馬不能出任重臣，故而太皇太后賜婚連宋，絕無可能賜到公主頭上，她同三殿下不會有什麼可能。

若說此生於她還有什麼幸事，大約唯一可慶幸之事，便是這世間任何人同三殿下都不會有可能吧。

因這是凡世，他們目中所見皆是凡人。這世間不可能有一個凡人能那樣打動三殿下，令三殿下寧願背負違反天宮禁令的重罪也要娶她為妻。

近日她對往事憶起來很多，憶起來越多，她越清楚三殿下看似風流，其實最是無情。

但，他無情最好了。

終歸在他的無情之前，這世間還有個長依對他來說算是特別。

而長依，可算是她的前世。

煙瀾不禁再次將目光投向斜對面，落在連三身上。她看到許多人的目光都在他身上，但他沒有將目光放在任何一人身上。

這就夠了。

連三今日並非是來看擊鞠賽，而是來辦正事。

這些日了於他而言算得上正事的有且僅有那麼一樁，便是探尋祖媞。而關乎祖媞的一條重要明線便是南冉國的那冊述史之書中提及的紅蓮子。

這粒紅蓮子的下落，紅玉郡主可能清楚。

找紅玉郡主聊一聊這事原本包在國師身上，但郡主自入曲水苑就被關在松鶴院中。松鶴院是太皇太后的地盤，須知太皇太后信佛，但國師他是個道士，佛道有別，太皇太后和國師積怨甚深，國師等閒連松鶴院大門都近不得，遑論見成玉。

看國師處著實推進艱難，空下來的三殿下便將此事扛了，也是放國師一條生路。而因傳言中紅玉郡主今日會代大熙出戰，故而三殿下他來此候她。

然待金鑼鳴起正式開球，紅玉她也未出現在賽場之上。探子去了一會兒，回來湊著國師的耳朵稟了片刻。

國師向三殿下轉述探子們的消息：「殿下同我今日算是白來了。」國師蹙著眉，「說小郡主惹了禍，被關在皇上的書房裡罰跪，四個宦侍看著，皇上下令要跪夠三個時辰才許放她出來，那無論如何是趕不上這場比賽了。」

三殿下凝目賽場，頭也沒回：「她惹了什麼禍，皇帝竟連比賽也不讓她出了？」

國師靜了半天：「說是她昨日午後在院子裡烤小鳥，被皇上撞見了。」

「什麼烤小鳥？」三殿下終於回了頭。

「就是字面意義的烤小鳥，」國師做了一套非常生動的動作，「就是生起火來，把小鳥的毛拔掉，刷上油烤一烤，蘸點孜然粉……這樣的烤小鳥。」

三殿下有些疑惑：「這對於一位郡主而言，是有些調皮，不過也不算惹禍，皇帝為何會罰她？」

國師再次靜了半天，沉默了一下：「可能是因為小郡主烤的是皇上那對常伴他左右，被他喚做愛妃的愛鳥吧。」

三殿下回頭看著賽場，半晌，道：「……哦。」

國師煽情道：「聽說皇上趕到的時候，他的一雙愛妃穿在木棍上被小郡主烤得焦香流油，小郡主正興高采烈地叮囑她的同伴待會兒吃的時候一隻放辣一隻不放辣，放辣的時候用個網漏放，能放得均勻些。」

三殿下點頭：「很講究。」

國師：「……」道，「可這對皇上而言，著實就太殘忍了，聽說皇上快要氣糊塗了，指著她直道好膽量，親自葬了一雙愛妃後便罰了小郡主，就是如此了。」問連三，「郡主既來不了，殿下還要繼續看嗎？」

三殿下撐著腮坐那兒：「坐會兒吧。」

成玉也是冤枉，萬萬沒想到院子裡飛進來兩隻鳥，她隨便烤一烤，就烤了皇帝的一雙愛妃。幸好從小到大跪習慣了，在皇帝的御書房中將整場比賽跪過去，也沒覺得怎麼樣，就是膝蓋有點痛。

被放出來時比賽正好結束，抄近路跑出來的成玉遠遠望見皇帝帶著群臣離開觀鞠台，她警醒地在馬欄附近一棵大樹底下蹲了會兒，待看客走得稀稀落落，才翻圍牆溜進了鞠場。

方才比賽的一堆人馬仍在場中，瞧著是在爭吵什麼。齊大小姐照約定正在場邊等著她，離人堆稍遠，身旁立了匹棗紅駿馬。

成玉眼中一亮，急向齊大小姐而去，同仍吵鬧著的七八個球手擦肩時，耳中無意飛進兩隊球手的幾句爭論，大體是烏儺素不服今日之賽，揚言若不是她們隊長昨日吃壞了肚子下不了床今日未上場，大熙朝絕無可能獲勝之類。

大熙竟然贏了，成玉一方面為皇帝感到高興，一方面覺得這個比賽應該也沒有什麼看頭。

正是酉時三刻太陽西斜之時，觀鞠台上僅餘一二人，鞠場上東西兩方倒是割據了兩撥人馬，烏儺素和大熙的球手是一波，成玉齊大小姐和齊大小姐的忠僕小刀是一波。

黃昏一向是寧靜時分，鞠場上卻並不寧靜，主要是烏儺素和大熙的球手們一直在吵。成玉和齊大小姐並肩賞馬時她們在吵吵；成玉和齊大小姐跨上馬沿著半個鞠場瘋跑時她們在吵吵；成玉和齊大小姐跑夠了開始玩一刻鐘裡連著將十個球全打進球門時，她們仍在吵吵；當成玉和齊大小姐雙雙在一刻鐘內連進十球後，她們的吵吵聲才終於小了一些；而當成玉開始玩「飛銅錢」這個遊戲時，小刀驚訝地發現，鞠場上居然安靜了，且吵吵的人群全圍到了她身邊，有幾個還圍到了她的前頭。

成玉和齊大小姐原本便是為了讓吵吵的球手們有足夠的空間能認真吵吵，才只劃了半個鞠場自娛自樂，此時瞧見原本站在東邊的球手們竟齊聚了過來，齊大小姐雖然不清楚她們搞什麼名堂，本著善意還是提醒了一句：「有時候郡主打出的銅錢會亂飛，退遠些，小心傷了。」

成玉此時卻沒有發現鞠場上這個新動靜，她正凝神讓胯下的駿馬、手中的球杖和馬匹左側壘在地上的五枚銅錢「同為一境」。

所謂「飛銅錢」，乃是指將銅錢壘於鞠場之上，而後飛馬過去揚杖擊錢，每次只擊出

一枚。

相傳不知何朝有位擊鞠天才，鞠場上顫巍巍壘起十餘枚銅錢，天才飛馬而去，每揚一杖必打出一枚，而餘者不散，且所擊出之錢均飛往同一方向，還全是七丈遠，一分不增，一分不減。

成玉一直很嚮往這位天才的神技，自個兒悄悄練了許多年，但一直沒練到這個造詣。上一回成玉同齊大小姐玩兒這個遊戲還是去麗川前，彼時她僅能挑戰一下五枚壘成的銅錢柱，雖能一杖一錢而餘者不散，但如齊小姐所言，她擊出的銅錢是要亂飛的，且距離也是沒個定數的。今日難得遇到明月殿前先帝爺花大錢造出來的這方豪奢鞠場開封，她一心要在此挑戰成功擊出的五枚銅錢能朝著同一個方向飛，因此十分專注。

小刀眼尖，退到八丈開外了還能瞅見成玉一臉凝重，因此她謹慎地又往後退了幾步，還一片好意提醒前頭烏儺素的球手：「我們郡主用起力氣來，打出的銅錢飛個七八丈遠是常有的，」一心有餘悸地補充了一句，「打在身上真挺疼的，妳們還是退後好些。」

站在小刀正前方的是烏儺素的一個前鋒並一個後衛，矮個兒後衛往後頭退了兩步，挪到了小刀身旁，瞧著像是想同小刀搭話，但方才才同大熙吵了半日，不好意思拉下臉來開這個口，因此神色有點糾結。還是小刀分了一點神出來：「妳是不是肚子痛？」

矮個兒後衛頭搖得似撥浪鼓：「沒有沒有。」

「哦。」小刀點了點頭。

矮個兒後衛黏糊了一陣，試探著向小刀道：「妳們說這個遊戲叫飛銅錢，飛銅錢的意思是，飛馬拿球杖去擊打地上那柱銅錢是嗎？這是幫助練習瞄準？」

小刀一直關注著成玉的神色，瞧郡主的神色越發凝重，經驗豐富的小刀又往後頭退了兩步。她也沒太聽明白矮個兒後衛方才說了什麼，含糊地回了一句：「嗯，是要瞄準才能打得出去。」

估計看小刀挺配合，矮個兒後衛信心大增：「這個我們隊長也常練，」又矜持又自得地道，「不過這個銅錢柱還是太大了些，妳們郡主要練瞄準，可以拿更小的東西挑戰一下嘛，譬如我們隊長就用一個葡萄大的小球練，就說我們隊長眼神好，球技超群，策馬而去，每一杖……」話未完腳下場地忽動，小刀拉了那小後衛一把，兩人站定時只見馭馬向著龍門跑了一段兒的白衣少女正靈巧地調轉馬頭。

小刀目測調轉的馬匹同那五枚銅錢呈一直線，而後少女忽然俯身揚杖策馬飛奔，馬匹似一箭發出，有破風之勢，轉瞬已近至錢柱。眨眼之間球杖落下，一枚銅錢飛出，而飛奔的馬匹未有絲毫停頓，向著龍門而去，再行半圈，而後再向餘下的四枚銅錢而來。

就像飛馳的流星沿著同一軌跡五次劃過天門，五枚銅錢便在這五次反覆中被依次打出。

千步鞠場，馬踏黃昏。因成玉自策馬之始，至將五枚銅錢擊打而出之終，從未停過疾行的馬蹄，因此在場諸位都只覺那絕色少女貼在馬背上的五次揮杖發生在頃刻之間。而破風的鐵蹄中，大家唯一能看清的也只有白衣少女的五次揮桿，以及被打出的銅錢最終身在何方罷了。

以銅錢柱為原點，被打出的五枚銅錢飛出七丈遠，均落地在正東方向，一分不增，一分不減，排成了個「一」字。

全場寂然。

成玉勒住馬，立馬在龍門之前，遙望數丈開外那一列排成「一」字的銅錢，習慣性地撩前襟擦汗，發現穿的並非男子的蹴鞠服，就拿袖子隨意揩了揩。她似乎還沉浸在方才淋漓盡致的揮桿中，並沒有太在意鞠場上驀然而至的寂靜，只在擦淨額頭上的汗水後，手中閒撈著球杖，跨在馬背上慢悠悠朝著齊大小姐踱過去。

齊大小姐在成玉向著自己走過來的那一瞬反應過來，鼓掌道：「漂亮。」大熙的球手們也反應過來了，但估計是被鎮住了，且被鎮得有點兒猛，一個個屏氣凝神地，定定瞧著成玉。

而瞧過成玉玩兒這個遊戲多次的小刀，她一向覺得郡主總有一日能練成今日這般神技，因此如同她家小姐一般，小刀震驚中也有一分淡定，還能繼續同烏儺素的小後衛聊天：「對了，方才妳似乎在同我講妳們隊長，妳們隊長怎麼了？」

小後衛臉紅了一陣又白了一陣，默默無言地看了小刀一眼，正巧站在前頭的高個兒前鋒也紅紅白白著一張臉轉身欲走，小後衛就疾跑兩步跟著自家前鋒一道走了。

成筠一朝，國師雖已開始養老，但偶爾也會被皇帝召去議一議事。皇帝今日有興致，擊鞠賽後又召了國師議事。國師進書房時正逢著兩個宦臣向皇帝稟報紅玉郡主的動向，說郡主剛跪滿時辰便撒腿跑了，他們跟去瞧了瞧，郡主是去了鞠場。

皇帝只點了點頭，像是意料之中，也沒有說什麼。

既曉得了郡主的動向，國師想著要堵她一堵，因此一盞茶後他便尋機匆匆趕回了觀鞠台。

已是紅雲染遍西天的酉時末刻。觀鞠台中，國師卻驚訝地發現三殿下竟還坐在他原本那個位置上。

鞠場尚未被封，也無甚賽事，只幾個少女並幾匹駿馬占了西北角，幾個人似乎在說著什麼話。

國師在三殿下身邊落了座，順著三殿下的目光看過去，騎在一匹棗紅駿馬上的白衣少女便落入了國師的眼中。

國師微訝，那確然是紅玉郡主。

他雖已數年不曾見過紅玉郡主，但那張臉，真是無論如何也難以忘記。幾年前那張臉的美還似含在花苞之中，今時今日卻已初綻，那種含蓄竟已長成了一種欲語還休之意。紅玉郡主她，是個成年的少女了。

國師斟酌了一下：「殿下是認出紅玉郡主了？」

三殿下雖回了他，卻答非所問。「她該穿紅裙。」三殿下道。

國師懷疑自己沒有聽清，愣了愣：「殿下說……什麼？」

三殿下沒有再開口，只是撐腮坐在椅中，面上看不出他對目中所視的鞠場、乃至對目中所視的紅玉郡主的態度，國師覺得這樣的三殿下難以捉摸，不知他在想著什麼高深之事。

白裙亦可，但她還是該穿那種全然大紅的衫裙。這就是三殿下此時想著的東西，可以看出絕沒有什麼高深之處。雖離得遠，但他卻將鞠場上一身白裙的成玉看得十分清楚。

她身下駿馬走了兩步，帶得她腳邊雪白的紗絹亦隨之而動，堆疊出的波紋如月夜下雪白的浪。那浪花一路向上，裹出她纖細的腰身，再往上，便是整個她。那紗絹是很襯她的，裹住她如同裹住晨霧中一朵白色的山茶。美，卻是朦朧的。使她還像個不諳世事的少女般，含著天真。白色總讓她過於天真。

三殿下思量著，因此需要大紅的顏色將她裹起來，那便實在了，大紅色貼覆著她時，當使她更有女子的韻味。想到此處，三殿下的目光移到了她的臉上。

血陽之下她臉頰微紅，額頭上有一層薄汗，眉心一朵紅色的落梅，顯然今晨她妝容精緻。此時卻殘留得不多了，只能辨出眉是遠山黛。那有些可惜。但額上的那一層薄汗，卻使她的肌膚泛了一點粉意，更勝胭脂掃過，天然地動人。

此時她身旁有人同她說話。她微微偏頭，很認真地聆聽似的，然後就笑了。笑著時她濃密的睫毛微垂，微微一斂，而後卻緩緩地抬起來，就像一隻自恃雙翼華美的蝶，吝惜地攏住雙翅，而後卻又一點一點展開，戲弄人、引誘人似的。那種笑法。

三殿下的眼神驀地幽深。

她自然美得非凡，但因年紀尚小之故，世人看她，或許都還當她是個孩子。他初次見她，未嘗不是同世人一般，只當這是個美得奇異的孩子。可不知從什麼時候開始，他看著她時，眼中便不再是孩子，而是嫵媚多姿的女子了。平心而論，她嫵媚的時候其實不多，且當她做出那嫵媚的姿態時，她還常常不自知。但這種不自知的嫵媚，卻更是令人心驚。

國師因見三殿下沉默了許久，著實想問他幾句郡主之事，故而試探著叫了他一聲：

「殿下？」

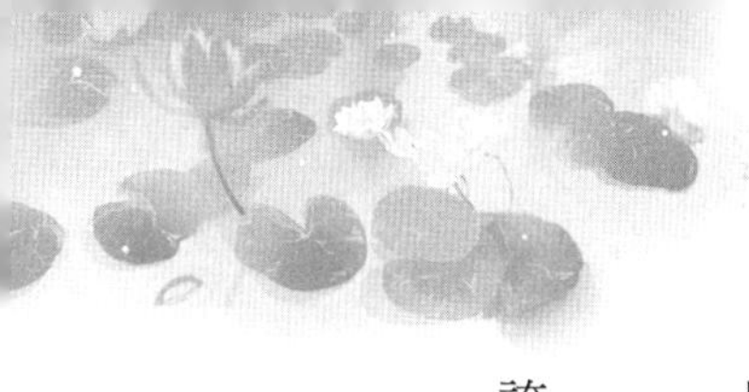

三殿下收回了目光，卻還有些發愣似的，半晌，他突然笑了笑，扇子輕輕在座椅的扶臂之上點了點，問國師：「她臉上的妝容叫什麼，你知道嗎？」

國師莫名其妙，他本來預感三殿下要同他談的是如何從成玉口中套出紅蓮子的下落，乍然聽到這離題十萬八千里的一個問句，感到了茫然。好半天，才十分不確定地問連三：「殿下是說，紅玉郡主的……妝容？」

三殿下玩味似地唸出了那個名字：「紅玉。」

國師稀里糊塗地隔著大老遠遙望郡主許久，憑著伺候後宮三千的先帝時增長來的見識猜測：「落、落梅妝？」

「落梅妝？冰綃為魄雪為魂，淡染天香杳無痕，一點落梅胭脂色，借予冬日十分春。」三殿下笑了笑，「倒是很襯她。」

國師雖然是個道士，但文學素養還是夠的，隱約覺得這幾句詠梅詩卻不像是在詠梅，倒像是在詠人。再一看場上的郡主，國師的眼皮一跳，那一張臉膚光勝雪，殷紅一點落梅點在額間，可不就像是在那難描難畫冰雪似的一張臉上增了幾分春意？

三殿下站了起來，似乎打算就這樣離開了。

國師眼皮又一跳，不禁上前一步，誠懇規諫：「殿下，你候在此處的初衷應該不是來誇讚郡主的美貌的吧？你在這裡待這麼久，不是為了堵住她會會她嗎？」

三殿下頭也不回：「改日吧。」

暮色已然降下，國師孤零零一個人站在暮色中，他感到了蒙圈。

第十章

是夜有宴，成玉沒有出現。皇帝來曲水苑是為著消夏，關乎遊興，故而時不時便要宴一宴大臣，宴上一向還有雜耍和歌舞助興。皇帝曉得成玉是愛這個的，但宴上卻沒瞧見她人影，皇帝氣笑了，向沈公公：「她居然還知道躲朕。」

沈公公替成玉謙虛：「小郡主也是個有羞愧之心的人。」

次日，太皇太后召了公主和誥命們聽戲。皇帝同臣子們議事畢，太皇太后派人前來相請，皇帝便攜了幾個親近臣子同去，半途碰上了麗川王世子，皇帝亦順道邀了世子。

到得戲樓，看台上略略一望，居然還是沒瞧見成玉，皇帝疑惑了，向沈公公道：「這也不大像是在躲朕了。連戲也不來聽，小賴皮猴這是轉性了？」

沈公公是個細緻人，從不在自個兒沒把握的事情上胡亂言語，因此很謹慎地回皇帝道：「要嘛老奴去打聽打聽？」

被皇帝順帶著攜來聽戲的除了麗川王世子外還有幾個方才在議事堂議事的要臣，包括大將軍，東西台的左右相，吏部禮部工部的尚書，還有國師。

今上是個後宅很清淨的皇帝，家事也是些很清淨的家事，除了嫁公主還是嫁公主，因此今上議論起家事來從不避著外臣。不過外臣們也不大在皇帝的家事上頭給主意，成筠議起家事來，一向也只沈公公能奉陪他一二。

但今日大將軍竟插了一句話進來：「是不是病了，她？」舉朝皆知大將軍是十九公主煙瀾的表兄，聽一向不愛管閒事的大將軍此時竟有此一問，只以為方才皇帝口中所提乃是煙瀾公主。

皇帝顯見得也如此想，因向連三道：「愛卿無須多慮，煙瀾她倒是沒有什麼。」

將軍抬眼，倒似疑惑：「皇上方才說的，不是紅玉嗎？」

一直靜在一旁的麗川王世子神情中有明顯的一愣，直直看向連三。被連三直言反問的皇帝愣道：「朕方才問的確然是紅玉，」奇道，「不過愛卿怎麼知曉？」

將軍淡淡道：「臣不過一猜。」沉吟道，「郡主愛宴會，又愛聽戲，昨夜大宴上乃至今日戲樓中，卻都不見她人影，」將軍微微垂目，「臣還是覺得，她是病了。」

麗川王世子瞧著連三，微微蹙了眉，皇帝亦微微蹙了眉，但兩人顯見得不是為同一樁事蹙眉，皇帝道：「她昨兒下午還騎著馬在鞠場飛奔，沒看出什麼生病的徵兆，照理說……」

將軍卻已從花梨木椅上站起了身：「臣代皇上去看看郡主。」

麗川王世子似乎也想起身，手已按住椅子的扶臂卻又停了下來。

世子終歸還是顧全大局的世子，曉得此種場合什麼該做什麼不該做。

在座諸位大臣卻沒有意識到王世子的這個小動作，大臣們目瞪口呆地瞧著坐在座上沉吟的皇帝和背影已漸遠去的將軍，只覺皇帝和將軍方才一番對話十分神奇。他們印象中將軍話少，議事時同皇帝基本沒有話聊，當然和他們也沒有話聊，著實沒有想到有一天能聽

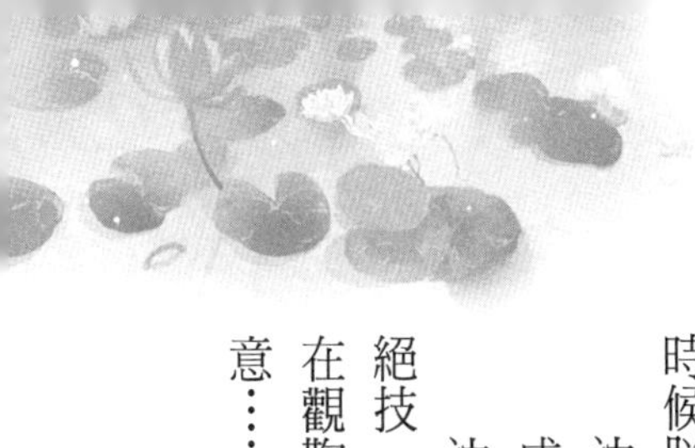

到將軍當著他們的面跟皇帝聊女人，聊的還是那位紅玉郡主。

紅玉郡主同將軍有過什麼瓜葛，太皇太后雖嚴令宮中不許再提及，但……可當日大將軍為了能拒掉這門婚事，連北衛未滅恥於安家的名目都搬出來了……肱股要臣們壓抑著內心的波瀾湧動面面相覷。

大臣們八卦且疑惑，皇帝其實也有點疑惑，但皇帝嘛，怎能將自己的疑惑輕易示人，因此待臣子們都散了後，才向沈公公道：「連三同紅玉是怎麼回事？」

沈公公是個說話很趣致的人，沈公公笑答：「那陛下是希望將軍同郡主有事呢，還是無事呢？」

皇帝喝了口茶：「連三若是不娶，也好，若是要娶，為著成家的江山，他最好是娶我成家的宗女。」成筠平生第一次感覺嫁妹子這個話題不是那麼的沉重，但想起這個堂妹其實是個什麼德行，又忍不住喪氣，「紅玉她也十六了，眼見得一天天就知道胡鬧，騎馬爬樹，她還烤小鳥，」提起這一茬成筠的心又痛了，平復了半晌，「就那張臉還能看，這種時候朕就希望連三他能盡量地膚淺些，為著紅玉那張臉，破誓將她給娶了。」

沈公公有些擔心：「但據老奴所知，大將軍他並非是個膚淺之人。」

成筠心絞痛要犯了。

沈公公湊近輕聲：「老奴聽說昨日小郡主在鞠場玩耍時耍出了『五杖飛五銅錢』的絕技，引得烏儺素的球手盡皆拜服，小郡主彼時真個是顧盼生姿，神采飛揚，大將軍其時在觀鞠台上瞧見了，似乎也很是讚賞，老奴猜測便是如此，將軍對小郡主才有了今日的留意……」

成筠因不擅擊鞠，並不明白「五杖飛五銅錢」是個什麼概念，因此並沒有理解昨日成玉出了多麼了不得的一個風頭，聽沈公公說起顧盼生姿之語，越加無望道：「顧盼生姿，神采飛揚，說白了還是那張臉。」問沈公公，「若連三他瞧見紅玉翻牆爬樹烤小鳥，他還能迷上紅玉？」

沈公公雖然是個公公，也並不能想像什麼樣的男人能迷上這樣的姑娘，因此沈公公選擇了沉默。

成筠也沉默了一陣，又問：「連三平日那些紅顏知己都是些什麼樣的？」

沈公公在這上頭頗有當年國師伺候先帝時的百事通風範，立刻對答如流：「將軍似乎偏愛文靜的姑娘，說起話來溫言軟語，行起路來弱柳扶風，又要才高，素手能調丹青，還要能彈瑤琴，將軍的數位知己都是如此。」

皇帝聽得「數位」二字，嘆道：「若紅玉能嫁得連三，朕竟不知對她是壞是好。」

沈公公道：「皇上宅心仁厚。」

但皇帝只宅心仁厚了半盞茶，茶還沒喝完已經決定把成玉給賣了，抬頭向沈公公道：「連三既愛琴愛畫，宮中的畫師和琴師，挑兩個給紅玉補補課去，好在她聰慧，學什麼都快。」

沈公公意會，笑道：「如何說話行路，老奴亦找宮人匡一匡郡主。」

成玉的確病了。驚悸之症。是個老症，昨夜犯的。

十花樓中的紫優曇這幾日便要自沉睡中甦醒，須得朱槿坐鎮，而優曇花的族長醒來是個大事，成玉就讓梨響也留了一留。

成玉一個人入了宮，太后撥了幾個宮侍給她暫用著。因她一向不愛有人跟著自個兒，太后跟前的宮侍又哪裡有梨響的高藝，因此昨晚在去夜宴的半道上就把她給跟丟了。最後是齊大小姐將暈過去人事不知的成玉給抱著送了回來。幸好梨響忙完十花樓的事體趕回來得及時，這事才沒有驚動太皇太后、皇太后和皇上。

梨響踩著夜色急匆匆回城去仁安堂架來了剛脫衣睡下的李牧舟。小李大夫閉著眼也能診治成玉，被梨響提著來給成玉扎了幾針，又打著呵欠揉了幾顆香丸子給她點在香爐中，他就功成身退，被梨響拎著又重新送了回去。

昏睡中的成玉並不知道自己病了，也不知道自己在昏睡中，當她於昏睡中陷入夢鄉時，她也不知道自己是在作夢。因為一切都挺真的。

夢裡她剛在鞠場同齊大小姐分了手。她今日挑戰成功了「五杖飛五銅錢」，她自個兒做了一次，大熙球隊裡擔任後衛的太后娘家侄女柳四小姐又央她來了一次，兩次她都表現得很精采。但做這個耗力氣，又耗神，因此天一黑下來她就睏上了。

可齊大小姐說行宮養著的雜耍團裡有兩頭會拜壽的獅子，將在今晚的夜宴中助興。這種新奇她是絕不能錯過的，因此強忍著睏意約了齊大小姐半個時辰後在接水院的假山旁會面，一同去赴宴看獅子。

她打著瞌睡回松鶴院換衣衫，卻沒想到剛繞過明月殿後面的遊廊，就瞧見了立在一株槐花樹下的季明楓。

其時暮色吞沒了天邊最後一絲霞光，宮燈亮起，映出長長的遊廊來。她站在拐角處看過去，一身黑衣的季世子半身隱在暮色的暗影中，半身現在宮燈的明光裡。風中飄來槐花的香味。

她知道槐花長什麼樣，有人曾畫給她瞧過，它們像串起來攢成一簇的小小鈴鐺。麗川的小孩子都喜歡在手腕腳踝綁那樣的小鈴鐺，叮噹，叮噹，鈴鐺響起來時，常會伴著孩子們的歡笑。蜻蛉曾送給她一套，銀子打成的小小鈴鐺，繫在她的手腕上，一動起來就發出叮噹叮噹的輕響，蜻蛉眉眼彎彎：「郡主果然很喜歡這個。」

晚風拂過，她眨了眨眼睛，眨眼間像是再一次聽到了鈴鐺的響聲，她握住了自己的手腕，手腕處卻什麼也沒有。

南冉古墓。

鈴鐺不在了，蜻蛉也不在了。

睏意剎那間消散，她蒼白著臉站那兒發了好一陣呆，直到一隊提燈的宮女輕移蓮步行過季明楓時停下同他行禮，才打破了這一幕靜畫，驅趕走了那些無休無止的鈴鐺聲，將她拉回現世。

回過神來時，她覺著季明楓不一定瞧見了她，因此後退兩步退到了轉角的一棵桂樹旁，打算繞路避開他。卻聽到青年的聲音忽然響起：「妳是在躲我嗎？」

她定住了。季明楓緩步來到她的面前。那一隊提燈的素衣宮女亦正好行到她的身邊，宮女們停下來同她禮了一禮後方魚貫而去，搖曳遠去的燈光就像晨星碎在海裡。她僵了片刻，「沒有躲你啊。」

季明楓就那麼看著她。

她終歸是不擅撒謊的，在季明楓的視線下選擇了沉默。

她當然是在躲他。那時候朱槿帶她離開麗川王府時，她有一瞬間想起過季明楓，在那短暫的一瞬裡，她卻只想起季明楓最後留給她的那些話：「妳真是太過膽大包天恣意妄行，錯一百次也不知道悔改，今日蜻蛉因妳而死，來日還會有更多麗川男兒因妳此次任性喪命，這麼多條人命，妳可背負得起？」還擔心這些話刺得她不夠疼似的，「或許妳貴為郡主，便以為他們天生賤命，如此多的性命，妳其實並不在意？」

故而，她覺著季明楓是不可能想見她的。她再不通人情，這一點還是知道。她想著為彼此計，他二人做回陌路才是最好，但今日他卻讓她有些迷惑，季明楓似乎是專在此候她？

再見面有什麼好說呢，一次次提醒她她身上還背負著一條人命嗎？

她靠著木欄，茫然地看向季明楓，心想，是了，說不定他就是這樣想的。

她久不開口，季明楓也靜了一陣。

最終是季明楓打破了沉寂，輕聲問她：「方才我看到妳和朋友們在鞠場擊鞠，妳打得……很好。在麗川時卻不見妳如何喜愛這項活動，季明椿邀妳妳從不理他。」季明椿是季明楓的哥哥，側室生的浪蕩公子，日日游手好閒，鬥雞走狗無所不精。他緩緩道，「那時妳只愛看書，兩月不到，我書房中的書被妳來來回回翻了兩遍。」語聲中竟透出了一絲傷感和懷念，「妳現在，比那時候要活潑很多。」

成玉沒有開口，她垂著頭看著長廊上的樹影。

季明楓亦隨著她的目光看向那些輕輕搖曳的樹影，半晌，嘆了一嘆：「許久不見，阿玉，妳就沒有什麼話想和我說？」

她依然沒有開口。

季明楓停了片刻，微微皺了眉：「那時候妳雖然文靜，但……」

她終於開了口。她打斷了他，重複著他的話：「那時候。」她輕聲，「世子總想讓我想起來那時候，是因為世子覺得，我沒有資格過得開心吧。」

季明楓愣在那兒。

有清風過，她覺得自己又聽到了鈴鐺的輕響。她試了好幾次，終於說出了那個名字：「我沒有忘記蜻蛉。」她道。

她沒有去看季明楓，遠遠望向蜿蜒的遊廊深處：「那時候，世子說我的任性會害死很多人。」她停了停，「最後雖然沒有成真，但我一直沒有忘記，我的確害死了蜻蛉。」她的眼睛睜得大大的，輕皺的眉頭讓她看上去有些像要哭出來，但她的聲音很穩，「世子說我貴為郡主，便不在意人命，世子可能不相信，我其實……」她眨了眨眼，眼尾泛上來一點紅，「我其實，不要說那麼多條性命，就連一條性命，我都背負不起。」她緊緊咬住了嘴唇，終歸是沒有哭出來。

風突然大起來，這將是個涼夜，小小的桂葉被吹得沙啦作響，季明楓的目光極深，他向前一步：「我說的那些話……」

她退後一步道：「我其實很希望同世子做回陌路，但我也知道世子覺得我不配有這種希望。世子問我難道就沒有什麼想同你說，」她的臉上顯出一點困惑，「我從沒想過此生

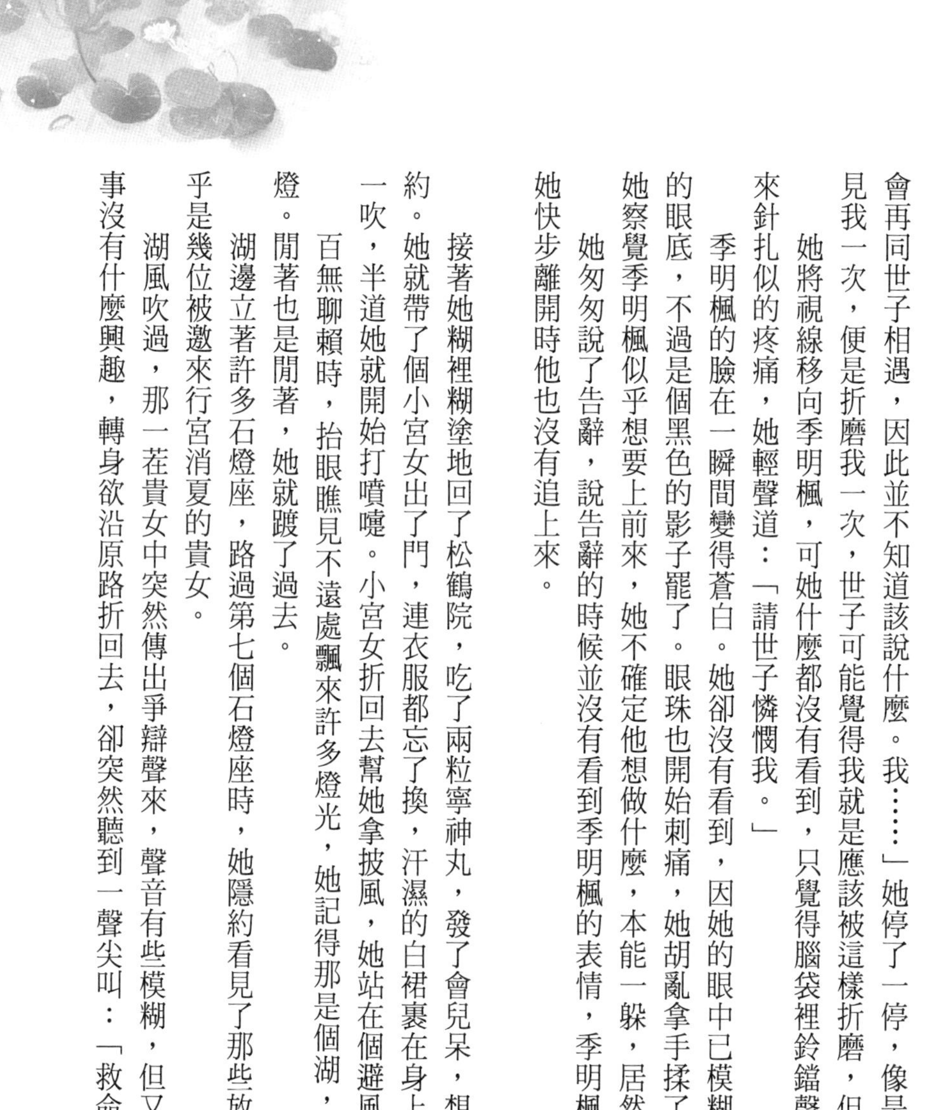

會再同世子相遇，因此並不知道該說什麼。我……」她停了一停，像是有點茫然，「世子見我一次，便是折磨我一次，世子可能覺得我就是應該被這樣折磨，但……」

她將視線移向季明楓，可她什麼都沒有看到，只覺得腦袋裡鈴鐺聲越響，從最深處傳來針扎似的疼痛，她輕聲道：「請世子憐憫我。」

季明楓的臉在一瞬間變得蒼白。她卻沒有看到，因她的眼中已模糊一片，季明楓在她的眼底，不過是個黑色的影子罷了。眼珠也開始刺痛，她胡亂拿手揉了揉，在那一剎那，她察覺季明楓似乎想要上前來，她不確定他想做什麼，本能一躲，居然躲過了。

她匆匆說了告辭，說告辭的時候並沒有看到季明楓的表情，季明楓沒有嘗試攔住她，她快步離開時他也沒有追上來。

接著她糊裡糊塗地回了松鶴院，吃了兩粒寧神丸，發了會兒呆，想起了同齊大小姐之約。她就帶了個小宮女出了門，連衣服都忘了換，汗濕的白裙裹在身上，逢上涼夜中夜風一吹，半道她就開始打噴嚏。小宮女折回去幫她拿披風，她站在個避風處等候。

百無聊賴時，抬眼瞧見不遠處飄來許多燈光，她記得那是個湖，想來該是誰在放河燈。閒著也是閒著，她就踱了過去。

湖邊立著許多石燈座，路過第七個石燈座時，她隱約看見了那些放河燈的少女們。似乎是幾位被邀來行宮消夏的貴女。

湖風吹過，那一茬貴女中突然傳出爭辯聲來，聲音有些模糊，但又急又厲。她對這種事沒有什麼興趣，轉身欲沿原路折回去，卻突然聽到一聲尖叫：「救命，我們家小姐落水了！」

她本能地回了頭。回眼的一瞬，望見了湖面上掙扎的人影，和她慌張撲稜的手臂掀起的破碎水花。那水花是白色的。並不清晰的畫面，卻像一把重錘猛地敲過她的腦子，她眼前一黑，那因不會水而在湖面上慌亂揮舞的白色手臂像是突然來到了她的眼前，用力一撕。

封印解開。

一片瘮人的漆黑中，她又看到了南冉古墓，彷彿再一次回到了那條遍種著毒草的墓中小道。

蜻蛉牽著她的手在那條小道上飛奔。從古墓深處傳來點鼓的輕響，咚，咚，咚咚，鼓聲召喚了無數毒蟲緊緊追隨在她們身後。前面就是化骨池，化骨池上有一座木製的索橋，只要過了橋砍掉橋索阻斷那些毒蟲，她們就得救了。

她壓住胸口，僅是片段的回憶便箍得她喘不過氣來。她伸手胡亂抓住身旁的月桂樹。不可以想起來，她哆哆嗦嗦地告誡自己，但被撕開的記憶卻似許久未進食的惡虎，一旦確認了目標做好了攻勢，便帶著要將她吞噬殆盡的兇狂猛撲而來。

她跌倒在月桂樹旁。

無邊的靜寂中，她聽到蜻蛉的聲音響在她身後：「郡主，快跑！」她猛地回頭，看到不到十六歲的自己摔倒在了斷掉的索橋旁，而面前的化骨池濺起來丈高的水花。那水花是白色的。她聽到自己失聲驚叫：「蜻蛉！」

她站不起來，絕望順著脊骨一路攀爬，穿過肩頸，像一張緻密的絲網要擠碎她的腦

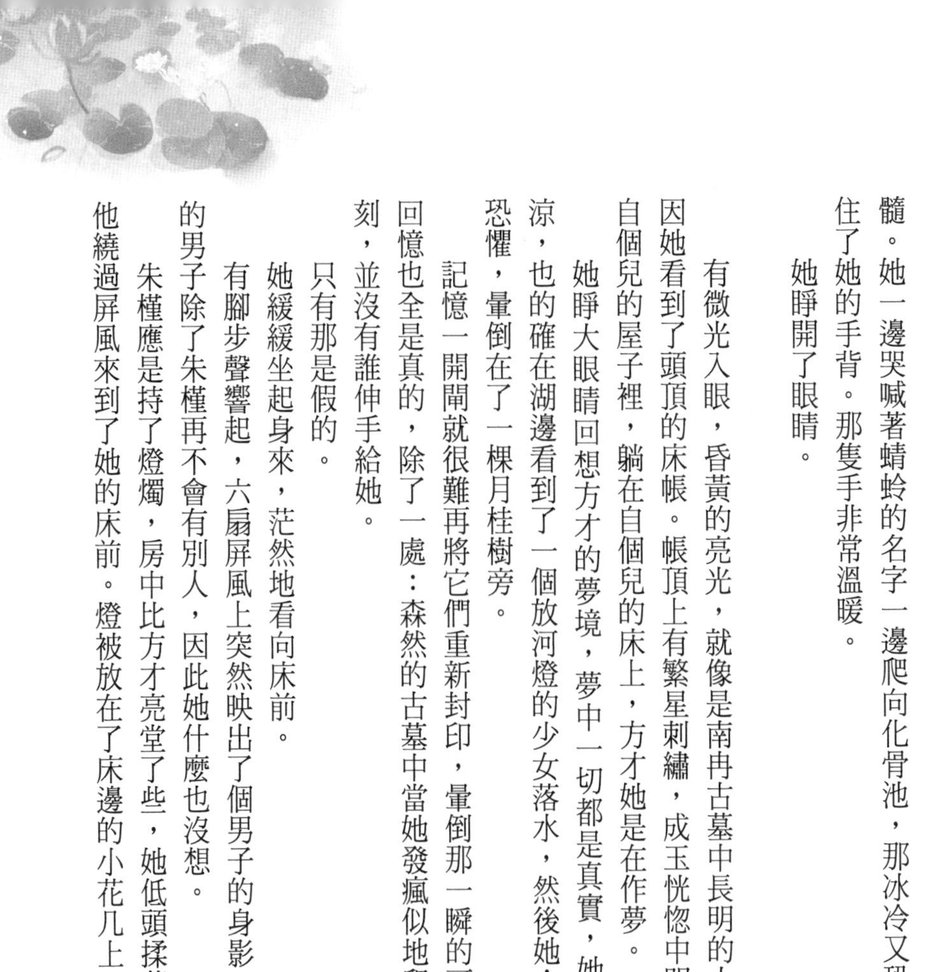

髓。她一邊哭喊著蜻蛉的名字一邊爬向化骨池，那冰冷又恐懼的時刻，有一隻手伸過來蓋住了她的手背。那隻手非常溫暖。

她睜開了眼睛。

有微光入眼，昏黃的亮光，就像是南冉古墓中長明的人魚燈。但此處並非南冉古墓，因她看到了頭頂的床帳。帳頂上有繁星刺繡，成玉恍惚中明白過來自己此時是身在春深院自個兒的屋子裡，躺在自個兒的床上，方才她是在作夢。

她睜大眼睛回想方才的夢境，夢中一切都是真實，她的確遇到了季明楓，的確著了涼，也的確在湖邊看到了一個放河燈的少女落水，然後她……是了，她承受不住那一刻的恐懼，暈倒在了一棵月桂樹旁。

記憶一開閘就很難再將它們重新封印，暈倒那一瞬的可怕回憶再次襲進她腦中，那些回憶也全是真的，除了一處：森然的古墓中當她發瘋似地爬向化骨池時，在那個絕望的時刻，並沒有誰伸手給她。

只有那是假的。

她緩緩坐起身來，茫然地看向床前。

有腳步聲響起，六扇屏風上突然映出了個男子的身影，因會在這種深夜出現在她房中的男子除了朱槿再不會有別人，因此她什麼也沒想。

朱槿應是持了燈燭，房中比方才亮堂了些，她低頭揉著眼睛，便是在她揉眼的空檔，他繞過屏風來到了她的床前。燈被放在了床邊的小花几上。

她慪慪地抱膝坐那兒，不抬頭也不說話，是拒絕的姿態。但朱槿並未知難而退，反倒坐在了床邊她身旁，下一刻一張浸濕的白絲帕已挨上了她的臉。

她垂著頭躲過：「我不是故意去回憶，是看到了……」她停了一下，「封印……被觸發，自己解開了。」握著絲帕的那隻手在她的話音中收了回去，停了停，然後絲帕被疊了兩疊。

朱槿並沒有這樣文雅的習慣，但她此時卻沒有想到此處。她強自平穩著吐息，繼續道：「你封住了那些事，這一年來，我再不會主動想起它們，所以才能無憂無慮地生活這許久，但也許我是不配這種無憂無慮的……」

她哽咽住，伸出右手捣住了眼睛：「我……很想念蜻蛉，就一晚，」她停了一會兒，「我不想被封印，也不想要任何人待在我身邊，就一晚。」

疊好的絲帕被放在了擱燈的小花几上，四四方方一小疊。油燈的燈窩裡突然爆出一個燈花，啪的一聲。朱槿沒有回答她。那隻手輕輕拉開了床頭裝小物的小屜，從裡頭取出把銀剪子來。油燈被籠住，燈芯被剪了一剪，火苗瞬間亮堂起來。這時候成玉才聽到對方開口：「朱槿他，封印了什麼？」是熟悉的，卻絕不應在此時出現在此地的微涼嗓音。

成玉猛地抬頭，側身坐在她床邊的青年正放下剪刀，用那張方才預備給她拭淚的絲帕低頭擦著手。感覺到她的目光時，他抬起了頭，目光掠過她。

下一刻他的手伸了過來，拇指觸到了她的眼睛，似乎預料到她會躲避似的，他空著的另一隻手握住了她的肩膀，輕輕一拽，是輕柔的力度，她卻不受控制地傾了過去，只來得及抬手抵住他的胸膛。

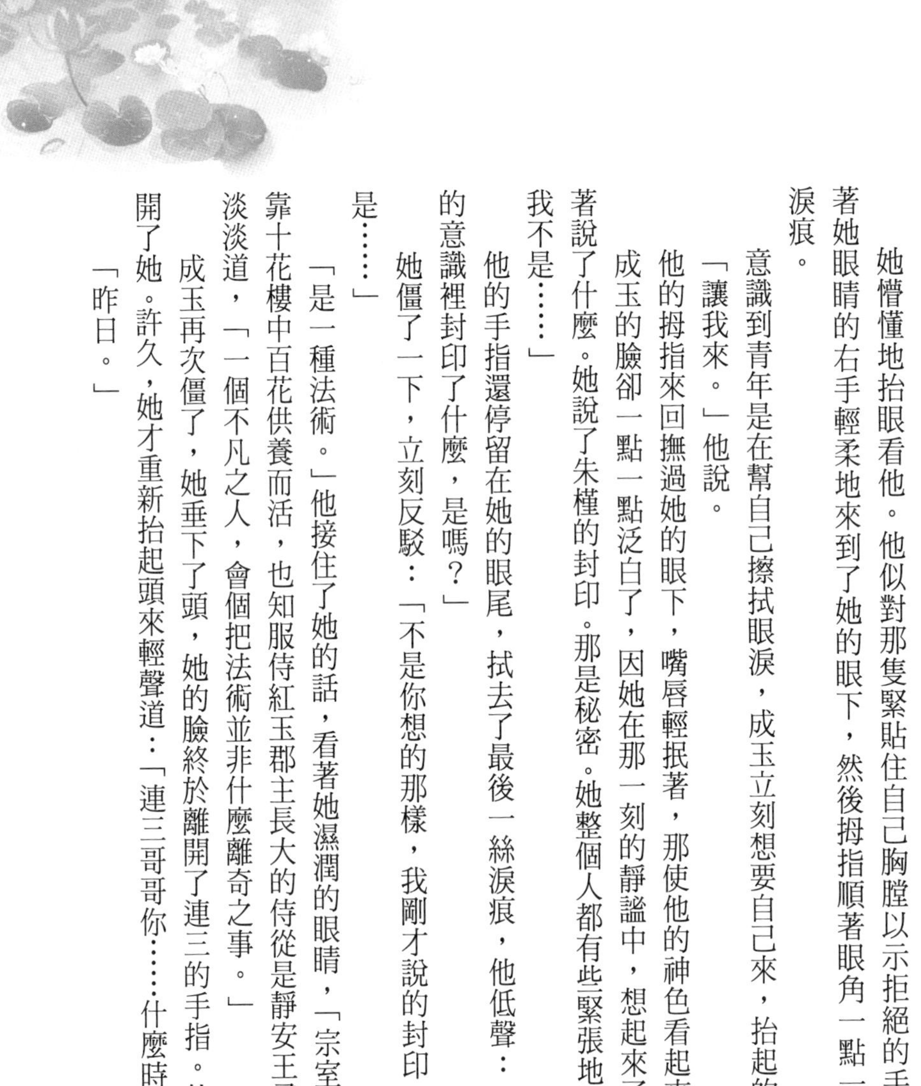

她懵懂地抬眼看他。他似對那隻緊貼住自己胸膛以示拒絕的手掌毫無所覺，那撫觸著她眼睛的右手輕柔地來到了她的眼下，然後拇指順著眼角一點一點，拭去了她眼下的淚痕。

意識到青年是在幫自己擦拭眼淚，成玉立刻想要自己來，抬起的手卻被青年攔住了。

「讓我來。」他說。

他的拇指來回撫過她的眼下，嘴唇輕抿著，那使他的神色看起來有些過分認真。

成玉的臉卻一點一點泛白了，因她在那一刻的靜謐中，想起來了方才她在青年面前哭著說了什麼。她說了朱槿的封印。那是秘密。她整個人都有些緊張地輕顫：「連三哥哥……我不是……」

他的手指還停留在她的眼尾，拭去了最後一絲淚痕，他低聲：「不想告訴我朱槿在妳的意識裡封印了什麼，是嗎？」

她僵了一下，立刻反駁：「不是你想的那樣，我剛才說的封印，它實際上……它其實是……」

「是一種法術。」他接住了她的話，看著她濕潤的眼睛，「宗室皆知紅玉郡主有病劫，靠十花樓中百花供養而活，也知服侍紅玉郡主長大的侍從是靜安王尋來的不凡之人。」他淡淡道，「一個不凡之人，會個把法術並非什麼離奇之事。」

成玉再次僵了，她垂下了頭，她的臉終於離開了連三的手指。他並沒有挽留，順勢鬆開了她。許久，她才重新抬起頭來輕聲道：「連三哥哥你……什麼時候知道我是紅玉的？」

「昨日。」

她靜了一瞬，抱著雙膝吶吶解釋：「我沒有騙過你，我只是沒有告訴你，但你也沒有問……」突然想起連三似乎問過她是哪家的阿玉，又立刻改口，「你也沒有使勁追問。」

他笑了笑，「我也沒有告訴妳我是誰，我們扯平了。」

她搖了搖頭：「我其實知道你是個將軍。」

她的確知道連三是個將軍，但她從未費神想過他是個什麼將軍，那似乎並無必要。此時細思起來，大熙朝共設十七衛統領天下兵馬百萬雄軍，其中有四衛長年戍衛平安城，除此外皇帝還有支分成天武、元武、威武三軍的親衛部隊亦長年待在京城中。既然她常在街上碰到連三，這說明連三很可能是個內府將軍，奉職於這三軍四衛之中。

不料連三卻嘆了一聲：「妳不知道我是誰。」

「可你是誰都沒有關係，我知道你是個將軍就夠了。」她堅定道。

他像是愣了愣，停了一會兒才問道：「所以，是大將軍也沒有關係？」

平安城中的三軍四衛泰半是從勳爵子弟中挑選出來，而連氏乃是大熙名門五姓之一。大熙朝各軍各衛都設了大將軍及將軍之職，七個大將軍裡有一個出自連氏，這並不稀奇。

她驚訝了一瞬：「是大將軍嗎？」三軍四衛的七位大將軍，皆位居正三品，連三這樣年輕，卻已是個正三品的將軍，她此時的驚訝皆出自嘆服，但同時她也有些莫名：「是大將軍又有什麼關係呢？」

連宋看了她一陣：「妳以為我是三軍四衛中的大將軍？」

成玉有些疑惑：「那……除了三軍四衛……難道你是其他十三衛的將軍嗎？」她想了想，又搖了搖頭，「別騙我，其他十三衛的將軍這時候隨皇帝堂哥來行宮的機率，我覺得不太大。」

「十七衛上面，不是還有別的大將軍？」連宋問她。

十七衛正三品的大將軍上面的確還有別的大將軍，且不只一個。成玉她是個常常幫著皇城內外的子弟們代寫課業賺零用的郡主，大熙的軍制她當然比其他的郡主們都更懂一些。正三品的各種大將軍上面還有個從二品的鎮國大將軍，一個正二品的輔國大將軍，以及掌魚符統帥百萬兵馬的正一品大將軍。是了，他們大熙朝武將的最高官階其實沒有它下頭的那些官階華麗，前頭沒有什麼定語，就是三個字，大將軍。

大將軍。成玉啊了一聲，猛地想起來那位幼時從軍年少拜將七戰北衛出師必捷的帝國寶璧，正是姓連。

成玉呆呆地看著坐在床沿的青年：「你是……那位大將軍。」

三殿下點頭：「對。」

那位大將軍，是帝國唯一的那位連大將軍，是退了她婚的那位連大將軍。

看成玉震驚地傻在那兒，三殿下靜了一瞬：「妳沒有什麼話想和我說？」

「有、有啊。」她吞了一口唾沫，試探著問他，「這幾日烏儺素的使臣們來朝，你說他們看到你長這個樣，有沒有為我們大熙朝的未來感到憂慮啊？」

三殿下笑了笑：「看到我這麼健康，他們可能會對烏儺素的未來更感到憂慮一些。」

「哦。」成玉乾巴巴地，「那我就放心了。」

三殿下冷靜地看著她：「除此外，我想妳應該還有別的話想和我說吧。」

「我沒有啊。」她回答。

「妳有。」

「我沒……好吧，我有。」成玉眼神飄忽，「我知道連三哥哥你想讓我說什麼。」她停了一下，「你想知道那時候你退了我的婚，我有沒有怨你，現在知道了你是退我婚的人，有沒有重新怨上你，對嗎？」

像是知道他不會回答似的，她抱著雙膝，偏頭看著他：「這件事我從未在意過，就算那個時候我不知道是你退了我的婚，我也沒有生過你的氣，此時就更不會了。」似乎感到好笑似的，她抿起了嘴角，「但此時想起來，差一點就要被皇祖母逼著娶我的那個人居然是連三哥哥你，有些好笑。」她的側臉枕在膝頭上，不由失笑，「要是我和連三哥哥成婚了，會是怎樣的呢？一定很奇怪吧，因為連三哥哥是哥哥啊。」

她兀自感到有趣，卻聽到他突然開口，嗓音有些冷：「我不是妳哥哥。」

他背對燭光坐在她的床邊，臉上沒有一點表情。

她呆了一下：「可……」

他沒有讓她的反駁說出口。「妳聽清楚了，」他看著她，整個人都有點不近人情的冰冷，「我不是妳哥哥。」

她眨了眨眼，察覺他是生氣了，可她根本不知道何處惹了他生氣：「可你自己說，你是我哥哥啊。」

他突然笑了，那笑卻也是冷冷的：「我說什麼就是什麼？」

她不知所措，憋了半晌：「是的吧？」

他抬眼：「那我說我是妳的郎君，妳就認我做郎君了？」

她愣了一愣：「……不能吧……」

他居高臨下看著她：「那為何我說要做妳哥哥，妳就讓我做了，要做郎君，妳卻不讓我做了？」

她呆呆地：「我又不傻啊，哥哥和郎君，能一樣嗎？」

「有什麼不一樣？」

她腦子突然轉得飛快：「那假設都一樣，連三哥哥你又為何非要計較是哥哥還是郎君呢？」

「嗯，妳是不傻。」他氣笑了似的。

他並沒有正面回答她的問題，但她也不是真的想要他回答。她斟酌了一下：「所以我想，連三哥哥你那時候拒婚，是因為你注定要成為我的哥哥呀，我們之間的緣分，乃是兄妹之緣，這是上天早就注定好了的呀。」說完她想了一遍，自覺沒什麼問題，抬頭看向連三時，卻只接觸到他冰涼的眼神。僅看了她一眼，他便像受夠了似地轉過了頭，冷笑道：「天注定，就妳還能知道什麼是天注定？」

她心裡咯噔一聲，感覺他這是氣大發了。

她一點一點挪向床沿，挪得靠他近了些，試探地伸出手來抓住了他的手臂。他垂了眼，目光落在她作怪的手上，但並沒有撥開她。她就自信了些，鼓勵了自己一下，挪得更加靠近他，又試探著將臉頰挨過去。她輕輕蹭了他的手臂一下，仰著頭抬起雙眼看他，聲音軟軟的：「連三哥哥，你不要生氣，我錯了。」

她其實根本不知道自己哪裡錯了，但她明白只要她認錯他就一定會消氣，伺候太皇太后時，她若犯了錯，只要這樣撒嬌，她老人家就一定會原諒她。

她感到了連三的手臂有一瞬的僵硬，她也搞不清這僵硬是為何，但他既不言語，身體也沒有給出要原諒她的信號。她不禁再接再厲地又蹭了一下他的手臂，還順著手臂向下，將臉頰移向了他的手掌。

不用她再做什麼額外的小動作，他的手掌已攤開，因此她的左頰很輕易地便接觸到了那溫熱的掌心，她在那掌中又蹭了蹭，側著臉輕聲問他：「連三哥哥，我們難道不要好、不親了嗎？」

他依然沒有回應她，但他的目光卻沒有離開過她，他的瞳色有些深邃。

她其實已經很久沒有這樣同人撒過嬌，但這招撒手鐧百試百靈，她很有自信，並不真的擔心連三會哄不回來。

在連三的凝視中她閉上了眼，嘴角微微抿起來：「我知道連三哥哥並沒有真的生我的氣，我們還是……」話還沒有說完，她感到貼住她臉頰的手掌動了動。

她立刻睜開了眼。他的手指已握住了她的下巴，他用了巧勁，迫使她的上身整個挺直了，她的臉便靠近了他。

「妳錯在哪兒？」他問她，聲音低得彷若耳語。而那樣近的距離，她不由得不將所有注意力都集中在他那張臉上。她頭腦發昏地想，哪裡錯了，我怎麼知道我哪裡錯了。

「既然不覺得自己有錯，那道什麼歉？」他繼續追問她，語聲卻不是方才那樣冷淡了，她心中想，是我的撒嬌起了作用，所以還是要道歉，還是要撒嬌。然後她感到他的手離開了她的下巴，卻沿著下頦的弧線，移到了她的耳垂。

他像是在體味一件工藝品，手指劃過沉香木圓潤的弧面似地劃過她的肌膚，帶著品評和賞鑑。她難以辨別撫觸著自己的指尖是否含著什麼情緒，她只是感到耳垂有些發癢，可身體卻被定住了似的，不能抬手去撫摸確認。

在他深邃的眼神之下，她頗有些不知今夕何夕的荒謬感，不由得喃喃：「連三哥哥……」

他笑了一下，更加靠近她，他們的面頰幾乎要相貼了，他在她耳邊低聲：「並不覺得自己有錯，只想靠撒嬌過關，是嗎？」她隱約覺得他們貼得太近了，他身上的白奇楠香讓她有些頭暈目眩。當他轉過臉來正對著她時，她的眼中只能看到他的雙眼。

他的眼睛很好看。她有無數比喻可以用來形容此時他那雙鳳目，或者他的目光。那目光是克制的，卻也是惑人的，就像柔軟的樹脂蓄意收藏一隻蝴蝶，只待她一不小心跌進其中，便要將她永遠定格似的。那些琥珀，便是那樣成形的。

她感到了一點懾人的壓力，因此閉上了眼睛，但卻沒有忘記回答他的責問：「我的確沒有說錯啊，都是注定的，」她想了想，又輕聲道，「難道放在今日，皇祖母再賜婚，連三哥哥你就會改變想法娶我嗎？」

話出口時，她感到他屏住了呼吸。這可太過稀奇，每一次都是他將自己嚇得要屏住呼吸，他也被她提出的這個假設驚嚇住了嗎？

她一瞬間便忘記了他帶給她的那些壓力，有些想笑。她偷偷睜開了一隻眼睛，繼而是另一隻眼睛。

然後她看到了他的表情。他有些怔忪。

「你不會想娶我的。」她笑了，有點得意似地，「你也會覺得奇怪啊，因為你認識我的時候，我就做了你的妹妹。」

連三怔忪的目光終於聚焦，落回了她的臉上，他一點一點鬆開了她。

他看了她好一會兒，但對她的結論既沒有表示贊同，也沒有表示反對。

燈花又爆了一聲，他靜了片刻，轉身再次取了那把銀剪。他剪了燈花，卻沒有再回到她的床邊，只是站在鶴形燈旁沉思了一會兒，然後道：「那麼，我們重新回到最初我問妳的問題上吧。」

他不生氣了，成玉就挺高興，又向他確認：「所以連三哥哥你消氣了是嗎？」

他白了她一眼：「我原本就沒有生氣。」

成玉揉著裙角乾巴巴道：「好吧，你沒有生氣。」想了想，「所以最初的問題是……」然後她慢慢變了臉色。她想起了最初的那個問題。他問她，朱槿封印了什麼。

許久，她低聲道：「我不想說。」右手卻有些神經質地握住了胸前的衣襟，眼中重又聚起了水光。似乎有什麼東西帶給了她巨大的痛苦，而她的所有活力和顏彩也在一瞬間被什麼吸食殆盡。她自己知道，是封印移開，便令她無時無刻不感到負疚的那些可怕的回憶。

她的臉色再次變得蒼白起來，她看著面前的青年低聲祈求：「你不要逼我，連三哥哥。」

第十一章

春深院因緊鄰著太皇太后的松鶴院，布防甚嚴，故而粟及在成玉的屋子外頭瞧見季明楓時略有驚訝。

這種時刻，季世子不大能從防護重重的院門進來，那多半同他一般是跳牆進來。國師雖不是個八卦之人，但他是個聯想能力十分豐富之人。他遠遠瞧見季明楓，就想起紅玉郡主曾在季世子坐鎮的麗川遊玩了一年有餘，而下午時分三殿下將自己從皇帝身邊召過來，讓他幫忙引開梨響時他又聽說紅玉郡主確然是病了。

顯然季世子星夜來此並不是酒醉走錯路，可能是來探病的。

但深夜擅闖一位未出嫁的郡主香閨，這事兒並不是個修身君子該做的，因此季世子對著國師沉默了一瞬。國師一派高人風範地向季世子淡淡點了個頭：「世子站在這裡，怕是什麼也瞧不見吧？」

季世子：「……」

國師又一派高人風範地提點了他一句：「世子若是擔憂走近了被將軍發現，大可不必，你我剛踏進這院子時他就知道了，沒什麼反應就是無所謂的意思，那麼你站得近站得遠其實根本沒有分別，照我說，你想認真看兩眼紅玉郡主，那不如站得近些好了。」

季世子：「……」

季世子懷疑地、而又警戒地看向國師：「我是來看紅玉的，那國師你一個道士，深夜闖紅玉的閨房，卻又是所為何事，不要告訴我你也是不放心她，來探望她的。」

國師面上維持著「我是一個高人不和爾等凡夫計較」的高人風範，心裡白眼已經翻上了天：你也知道我是個道士啊！但國師只是淡淡地又向季世子點了個頭，矜持地：「世子不必介意，我不過是來向將軍覆差而已。」

廂房門是開著的，窗也開著。

國師走到門口便聽到了三殿下的聲音，無頭無尾的一句話：「是我的錯，妳不想說就不說。」國師這輩子也沒聽三殿下同誰認過錯，不由一愣。

房中三殿下繼續：「剛醒不久，想吃東西嗎？」對方大約是拒絕了，三殿下不以為意，「那我陪妳出去轉轉，接水院中正有一片紫薇花林，他們將它打理了一番，適合散步。」

同樣地，國師這輩子也沒聽三殿下哄過誰，不由又是一愣。愣完後國師沉默了，覺得此時不是進去的時候，步子一移，移到了窗旁。

然後他聽到房中終於有個姑娘回應：「我覺得行宮裡沒有什麼好轉的。」那聲音帶一點軟，還有一點微啞，像是哭過，聽上去不大有興致，像是不想說話的樣子。這應該就是紅玉郡主了，國師心想。

很快地，那姑娘又大膽地補充了一句：「我想一個人待著，就在這裡，不出去。」

這是道逐客令。國師的眼皮跳了跳，暗自在心中佩服這位小郡主，敢主動開口對三殿

下下逐客令的高人，她是他這輩子知道的第一個。

房中有片刻寂靜，片刻寂靜後，三殿下緩緩道：「這是趕我走了？」

郡主像是遲疑了一下：「我……」終於很沒有底氣地，「……就一會兒……」

「一會兒？」

郡主繼續很沒有底氣地：「就一小會兒。」

三殿下緩了一緩：「妳這個樣子，還妄想一個人待著，就算一小會兒，妳覺得我能同意嗎？」國師感覺自己竟聽出了幾分循循善誘來，不禁揉了揉耳朵。

郡主有氣無力地回答：「……不能同意。」

三殿下建議道：「去街上吧。」

郡主明顯愣了一下：「什麼？」

三殿下解釋：「今夜是乞巧節，街上應該很熱鬧，妳不是愛熱鬧嗎？」這樣耐心的三殿下，讓國師不禁又懷疑地揉了揉耳朵。

好一會兒，郡主輕聲回應：「那應該有很多姑娘做乞巧會。」像是有些被這個提議所吸引。

三殿下不動聲色道：「對，會很有意思。」

郡主卻又躊躇了：「可皇帝堂哥不許我隨意出宮的。」

三殿下似乎很不可思議：「妳為什麼要告訴他？」

郡主就很沮喪：「可我不告訴他，也有可能被發現的，若是那樣，該怎麼辦呢？」

三殿下頓了一頓：「若是那樣，便推到我身上。」

郡主微訝：「那推到你身上，皇帝堂哥就不會怪罪了嗎？」

三殿下淡淡：「不會怪罪妳，但會怪罪我。」

郡主擔憂：「那……」

三殿下不甚在意：「我會推給國師。」

兀自揉著耳朵的國師跌了一下，扶住窗台站穩，鼓勵自己要淡定。

一路尾隨著連三和成玉出行宮來到夜市最繁榮的寶樓街，國師尋思著自個兒還得跟多久這個問題。

多半個時辰前，三殿下領著小郡主出春深院時，國師想著梨響被他困在西園的假山群中，不到明日雞鳴時分不得脫困，僅為回稟這事在此時去打擾三殿下，似乎不太合適。三殿下他總不至於要將小郡主帶出去一整夜，那稟不稟的可能也沒什麼，國師就打算撤了。不料季明楓卻跟了上去。眼見季世子神色不善，國師擔心出事，只好也跟上去。

平安城今夜極為熱鬧。

天上一輪娥眉月，人間三千酒肆街，此處張燈彼處結綵，瞧著就是個過節的樣子。街中除了尋常賣野味果食糕點的小攤，還多了許多賣應節之物的小攤，呈出的都是這幾日才有的趣致玩意兒：譬如以金珠為飾的摩睺羅土偶、用黃蠟澆出的「水上浮」、拿紅藍彩絲纏出的「種生」、擇各種瓜果雕出的「花瓜」等。

連三猶記得數日前他在街上偶遇成玉時，她對著街邊的趣致小物一派癡迷的模樣。今夜她雖也走走停停，一會兒看東一會兒看西，但她今日看著這些小玩意兒的模樣卻同當日判若兩人。她的目光中並無那時候的神采。

前頭有個賣「穀板」的小攤。成玉隨著人流站在攤邊打量其中最大的那塊上頭做了小雞啄米的穀板，看了半晌。她今夜散淡，話也不多，連三率先打破了靜默，問她：「想要這個？」

她卻像是自夢中突然被驚醒似的，愣了一會兒才答非所問：「唔，逛逛其他的。」說著已轉身離開了穀板小攤，隨波逐流地站到了另一個攤子旁。

三殿下瞧著她的背影雙眉微蹙，良久，喚她道：「阿玉。」

站在隔壁攤子的成玉懵懂回頭，見連三抬手：「手給我，別走散了。」

街上人雖多，但遠沒到不牽著走便要走散的地步，成玉卻也沒什麼疑惑，乖巧地走回來主動握住了連三的手。

便在握住連三的一瞬間，長街中突然有狂風起。

成玉迷茫地抬頭，入眼只見連三白玉般的臉，和那一雙明亮的眼。

那琥珀色的雙眼深邃卻不含任何情緒，嘴唇自然地微抿，他的面目是平靜而漠然的。與他的平靜相對的卻是他身後席捲整個黑夜的狂風，那狂風有著吞噬一切的威勢和武勇，有些可怕。成玉突然想起太皇太后宮中供奉的那些玉製神像，便是那樣美，那樣莊重，又那樣無動於衷。

越過連三的肩頭，她看到整個夜市彷若變成了一片深海，遠近的燈籠在風中搖曳著欲明欲滅，似海上若隱若現的漁燈。她的腦子一片昏沉，不知自己是在現實還是在夢中。夜在頃刻之間渾濁了。她和這夜、這深海卻融為了一體似的。昏夜中有什麼潛進了她的思緒，她的身體中彷彿出現了兩個人，她不由得感到害怕。「可怕。」她有些發顫，但並沒有說出聲來。

連三琥珀色的雙眼卻驀地一斂，他伸手攬住了她。「我在，別怕。」他在她耳邊輕聲。她看不見他的表情，不知那張俊美的臉是否一如方才那般漠然無情，但他的聲音是安撫的，他的手攬住了她的肩，讓她整個人都埋在他胸前，令她感到了安全。

可她不知道的是，是他令她感到安全，卻也是他令她感到害怕。

因在這狂風大作她牽住他的轉瞬之間，是他潛進了她的思緒之中。通過禁術藏無。那些令她失常的事她不願意告訴他，他便用了自己的方法。

他不是任她含糊一二便可糊弄之人，譬如所有那些待她好的凡人好友，什麼小李大夫齊大小姐之類。如她自己從前總結，他挑剔自我，不容他人違逆。他的確如此。他是百無禁忌的水神，他想要知道什麼，便總要想辦法知道。

似成玉這樣無憂無慮的小女孩，她內心該是什麼樣，邁過成玉的心防，三殿下瞧著展現在他眼前的碧雲天青草地，以及草地上奔跑的鮮活靈動的小動物們，覺著同他設想的也差不離。

能看出這是春日。三殿下環視一圈，卻未發現成玉，她不在這裡。

前方隆起一座大山，轉過隘口，日麗春和在此換了一番新模樣，天上呈出烈日，地上遍植高木，有鳥鳴婉轉，此是夏日。

成玉依然不在這裡。

走出山谷又即刻迎來滿目紅楓，三殿下此時終於明白，這個女孩比他先前所想的要更複雜一些，她的心底擁有四季，四季並存。

萬萬年來，三殿下對他人的內心思緒其實從未有過興趣，因此關乎藏無，也只是在他幼時初學這法術時為著實踐施用過幾次。

他瞧過元極宮中當差的仙使的思緒，瞧過彼時暗戀東華帝君的小仙娥的思緒，也瞧過被困在二十七天鎖妖塔中的惡妖的思緒。跨越他們的心防是最大的難關，但一旦越過那道心防，便是最狡猾的惡妖，他也總能立刻在他們內心中找到他們的本我所在。比之成玉，他們的心防更難突破，似乎所有的意志都被用來構建那道防住別人的高牆。而成玉，她的心防就太好突破了一些，然而在那道敷衍的心防之牆後，她卻描出四季來藏住了自己。

心防的存在本是為了防範別人，就像連三曾以藏無探看過的那些人，可成玉的心防，卻似乎是為了防住她自己。

三殿下踏過眼前秋色，所見是禿山長河；行過禿山，便是白雪覆黃沙，此種蕭瑟比之大雪封山還要更為淒冷，如此景致同成玉著實不搭，但這的確是她心中的景色。

此處依然沒有成玉。

三殿下在封凍的長河旁站了好一會兒，低聲道：「阿玉。」他找不著她，這裡是她的王土，只能讓她來找到他。

當他的聲音散入風中，四季的景色瞬然消失，同現世中今夜一般的夜市似一幅長畫在他眼前徐徐鋪開。他終於看到了成玉。

她或許對他並不設防，因此她的潛意識令他看到了她此時真實的內心模樣。

她孤孤單單地立在長街之上。街仍是那條街，燈籠仍是那些燈籠，節物攤也仍是那些節物攤，但擁擠的人群卻不知去了何處，整條長街上唯她一人。

「今日過節啊。」她怕冷地搓著手小聲道。是了，此時也並非夏日，在她搓著手的當口，有北風起，夜空中飄起了細雪。

「哦，是過乞巧節，」她一邊走一邊自個兒同自個兒嘮叨，「乞巧節要做什麼來著？是了，要在家中扎彩樓，供上摩睺羅、花瓜酒菜和針線，然後同爹娘團坐在一起奉神乞巧。」她絮絮叨叨，「乞巧啊，說起來，娘的手就很巧嘛，蜻蛉的手比娘的手……」她突然停住了腳步，風似乎也隨著她停下的腳步靜作一種有形之物，細雪中飄搖的燈籠間突然有個聲音響起來，那聲音近乎尖利地告誡她：「別去想，不能想。」是她的潛意識。

連三瞧見低著頭的成玉用凍紅的手籠住半張臉，好一會兒沒有說話，但似乎遵循了那句告誡，當她重邁出步子來時已開始同自己叨叨別的。眼圈紅著，鼻頭也紅著，說話聲都在顫抖，話題倒很天馬行空，也聽不出什麼悲傷，一忽兒是朱槿房中的字畫，一忽兒是梨響的廚藝，一忽兒是姚黃的花期，一忽兒又是什麼李牧舟的藥園子。

但她並沒有說得太久。在北風將街頭的燈籠吹滅之時，她抱著腿蹲了下來，他嘗試著離她更近一些，便聽見了她細弱的哭腔：「我不想想起來，所有離開我的，爹、娘、蜻蛉，都、都不想想起來，不要讓我想起來，求求你了，不要讓我想起來，嗚嗚嗚嗚。」那聲音含著絕望，壓抑孤獨，又痛苦。

連宋不曾想過那會是成玉的聲音。他只記得她的單純和天真，快樂是為小事，煩悶也全為小事，明明十六歲了，卻像個永遠長不大的孩子，從不懂得這世間疾苦。

凡人之苦，無外乎生、老、病、死、怨憎會、愛別離、求不得、五陰盛這八苦。三殿下生而為仙，未受過凡人之苦，靠著天生的靈慧，他早早參透了凡人為何會困於這八苦之中，然他著實無法與之共情。

因此今夜，便是看到成玉在噩夢中失聲痛哭，他知道了她的心靈深處竟也封存著痛苦，但他也並不覺那是什麼大事。他是通透的天神，瞧著凡人的迷障，難免覺得那不值一提。世間之苦，全然是空。

他的目光凝在成玉身上，看她孤零零蹲在這個雪夜裡，為心中的迷障所苦，就像一朵小小的脆弱的優曇花備受寒風欺凌，不得已將所有的花瓣都合起來，卻依然阻擋不了寒風的肆虐。他心中明白，成玉的苦痛，無論是何種苦痛，同優曇花難以抵擋寒風的苦痛其實並沒有什麼區別。

但此時，他卻並未感到這苦痛可笑或不值一提。

他看到她的眼淚大顆大顆滾落在地上，她哭得非常傷心，但那些眼淚卻像是並未浸入泥地，而是沉進了他心中。他無法思考那是否也是一種空，她的眼淚那樣真實，當它們溶進他心底時，他感到了溫熱。他從未有過這種體驗。

他愣了好一會兒，最終他伸出了手。

便在他伸手的那一剎那，眼前的雪夜陡然消失，冬日的荒漠、秋日的紅楓、夏日的綠樹和春日的碧草自他身邊迅速掠過。穿過她內心的四個季節，他終於重新回到了現世的夏夜。

在這現世的夏夜裡，她仍乖巧地伏在他的懷中，而她的左手仍在他掌心裡。柔軟白皙的一隻手，握住它，就像握住雨中的一朵白雪塔，豐潤卻易碎似的。

他鬆開了她，可她的手指卻牽繞了上來，她抬起了頭，有些懵懂地看著他。他的手指被她纏住了，就像紫藤繞上一棵青松，全然依賴的姿態。他當然知道她只是依賴他，她被嚇到了，但似乎無法克制空著的那隻手撫上她鴉羽般的髮頂，當她再要亂動時，便被他順勢攬入了懷中。「不要怕，」他撫著她的頭髮，溫聲安慰她，「風停了，沒事了。」

風的確停了，長街兩旁燈火闌珊，行人重又熙攘起來。她靠在他的肩上，右手覆在他的胸前。胸骨正中稍左，那是心臟的位置。她驚訝地抬頭看向他，有些奇異地喃喃：「連三哥哥，你的心臟跳得好快。」

他幾乎立刻便退後了一步，她的手掌一下子落空。她趺了一下，疑惑地看著自己的手指，又看向他：「連三哥哥你怎麼了？」

「沒有什麼。」他飛快地否認。

「不是吧……」她不大相信，「因為跳得很快啊。」

前面的巷子裡突然一聲響鳴傳來，七色的焰火騰空而起，成玉轉頭看了一眼，但因更關心連三之故，因此只看了一眼便將目光重放回了他身上，卻見他側身避開了她。這個角度她看不見他的臉，只聽到他若無其事地：「妳喜歡看煙花吧，我們走近看看。」話罷快步向巷子口而去。

成玉追在後面擔憂：「不是啊，連三哥哥你別轉移話題，你心跳那麼快，你不是病了吧？」

國師和季世子跟在連三和成玉身後有段距離，因中間還隔了段喧鬧人流，故而聽不見他二人在說什麼。國師在來路上已經弄明白了，連三和小郡主定然是有不一般的交情，但國師也沒有想太多。

方才風起時，因前頭堵得太過，他們就找了棵有些年歲的老柳樹站了片刻。

季世子屈膝坐在樹上，不知從何處順了壺酒，一口一口喝著悶酒。

季世子喝了半壺酒，突然開口問國師：「大將軍不是不喜歡阿玉嗎？」

國師靜默了片刻，問：「你是在找我討論情感問題？」季世子默認了。

國師就有點懷疑人生，近年流行的話本中，凡是國師都要禍國殃民，要嘛是和貴妃狼狽為奸害死皇帝，要嘛是和貴妃她爹狼狽為奸害死皇帝。國師們一般幹的都是這種大事，沒有哪個幹大事的國師會去給別人當感情顧問，哪怕是給貴妃當顧問也不行。

國師沒有回他，對這個問題表示了拒絕。

季世子一口一口喝著酒，半晌：「我是不是來晚了？」

國師有點好奇：「什麼來晚了？」

季世子也沒有回他。

在他們言談間，異風已然停止，國師心知肚明這一場風是因誰而起。月夜是連三的天下，國師只是不知連三招來這一場狂風所欲為何。

一旁的季世子仰頭將一壺酒灌盡，道：「來京城前，我總覺得一切都還未晚。」

國師覺得看季世子如此有些蒼涼，且世子這短短一句話中也像是很有故事。但國師也不知道該說什麼，因此只仙風道骨地站在樹梢兒尖上陪伴著失意的季世子，同時密切注意著前頭二人的動向。

前方三殿下領著小郡主離開了人群熙攘的長街，過了一個乳酪舖子、一個肉食舖子、一座茶樓，接著他們繞進了一條張燈結綵的小巷。

國師默了片刻，向身旁的季世子道：「你知道我是個道士吧？」微有酒意的季世子不能理解國師緣何有此一問，茫然地看著前方沒有回答。

國師並不介意，自顧自道：「不使法術的時候，我其實不太認路。」

季世子依然沒有回答。

國師繼續道：「世子你來京城後逛過青樓嗎？」

季世子臉上終於有了一點表情，季世子：「……」

國師道：「京城有三條花街最有名，綵衣巷、百花街、柳里巷，皆是群花所聚之地，百花街和柳里巷似乎就在這附近。」

季世子：「……」

國師用自個兒才能聽見的聲音自語：「不過，帶姑娘逛花街這種路數我在先帝身上都沒有見到過……」不太認路的國師不確定地偏頭向季世子，「你覺得方才將軍他領著小郡主進的那條巷子，是不是就是三大花街之一的柳里巷來著啊？」

國師沒有等到季世子的回答，「柳里巷」三個字剛落地，季世子神色一凜，立刻飛身而起飛簷走壁跟進了那條巷子中。

國師雖不擅風月，但侍奉過那樣一位先帝，其實他什麼都懂。什麼都懂的國師覺得自

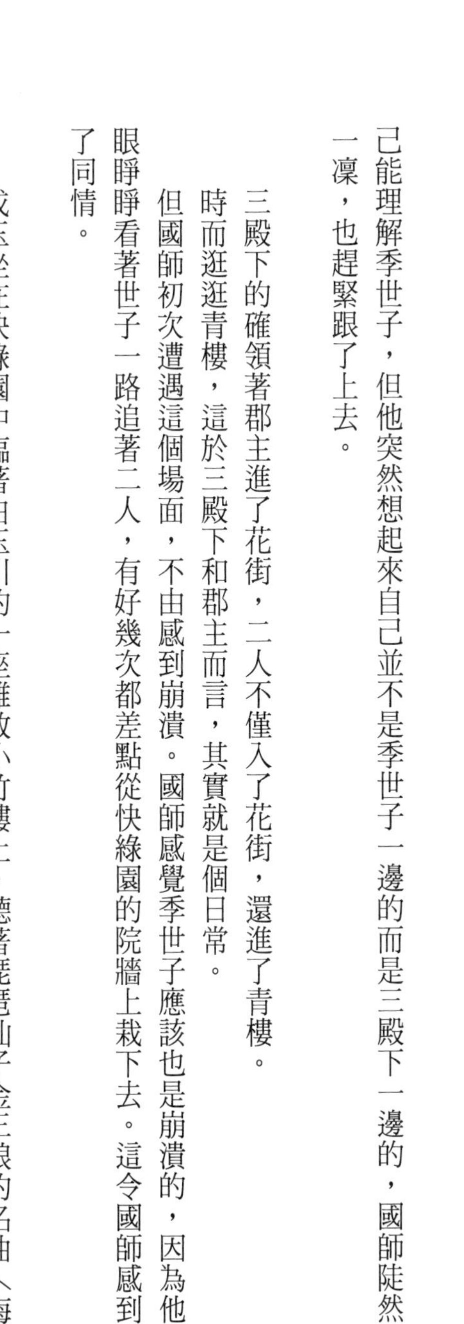

已能理解季世子，但他突然想起來自己並不是季世子一邊的而是三殿下一邊的，國師陡然一凜，也趕緊跟了上去。

三殿下的確領著郡主進了花街，二人不僅入了花街，還進了青樓。

時而逛逛青樓，這於三殿下和郡主而言，其實就是個日常。

但國師初次遭遇這個場面，不由感到崩潰。國師感覺季世子應該也是崩潰的，因為他眼睜睜看著世子一路追著二人，有好幾次都差點從快綠園的院牆上栽下去。這令國師感到了同情。

成玉坐在快綠園中臨著白玉川的一座雅致小竹樓上，聽著琵琶仙子金三娘的名曲〈海青拿天鵝〉，並沒有覺得自個兒一身裙裝坐在一座青樓中有什麼不對。

方才她同連三在柳里巷看完焰火，一仰頭她就注意到了一旁屋舍上的牌匾，見楠木匾上金粉刷出「快綠園」三個大字，她忽地想起來快綠園中有個琵琶彈得首屈一指的花娘叫金三娘，便問了連三一句，沒想到就被連三帶了進來。

她今夜一直有些心不在焉，譬如方才在街上時，她瞧著那些應節的小攤，面上是有興致的，但她的心思並不在那一處。又譬如此時，聽著那錚然的琵琶聲，她原該是專注的，卻依然攏不住自己的心思放在琵琶上。

年節時分，一向是她的蕭瑟時刻，何況今夜，那封印還解開了。

她閉上了眼睛。

她今年雖不滿十七，但這已是個可以嫁人的年紀，其實不小了，她又聰慧敏銳，故而旁人如何瞧她，她其實心中有數。他們瞧著她，都只覺她身尊位貴，便是個孤女，有太皇太后的垂愛，烙在她頭上的「孤」字也算不得什麼，她的人生應是無憂亦無苦，活得就如她平日裡呈在他們眼前那樣的自在無拘。

但她六歲喪父七歲喪母，這個「孤」字並非只烙在她頭上供人知曉紅玉郡主乃是忠烈之後，她是為國而「孤」，此種「少年而孤」乃是勳榮。這個「孤」字更深是烙在了她自己心中，她自己知道無父無母是怎麼回事，懂得闔家團聚的年節時分，她卻只能跪在宗廟中面對兩尊牌位時心中的委屈和荒涼。

她長到十六歲，並非無憂亦無慮，悲為何、痛為何、孤獨為何，她其實都懂。而後她遇到蜻蛉，南冉古墓中蜻蛉為她而死時她十六未到，說大不大的年紀，無法承受因己而起的死亡，悔為何、愧為何、自苦為何，她其實也懂。

脈脈七夕，何等良宵，如此佳夜，她心中卻一片蕭索，著實難以快樂起來。但所幸今夜是連三伴在她身旁。

她並沒有思量過為何連三伴在她身旁於她是可幸之事，她只是感到，若非要有個人在今夜陪她一塊兒待著，那個人必得是連三，她才能有此刻的平靜。她也沒有思量過這是為何，只是今夜，自她在春深院中睜眼見到他，她想，或許他也曾像往常那般待她嚴厲過、挑剔過、還戲謔過，但她說的每一句話，他都放在了心上。今夜他沒有拒絕過她，哪怕一次，雖瞧著仍是一副淡然模樣，但他待她格外溫柔。

靜水深流的白玉川旁，上有清月下有明燈，有色入目有聲入耳，似乎身在人間至歡娛之地，但成玉全然沒有這種感受，倒是在兩支曲子後，被河川對岸乍然而起的另一場煙花吸引了注意力，便趁著金三娘收撥來為他們倒酒的空檔，偷偷溜下了樓。

連三沒有攔她，直待她跑出了小竹樓，他才抬起摺扇隨手一撥，撥開了半掩的軒窗，扇子從左到右輕巧一劃，白玉川上陡生白霧。那霧並未升騰，緊貼著江面蔓延，很快便鋪滿了江畔的草地。

連三瞧著站在霧色中驚訝了一瞬的成玉，看到她覺得好玩兒似地伸腿踢了踢縈繞在腳踝的那些白霧，再看到她不以為意地在河邊坐下來，他收回了目光，端起桌上的白瓷杯隨意抿了一口。

眼看成玉在河畔落單，蹲在附近一棵櫸木上的季世子立刻便要飛身而下，被同蹲在一棵樹上的國師險險攔下。國師的右手握住了世子的左臂，而世子未出鞘的長劍橫在了國師頸側。

世子目光極沉：「此處是青樓後院，時而便有浪蕩子弟流連，帶她一個閨秀來青樓已是不該，任她一人落單，更是大大不該！」

國師感到今晚跟著三殿下出門是個很重大的錯誤決定，但此時再撤顯然已來不及，連三多半就是因他跟在後頭收拾，行事才如此沒有顧忌。

國師遙望著郡主周圍那以白霧為形，將土地公公都給逼出來了的霸道結界，有點想罵娘。若放任世子去接近郡主，當他發現他無論如何都入不了那白霧時，試問他該如何同世子解釋這種神奇而玄妙的現象？

眼看季世子就要動武，國師想不出別的辦法，只好捏了個訣將他給定住了。季世子難以置信，一臉憤怒：「你……」國師又捏了個訣封了世子的聲音。

世界終於清靜了。國師同一不能動彈二不能言語的季世子談心：「我覺得郡主她此時可能就想一個人待著，你這樣貿然出現，她生氣怎麼辦呢你說是不是？」

沒法言語的季世子根本沒有辦法說不是。

國師繼續同季世子談心：「你一路跟著她過來，我想你也是擔憂她，而絕不是為了惹她討厭的對吧？因此我是在幫你啊，世子，」國師語重心長，「你先冷靜冷靜，郡主的安危我來看著，」又喃喃，「我也需要冷靜冷靜。」

話罷國師蹲在樹杈上開始沉思起來。他思考著三殿下和郡主到底是個什麼關係。他也不瞎，三殿下這一路的做派，全然像是喜歡極了成玉。可問題在於連三他並非凡人，他是個神仙。神仙怎會喜愛上凡人？

相傳世間最早為了這玄天黃地洪荒宇宙而生的神祇們，其實並無七情亦無六欲，他們應天而化只是為了確立天地秩序，令四時錯行、日月代明、萬物並育。因此通透的聖人們形容神明，才有「天地不仁，以萬物為芻狗」之說。

於這世間最初的諸位神祇而言，的確無所謂仁亦無所謂不仁，他們看凡人同看虎豹蟲豸之類其實並無兩樣。凡人常以為自己有諸多特別，比之虎豹蟲豸們更不知要高出多少個等級，其實只是凡人的錯覺。神仙看凡人，亦如看虎豹蟲豸；看虎豹蟲豸，亦如看凡人。三殿下雖是後世所生之神，但神格其實更類於遠古之神。

國師無法想像這樣的三殿下會喜愛上一個凡人。試想一下皇帝跨越物種愛上了一隻百靈鳥？但國師立刻想起了皇帝那雙被成玉給烤了的愛妃，算了，皇帝也不是什麼正常人。

國師感到了茫然。這種茫然，是一種世界觀和價值觀雙雙受到挑戰的茫然。

快綠園前園鶯聲燕語，切切絲絃，直要將浮華人世都唱遍，後園金三娘獨居的這一隅倒僅有一竹樓一花舍並一苗圃，此外便是攔入園中的一段白玉川，景閒人亦閒。

白玉川對面最後一顆煙花在半空凋零後，連宋才起身自竹樓下來，亦來到了河岸旁。煙花已逝，成玉卻仍躺在岸邊的草地上，雙手枕在腦後，呆呆地凝視著天空。空中不過半盞冰輪幾個殘星，輕雲似茶煙飄飄渺渺，其實沒有什麼看頭。

他垂眼看了她一陣，在她身邊坐下。

她偏頭看了他一眼。

他在她身旁躺了下來，亦同她一般，用手枕著頭，只是閉著雙眼。

「剛才的煙花好看嗎？」他問。

她看著天空：「還行。」

「還行？」他依然閉著雙眼。

成玉愛看煙花。但這其實不算她的愛好，而是她娘親靜安王妃的愛好。

有些人在親人逝後，為著寄託心中哀思，下意識就會行親人所行，愛親人所愛，成玉便是如此。靜安王妃去世後，她才有了這種愛看煙花的習慣，便是夏夜裡那些富家小童子們玩鬧時點的小煙花棒，她也能瞧得挪不動步子。

其實也無所謂好看不好看，她看的時候心中想的也不是那些。

她靜了一會兒，自言自語：「我看過比這些煙花都美的煙花。

「很久以前我母妃的生辰，父王為她在十花樓上放過一次煙花，春櫻、夏蓮、秋菊、冬山茶，挨個兒盛開在平安城的上空，照亮了半個王城，那真是好看，之後我沒有再見過比那更好看更盛大的煙花。」

若論聞音知意，再沒有人能勝得過三殿下。

成玉提起她幼年這一夜，雖說得十分含糊，他也立刻明白了她說的是何夕何年。

的確有過那麼一夜，王城上空燃放起可與九天仙境媲美的焰火，天步當夜還讚過，說凡人所製的煙花竟能做出幾分大羅天青雲殿天雨曼陀羅花時的神韻，凡人其實不容小覷。

但第二日放煙花之人便被言官拿去皇帝跟前參了一本，說此乃驕侈暴佚之行，宗室中不應有如此豪奢之舉，有違先祖之訓。彼時在位的先帝雖然驕奢淫逸出了花樣，但連先帝他本人也從沒放過如此奢侈的煙花，因此先帝順了言官，罰了違制的這位宗室禁閉，還奪了他半年薪俸。這位宗室就是靜安王爺。

而那一年確有個多事之秋，北衛新主方定，揮師南下，掠奪熙衛邊境，靜安王奉命出征逼退北衛，卻不幸在梓衡坡失利，戰死沙場。靜安王夫婦鶼鰈情深，王妃不堪這個打擊，聽說纏綿病榻，不久亦鬱鬱而去。靜安王府唯留下一個稚嫩孩童，彼時老忠勇侯還嘆過那個孩子可憐。

但那時候，老忠勇侯不過那麼一嘆，三殿下也不過那麼一聽，此事於他而言，不過是無意義的煙雲。

但這個孩子此時就躺在他的身邊。
她同他提起那一夜，盡量裝得雲淡風輕，但他瞧過她內心中的四季。也不知此時她又躲在了自己心底的哪個季節。她那個樣子，有點讓人心疼。
三殿下就抬起了手。
伴隨著鴿哨般的脆音，似淡墨勾描出的天暮中忽然現出萬千光珠，光珠爆開時的震響似要傾覆天河，漫天流雲皆被驚散。便在這聲聲巨響中，七彩曼陀羅花怒放於整座南天。天幕有如奇麗幻景，七彩曼陀羅在瞬息間凋零，優曇婆羅又循著前花凋零的痕跡次第盛放，而後金婆羅花俱蘇摩花等種種妙花亦接踵而至怒展芳華……這是又一場煙花，比十年前那個春夜更加盛大的一場煙花。
一直蹲在光葉櫸上關注著三殿下動向的國師從樹杈上摔了下來，帶得季世子也摔了下來。
凡人所見，可能只覺這一場煙花盛大無匹，於無聲之處乍然而起，頃刻間照亮了整座王城，很了不得。但在國師看來，這不僅僅是王城被照亮了，這是整個人間都被照亮了。他看得出來，欽天監的官兒們也不是吃白飯的，當然也看得出來。
河川旁成玉被美景震懾，仰頭看著漫天花雨喃喃：「我的天……」
國師和成玉喃喃出了同樣的台詞：「我的天……」要知道先帝駕鶴西去之後國師就再也沒有被誰逼出過「我的天」這三個字。
這煙火，著實不太像凡人的手筆，加之明日欽天監一上報，皇帝定要將這事當作祥瑞來討問自己。皇帝要問他些什麼國師也很清楚，無外乎上蒼降此瑞兆，乃是有何天示？他總不能告訴皇帝，這並非什麼天示，一切只因神仙們也要過日子，也需要討漂亮姑娘們歡心吧？

國師抑鬱地想，哼，幸好方才封了季世子的嘴，否則此時季世子問他這是什麼，他一時半會兒還真想不出如何回答。

想著此事不禁看了季世子一眼，但季世子就是有這種本事，他的眼神非常清晰地表達了「這是什麼？」這個疑問。

國師很是發愁，思考片刻，找了塊布把季世子的眼睛也給蒙上了。

河川之畔，成玉雖很震驚，卻在震驚之後純然地高興起來，伸手去捕撈煙花凋零時墜落下來的光點，發出不可思議的輕嘆：「這是天上哪位神仙做生辰嗎？好大的排場。」

三殿下面無表情地嗯了一聲。

然而哪位神仙做生辰也搞不出這樣大的陣仗來。譬如天君陛下有一年過生辰，想瞧一瞧各種佛花的幻影，指名時年代掌百花的三殿下責理此事，他也沒將陣仗搞得這樣大，只在三十二天寶月光苑中意思意思罷了。那還是三殿下他親爹。

三殿下愣愣看著自己的手指。他方才，手怎麼就抖了？

他原本只想在河對岸隨意弄一場小煙花，將興許又沉浸在淒冷的內心中不能自拔的成玉帶出來。但彼時正好有微風過，因他倆靠得近，夜風帶著成玉的髮絲不小心拂觸到了他的右臉。那輕微的癢意令他心中一動，正在施法的右手不禁一顫。

三殿下已經三萬多年沒有在施術法時出過差錯。且是在這種雕蟲小技上出差錯。

結果一出差錯就搞出了這麼大的動靜。

凋零的煙花化作無數光點灑落人間，螢火蟲一般的微小光點，卻是有色彩的，又像是有意識似的，在半空中追逐嬉戲著。成玉試探著伸手去捕捉它們，可這些小光點卻比真正的螢火蟲更加難以捕獲，但她發現了它們留戀她的裙角。

它們愛聚在她的裙邊，當她移步時，它們亦隨著那輕移的裙裾游移，像是一條有生命的多彩光帶，她快時它們也快，她慢時它們也慢。

她禁不住便逗惹起它們，牽著裙子轉起圈來，飛舞的裙裾就像起伏的波浪，慢慢地，越來越快，越來越快，那些跟隨著她的光點果然像昏了頭似地，就要受不了那速度自行散開來了，成玉開心地大笑起來。

三殿下在那笑聲中回神，抬頭時，正瞧見漫天優曇婆羅的背景下，白衣少女牽著裙子快樂地旋轉。煙花消散後的光點附在飛舞的裙角，如同將月光繡在了裙邊。

她的確不會跳舞，只是由著性子，像是要擺脫那些光點似地旋轉著。那外罩輕紗的白裙因此像足了一朵浪花，款款將她籠住了。他常覺得白色讓她過於天真，但此時卻也正是因這白色，才讓這樣幼稚的舉措顯得動人。

她猛地停了下來，微醉似地扶著額頭，瞧著裙邊的光點驀地散開，如同浪花撞上礁石散成一片水霧，真心感到快樂似地再次笑出了聲來：「真好玩。」白綢和紗緞堆疊而成的裙裾卻仍是搖曳的，緩緩起伏在她腳邊，像是細碎的海浪。

但若是海浪，那浪花之上，還欠一點微藍。三殿下沒有意識到自己抬起了扇子。

下一瞬成玉猛地睜大了眼睛，驚奇地瞧著方才散開的光點匯成了一片微藍緩緩爬上自己的裙襬。裙底是白色，往上卻是淺藍，再是深藍。藍的是海，白的是浪，那是海的模樣。她只驚訝了一瞬，不自禁地又轉了兩圈，停下來時，卻見那淺藍的過度中有銀色光點勾出了一筆魚尾，像一條真正的魚隱在了海浪之中。

她震驚地俯視著自己的裙子，好一會兒，試探著伸手去觸摸那美麗的魚尾，不料立刻便有一條銀色的小魚從裙中一躍而出，纏住了她的手指，接著它滑到了她掌中。

成玉高興壞了，珍惜地籠住雙手保護好那條銀色的小魚，急匆匆地便要過來呈給連三炫耀，卻在跪下來時一不小心踩到了裙角。今夜三殿下原本就有些心不在焉，見她迎面撲來，只來得及伸手扶住她的腰。

下一刻，他已被她壓在了地上。

他躺在地上，右手摟著她的腰，令她不偏不倚整個人都壓在他的身上。她的雙手依然籠著那條銀色的小魚，隔在他們的胸口之間。反應過來現下自己的處境，她一點一點先將雙手挪了出來，偷偷看了一眼，確定那條小魚仍被保護得很好，她才就著那個可笑的姿勢抬起了頭。

夏日衣衫單薄，他能感覺到這具軀體的一切，是溫熱的，柔軟的，帶著清甜氣息的。怕驚動手中的小魚似的，她並沒有立刻起身，而是小心翼翼地先給他看了那條魚，帶著天真的神氣問他：「是不是很神奇？」

他看著她，卻沒有回答。她臉上的笑斂了斂，有些失望似的。她準備爬起來了，先細心地將小魚放在了一旁的草地上，然後撐起上身，便在她要起身時，他的右手猛地握緊了她的腰。

她嚇了一跳，呆了一下，然後幾乎立刻為他這動作想出了一個理由：「啊，是我方才撲下來，讓連三哥哥你摔了是嗎？你摔疼了嗎？我是不是碰到你的傷處了？」

他眼睛裡有情緒激烈翻滾，但終究平靜下來，渺無波瀾地回答她：「沒有。」

她不太相信：「胡說。」但也不敢再動，想了想，就著那個姿勢試探地伸出手來，向他身上撫去。

那白皙的手指有些緊張地一點點爬上他的肩頭，撫觸和揉捏都帶著試探，格外輕柔。卻正是這種試探，似一種要命的誘惑。她的手揉過他的肩頭，他的肩胛骨，無意中碰到了裸露的頸側，似火星撫觸過那片肌膚。他忍住了沒有動。她語聲擔憂：「都不疼嗎？」手指順著他的頸側和胸口滑下來，移到了他的背側，而後是他的腰。

她的動作似在誘惑著他。她的臉也是。她的額頭有一層薄汗，是方才同那些光點玩鬧之故，眉骨和臉頰也有點薄紅。似乎被他的眼神困惑住了，她輕輕咬了咬嘴唇。貝齒咬過下唇，唇色在一瞬間變得殷紅。眉、眼、嘴唇，還有那帶著熱意的薄汗，都近在咫尺。是絕色。三殿下眼神暗了暗。

他從來便知道她是絕色。

他記得第一次見到她是在何時。

兩年前的孟春時節，他遊湖歸來忽遇時雨，瞧見了幽在小渡口旁一個小亭中的油傘攤子，因此走進了亭中。彼時她正守著她的小傘攤瞌睡。他起先並未過多注意到她，待打著瞌睡的她迷迷糊糊醒過來愣愣望住他時，因那視線的灼目，他才自亭外的孟春薄雨中分了些神放在她身上。亭外風雨纏綿，亭中卻很靜，她微微仰著頭看他，那一張臉雖還稚氣未消，但真是很美。他就愣了愣。但那時候，他沒有想過這張臉，這個人，有一天會如此令他……令他如何呢？

抬眼時他撞上了她的目光，便在那一瞬間，他的心突然沉了底，便是她的動作誘惑著他，她的臉也誘惑著他，可那雙眸子卻是清明無比的。

清明無比的一雙眸子，天真的，單純的，不解世事的。

他突然推開了她。

成玉傻在了那裡。看著他緩緩起身，不發一言地整理衣袖，她本能地感到他是惱怒了。他又惱怒了，他喜怒無常是常有的，那其實挺可怕的，但她從來沒有懼怕過，令她感到煩惱的是她根本不知他在惱怒什麼，因此她微微蹙了眉，試探著問他：「我碰疼你了嗎連三哥哥？」

他靜了好一會兒，才淡淡道：「沒有。」說著便要轉身離開。

她幾乎是本能地拉住了他的袖子：「那連三哥哥你要去哪裡呢？」

他沒有轉身，半晌，答非所問道：「今晚妳原本想一個人待著，我跟了妳太長時間，妳應該煩了。」

她有些驚訝：「我沒有煩。」她脫口而出，將他的袖子抓得更牢，臉上沒有什麼表情地抬頭看他，像是不明白似地，「連三哥哥，你把我一個人扔在這兒，想去哪裡呢？」

「我只是回樓上坐坐。」他伸手要解開她緊握住他的手指。

她卻沒有鬆開他，她的手指絞緊了他的袖子，她低聲：「是你煩了。」

「什麼？」連三一時沒有聽清。

她突然抬了頭，委屈地大聲重複：「我沒有煩，是你煩了！」

他的手頓住了。

她繼續道：「因為我今晚沒有控制好自己，一直悶悶不樂，所以你煩了。」

他的確有些煩亂，那煩亂感令他陌生，卻不是因她今夜的無數次沉默，不是因她深埋卻不願示人的痛苦，也不是因她那些克制的哽咽和淚。他知道那是因為什麼。他終於嘆了一口氣：「不是妳的問題。」

「不是我的問題，那是誰的問題呢？」她像是真正地疑惑，眼中又出現了那種天真的神氣。她從來便是天真的，十花樓中花妖養大的孩子，不沾塵事，眉間一點靈慧，現在眼中，是旁人學不來的純然無邪。最開始，他是喜歡她這種天真的。

但近來，那神情卻總讓他生氣。她眨了眨眼，還要不解世事地逼問他：「連三哥哥，那是誰的問題呢？」

便更讓他生氣，因此他出爾反爾地冷漠道：「對，是妳的問題。」還硬是解開了她的手，收回了自己的衣袖，準備回竹樓上靜一靜。

她突然抬高了音量：「不許走！」

但那並沒有能夠成功阻止他的步伐。

「我就知道，」四個字而已，她的聲音竟顯得不穩，她急促地道，「沒有人會喜歡愁眉不展、哀哀戚戚的我，可我控制不住，今晚，我……」

他陡然停住了腳步，才明白她是要哭了，那聲音的不穩是因她努力抑制著喉頭的哽咽。

最後一朵優曇婆羅花在天幕中凋零，白玉川畔那些螢火蟲似的小光點亦隨之消散。人間重陷入唯有清月相照的靜寂，小竹樓上卻有琵琶聲起，在陡然靜謐的夜色中，調子有些幽咽。

她重新開口，已壓抑住了哭腔：「我知道我什麼都不說讓你煩心，你說得對，的確是我的問題。」

他轉過身來，便見月光之下，她眼睫濕潤，鼻頭微紅，但硬是忍住了沒有哭，她雙手用力絞緊：「你想知道朱槿封印了我什麼，對嗎？那些事我不願意告訴你，是因為我不想回憶。」

她的雙手肉眼可見地絞得更緊，似鼓足了極大勇氣：「所有無法挽回的那些事，我都只想將它們封印在很深很深的心底。我也沒有辦法那麼勇敢地去回憶，或者告訴你，因為太過難過，我一定會哭出來，你不會喜歡那樣的我，我也不喜歡那樣的我。」

她慢慢抬頭：「但是連三哥哥你一定要知道的話，我可以告訴你。」

她搞錯了他生氣的緣由。

但他看著她，並沒有糾正她的錯誤。兜兜轉轉，他們竟又回到了今夜最初的那個問題。在她的內心四季中他也沒有尋到那段被朱槿封印的過去，他原本想著可能得用一些其他方式，沒有想到她會主動告訴他。陰差陽錯的。

他嘆了一口氣，「妳打算告訴我多少呢？」他問她。

「全部。」她咬了咬嘴唇。

他的目光停在她的臉上好一會兒，又落在她絞緊發紫的雙手上。良久，他伸出手去將她的十指分開來，將那一雙手握在了自己手中。他看著她的眼睛：「那件事我想讓妳說出來，不是為了讓妳痛苦，阿玉，」他沉靜道，「是為了讓妳面對。」

「我，」她哽了哽，想要抬手摀住眼睛似的，卻不可得，因此只好閉上眼：「我是不能面對。」她輕聲回他，含在眼角的那一滴淚，終於落了下來。

第十二章

成玉不能面對亦不能去回想的那段過往，其實並非什麼遙遠往事。那些事就發生在去歲秋季的第二月，是月在麗川被稱之為桂月。

前朝有個生於斯長於斯的名才子曾作了一首詞，詞中有「桂月無傷，幽思入水赴漢江」之句，故而後來麗川人又將此月稱為無傷之月，意思是這個月在麗川的地界上絕計不會發生什麼壞事。

這是蜻蛉告訴成玉的。

但蜻蛉卻死在了這個月。死在了這個照理絕不會發生任何壞事的無傷之月。

麗川王世子季明楓有十八影衛，蜻蛉是十八影衛中唯一的女影衛，也曾是季明楓最優秀的影衛。

麗川位於大熙最南處，接壤南冉、末都、諸澗等諸蠻夷小國，漢夷雜居數百載，些許民風民俗其實同中原已十分不同。

成玉在麗川王府暫居了半年，關乎麗川的種種古老習俗，一半是她從書中看來：季明楓的書房中什麼都有，繪山川地理有各色江河海志，論陳風舊俗有許多舊錄筆談；另一半是她從蜻蛉處聽來：蜻蛉是個地道的百事通，奇聞如街頭怪談，逸事如諸夷國秘聞，她全都知曉。

在麗川的那段過去，成玉如今再不能提及，如她同連宋所說，因她沒有勇氣。她背負著沉重的傷痛和愧怍，每一次回憶，都是巨大的折磨，若沒有朱槿的封印之術將那些情緒壓在心底，她便不知該如何正常生活。

如今的她再不像她十五歲時那樣的樂觀無畏，逍遙不羈。很多時候她假裝她還是那時候的自己，但其實已經不是了。

蜻蛉剛死的那一個月，每天她都會責問自己，為何要出這趟遠門，為何要離開平安城來到麗川？為何明明是一段開端愉悅的旅程，最後會是如此殘酷的結局？

其實世間悲劇，大多都是從幸福和喜悅中開出花來，最後結出殘酷的果實，因沒有開端之喜，怎見得結局之悲？上天便是要世人懂得這個道理。成玉那時候卻並不明白這些。她還是太小，沒有走過多少路，見過多少人，歷過多少事，在十花樓長大的這十五年裡，她一眼都不曾覷見過這真實的人間。而真實的人間裡，往往有許多悲苦別離。

便將一切都溯回到敬元三年，春，去歲。正月十五上元節，這便是這段故事裡那個好的開始。

正月十五，上元天官賜福，宮中有燈節，京中亦有燈會。這一日乃是天子與百姓同樂之日。此大慶之日後的第二日，便是紅玉郡主生辰。元月十六，成玉年滿十五。

成玉命中有病劫，當年國師觀紫微斗數，排五星運限，勘郡主年滿十五後方能渡過病劫，可出十花樓。但成玉之運，卻與他人之運不大相仿，因時因勢，總有大變。須知自靜安王爺去後，國師已數年不曾私下面晤過成玉，自然不能為她重排運限。故而元月十七，自以為萬事大安的朱槿便帶著她和梨響出了王城，一路向南，直往成玉一直想望的靈秀麗川而行。

是年是個冷冬寒春，燈會的節氛一過，極北的平安城中仍是高木枯枝苦捱餘雪的蕭索，南行之路上卻漸有碧色點入眼中，看得出春意了。翻過橫斷南北的贛嶺，更是時而能於孤嶺之上或長河之畔瞧見二三絕色美人遺世並立，皆是次第漸開的春花。

成玉十五年來頭一次踏出平安城，翻過或秀麗或奇巍的山巒，蹚過或平緩或湍急的長川，穿過或繁華或凋零的市鎮，才明白書中所謂「千峰擁翠色」是何色，「飛響落人間」是何聲，「參差十萬人家」又是何景。一路所見種種都新鮮，因此成玉日日都很有興頭。

踏出平安城城門初識這花花人間的玉小公子，如魚遇水馬脫韁鳥出籠，怎「自在」二字了得。她一路撒著歡兒，幾天就將月例銀子用得只剩下兩個銅子兒了。看朱槿生她的氣不同她說話，她也無所謂，典了翡翠鐲包了個見多識廣的評書老頭專陪她嘮嗑。看朱槿更生氣了還不許梨響和她說話了，她還是無所謂，賣了剛換下的裘衣就自個兒跑去胡人酒館聽胡人歌姬唱小曲兒了。看朱槿終於氣習慣了不在意了，她就更加無所謂了，還趁機辦了件大事兒：她當了朱槿的玉華驄幫個窮秀才將相好的從胡人酒館裡給贖了出來……

朱槿跟在成玉身後一路贖鐲子、贖裘衣，還贖自個兒的玉華驄，每從當舖裡頭出來一次就禁不住問蒼天一次再問自己一次，他為什麼要將這個小禍頭子從平安城裡放出來。再一看小禍頭子自個兒還不覺著什麼，挺開心地在後頭跟評書老頭嘮嗑什麼地瓜的二十四種吃法，朱槿就恨不得將小禍頭子就地給扔了，一了百了。

但沒想到他沒將成玉給扔了，成玉反將他給扔了。

那是二月十五夜。

二月十五夜，他們三人為賞「月照夜璧」之景而前往綺羅山夜璧崖閒玩。鄉野傳聞中，綺羅山深山中多山精野妖出沒，常有修道之路上欲求速成之法的野道妖僧前來獵妖煉丹，增進修為。但所謂野妖山精抑或煉妖化丹之類，畢竟同凡人的生活相隔懸遠，因此其實沒有凡人將這則傳聞當回事，只以為不過是先人編出來為著誆騙嚇唬夜哭的幼兒罷了。成玉他們也未將此事當一回事。

然，當他們三人攀上夜璧崖時，卻果真遇上了來此獵妖的一夥野道人。

幾個道人確有根骨，修為也不同於等閒道士，一眼便看破了梨響的真身，亦看出了朱槿的不凡。道人心邪，哪管什麼善妖惡妖，只覺二人靈力豐沛，乃百年難見的好獵物，當即擺開了獵妖之陣，要將他倆捕來煉丹。

成玉眼中朱槿一向無所不能，然連她也知道這樣的朱槿亦有死穴。朱槿的死穴便是十五月圓夜：因數百年前曾受過大傷，此傷其實從未痊癒，尋常時雖沒甚妨礙，然月圓夜這種養息之夜裡卻會令他法力全失。

可以想見這一場鬥法是何結果：朱槿身負重傷，三人不得已披月而逃，然道人們卻緊追不捨。

其時朱槿因重傷而昏沉難醒，梨響的法力也不過只夠斂住二人的靈氣背著朱槿攜著成玉，在道人們的窮追不捨之下暫且護得三人小命罷了。然眼見得梨響力漸不支，再一味強撐著苦逃也不過是逃往死地。

如此絕境中，一向瞧著還是個孩子的成玉卻顯出了難見的沉著，利索地剝下了朱槿身上的血衣穿在自個兒身上，壓低聲音向梨響道：「梨響姐姐，給妳三個任務，」她比出一根手指，「第一，將我變作朱槿的模樣，」加了一根手指，「第二，給我一匹至少能堅持一炷香時間的健馬，」無名指也豎起來，「第三，待我將他們引開後，給妳一炷香的時間尋時機將朱槿帶去安全之地，妳能做到嗎？」說這話時她聲音很穩，臉色雖然蒼白，眼中卻無一絲波瀾。

梨響喘著氣死命拉住她的衣袖，她定定瞧住梨響：「梨響姐姐，這是我們的唯一生路，他們即便捉住我也不會拿我一個凡人如何，不過是些皮肉折磨，待月亮隱去朱槿醒來，你們尋機來救我。」話罷已一把推開梨響，貓著腰潛出了藏身之處，一路朝著密林深處奔去。

成玉是瞭解梨響的，梨響不比朱槿固執，且她還一遇上大事就沒個主意，無法挽回之下定會就範。

果然，便在她跑過一棵老杉之時，清晰地感到自個兒的身量倏地抽高，而月光之下亦有雪白駿馬驀然自叢林中一躍而出，揚起四蹄直朝她奔來。

成玉雖不會武，射御之術於宗室子弟中卻是首屈一指，以耳辨音於飛奔中翻身躍上馬背之時，那一群道人正好御劍翻過一個小坡撞進她眼中。眼見著磷火幽幽映出道人們森然的面孔，成玉瞬剎也不曾停留，調轉馬頭直向綺羅山深處而去。

倒是幾個野道人愣了一瞬，卻也未做停留，御劍匆匆跟上。

成玉自小在十花樓中長大，身邊最親密的泰半是妖，因此妖有什麼習性，成玉其實挺懂。世人愛將妖分為善妖惡妖，但他們妖類自個兒卻只將妖分為有格之妖和無格之妖。妖有妖格，有格之妖中也有食人的，但此等妖只為修煉吞法身道骨，不為果腹食肉體凡胎。意思是妖有格，便吃有法力的僧人道人修煉之人，不吃沒法力的凡人，只有那無格之妖，才連肉體凡胎這等沒趣之物也入得了口。且越是有格之妖，越是愛住在人跡罕至的深山密林中，這便是成玉馭馬直往密林中狂奔的因由。

宗室中她是個郡主，興許旁人便忘了她還是個將門子，自小兵書便讀得透徹，知曉三十六計中有許多計策無論何時用都是好計策，譬如李代桃僵，樹上開花，還有借刀殺人。

馬入深山，因這匹如雪白駒乃是梨響點山中野兔所化，故而對山中路徑十分熟悉，加之深山之中確然住了許多專愛食修煉者的山妖，受道人們氣息所感，紛紛現形橫殺出來，的確如成玉所願，將野道人們緊追她的步伐絆住了。

白駒載著成玉一徑往前，再從另一面出山，身後妖物們同道士的打殺之聲隱在綽綽樹影之中，已聽不見了。

原本成玉還有些擔憂自個兒打的算盤會否太過如意了些，因綺羅山這樣的荒野之山，有有格之妖，難免也有無格之妖，她為著借刀借勢闖入深山，其實亦是樁拿自己的性命犯險之事。她對梨響說她的辦法是他們的唯一生路，但其實這也有可能是她的死路，她都明白。危急時刻，她同天意賭了一把而已。

十五歲時的成玉便是如此，平安城中天不怕地不怕的玉小公子，心中自有雲捲雲舒，賭得起，亦輸得起。她自覺今夜賭運甚佳，而揣在她胸口錦囊中的那片朱槿花瓣亦很鮮活，可見朱槿也沒事。

白駒帶著她來到綺羅山山後的一條大道上時，成玉終於鬆了一口氣。

但這口氣才剛鬆到一半，斜刺裡便衝出來一夥揮刀弄棒的粗漢莽夫。乃是扎在隔壁安雲山中據山打劫的山賊。

巧的是方才出山之時，梨響用在成玉身上的變化之術便到了時辰，因此山賊們瞧著她並非一個青年男子，而是個年華正佳的孤身小美人。

戲文話本中但凡有落單佳人路遇強匪，皆要被搶上山去做壓寨夫人，成玉跟著花非霧看了好幾年這種戲文，這個她是很懂的。

世間只有未知才值得人恐懼。玉小公子她自恃聰慧，一向傲物輕世，覺著山妖野道她都用計擺脫了，還怕幾個區區凡人嗎？

因此成玉被一夥莽夫捆住雙手雙足捉起來時並未感到害怕，心中還想著，這夥山匪其實是很本分的山匪，做的事也都不出格，老老實實勤勤懇懇地據山打劫，劫不了財就劫個色，很好懂了，比起動不動就要將人吃了煉了的妖怪或妖道還是要好上許多，總還是她比較瞭解的領域。

面對的是正常人，事兒就好辦，等閒的正常人裡頭還有比她更聰明的嗎？很難有了。然她驚嚇了一整晚，此時的確有些累，不能立刻同他們鬥智鬥勇，她打算先穩一穩神，休憩片刻。但她心中卻很感慨，覺得今夜真是精采。

十五歲的成玉彼時就是如此無畏、灑脫，且自負。

但顯然這夜的精采不能就此打住。

這群莽漢今夜因輕輕鬆鬆便劫得成玉這樣如花似玉一個美人回去壓寨，內心自得，一不留神犯了冒進主義錯誤，抬著成玉回山的途中遇到一個落單的青年公子，連青年一身裝束都未看清，便又一窩蜂地湧上去預備打劫這位公子。

但不幸在於，這位公子，他是個佩劍的公子。

兩個小嘍囉抬著成玉壓在匪隊最末，因此成玉並未瞧見青年的面容，只注意到青年自腰間提劍而出之時，劍柄之上一點似青似藍的亮光。

成玉正琢磨著月夜之下能發出如此光芒的定是價值連城的寶石，半天之上的圓月突然被流雲擋了一擋。視野暗淡的一瞬，立刻便有刀劍撞擊之聲入耳，那聲音有些鈍。

成玉猛地眨眼再睜開，以適應月光被遮擋的幽暗，卻見不遠處青年反手持劍，已突破賊匪的重重包圍，而他身後的山賊如拔出泥地的蘿蔔一般，早已倒作一片。一切似乎就發生在頃刻之間，只是流雲擋住月光的瞬時片刻。

原本殿後的幾個山賊以及看守成玉的兩個小嘍囉這才醒過神來，知道此行是劫了修羅，嗚哇哇慘叫著逃進樹林保命。青年身姿凌厲，靜立在那兒，瞧著不像要追上去，倒像是打算收劍離開的樣子。

成玉完全忘記了自己雙手雙腳還被捆著，若是一個人被扔在這兒其實十分危險，這會兒她首要該做之事應是向青年呼救。

她整個人都陷在震驚之中，震驚中聽得身旁一個小小的聲音：「妳看到沒有，他自始至終都未拔劍出鞘，聽說頂級的劍客若覺得對方的血不夠格污了他們手中之劍，在對招時便絕不拔劍，原來都是真的。」

成玉這才回過神來，小聲向路旁的絨花樹道：「你是在和我說話嗎？」

絨花樹笑起來：「噓，高手的聽覺都格外靈敏，他聽不見我說話，卻能聽到妳的聲音啊，咦，他過來了。」

青年到得成玉身前時，正逢清月擺脫流雲，瑩瑩月輝之下，眼前一應景色皆清晰可見。

成玉微微抬頭，月輝正盛，青年亦微垂了頭，目光便落在她沾了血污的臉上。

就著如此角度，成玉終於看清了青年的模樣，疏眉朗目，高鼻薄唇，俊朗精緻，面上卻無表情，模樣有些疏冷。但此種冷淡又同朱槿不想理人時的冷淡有所不同，帶著疏離與鋒利，似北風吹破朔月，又似雪光照透劍影。

自小長在十花樓的紅玉郡主見慣美色，實在難以為美色所惑，因此看到青年的面容和冷淡目光，別的沒有多想，倒是反應過來她需要青年搭救一把。

「麻煩你幫我解個繩子。」她將一雙捆著繩子的雪白手腕抬起來亮在青年眼前，帶著一點她懇求朱槿時才會有的乖巧笑容。

青年沒有立刻動手，只是道：「妳不怕？」

她好奇地反問青年：「我該怕什麼？」

青年道：「也許我也是個壞人。」

成玉心想得了吧你一個凡人你能壞到哪裡去呢。她那時候還是單純，不知妖若壞，也不過是食人化骨，總還給你留一線魂；而人若壞，不能讓你神魂俱滅，便要讓你生死不能。人其實比妖厲害。

她內心不以為然，嘴上卻道：「你若是個壞人，要抓我回去壓寨，我若是逃不掉，你長得這樣，我也不吃虧。」彼時她說出此番言語，乃是因她真如此想，她便真如此說，並沒有調笑之意，她也不知此話聽上去像極了一句調笑，有些輕浮。青年皺了皺眉。

「季世子怎麼這樣容易生氣？」她不知自己言語中惹了青年什麼忌諱，有些困惑。

青年挑了挑眉：「妳見過我？」

她兩隻手指了指青年腰間的玉珮：「敬元初年，新皇初登大寶時，百麗國呈送上來的貢物中，有一對以獨山玉雕成的玉珮十分惹眼，我一眼看中那個玉樹青雲珮，去找皇帝堂哥討要時，他卻說好玉需合君子，麗川王世子人才高潔，如庭前玉樹，與玉樹青雲珮相得益彰，他將此珮賞王世子了。」

她抿唇一笑：「我沒見過世子，卻見過世子的玉珮，我喜歡過的東西我一輩子都記得。我和季世子也算是有過前緣了，所以季世子……」她將一雙皓腕往前探了探，乖巧地笑了笑，「你幫我解個繩子唄。」

季明楓不動聲色，看了她好一會兒：「妳是哪位郡主？」

她一雙手抬得挺累：「我是十花樓的紅玉，」將雙手再次送上前，「繩子。」

季明楓低聲道：「紅玉，成玉。」冷淡的唇角彎了彎，便在那一刻季明楓俯下了身，因此成玉並沒有看到他唇角那個轉瞬即逝的淺淡笑容。

成玉便是這樣認識了麗川王世子季明楓。

她要找個安全的地方等候朱槿前來尋她，因此季明楓將她帶回了麗川王府。

那一夜她本是為「月照夜璧」之景而跟著朱槿前來綺羅山，但經過夜璧崖，瞧見清月朗照夜璧的勝景時，身旁之人卻換作了季明楓。

他那時候行在她身旁靠前一些，月光將他的影子投在夜璧之上，挺拔頎長。而夜色幽靜，那一塊玉樹青雲珮在他行走之間撞擊出好聽的輕響。

君子佩玉以修身，說的乃是以玉響而自我警醒，若佩玉之人行止急躁，玉響便會急切雜躁；若行止懶緩，玉響又會聲細難聞。

成玉在月色中打量季明楓，他的側臉在月光下瞧著格外冷峻。

她想，這是個身手了得的劍客，卻又是個修身修心的君子，她從前所見的劍客們難得有這樣修整的禮儀，她所見的那些有修整禮儀的讀書人卻又沒有這樣的身手。

她就十分敬仰了，想著她皇帝堂哥說得沒錯，季王府的世子，他的確是一棵庭前玉樹。

成玉敬仰季明楓，心中滿存了結交之意，一路上都在思索當朱槿找來王府時，她如何說服朱槿在王府裡多賴上幾日。

不曾想，於王府扎根兩日，也未候得朱槿前來會合，只在第三日等來一封書信，乃梨

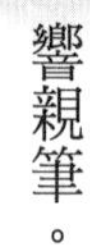

響親筆。

大意說朱槿此次之傷有些動及故病，雖算不得嚴重，卻也需盡心調理，麗川府附近並無靈氣匯盛之地適宜他調養，她需同他去一趟玉壺雪山，而郡主肉體凡胎，受不得這一趟急旅的辛勞與苦寒，便請郡主在麗川王府暫待個半年，待朱槿好全了他們再來接她云云。

看完信，成玉摸了摸心口那瓣朱槿花瓣。花瓣完好，他的確無事了。她思考了一下，朱槿他一個花妖，無論去哪兒，他要真心想帶著她，難道會沒有什麼辦法？多半是這一路上她將他煩透了，因此他故意將她給扔這兒了。

她茫然了一陣，然後高興地蹦了起來。

自由，真是來得太突然；驚喜，真是來得太突然。來吧，造作吧！

如成玉所料，朱槿的確是故意將她扔在王府中的，但也不只是因她將他氣得肝疼。實則脫險後的次日朱槿便尋到了王府。他隱了身形在數步之外觀察成玉，見她言談是輕言細語，走路是緩步徐行，沒了他同梨響的相伴和縱容，她竟變得穩重有樣子許多。朱槿欣慰之餘覺得這是個機會，留成玉一個人在王府待一陣，說不定她能懂事一些。

但這著實是個誤會。成玉如此文靜，並非因朱槿和梨響不在，純粹是因她想要結交季明楓季世子。

她同季世子一路歸程，世子將「寡語少言」四字演繹到了極致，任她如何善言健談，也難撬開世子一張嘴令他多漏出幾個字。但回到麗川王府，她瞧著他們府中一個叫秦素眉的姑娘卻能和世子說上好些話，而秦姑娘她是個雅正淑女的款式。

她就了悟了，原來季世子對文靜的姑娘要耐煩一些。她那時候也沒有同齡姑娘們那些善感的心思，想若她扮文靜了，其實是掩了自個兒的真性情，就算季世子終於欣賞她了，欣賞的也不是真正的她如何如何的。她只覺自己真是可以上天了，怎麼這麼能幹，什麼樣的人設她都駕馭得住，且駕馭得好。她覺得什麼樣的自己都是她自己。

雖是以落難之名孤身處在這麗川王府之中，成玉卻適應得挺好，只是水土不服了幾日。人說病中最易生離愁思故鄉，她也沒有這種文氣的毛病，她病中還挺精神。季世子日日都來瞧她一瞧，念在她是一個病人，她沒話找話時他也沒有不搭理她。雖然仍是惜字如金的風格，但好歹多少陪她說兩句。

成玉總結下來，整個王府中，世子也就會和兩個姑娘說點無關緊要的話，一個是性情柔婉的秦姑娘，一個，是病了的她自己。她好著時連見世子一面都難，更不要提和他說話。她就此悟出了「生病」這事兒對自己的重要，病全好了還拖在床上硬生生又挨了幾日。

但一個水土不服能在床上拖幾時？沒幾天這病就裝不下去了。

她正琢磨著還有什麼好法子能助她親近季世子，世子就將蜻蛉帶到了她暫居的春回院中。說是王府中亦非處處安全，故而為她挑了個護衛，能文善武，既可同她作伴，又可護她周全。

彼時正值仲春之末，尚有春寒，春回院中有瘦梅孤鶴，她擁著狐皮裘衣，目光盈盈直向季明楓，蜻蛉卻只一身輕衫，手中持著一支紫竹的煙管，那其實是有些奇異的裝束。

她那時候並未十分注意蜻蛉，因季世子方才提到了護衛，讓她猛然醍醐灌頂。

她兩眼彎彎向季明楓：「世子哥哥周到，請個護衛姐姐來護我周全，不過最近我想著，出門在外的確要有些拳腳功夫防身才好，十五那夜世子哥哥手中三尺青鋒使得出神入化，令人神往。」

她抿了抿唇：「那我自然不敢肖想有朝一日能將劍術練得如世子哥哥一般了，因此也不指望什麼更深的指點，」她笑咪咪道，「我覺得你練劍時能順便教我幾招基礎就蠻好了，那明日你練劍時我來找你哈！」

是了，不到十日，她已將對季明楓的稱呼從季世子跳到了世子，再從世子跳到了世子哥哥。她還有種種小聰明，因此求季明楓教她劍術時，用的並非「世子哥哥可否教我幾招劍術防身」這樣的問句，她直接就將這事兒給定下了，說定了明日要去找他。

她一團天真地望向季明楓。

冷冰冰的季世子卻並不吃她這一套：「蜻蛉劍術僅次於我，妳若想學，讓她明日開始教妳，妳不用來找我。」

成玉在心底嘆了口氣，想這的確是季世子會有的回答。她一邊覺得季世子真是難搞，一邊覺得高人可能都比較難搞。不過無妨，小李大夫和齊大小姐當初也不大好搞，可最後也都成了她的知交好友。來日方長。

她順從地點了點頭：「那世子哥哥你沒空的話，就讓蜻蛉教我好了。」她還給自己找了個台階下，補充了一句，「世子哥哥的影衛嘛，劍法自然是沒得說，必定能教得好我的。」

季世子有些異樣地看了她一眼：「我方才有說過，蜻蛉是我的影衛？」

成玉點頭：「是啊。」

「我沒有說過。」季世子平靜地否認。

成玉懷疑地看了他一眼，嘟噥：「是你剛才親口說的呀。」

「是嗎？那我是如何說的？」

成玉皺了皺眉：「你不是說蜻蛉姐姐是個護衛，她能文善武，劍術高明，且僅次於你？」

一直靜立一旁似個活雕塑的蜻蛉終於開口：「僅憑這兩句話，卻何以見得我是世子的影衛呢？」

這有什麼好問的？

成玉她雖未曾拜過嚴師受過高訓，但她長在十花樓，為人間國運而生的牡丹帝王姚黃就住在她隔壁。十花樓中，朱槿除了例行每日訓導她鎮壓她，格外的就是和姚黃開樽小飲，談詩弈棋論人間國運。

她抄個課業他們在隔壁論北衛如何如何，她繡個錦帕他們在隔壁論烏儺素如何如何，她描個蹴鞠陣他們在隔壁論西南邊夷如何如何。日日浸淫其中耳濡目染，便她是個智障她也能對天下時局明瞭三分了，何況她還不是個智障。

季世子坐鎮的西南邊夷此時是個什麼態勢，不說十分，八分清楚她是有的。

此西南邊夷之地，臨麗川府者，有十六夷部。大熙開朝之初，太祖皇帝論功行賞，封百勝將軍季葳為王，就藩麗川府，坐鎮菡城，委之以安撫十六夷部的大任。

自太祖皇帝以降，季葳共有十三代子孫世襲麗川王，收服了十三夷部，唯有勢力最大的南冉國是塊難以啃噬的骨頭。

南冉領著素有姻親的參業、霍塗兩部據著九門山這一險勢，截斷向南通往盛產香料的蒙日國的唯一陸路，且常滋擾其他十三部，一直是歷代麗川王的心頭之患。

這一代的麗川王及王世子，欲建的首要之功便是收服南冉，一統十六夷部。

朱槿理事謹慎，麗川之行前做足了功課，其中自然包攬了麗川王府。說南冉國多山多水多奇林險澤，兼之南冉人又擅蠱毒巫術，麗川王府為能攻破南冉，自十五年前便開始培養影衛，以諸秘法訓之導之，終養出一批良才，供王府查探南冉及其他十五部隱事秘聞。朱槿還提了一句，說如今歸於王世子手中的十八影衛，毋寧說是影衛，不如說是麗川王嘔心培出的藝術傑作，便是皇宮之中也難以尋覓出那樣一組良才。

綜上，此題的答案難道不是顯而易見嗎？蜻蛉問「何以見得」，成玉覺得這簡直是道送分題，只要不瞎就能見得。

「世子哥哥說蜻蛉姐姐是個護衛，且能文善武，劍術高明，」她回答，「那她一個柔弱美麗的姑娘家，如此寒春冷天，一身薄衫卻能在此處一站半晌毫無動靜，皇宮中尚且沒有這樣的普通護衛，蜻蛉姐姐當然不可能是個普通的護衛。」

她心中自有裁量，王府中不普通的護衛，那便是影衛了，最優秀的影衛皆歸於季明楓，若果真如季世子所說蜻蛉厲害如斯，那必然就是他的影衛了。

季明楓和蜻蛉都沒有說話。成玉看著二人，狐疑地皺了皺眉：「難道我猜錯了？」一

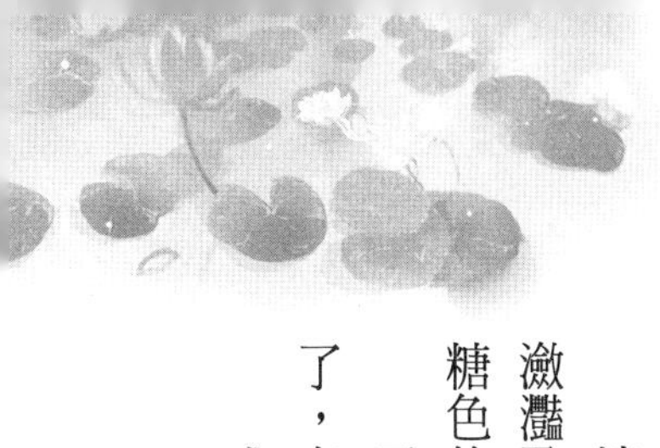

想，也有可能蜻蛉是個什麼別的奇人異士吧。猜錯就猜錯了，她也不是很在乎，很隨意地聳了聳肩，「我隨便猜的。」

季世子一張冰塊臉看不出什麼表情來，目光在她臉上卻停留了好一會兒，然後轉頭向蜻蛉道：「將她交給妳了，從此後該當如何，應該不用我多說。」

蜻蛉並未像從前成玉所見的那些護衛一般對主上恪守尊卑禮儀，立時便跪下來同季明楓表明忠心。蜻蛉只是盈盈一笑，聲音溫和：「從此後郡主若有危難，蜻蛉便是一死亦會護得郡主周全。」

因成玉在十花樓中難得聽到死不死之類言語，偶然聽到此類以死為誓之辭，不免覺得驚心。但彼時那種驚心，也不過只在她心上過了一過罷了，並未多得她的注意。

蜻蛉這番話似乎令季明楓滿意，他點了點頭，又看了成玉一眼，卻沒再說什麼，轉身走了。

成玉目送著季明楓的背影，悵惘地嘆了口氣。直目送季明楓的背影越過院門再瞧不見，方收回目光，將注意力轉移到了即將同她作伴的蜻蛉身上。

蜻蛉仍是帶笑看著她，成玉這才發現這女子笑起來時竟十分好看，只是她一隻眼波光瀲灩盈盈動人，另一隻眼卻似一張空洞鏡面渺無一物。她手中的那支紫竹煙桿上纏了個蜜糖色的玉穗子，那玉一看便知是個老物。

不及她出聲，蜻蛉已先開口：「郡主方才的妙算，倒令我對貴族小姐們有些刮目相看了，有些信了世子對郡主的評斷。」

成玉抓住的重點是：「啊？我猜對了啊。」

蜻蛉盈盈一笑：「但我有些好奇，不知郡主可算得出，王府中能人如許之多，為何世子卻專派我來伺候郡主呢？」說這些話時她微微垂著頭，如蔥白一般的纖長手指有意無意地擺弄著煙桿上的白玉，唇角勾起來一個淺笑，模樣鮮活，體態風流，彷彿一座玉雕突然自春寒料峭之中甦醒。

成玉瞧著蜻蛉，覺得這王府裡倒個個都是精采人物。她笑著搖頭：「這我可真不知道，請姐姐告訴我。」

蜻蛉更深地笑了一下：「世子說郡主是個小百事通，王府中能同郡主說得上話的，大約也只有我這個老百事通，我來同郡主作伴，大約郡主才不會嫌煩。」

她那麼款款地立在那裡，身姿輕若流雲，聲音暖似和風，令人不自覺地便想要與之親近。

這便是成玉同蜻蛉的初見。

這一年蜻蛉二十七歲。

成玉是在後來才知道，蜻蛉曾是季明楓十八影衛中最優秀的那一位，因在任務中傷了一隻眼睛，再擔不了從前之職，季明楓才派她來做她的護衛。

蜻蛉去後，成玉常想起這一段初見，她的確第一次見到蜻蛉時就喜歡她。

那時候她在麗川王府，最喜歡的是季明楓，第二喜歡的，便是季明楓派到她身邊的蜻蛉。

第十三章

已知的是，學劍之說，本就是成玉一片私心一點小聰明。她原本想著為了能在季世子跟前兜住，起早一些跟著蜻蛉意思意思學幾日也不妨事，幾日後拿自己著實沒有根骨這個藉口將此事廢掉便罷了。

然當她次日提著把小劍去找蜻蛉時，在院中小塘旁餵鶴的蜻蛉看到她卻挺驚訝：「郡主這個時候，怕是不應該來找我學劍吧？」

成玉一頭霧水：「我來早了嗎？那我等蜻蛉姐姐妳餵完鶴再來。」

在她提劍欲走之時蜻蛉叫住了她：「郡主知道有個擅打探消息的影衛做妳的護衛，有什麼好處嗎？」

不及成玉回答，自顧自道：「世子院中有兩個書房，一個南書房一個北書房，北書房是議事之地，在拒霜院最裡側，一向把守甚嚴，旁人難以靠近；而南書房，可謂整個王府中藏書最豐之地，前臨煙雨湖後倚松濤小閣，因此處不存什麼要緊文書，故而守得也不如北書房嚴密。世子他閒暇時愛在此處消磨時光。」

蜻蛉停了一停，一雙笑眼望向成玉：「今日，世子便有許多閒暇。」又道，「其實近日，世子都算閒，可能要閒好一陣。」

成玉愣了好一會兒，睜大眼睛：「咦？」

蜻蛉將一尾小魚扔給展翅近前的孤鶴，好笑道：「咦什麼咦，難不成郡主竟是真心想同我學劍？」她轉身看向成玉，目光在她一張漂亮小臉上流轉了一會兒，笑言，「我只問一個問題，郡主此時是想同我學劍，還是想去找世子？」

成玉訕訕地：「蜻蛉姐姐妳看出來了啊。」

蜻蛉含笑。

成玉提著劍柄在地上畫圈圈：「我是想找世子哥哥玩啊，可他是冰塊做的，就算妳告訴我他現在在書房，那我要是師出無名地去找他，也一定會被他扔出來的，他一定還會質問我為何不好好同妳練劍，」她嘆了口氣，「他啊，他很難搞的。」

大概是她稚氣的言語和天真的情態取悅到蜻蛉，蜻蛉抿了抿唇，手指在她額頭上輕輕一敲：「小笨蛋，難搞，是因為妳欠一點策略。」

世人有許多詞彙，用以形容遇到一個天生便與自己相合之人，譬如「一見如故」，譬如「一拍即合」。

成玉覺得自己同蜻蛉便是天生相合。成玉是靜安王府中的獨苗，沒有哥哥姐姐也沒有弟弟妹妹，但她從小就想要個姐姐。

她想像中的姐姐美麗聰慧，下能御王府，上能制朱槿，對她疼惜憐愛，會給她大把錢花，還從不關她禁閉，她有什麼心事都能說給她聽，她就會幫她拿主意。

蜻蛉雖然不能給她很多錢花，但是她聰慧多思，瞭解她的心事，還願意幫她出主意，因此她從一開始就沒有將蜻蛉當作是個護衛，而是將她看作了自己的姐姐。

因在麗川王府中，除了交好季明楓外，她其實也沒有什麼別的心事和願望，因此蜻蛉幫她出的主意基本上都圍繞著這有且僅有的一個主題——「如何搞定季世子」。

而因蜻蛉她原本就是季明楓的影衛，對世子可謂瞭解甚深，更要命的是她還精於打探消息，故而一出賣起季明楓來，簡直一出賣一個準。

成玉非常明顯地感覺到自從蜻蛉來到她身邊後，她在搞定季明楓這樁事情上的如虎添翼。

譬如蜻蛉教給她的去書房歪纏季明楓的小策略，就十分有用。

「學劍這個藉口如何了結？這個簡單，妳去書房見著世子時，便推到我頭上，說我教了妳一招兩式後見妳著實沒有根骨，不願再教妳。既然沒有根骨，妳便也斷了此心，但在春回院中閒得無聊，想找他借幾冊書打發時間。

「兩三冊書世子他自會借妳，但此時還不宜提妳想在他書房中待著看。妳將書拿回來，兩個時辰後還回去，就說妳閱得快，已看完了，想再借幾本。這一次得了書，妳半個時辰後就還回去，說這次挑的書不如人意，妳挑著看了幾頁，不是很有興致，想換幾本。

「世子自會允妳換書，換完後妳假意翻幾頁，說不曉得是不是真的有趣，若拿回去看，最後卻覺得沒有意趣，又要走一段長路來找他換，來來回回挺麻煩，不如就在南書房中看一會兒罷了。」

成玉照著這個法子，這些說辭，竟果然在季明楓的南書房中賴出了一席之地。

且第二日她再去南書房，挑了書假裝自然地坐在昨兒落坐的圈椅上垂目翻閱時，世子也沒有趕她。世子只是看了她一眼，便重新將目光落在了手中的書信之上。

蜻蛉吩咐過她，便是世子不趕她，也不可得意忘形，這幾日切忌主動同世子搭話，一定要裝出個真心向學的模樣，這樣才能長久賴在南書房中。賴得長了，時機自然便有。中途也別想動什麼小腦筋行什麼小聰明，因這些對世子統統不管用，能得世子高看一眼的，唯「耐心」二字罷了。而時機，世子什麼時候願意主動同她搭話，什麼時候便是時機。她耐心候著便是。

成玉很贊同蜻蛉這個見解，她是個有毅力的人，因此即便季明楓寡言到她若不開口南書房中便能整日無聲這個地步，她也愣是忍住了自個兒想說話的欲望。

頭兩日的確難捱，但第三日她發現了南書房中某本小冊竟是以她不識得的文字寫成，令她大感新奇，一心想要讀懂此書，不知不覺倒將一個假向學弄成了一個真向學，一不留神就在南書房中向學了六七日。

第七日上頭，當成玉已全然忘記了自個兒來書房的初衷，只一心埋頭苦讀之時，蜻蛉所謂的時機，默默然降臨在了她的頭頂。

申時初刻，秦素眉秦姑娘蓮步輕移來到了南書房中，給世子送來了一盅百合蓮子甜糖水。

成玉前兩日才搞明白她如今研讀的文字乃霍塗部的古文，這幾日為了便宜查閱資料，她泰半時候都將自己埋在與樑齊高的書架之間，據守在查書的高座之上。若有一個外人進入書房，其實壓根瞧不見她。因而秦姑娘入內時便沒有瞧見她。

秦姑娘在外頭一邊盛著糖水一邊同世子說了兩句貼心話：「方知近幾日你都在南書房中習字看書，你身邊那兩個伺候的小廝心粗，料定記不得你春日裡愛喝糖水。雖曉得你看書時不愛人打擾，便是我惹人煩吧，想想還是照著你的喜好燉了一盅給你送來，蓮子是我自採，百合亦是自種，便是季文記得吩咐廚房做給你，估摸廚房也燉不出這個口味，你嘗嘗看。」

季明楓嘗了一口。秦姑娘輕聲問他：「還成嗎？」

季明楓回道：「不錯。」

「真的？」秦姑娘語聲中含著顯見的和悅，「那明日這個時候我再燉一盅送過來吧。」卻又輕呼了一聲，「哎呀，差點忘了明日我要陪王妃去報恩寺進香，只有後日再燉給你了。」

季明楓道：「隨妳有空。」

秦姑娘笑道：「那後日還是蓮子百合？」

秦姑娘的聲音緩緩飄入成玉耳中，成玉只覺那聲音十分柔婉，如春風送綠，令人聞之心怡。

自成玉踏入麗川王府，雖見秦素眉也有好幾次，但其實沒怎麼在近處聽過她開口。此時真切聽得秦姑娘玉口開言，她自覺終於明白為何連千金難買一言的季世子也願意同她多說話了。

秦姑娘她著實有把好嗓子，光聽她說話便有調絲品竹之樂。

成玉在心中暗暗讚嘆。

她一邊讚嘆，一邊站到了書梯頂端，欲取一部束在書閣最高處的霍塗古語詩集。不料手一滑，偌大一冊書啪一聲摔在了地上。

秦姑娘輕喝一聲：「誰？」

成玉扶著書梯下來撿書，聽到這聲輕喝正要應答，卻聽季明楓聲無波瀾：「大約是老鼠。」

老鼠？她一個不小心最後一階沒踩實，啪嗒自個兒也摔了下去，所幸最底下那一級離地不高，摔下來其實不疼。

她揉著腦袋坐起來，有些憤憤，心裡很不可置信：老鼠？我？老鼠？

便在此時，季明楓的聲音自她身後傳來：「說妳是隻老鼠，妳還真跑地上打滾去證明妳自己了？」

成玉回頭，季明楓繞過第一面書架走過來，一隻手撿起落在地上的古詩集，另一隻手遞給她，握住她的手輕輕一拽，將她從地上拽了起來。

成玉對季明楓說她是老鼠這事兒很是憤慨，但又不敢太過憤慨，指著身後的梯子小聲辯駁：「做什麼說我是老鼠，我又不是故意弄出聲響，剛剛我從書梯上摔下來了，摔得還挺疼呢。」

季世子上下打量她一眼：「整日在書閣中窸窸窣窣翻來翻去，那就是老鼠。」又道，「果真摔疼了便讓蜻蛉帶妳回去，找個大夫看看。」

她當然不想蜻蛉帶她回去，立刻道：「哦那其實也沒有摔得那麼疼了。」撇著嘴揉了揉手腕，這時候才注意到一同站在書架旁的秦素眉。

秦姑娘神色裡含著震驚，但在與她目光相接之時已壓下了這份震驚，彎了彎嘴角朝她有禮一笑，又有禮一福，聲音溫溫和和道：「不知郡主亦在此處，卻是素眉失禮了。」

成玉揉了揉鼻子：「秦姑娘何處失禮，倒是我取書時不大留意，擾了二位暢談之興，且不用管我，你們談你們的，我還有本書要取一取。」

季明楓問她：「還有哪本書要取？」

成玉道：「《霍塗語辨義》，」有點疑惑，「可秦姑娘不是還有話同世子哥哥你講嗎？」

季明楓將目光移向秦素眉，秦姑娘也看了一眼世子，臉白了一下，但幾乎立刻回復了容色，現出個溫婉笑容來向著成玉道：「我其實無事，本打算這就走的，因聽到此處響動，才多耽擱了一時片刻。」矮身向成玉一福，「那麼素眉不打擾世子同郡主讀書，便先告退了。」轉身時臉上仍帶著方才的溫婉笑容，但仔細留神，會發現那笑容有些僵硬。

不過成玉彼時並沒有注意到秦姑娘的神色，秦素眉關上書房門時，季世子飛身攀上書架抽取了一本挺厚的書冊，落地時隨手扔給了她，成玉低頭一看，羊皮封面上正是「霍塗語辨義」五個大字。

她謝過季世子，愛惜地將書冊上的灰塵拍了拍，抱著兩冊書跟著季明楓繞過書架去到外室，在往常看書的圈椅上坐定，便開始翻閱起來。

直讀到第二十頁，成玉她才突然想起來，她來此處，似乎不是來念學的。她終於記起了自己的初心，又反應過來世子今日竟破天荒同她說了好幾句話。

照蜻蛉的意思，世子主動開口之日，便是她可以耍點小聰明去親近他之時了，這時候

絕不至於她一開口同他套近乎，他就將她趕出書房。

意識到這一點，她不禁啪一聲合上了書，坐在窗旁的季明楓聞聲看了她一眼。

唔，不可忘形。她咳嗽了一聲，假裝無事地撿起那本《霍塗語辨義》掩住了自個兒半張臉，待世子收回目光，才越過書緣又偷瞄了他兩眼。

季世子一邊喝著糖水一邊臨窗閱書。

窗前有青槐綠柳，堪將吐翠新枝列於戶墉，似一副綠簾攬住門窗。慵懶日光穿過簾隙游入室中，平將一間端肅的書室扮出幾分和暖春意來。

便連季世子這麼個冰塊在這一室暖意一室春意之中，看上去也沒那麼冰冷難近了，故而成玉瞄著瞄著就忘了遮掩自個兒的目光。

季世子被她盯了半炷香，抬起頭來：「想喝？」

成玉眨了眨眼。季世子看了眼自己面前的瓷碗，又看了眼她。

成玉立刻蹭了上去，沒有錯過這個同季明楓搭話的時機，自以為親近且不失自然地開口：「世子哥哥請我喝糖水嗎？」抓起湯匙來給自己盛了多半碗，「謝謝世子哥哥了，那我就嘗一嘗吧！」

季世子看著她這行雲流水的一套動作，聽著她這行雲流水的一套言辭，默了一下：「我應該沒有表達出邀請妳品嘗的意思吧？」

成玉愣住了。但盛都盛了，她盯著手裡的瓷碗，乾笑著給自己找台階：「呵呵，盛都盛了，一碗糖水嘛，世子哥哥你不要小氣。」順勢喝了兩口，糖水入喉，立刻皺眉，「我

天，這也太甜了！」

季明楓看了她一眼：「我覺得剛好。」

「這樣甜，還剛好嗎？」七個字脫口而出時成玉才想起來，方才秦姑娘說這一盅甜湯乃是照著季世子的喜好所燉。也就是說，季世子就是喜歡這種甜得發膩的口味。只有小孩子才愛吃甜得發膩的甜食，季世子竟然也愛吃這樣的甜食。

成玉覺得這可太新奇了，她就像發現了新大陸，捧著瓷碗探過去一點兒，與季明楓僅一書之隔：「世子哥哥你居然喜歡吃甜食啊，你有點可愛啊！」

季明楓：「……」

成玉退回去將只喝了兩口的糖水放回托盤：「你喜歡這麼可愛的口味，但我就不太喜歡這種小孩子的口味，太甜了，我不喝了，謝謝啊。」

她說完這一番話，看季世子始終沒有回應，覺得可能是因為在季世子那兒，每天和自己說多少話是有額度的，方才他已經和她說了好幾句話，今天的額度用完了，因此他又不想理她了。她也沒有太失望，來日方長嘛，她就打算退回去重新看書了。

沒想到季世子竟攔住了她：「喝完。」

成玉第一反應是，咦，今天的額度居然還沒用完嗎？第二反應是：「呃，喝什麼？」

季世子拿指節在瓷碗前叩了一下：「妳自己盛的甜湯。」

成玉盯著那甜湯看了半晌，選擇了拒絕：「我不喜歡這麼甜的。」

季明楓無動於衷：「我知道，」他抬起頭看著她，面色冷淡，唇角卻彎了彎，「妳不喜歡，才請妳喝，不喝完明天就別來看書了。」

成玉呆了呆：「你……」她有些反應過來了，雙眉蹙起，狐疑道，「我不喜歡喝，世子哥哥卻一定要我喝，是不是因為我剛才說了你可愛，你才非要灌我喝這個啊？」她趕緊為自己辯解，「但是可愛，其實是一句稱讚人的好話來著，我是因為……」

季世子打斷她：「妳是還想再喝一盅嗎？」

她立刻搖頭。

季世子淡淡：「妳不想喝，也可以不喝，不過明天就別過來南書房了。」

成玉懊惱：「怎麼可以這樣！」

季世子沒有理她。

成玉磨蹭了一會兒，終歸還是端起了那只瓷碗，捏著鼻子將一碗甜糖水灌盡，又立刻摸到一只大茶缸，將一缸子茶水也灌進肚才緩過勁來。

終歸還是不服氣，不禁小聲嘟噥：「但是你很可愛，這真的是一句好話來的，我們用可愛這個詞，難道不是我們想稱讚一個人的時候，才用這個詞的嗎？世子哥哥你為這樣一句好話難為我，真是太小氣了。」

季世子翻了一頁書：「看來妳真的想再喝一盅。」

成玉沒忍住做了個鬼臉：「你不要再拿這個威脅我，已經沒有糖水了。」又搖頭唏噓，「你這個人啊，真的是不講道理。」

季世子放下書，看著她：「我可以讓素眉再現燉一盅。」目光落在空了的托盤上，「比這個還甜，然後我定住妳，給妳灌下去。」

成玉愣住了：「你不可以這樣！」

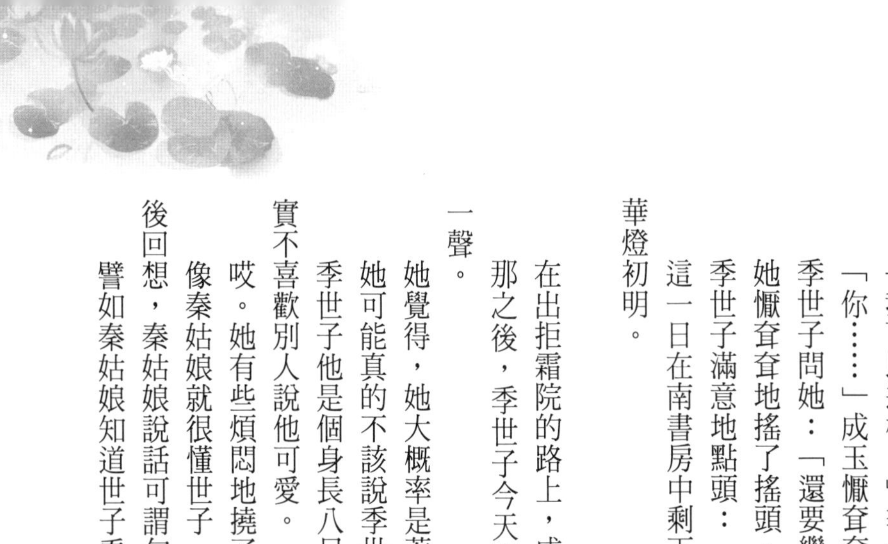

「我可以這樣。」季世子神色淡然，「因為我這個人真的很不講道理。」
「你……」成玉懨耷耷地垂下了頭。
季世子問她：「還要繼續和我辯論嗎？」
她懨耷耷地搖了搖頭。
季世子滿意地點頭：「不辯了就回去好好看書。」
這一日在南書房中剩下的時刻，二人便全然在看書中度過了，一看就看到了酉時二刻華燈初明。
在出拒霜院的路上，成玉回憶了一下自己下午的表現。然後，她反省了很久。
那之後，季世子今天再沒同她說過話，連她方才離開書房同他道別，他也只是嗯了一聲。
她覺得，她大概率是惹季明楓不高興了。而且她很快找到了癥結所在。
她可能真的不該說季世子愛吃甜食很可愛。
季世子他是個身長八尺的英偉青年，為人處事又冷峻凌厲，似他這樣的青年，可能確實不喜歡別人說他可愛。
哎。她有些煩悶地撓了撓頭。
像秦姑娘就很懂世子，適才她雖沒有覺得秦姑娘同世子說的那幾句話有甚特別，但事後回想，秦姑娘說話可謂句句都能熨貼到世子心中。
譬如秦姑娘知道世子看書不喜旁人打擾，送甜湯來時便說是自個兒惹人煩才要給他送來；再譬如她留秦姑娘同世子繼續攀談，秦姑娘聽世子說要幫她取書，便含笑先說自己要走，不攪擾他二人讀書。

她雖沒聽過秦姑娘同世子說更多的話，但已可以料想，秦姑娘應是不同世子抬槓的，也不專挑世子不喜歡的話湊上去討沒趣。

可她，她就委實太愁人了。

哎，今日，今日已然這樣了，只好明日再接再厲吧。

可明日她見著季世子又該說什麼不該說什麼，這也是個難題。她也不知道他到底愛聽什麼。

她滿懷心事地一路走出拒霜院，面上糊著一片愁容。

她這滿面的愁容被躺在拒霜院外的早櫻樹上一邊喝著酒一邊等她的蜻蛉瞧了個正著。

成玉同蜻蛉傾訴自己的愁緒，一愁世子不好捉摸，二愁自個兒不夠善解人意，主要還是愁世子不好捉摸。

蜻蛉將手中的酒葫蘆蕩了幾蕩：「依我看，你們今日處得甚好嘛，再好沒有了。在世子面前，妳本心想說什麼便說什麼，本心想如何對他便如何對他，著實沒有必要像秦素眉那樣刻意討好。」一笑，「世子他……不一定喜歡妳像秦姑娘那樣待他。」

蜻蛉的話讓成玉有點糊塗，但她也沒有深究，見蜻蛉一副盡在掌握之中的模樣，自個兒也有了一點信心，高高興興和她一道回春回院了。

次日成玉並未如往常一般一大早便去拒霜院。因昨夜和蜻蛉對飲，蜻蛉同她說起菡城

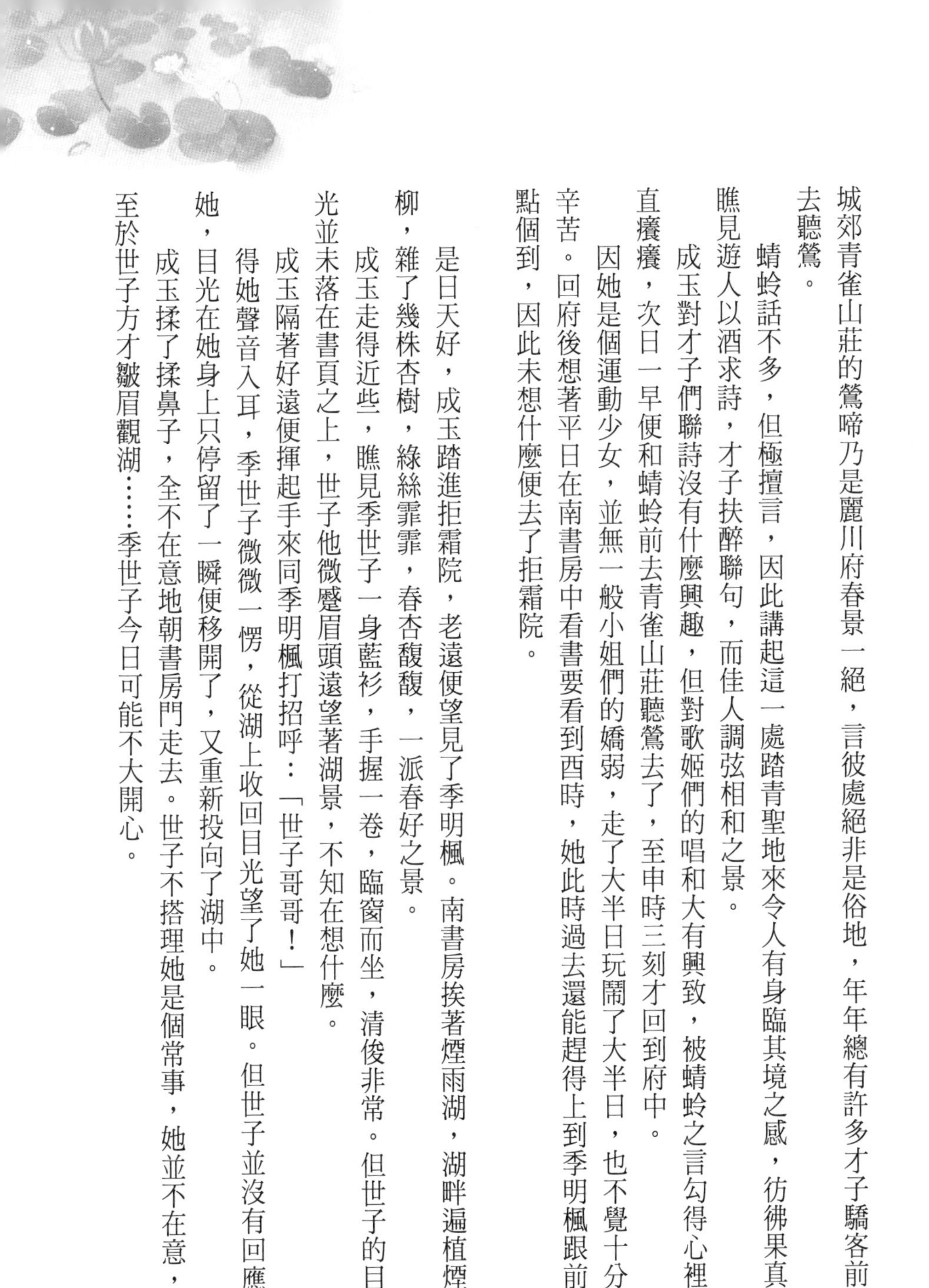

城郊青雀山莊的鶯啼乃是麗川府春景一絕，言彼處絕非是俗地，年年總有許多才子騎客前去聽鶯。

蜻蛉話不多，但極擅言，因此講起這一處踏青聖地來令人有身臨其境之感，彷彿果真瞧見遊人以酒求詩，才子扶醉聯句，而佳人調弦相和之景。

成玉對才子們聯詩沒有什麼興趣，但對歌姬們的唱和大有興致，被蜻蛉之言勾得心裡直癢癢，次日一早便和蜻蛉前去青雀山莊聽鶯去了，至申時三刻才回到府中。

因她是個運動少女，並無一般小姐們的嬌弱，走了大半日玩鬧了大半日，也不覺十分辛苦。回府後想著平日在南書房中看書要看到酉時，她此時過去還能趕得上到季明楓跟前點個到，因此未想什麼便去了拒霜院。

是日天好，成玉踏進拒霜院，老遠便望見了季明楓。南書房挨著煙雨湖，湖畔遍植煙柳，雜了幾株杏樹，綠絲霏霏，春杏馥馥，一派春好之景。

成玉走得近些，瞧見季世子一身藍衫，手握一卷，臨窗而坐，清俊非常。但世子的目光並未落在書頁之上，世子他微蹙眉頭遠望著湖景，不知在想什麼。

成玉隔著好遠便揮起手來同季明楓打招呼：「世子哥哥！」

得她聲音入耳，季世子微微一愣，從湖上收回目光望了她一眼。但世子並沒有回應她，目光在她身上只停留了一瞬便移開了，又重新投向了湖中。

成玉揉了揉鼻子，全不在意地朝書房門走去。世子不搭理她是個常事，她並不在意，至於世子方才皺眉觀湖……季世子今日可能不大開心。

那她不應該來打擾季世子啊今天，應該讓他獨處，人不開心時不是都喜歡獨處嗎？可來都來了，轉身就走也不大好，或者應該先進書房問候一下季世子，然後再找個藉口離開？對，這麼辦很妥當。

她就推開了書房門，問候了一下季明楓，接著在自個兒的圈椅跟前胡亂磨蹭了兩下，忽然想起來似地：「啊，答應了蜻蛉姐姐今日要和她一起繡雙面繡，我怎麼又跑到南書房來了，世子哥哥，我還有點其他的正事，今日我就……」

季明楓看了她一眼，不客氣地打斷她：「那算什麼正事。」頓了一頓，伸手點了點桌面，「過來喝糖水。」

成玉一愣，果見季明楓身前的書桌上擺了只白瓷湯罐並一只白瓷碗。她不大明白他叫她喝糖水是什麼緣故，難道她昨日說他一句可愛他竟記恨到了今日，曉得她討厭喝甜糖水，因此備好了這個專在此候她？他不至於如此吧……

成玉狐疑地探身過去，季明楓已將糖水盛好，擺在了她面前。他自己則執筆開卷，在方才翻閱的書冊上批注什麼。

成玉瞄瞟了一眼，世子察覺到她的目光，亦抬眼看她，她趕緊收回了目光，磨蹭著顧左右而言他地誇讚起世子那一筆書法來：「一般來說用軟毫筆寫小楷容易將字寫得沒精神，但世子哥哥你這一筆字卻是形神俱得，你可真厲害啊！」

世子沒有理她這一茬，右手筆耕不休，左手食指在盛著糖水的白瓷碗前點了點，言簡意賅道：「喝。」

成玉又磨蹭了會兒，許久，她道：「世子哥哥，我其實不太喜歡吃甜食……」

世子的筆停住了，抬頭看著她：「所以？」

「所以我覺得，」但見季世子眉峰蹙起，她突然想起來今日世子不開心。不是昨日才反省過自己嗎？便是沒有秦素眉解意，她也不能這種時刻上去觸霉頭啊。她立刻打住了，直挺挺地轉了話鋒，臉上硬是擠出了一個笑容，「所以我覺得……雖然我尋常時候不愛甜食，」她挖空心思想出了一句，「但這是你給我留的糖水，既然是世子哥哥專程給我留的，我就不該挑食啊。」說著一邊觀察著季明楓的神色一邊端起了白瓷碗，見季世子一瞬不瞬地看著自己，她一點空子也鑽不了，只好破釜沉舟地抿了一小口。

糖水沾唇，她咦了一聲：「這個百合蓮子糖水怎麼是涼的？」

季世子淡淡：「妳來遲了，糖水涼了，是糖水的錯？」

她認錯認得倒快：「是我的錯。」但終歸還是不想喝。

她躊躇了半晌，又給自己找了個理由出來：「不過我想，既然涼了，我還是不喝這碗糖水為好，」她神色真誠，「這也是為世子哥哥著想，因為，」她探過去一點，為他講解這事兒的內在邏輯，「你看啊，這個涼掉的糖水，萬一我一喝，結果喝病了，最後會麻煩誰來照顧我呢？當然是世子哥哥你啊，豈不是又給你添麻煩了？」

季世子看也沒看她一眼，提筆蘸墨，波瀾不驚道：「麻煩不了我，齊大夫就住在妳隔壁院子，他治吃壞肚子很是在行。」

成玉心裡咯噔一聲。呃，她大意了，世子不像小花和梨響那樣好騙，她一個在山匪窩中還能安之若素、又跟著他一日一夜趕路也全然無事的郡主，要讓他相信她突然嬌弱得能被一碗涼湯放倒，的確是為難他。

她端起那白瓷碗，不情不願地嘟囔：「那我喝就是了。」

然糖水入腹，才發現竟然還挺好喝。成玉很是吃驚，狐疑地向季世子：「今天這個怎麼不太甜的？是你和秦姑娘講不要燉那麼甜嗎？不對，秦姑娘今天不是去進香了嗎？」

季世子聞言頓了頓筆墨：「天底下只秦素眉一人會燉湯嗎？」

「哦，不是秦姑娘燉的，那這是誰燉的呀？」她小口小口地邊喝邊問，看季世子不回答，她開了句玩笑，「總不可能是世子哥哥你燉的嘛。」

季世子突然抬頭：「怎麼不可能是我燉的？」

成玉沒有立刻回答。成玉嗆著了。嗆著了的成玉咳嗽著問了季世子一個問題：「世子哥哥你專門給我燉的？」

世子沒有回答。

成玉拍著胸口試圖讓自己從嗆咳中緩過來：「真、真的嗎？」

季世子終於受不了似地回道：「燉給自己喝，燉多了。」

成玉總算停住了咳嗽，不解道：「可你喜歡吃很甜很甜那種很可愛的口味啊。」

季世子挑眉：「妳再說一個可愛試試。」

成玉不說話了。

季世子淡淡：「我今天不想吃那麼甜了，不可以嗎？」

成玉點了點頭：「那好的吧，那是可以的。」

但世子在甜湯上的口味始終令她好奇，成玉忍不住問：「你也喝甜的也喝不太甜的，那你覺得不太甜的好喝一些還是甜的更好喝一些？」

今天世子竟沒有嫌她話多，反而問她：「妳覺得哪一種好喝？」

她將手裡的白瓷碗抬起來：「當然是這個好喝啦。」又沒話找話，「從前我總以為若論燉糖水，我們梨響才算燉得好，沒想到世子哥哥你也燉得很不錯啊。」

季世子垂頭在書上寫了幾筆，待她將一整碗糖水都喝完，突然淡淡道：「那我做的和你們家侍女做的，相比如何？哪一個更好？」

成玉脫口而出：「當然是梨響……」眼看季明楓神色不善，她機敏地頓了一下，「她比不過世子哥哥你了。」

季明楓停筆看了她好一會兒。成玉在心裡給了自己一個嘴巴，季明楓又不是傻的，她如此說話在傻傻的小花跟前矇混得過去，在季明楓跟前怎麼矇混得過去。

看著季明楓冰冷的面色，成玉內心不無感慨，今天，她又惹季明楓不高興了，她可真是個天才啊。算了，今天先回去吧，跟蜻蛉取取經，明天再接再厲好了。她將碗放回去，在季明楓能凍死人的視線裡垂下了頭：「我可能還有點事，我先……」

季明楓冷冷道：「回去坐好，看書。」將方才批注的書冊扔給她，便低頭忙別的再也不看她一眼了。

厚厚一本書冊砸進成玉懷中，她覺著有點眼熟，翻到封皮一看，正是她這幾日忘我學習的那本《霍塗語辨義》。她隨手往後翻了翻，便見到季明楓的小楷註解，全是難點釋義。越往後翻越是吃驚，她不禁開口：「世子哥哥你……」

季明楓冷冰冰打斷她：「想學霍塗語便好好學，一時去聽鶯一時又去刺繡，何時才能學會？」

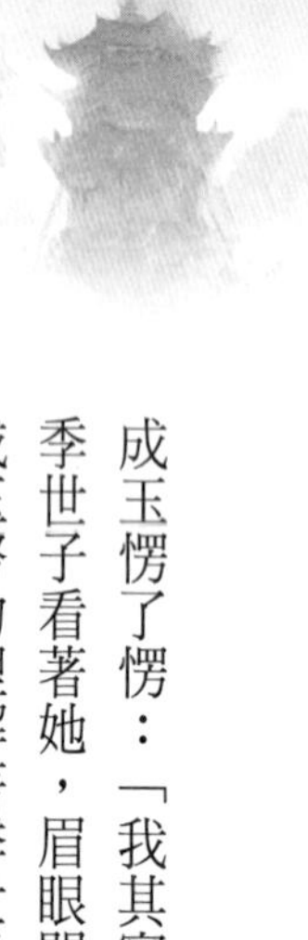

成玉愣了愣：「我其實是學著玩兒，沒有那麼……」

季世子看著她，眉眼間俱是嚴厲：「要學就好好學，沒有什麼學著玩兒。」

成玉努力理解著季世子的隱含之意，半晌，有些疑惑地問：「那世子哥哥的意思是，我現在，不可以回去是嗎？」

季世子揉著眉心：「這是個好問題，妳說呢？」

成玉默了片刻，又問：「那明日……是不是也需早早過來呀？」

季世子面無表情地看著她：「好好學習該是如何一回事，我覺得應該不用我教妳，聞雞起舞，懸樑刺股，鑿壁偷光，囊螢映雪，妳可能都聽說過。」

成玉愣愣抬頭：「聞雞起舞就不用了吧，卯時就雞叫了，即便我那時候就來南書房念書，世子哥哥你也一定不在啊。」她一頭霧水，「又不是上學館，那樣早我就一個人跑到這裡來念書，太傻了。」

季世子另取了一冊書，低頭翻了幾頁：「妳怎麼知道我一定不在？」

「因為南書房不過是你閒暇時候消磨時光的一個地方罷了，哪有人閒到卯時雞叫就開始消磨時光的。」

季世子淡淡：「也許我就是那麼閒。要不然我們試試看？」

成玉默了一默，季世子這就是要和她較勁了，和季世子較勁她是贏不了的，她立刻就放棄了：「那我還是不試了……」她想了一會兒，硬著頭皮，「但是我覺得世子哥哥你日理萬機，更應該多多休息，我們著實沒有必要聞雞起舞，所以……」

季世子將手中翻了幾頁的書合上，遞到她手中：「將此書看熟了，妳再來同我談條件。」

成玉低頭一看，季世子專為她挑揀出的書冊上頭印著斗大幾個字——霍塗部千年古事。是本史書。看這個書名，是記載了霍塗部整整一千年歷史的一部史書。

成玉分開拇指和食指量了一下書冊的厚度，足有三寸，她覺得此書這個厚度對得起一千年這個時間跨度，同時她也對麗川的書冊裝訂技術感到了由衷的敬佩。

成玉兀自對著自個兒左手分開的拇指和食指發蒙，季世子看著她：「怎麼了？」

她發愁：「這個厚度……還全是霍塗古語……我感覺我一時半刻可能看不大完……」

季世子理解地點了點頭：「所以妳要加油。」

「……」

這一日成玉在南書房中直坐到點燈時分，季世子才准許她離開。

自此，成玉過上了每日伴著東天的啟明星前去拒霜院南書房晝卯念書的可怕生活。

熟識成玉的人都知曉，紅玉郡主她雖有種種不靠譜之處，但她穎慧絕倫，一歲能言，兩歲識字，三歲時靜安王爺教她文章，她便能過耳成誦。雖因長在十花樓之故，一天學塾沒上過，只是跟著朱槿讀讀書，但到八九歲時她已將十花樓中上千藏書翻了個遍。翻完十花樓的，又去宮裡借歷代皇帝藏於皇家藏書室源遠閣中的。旁人看書一字一吟，她看書啪啪啪一頓猛翻一目十行乃至一目一頁，她還能過目不忘。

一句話，紅玉郡主在念書這檔子事情上頭，天賦極佳，慧極近妖，故而，季明楓逼她上進念學，她是不怎麼怕的。但她長這麼大，一向是個晚睡晚起早睡也會晚起的少女，從沒有在辰時之前起過床，基本不知道啟明星長什麼樣，此番季世子卻要她伴著啟明星去南書房畫卯，她怕的是這個。

蜻蛉督促著她早起了四五日，四五日裡她被蜻蛉提到南書房時季明楓皆已安坐於窗邊攬卷閱書。她很佩服季明楓。

因日日難以飽睡，成玉動不動就要在書桌上打瞌睡，奇的是季世子牢牢卡著她上書房的時辰，卻對她打瞌睡這事漠不關心，她就算在書桌上一睡半日，季世子也無可無不可，有時候她睡醒了揩著口水從桌上爬起來，給自個兒倒茶的季世子還能給她也倒杯熱茶喝一喝。

她就搞不太懂季世子了，有一回實在沒忍住，去季世子桌前領熱茶時問了一句：「你剛才看到我在打瞌睡嗎？世子哥哥。」

季世子看了她一眼：「妳想說什麼？」

她鼓起勇氣坦白：「我其實每天早上都在書桌上打瞌睡來著，你都看見了吧？」

季世子道：「所以呢？」

「所以，」她斟酌了一下，「我覺得，既然你都能忍得了我打瞌睡了，我是不是卯時來念書應該也沒有什麼所謂了，再則我這麼早來念書，日日都睡不飽，你看著這樣子的我，你難道沒有對之前的那個決定有點後悔或者內疚什麼的嗎？」

季世子笑了笑：「妳看我像是在後悔或者內疚的樣子嗎？」

「……不太像。」

季世子點了點頭：「知道就好。」又看了她一眼，「愣著做什麼，妳可以坐回去用功了。」

成玉磨蹭了半天磨蹭回自己的書桌，將老厚一本《霍塗部千年古事》翻開時，不死心地又掙扎了一句：「那我要怎麼樣才能遲一個或者半個時辰來書房呢？」她嘆了口氣，「早起真的太艱難了啊！」

季世子垂目喝茶，平靜無波地回答她：「不是告訴過妳，將妳手中那本書讀熟了再來和我談條件嗎？」

季世子指出的這個方向，令成玉看到了一絲脫離苦海的曙光。

接下來的兩日，她不僅聞雞起舞，她還懸樑刺股，不僅在書房中用功，還把書借回去用功，幸好王府中燈火足，不用她鑿壁偷光。

蜻蛉瞧她如此，好笑地指點她：「小笨蛋，世子他其實並非是要拘著妳念學，不過是找個藉口想讓妳早早去書房罷了；讓妳熟讀霍塗部那本古書，也不過一句戲言，妳新學霍塗語，他知道那樣厚一本書妳便是再聰慧，沒有幾個月也讀不下來，妳倒是當真了。」

成玉在此番含意幽深的指點之下有點茫然，咬著筆頭看向蜻蛉：「他為什麼想要我早早去書房？我早一點去書房晚一點去書房有什麼區別嗎？」

正在半月桌前溫酒的蜻蛉聞言一笑，將一只翡翠荷葉杯推到成玉面前，和暖燭光之下，只見翡翠無瑕，玉杯潤澤，成玉認出來這是蜻蛉常玩賞的一只酒杯。

蜻蛉抿唇道：「我其實有許多酒具，但妳常見我玩賞的不過這一只罷了，妳道為何？」不及成玉回答，已執起空杯，將手放在窗邊，使手中玉杯能燭月同浴。

她瞧著在瑩潤月光沐浴下更為青碧可愛的翡翠杯：「因為我最喜歡這只杯子，覺著它有千種精緻，萬種可愛，在燈下是一個樣，在月下是一個樣，在日光下又是一個樣，瞧著它我就心生歡喜，恨不能一睜眼便瞧著它，」她帶笑看向成玉，「郡主聰慧，我這樣說，郡主可懂了？」

成玉傻了好一會兒：「妳是說世子哥哥他因為挺喜歡我，挺願意見到我，所以才令我早早去南書房畫卯來著？」

蜻蛉笑道：「郡主果然聰慧。」

成玉趴在桌上琢磨：「我一心交好他，這麼說，我們已經算是……交好了？是朋友了？」她想了一會兒，又搖了搖頭，「不對，如果是朋友了，就應該如我同小李一般，我可以邀他喝茶看戲逛街吃果子，談天說地攜手玩鬧……我們都是平等對之，可我和世子哥哥……都是他說什麼就是什麼，我不可以有意見也不可以反駁，我也不敢約他去喝茶看戲逛街吃果子，更不要說談天說地一起玩笑……」

蜻蛉撐腮看著她：「那明天妳約他試試，喝茶看戲逛街吃果子，都約一約，妳怎樣待小李，便怎樣待他，」口吻中充滿鼓勵，「妳若想同他玩笑，明天也可以試一試。」

成玉想了好一會兒，有點擔憂：「那他不會揍我？之前，有一次我想和他聊天，約他來著，他和我說不許聊天，那樣子像我再多說一句話他就會揍我一頓似的。」

蜻蛉瞧著她皺成一團的小臉忍俊不禁，同她保證：「從前是從前，但明天他不會。」又面色神秘地補充了一句，「以後他都不會。」看她表情仍舊糾結，再補了一句，「要不要同我賭一賭。」看了眼桌面，「就賭這個翡翠荷葉杯。」

成玉合上書，「賭」這個字，她太熟了。

那就賭唄。

次日自然又是在南書房中用功。

蜻蛉昨夜點化了成玉許多言語。為著蜻蛉的點化，成玉今日見著季明楓，有點高興，又有點緊張，破天荒沒打瞌睡，三心二意地握著書冊，鬼鬼祟祟地在書冊後頭偷瞄季明楓。她功夫不到家，偷瞄了幾眼就被季世子發現，她有點不好意思，但是也沒有尷尬，很大方地向著季明楓笑了一笑。季明楓沒有理她。結果沒多久又逮到她偷瞄自己，被發現後她撓了撓腦袋，又向自己咧出個大大的笑容。

季明楓莫名其妙：「妳今日是睡傻了？笑成這樣，是想要幹什麼？」

成玉也很莫名其妙：「不幹什麼啊，」她慢吞吞地，「我就是覺得今日看到世子哥哥你，就感到特別的親近，我坐在這裡，看你在燈下看書，覺得真是好看，就想多看兩眼，但是被你發現了，所以就對你笑一笑囉。」

她天真地剖白自己的心跡：「因為世子哥哥最近對我很好，我很高興，特別是今天，我看著世子哥哥你就覺得開心，我想你看到我也應該是……」她沒有將這句話說完，因為季明楓此時的神情有些奇怪。

他看著她，但那目光卻沒有凝在她身上，似乎穿過了她。他像是在發愣。

成玉試探著叫了一聲：「世子……哥哥？」

他沒有回她。

成玉躊躇地站起來，想過去看看他是怎麼回事，結果不留神踩到地上一個圓潤小物，一滑，她驚慌中欲扶住一臂遠的季明楓的書桌，伸手卻抓住了桌上的硯台。啪，硯台摔了，啪，她也摔了。

季世子此時才從愣神中反應過來，他垂目看著成玉，眸中神色難辨。半晌，他繞過書桌站到了成玉面前。成玉正皺著眉頭撈著袖子看上頭的墨漬，季世子走過來時她首先看到的是季世子腳上那雙皂靴。然後，她看到了這雙精緻皂靴旁摔成了兩半的那方硯台。

好吧，季世子書桌上就屬這漕溪臥佛硯最為名貴，她逮個什麼摔不好，偏要逮著這個硯台摔。她耷拉個腦袋喪氣地坐在那兒等候季世子教訓。

良久，卻並未等來季世子的教訓。

她忍不住抬頭，目光正好同季世子對上。

季世子看著她，像是在沉思，雖然沒有說話，但好像也沒有生氣，她膽子大了點，主動開口賠罪：「摔了世子哥哥的硯台，很對不住，不過這個硯台我家裡有一樣的，我以後賠給你。」

她手指絞著袖邊：「不過剛才你要是肯搭一把手，我就不會摔壞你的硯台了，連帶著將我自己也摔得好疼啊。」這是她的小聰明，明明是她的錯，她卻偏要將此錯推到二人頭上，她還要賣一句可憐，顯得季世子再要開口訓她便是不地道。

這是長年在朱槿手下討生活令她無師自通的本領，但她也知道自己強詞奪理，故而又有些心虛，看季世子依然沒有說話，就有些忐忑。

她忐忑季世子是不是已看穿了她的把戲，故此才不理她，越是腦補越是忐忑，因此剛抱怨完被摔疼了，又趕緊做小伏低地挽回補救：「但、但其實也沒有那麼疼，就是剛摔倒時疼了一下，倒是沒有什麼。」說完還自個兒乖乖從地上爬了起來，做得好像她從頭至尾都是這麼懂事聽話，根本就沒有蠻不講理使過什麼小聰明。

季世子仍沒有出聲。她在朱槿的鎮壓之下無師自通的手段統共不過這幾板斧，施展完後就不知道自己可以再做什麼了。有點尷尬地站了片刻。

許久也沒有等來季明楓隻言片語的回應，她小聲地咳了咳：「那、那我回去看書了。」

到這時候，季世子才終於開了口，卻問了不相干的話：「我適才問妳為什麼那樣笑，妳回了我什麼？」

成玉不解。她想了想。她方才說話的聲音挺大的，他當然不至於未聽清她回了他什麼，卻冷肅著一張臉這樣問她，是不是……是不是在以此問提醒她，她方才的所言所為十分逾禮，她很沒有規矩呢？

想到這裡，她心一沉，一下子有點慌。

她今日之所以會逾禮，因她滿心滿意地相信蜻蛉所言，認為她已和季明楓很是親近了。卻哪知蜻蛉昨夜說給她聽的那些話，原來都不對。蜻蛉看走了眼，世子並沒有挺喜歡她，也並沒有和她成為朋友，世子並不是她可以與之嬉笑玩鬧之人。

晨風拂入，燭火輕搖。她一時又是後悔又是委屈，期期艾艾地開口：「我、我忘記我說了什麼，可能我今日說了世子哥哥不喜歡聽的話，但我、我就是會常常說胡話，世子哥哥可不可以不要當真？」

燭火又晃了幾晃，所幸天邊已有微曦，並不需燈燭房中便依稀清明。只是暮春時節，清晨仍有薄霧，春霧入窗，和著將褪未褪的黎明暗色，將房中之景渲得皆如淡墨暈染過。朦朧朝曦朦朧景。

一派朦朧中，令成玉覺得清晰的，唯有季明楓那似玉樹一般的身形。那身形似乎在她說話的一瞬間有些僵硬，她拿不準，因為在她再次抬頭看他時他全沒什麼異樣，問她的話也很正常，是他會問她的話。

他問她：「妳不想要我當真？」

季明楓這個問法，略熟。這是一種在她和朱槿鬥智鬥勇的過程中她經常見識的套路。她必須要說不想，然後朱槿斥責她一句：「不想要我當真，不想惹我生氣，就需懂得自我約束，下不為例，去禁閉室領罰吧。」事兒才能了了。

季明楓在她低頭思忖時又催問了一句：「妳不想要我當真，是嗎？」

「不想不想，」她趕緊：「本就是沒規矩的胡話，一千個一萬個不想世子哥哥當真。」她說完乖乖垂著頭等待季明楓的斥責，等著事兒就這麼了了。但季明楓並沒有斥責她，事兒也並沒有就這麼了了。季明楓看了她好一會兒，聲音有些啞：「哪些話是胡話？」

季明楓並沒有重複朱槿的套路。

成玉迷茫地看著他。

季明楓走近一步：「覺得我好看，喜歡看著我，看著我就覺得開心，這些話是胡話嗎？」他的聲音並沒有刻意提高或壓低，仍是方才的調子，連語速也是方才的語速，但不知為何，成玉卻能感覺到其中暗含的怒氣。

她方才的確說了這樣的話，彼時她還說得分外愛嬌：「我就是覺得今日看到世子哥哥你，就感到特別的親近，我坐在這裡，看你在燈下看書，覺得真是好看……」此時想想，其實這些話有些佻薄。

她自小跟著花妖們長大，同親熱的人說話，一向沒分寸慣了，但季明楓是個重禮教的修身君子，他們修身君子，可能覺得此種言語對他們是極大的冒犯和唐突。

她很是惶然：「我不知道那些話讓世子哥哥你……」

季世子平日裡耐性十足，此時卻像是全無耐性，沉聲打斷她道：「我的問題沒有那麼難以回答，也不需要長篇大論，妳只需要回答我是或者不是。」

她輕輕顫了一下：「我錯了。那些都是沒規矩的胡話。」

季明楓一時沒有回應。

她十分小聲：「世子哥哥，你不要煩我，我都是胡說的。」她咬了咬嘴唇，「對不起，我以後絕不再胡亂說話，你不要生我的氣。」

她不知道道歉可不可以挽回，能不能令季明楓滿意。她覺得他應該不滿意，因為他看著她的目光很是冰冷。可她已盡了最大的努力，她不知道自己還能再說什麼。

她垂頭站在季明楓跟前等候他發落，良久，卻聽到無頭無尾的幾個字在頭上響起：「我原本以為……」不過季明楓並沒有將這句話說完整，過了片刻，她又聽到飽含憤怒的半句話，「妳連我為什麼……」但他依然沒有說下去。這些欲言又止，像是對她極為失望，但她卻茫然地根本不知道他在失望什麼。

室中一時靜極，許久之後，季明楓喚了她的封號。

「紅玉郡主，」他道，聲音已回復了慣常的平淡，平淡中含著真心實意的疑惑，「妳處心積慮想要待在我的身邊，這一點我不是不知道，妳如此費心地每日都來見我，留在我身邊，究竟是想要做什麼？」

「我……」成玉抬頭看向季明楓，觸及到他冰冷的目光，瑟縮了一下，「我沒有想做什麼，我只是……」

被季明楓打斷，他不耐地抬手揉了揉眉心：「說實話。」

「想和你做朋友。」她小聲道。

「做朋友。」季明楓重複這三個字。他抬眼看向窗外，一時未再開口。辰時已至，窗外一湖煙柳已能看清，清霧一天一地，卻只能將湖畔碧玉妝成的翠色遮掩個兩三分，倒是幅風流圖景。

好一會兒，季明楓問她：「做怎樣的朋友？」六個字聽不出喜怒。

她垂著頭：「就是一起玩的朋友。」

季明楓仍看著窗外：「妳有多少這樣的朋友？」

她依舊垂著頭：「不太多，有幾個吧。」

「聽起來多我一個不多，少我一個不少。」

她立刻抬頭辯解：「不是，沒有，世子哥哥你……」

他卻再次打斷了她，他終於將目光自煙雨湖中轉了回來，淡淡道：「郡主，妳想要和我做朋友，可我不想做妳的朋友。」

她愣了愣：「可世子哥哥你前些日子沒有覺得我煩，蜻蛉還說你挺願意見到我，今天你只是、只是……」她「只是」了半天卻「只是」不出個所以然來。

季明楓將她的話接住，平靜地看著她道：「只是從今日開始，我覺得妳煩了。」

季明楓離開書房許久後，成玉仍待在原地。她其實有些被嚇到了。

玉小公子膽色過人，馭烈馬如馴雞犬，闖蛇窩似逛茶館，什麼妖物也不曾懼過，便是朱槿是她的剋星，她其實也未曾真正怕過朱槿。但今日的季明楓卻令她感到有些害怕。

她害怕季明楓生氣，季明楓真的生氣了，又讓她更加害怕。她其實並不理解季明楓為什麼會氣成這樣，她雖犯了錯，但她覺得那並非多大的過錯。

她不想讓季明楓生氣，因此最後季明楓問她的那些問題，她全是據實以答，可令她茫然的是，這些實話裡，竟然也沒有一句話令季明楓滿意。

她從未有過這樣的遭遇，要如此小心翼翼地去揣摩一個人的心思，謹小慎微地去討好和逢迎；她沒有交過如此難以捉摸的朋友，沒有過如此令人膽戰心驚的交友經歷。

她早知道季明楓難以接近，因此十分努力，但今日不過行差踏錯一步，她和季明楓的關係似乎又回到了原點。

她覺得傷心，也覺得灰心。

她呆呆地在南書房中坐了整整一日，一忽兒想，季明楓不想做她的朋友，那就不做朋友嘛，她心底是遺憾，但這也沒有什麼，這一輩子她總要遇上一兩個她十分喜愛但卻又交不上的朋友。她還老成地安慰自己，人生嘛，就是這樣充滿遺憾了。

但過不了一忽兒，她又忍不住想，也沒有道理這樣快就灰心，何以見得季明楓他不是在說氣話呢？雖然初識時季世子也覺得她挺煩人，但自她來了南書房，這半個月來他顯見得沒覺著她煩了，他還幫她在書冊上寫過批注，這就是一個證據。雖然今天她說錯了話，讓他又開始煩她，但說不準明天他氣消了他就又改變看法了。

她一忽兒極為樂觀，一忽兒極為悲觀，自我掙扎了一天，最終，她還是選擇了樂觀面對這件事。因為在書房中思考到最後，她不禁問了自己一個問題：要是她真如此討人嫌，那最煩她的人其實怎麼著也輪不上季明楓，必定該是朱槿；但朱槿恨不得一天揍她三頓也不願意拋棄她，不就是因為她也很可愛嗎？

她就被自己說服了，認為季明楓一定也只是說說氣話。

酉時末刻她離開書房時，已下定決心要慢慢將季世子哄回來。卻不料她剛回春回院，院中便迎來了季明楓院中的老管事。

隨行的小廝將一大摞書呈到她的面前，頂上頭是那本她今日留在書房中未取走的《霍塗語辨義》。老管事壓著一把煙槍嗆出來的啞嗓子，不緊不慢同她解釋：「世子吩咐老奴將郡主近日觀覽的書冊全給郡主送過來，世子還說郡主明日起便不用去南書房中用功了，若是還想要什麼書冊，讓蜻蛉去南書房中取給郡主即可。」

她愣了好一會兒，試探地問老管事：「那……世子哥哥的意思是說，他氣消了我才可以再去南書房中是嗎？」

老管事沉默了片刻，斟酌著道：「老奴以為，世子的意思可能是，郡主今後都不要再踏足南書房為好。」

此事瞞不了蜻蛉，自然，連同日間在南書房中鬧出的一場風波，也瞞不了蜻蛉。

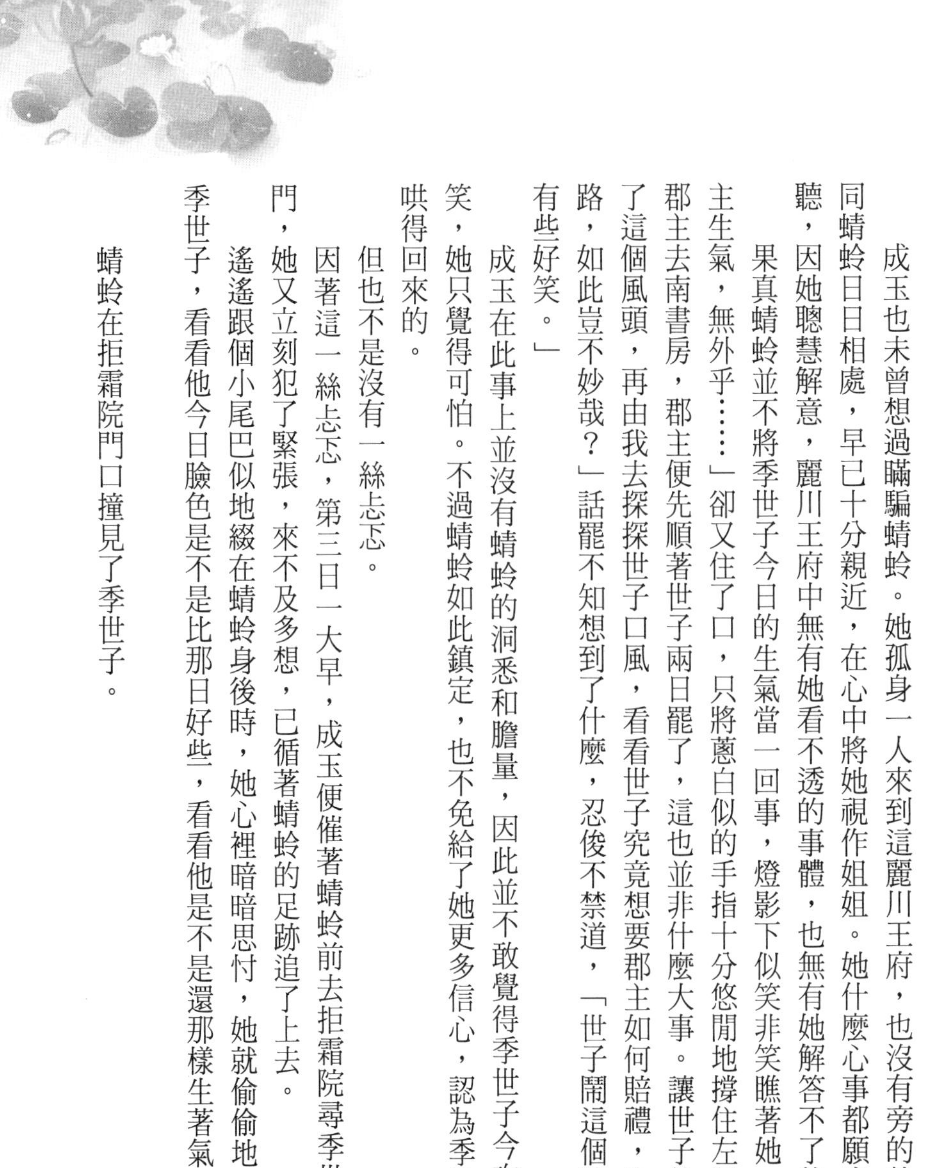

成玉也未曾想過瞞騙蜻蛉。她孤身一人來到這麗川王府，也沒有旁的熟人，多半月來同蜻蛉日日相處，早已十分親近，在心中將她視作姐姐。她什麼心事都願意說給這個姐姐聽，因她聰慧解意，麗川王府中無有她看不透的事體，也無有她解答不了的難題。

果真蜻蛉並不將季世子今日的生氣當一回事，燈影下似笑非笑瞧著她：「世子會同郡主生氣，無外乎……」卻又住了口，只將蔥白似的手指十分悠閒地撐住左腮，「世子不讓郡主去南書房，郡主便先順著世子兩日罷了，這也並非什麼大事。讓世子他先氣兩日，過了這個風頭，再由我去探探世子口風，看看世子究竟想要郡主如何賠禮，也省得郡主走彎路，如此豈不妙哉？」話罷不知想到了什麼，忍俊不禁道，「世子鬧這個脾氣，其實鬧得有些好笑。」

成玉在此事上並沒有蜻蛉的洞悉和膽量，因此並不敢覺得季世子今次發脾氣發得可笑，她只覺得可怕。不過蜻蛉如此鎮定，也不免給了她更多信心，認為季世子應該終歸是哄得回來的。

但也不是沒有一絲忐忑。

因著這一絲忐忑，第三日一大早，成玉便催著蜻蛉前去拒霜院尋季世子。蜻蛉一出門，她又立刻犯了緊張，來不及多想，已循著蜻蛉的足跡追了上去。

遙遙跟個小尾巴似地綴在蜻蛉身後時，她心裡暗暗思忖，她就偷偷地、遠遠地看一眼季世子，看看他今日臉色是不是比那日好些，看看他是不是還那樣生著氣。

蜻蛉在拒霜院門口撞見了季世子。

蜻蛉似對世子說了什麼，成玉瞧見世子抬頭朝她所在處望了一眼，那一眼十分短暫，她來不及反應，世子已轉身向前頭一個六角亭而去，蜻蛉亦跟了上去。

成玉也慢吞吞跟了上去，但她不敢站得太近，因此在亭前草徑的盡頭處便停住了。這樣的距離，她既聽不清二人言語，亦看不清二人面容，但再走近些她又疑心季世子可能不會再忍耐她，因此嘆了口氣，蹲在那裡扒著草根候著他們。

他二人倒並未攀談許久，不過一盞茶的工夫，季明楓已步出木亭，成玉趕緊扔掉手裡的草根站起來，規規矩矩立在草徑旁。季世子走近時她嚥了口唾沫，小聲道：「世子哥哥，我……」季世子面無表情與她擦肩而過，視線未在她身上停留一瞬。

她愣了愣，立刻轉身向著季明楓的背影又叫了一聲：「世子哥哥。」世子卻寸步未歇，像是方才什麼都沒有看到，而此時他什麼也沒有聽聞。

直到季世子已步入拒霜院，蜻蛉才來到她身旁。素來笑不離唇的蜻蛉此時竟沒有笑，眉間擰成了個「川」字。她不曾見過蜻蛉如此煩惱的模樣，心中發沉，許久才能開口：「世子哥哥果真厭了我，一刻也不想見到我了，所以已經沒有賠禮的餘地了，是嗎？」

她其實是希望蜻蛉立刻否認的。

但蜻蛉並沒有立刻否認。

她心中發沉，有些透不過氣。

蜻蛉見她傷心，立刻柔聲安撫她：「郡主如此聰慧可愛，這世間怎會有人對郡主心生煩厭呢？」

但蜻蛉也知她並非三歲小兒，任人誇讚兩句便能立時遣愁忘憂，蜻蛉斟酌著同她解

釋：「往日我贊同郡主結交世子，是因世子對郡主確有許多不同，世子是喜……不反感郡主的。世子朋友少，性子又嚴厲冷淡，郡主性子活潑，正可以暖一暖世子的性子，郡主想做世子的朋友，我以為這樣很好。但……郡主和世子性子差得太遠，可能的確不適合做朋友。」

蜻蛉勉強笑了笑：「郡主也無須煩惱執著，不交世子這個朋友，又能如何呢？」

成玉沉默了好一會兒，方才開口：「不能怎的，我只是……」她黯然道，「我只是私心裡想待在世子哥哥身邊，覺得如果能和他做朋友就太好了。」

蜻蛉神色深沉，問她：「郡主想要待在世子身旁，可世子又不願做郡主的朋友，那郡主有沒有想過，其實世子妃，也是能一直待在世子身邊的角色……」

成玉驀地抬頭：「世子妃？」

蜻蛉看了她好一會兒，搖頭苦笑：「當我沒有說過，是我想得太多。」

成玉十分驚訝：「難道蜻蛉姐姐覺得我做不了世子的朋友，卻做得了他的世子妃嗎？這太沒有道理了，做朋友他都嫌我煩，況且，」她認真道，「我是個郡主，我將來有極大可能是要被送出去和親的，不可能做你們麗川府的世子妃。」

蜻蛉勉強笑了笑：「那不過是我的想法罷了，作不得數，在世子他覺得，」她頓了頓，「妳也並非世子妃的好人選。」

成玉點了點頭：「這就對了，我知道的。」

蜻蛉嘆了口氣：「今次世子他著實有些……」

成玉咬了咬嘴唇：「我明白的。」她輕聲道，「有時候一個人突然就會討厭另一個人，這沒有什麼理由的。」

她的眼圈微紅，帶著一點大夢初醒如在雲霧的怔忪與恍惚，又帶著一點後知後覺勘透現實的灰心與傷情：「世子哥哥是徹底厭棄了我，我不該再纏著他，那樣只會讓他更加惱怒我。」

蜻蛉瞧著她發紅的眼圈和泛著水色的雙目，再次嘆息了一聲：「世子他……」卻皺著眉未將此話說下去，轉而道，「郡主便當作是這樣吧，但也不用再想著世子，麗川還有許多趣致風物，明日我便領著郡主出門遊山玩水去，過不了幾日，郡主便又能開心起來。」蔥白的手指將她下垂的嘴角微挑起來，輕聲安慰她，「如人意之世事，世間能有幾何？隨意隨緣，瀟灑度日，方是快事，遇到世子之前，郡主不就是這樣度過的嗎？」

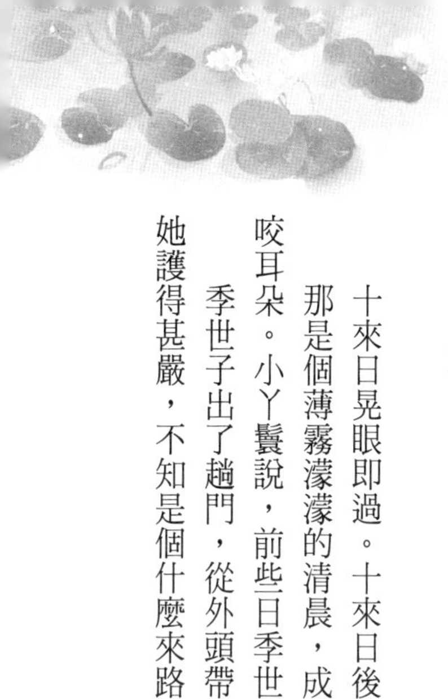

第十四章

此後數日，王府中的確很難見到春回院中二人的身姿。

蜻蛉日日領著成玉外出。

東山有高樓，蜻蛉領著她登樓賞景，樓中啟開一壺十八年女兒陳，二人對坐醉飲，山景悠然，清風徐來，蜻蛉問她，郡主可感到悠然嗎？成玉覺得這是挺悠然的。

西郊有碧湖，蜻蛉領著她遊湖泛舟，以湖心之水沏一甌蓮子清，再聽隔壁畫舫中歌女唱兩支時令小曲，裊裊茶香中蜻蛉問她，郡主可感到怡然嗎？成玉覺得這也是挺怡然的。

蜻蛉有情趣，又有主意，帶著她四處作樂，成玉也就漸漸將季明楓放下了一些，沒怎麼再想起他了。

十來日晃眼即過。十來日後，成玉才再次聽人提起季明楓。

那是個薄霧濛濛的清晨，成玉因追逐飛出春回院的仙鶴，不意撞見兩個丫頭倚著假山咬耳朵。小丫鬟說，前些日季世子出了趟門。

季世子出了趟門，從外頭帶回來一位嬌客，姑娘顏美如玉，有月貌花容，只是世子將她護得甚嚴，不知是個什麼來路。

成玉站在假山後頭想，兩個月前季世子從綺羅山將她撿回來，兩個月後季世子不知從哪兒又撿個姑娘回來。季世子看著冷若冰霜、端肅嚴苛，想不到這樣救苦救難、樂於助人、能撿姑娘。

頭頂大鳥振翅，她回過神來，繼續撒腳丫子追仙鶴去了。

這天是四月初七。

四月初七，成玉聽人提起季世子。沒料到，次日她居然就見到了季世子。

這日是四月初八，四月初八是佛誕日。佛誕之日，需拜佛、祭祖、施捨僧侶、去城外的禪院參加浴佛齋會等等。

但成玉今年不在京中，故而這些事統統不用做，她就花了一整天的時間在街上瞎逛。逛到日落西山時，聽說初夏正是新酒釀成的時候，菡城中二十四家酒樓將於今日戌時初刻同時售賣新酒，每家釀的酒還不是一個味兒，她精神大振，攜著蜻蛉便往酒肆一條街殺過去了。

她二人挨著酒肆街一家酒樓一家酒樓喝過去，喝到第十二家時，蜻蛉沒什麼事，她卻有點飄，中途跑出來吹風醒神，結果碰到了緊鎖雙眉坐在隔壁首飾舖子門口的秦素眉。

秦姑娘見著她時雙眼一亮，急急喚她：「郡主。」屈身同她行禮問安，行禮的姿勢有些彆扭。

秦姑娘出門，是給在越北齋喝茶的季世子送傘的。秦姑娘行禮彆扭，乃是因途中走得急，把右腳給崴了。秦姑娘出門倉促，也沒帶個丫頭，崴了腳，也沒個誰能替她送傘

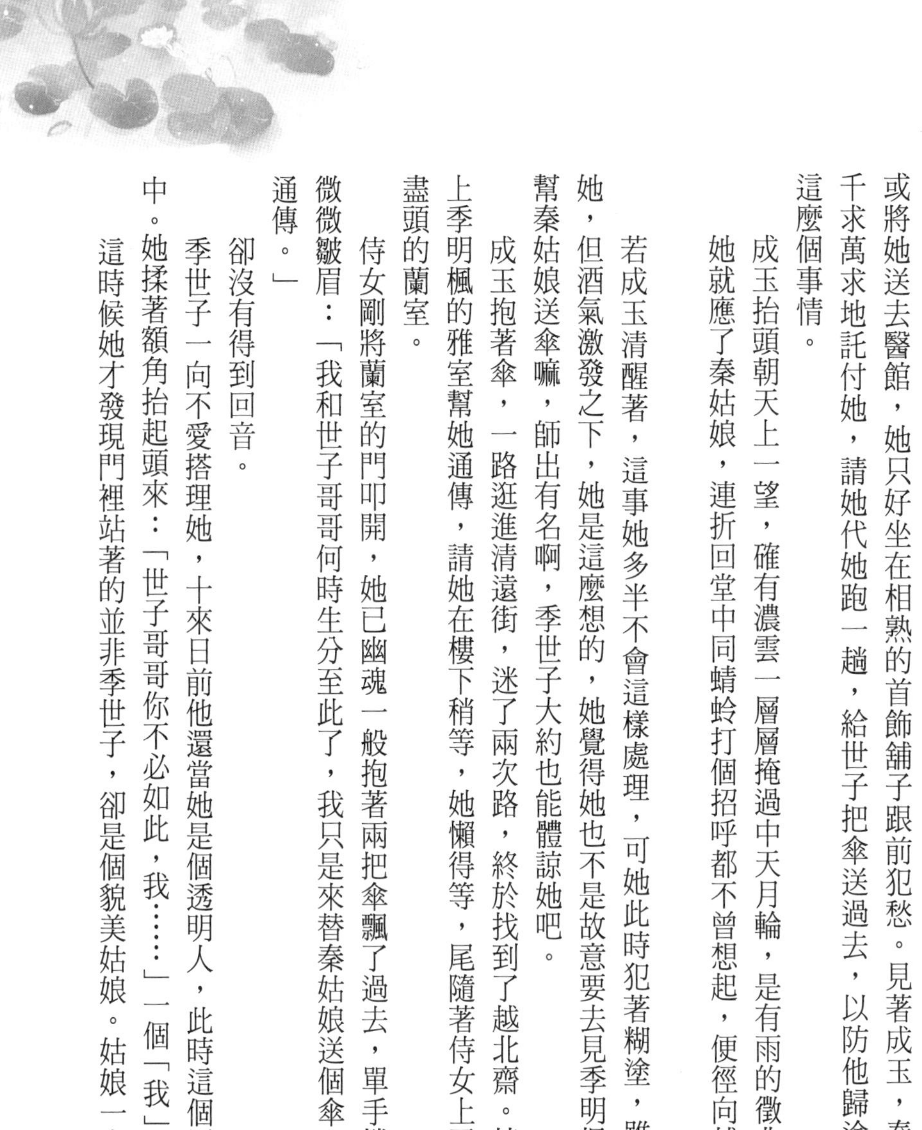

或將她送去醫館，她只好坐在相熟的首飾鋪子跟前犯愁。見著成玉，秦姑娘如見救星，千求萬求地託付她，請她代她跑一趟，給世子把傘送過去，以防他歸途淋雨。事情就是這麼個事情。

成玉抬頭朝天上一望，確有濃雲一層層掩過中天月輪，是有雨的徵兆。

她就應了秦姑娘，連折回堂中同蜻蛉打個招呼都不曾想起，便徑向越北齋而去了。

若成玉清醒著，這事她多半不會這樣處理，可她此時犯著糊塗，雖知季明楓不想見她，但酒氣激發之下，她是這麼想的，她覺得她也不是故意要去見季明楓礙他的眼，她是幫秦姑娘送傘嘛，師出有名啊，季世子大約也能體諒她吧。

成玉抱著傘，一路逛進清遠街，迷了兩次路，終於找到了越北齋。接引的侍女要去樓上季明楓的雅室幫她通傳，請她在樓下稍等，她懶得等，尾隨著侍女上了二樓，直接去了盡頭的蘭室。

侍女剛將蘭室的門叩開，她已幽魂一般抱著兩把傘飄了過去，單手撐住半開的門扉，微微皺眉：「我和世子哥哥何時生分至此了，我只是來替秦姑娘送個傘，料想不需要層層通傳。」

卻沒有得到回音。

季世子一向不愛搭理她，十來日前他還當她是個透明人，此時這個反應也在她意料之中。她揉著額角抬起頭來：「世子哥哥你不必如此，我……」一個「我」字卡在了喉嚨口。

這時候她才發現門裡站著的並非季世子，卻是個貌美姑娘。姑娘一身白衣漢裝，但高鼻深目，眉似新月，唇若丹果，面容冶豔，並不似漢人長相，是個夷族女子。

成玉一愣：「哦，走錯了。」邊說邊回頭，回頭看見靜立一旁的侍女，又一愣，「是妳領我過來的啊，」她疑惑，「妳沒領錯路嗎？」

侍女正要回話，門後的白衣女子開了口：「可是紅玉郡主？」

成玉轉過頭：「姑娘是……」便在此時，一身玄衣的冷峻青年自房間深處緩步行出，擋在了白衣女子面前，冷淡目光自成玉面上掃過，未作停留，抬手便要關門。成玉趕緊將半個身子都卡進門框裡，「世子哥哥此時要關門，就壓死我好了。」

房中靜了片刻，季明楓沒有再嘗試抬手關門，他也沒有再無視她，但語聲極冷極沉：「海伯說得還不夠清楚嗎？」海伯是拒霜院中的老管事。

無頭無尾的一句話，成玉卻立刻聽出來其中含意。

季明楓不再將她當個透明人，她覺得這是一種進步，但季世子這句話卻有些來者不善，她抬頭覷了季明楓一眼：「世子哥哥……」季明楓也看著她，眼中全無情緒，聽到「世子哥哥」這四個字，還微微皺了眉。她就有點孬了，即便有酒意撐著，亦做不出來再像方才那樣橫，她有些頹廢地低了頭，囁嚅道，「海伯只是說，讓我不要再去南書房。」又飛快道，「我沒有再去過南書房。」

「妳一向聰明，」季明楓回她，聲音平靜：「當然知道舉一反三，明白『不要再去南書房』這句話還有什麼意思。」

她當然知道，但是卻很認真地搖了頭：「我不聰明，我不知道。」

這一次季明楓沉默了許久，許久後，他盯著成玉：「不要再出現在我面前，這個意思，

有那麼難以理解嗎？」

越北齋這個茶樓，比之成玉在平安城常逛的其他茶樓，有個十分不同之處：越北齋很靜。樓中沒有堂座，僅有雅室，客人們也不吵鬧，便是夥計們來來往往，也皆是悄聲言語，因此當同室茶友不再攀談時，樓中便只能聞得二樓一副竹簾子後頭傳出的古琴聲。此時成玉便只能聽到那古琴聲。她聽出來琴師彈奏的是《秋風詞》。

季明楓仍看著她，眼神十分淡漠。

季明楓問她有那麼難以理解嗎？

其實並沒有那麼難以理解。她多麼聰明，他是什麼意思，她其實一直都懂。

但此時她卻不禁喃喃：「就是那麼難以理解。」又認真地重複了一遍，「就是那麼難以理解。」然後她看到季明楓蹙緊了眉頭，蹙眉是煩惱和不認同的意思，她想。只在眨眼之間，他蹙眉的神色便在她眼中模糊了，她立刻明白自己是哭了。

她也很清楚自己為什麼哭。她一直知道季明楓不希望她再出現在他面前，可能連看她一眼都嫌煩，但此前只是她心中如此想罷了，並不覺得十分真實。此時聽季明楓親口道出，這突如其來的真實感，就像一把細針密密實實扎進了她心口。她沒有忍住這猝不及防的疼痛。她本來就怕疼，所以她哭了。

但顯然季明楓並不懂得她的傷心，他嗓音微啞地斥責她：「別再像個小孩子，稍不順意便要哭鬧，妳虛歲已十六了。」

是了，他厭了自己，因此連她的傷心他也再忍受不了。

她突然感到十分憤怒。她同蜻蛉說她很明白有時候人就是那樣的，一個人會突然討厭另一個人，沒有理由，但她其實還是想要個理由。他為什麼一下子這樣討厭她，連一點點機會都不再給她。他才是不可理喻的那個人。

這憤怒前所未有地刺激到她，她突然將手裡的兩把紫竹傘用力摔在季明楓面前，用盡力氣向他大吼了一聲：「我就是個小孩子！我就是笨！我根本不知道你在說什麼！我傷心了我連哭一哭也不行嗎？」

言語顛三倒四，她自己也不知道自己在說什麼，但是季明楓卻像是被她鎮住了，一時沒有出聲。

不斷掉落的淚水擋住了她的視線，她看不清季明楓的表情，但她心中還抱著一點隱密的渴望，希望從季明楓的神色中辨出一點言不由衷來。她也不妄想他會因為她的傷心也感到一點痛心，她一向樂觀，又好哄，因此只要一點憐憫就可以。

她努力抹了把臉上的淚水，又拿袖子揩了揩。

淚水拭盡後成玉終於看清了站在她面前的兩人的表情：首先入目的是季明楓身旁的白衣女子。白衣女子神色中含著探究，打量她的目光中帶著五分不屑，五分可憐。而後才是季明楓，季明楓依然蹙著眉，察覺到她停止了哭泣，他抬手揉了揉額角：「妳今夜鬧夠了，回去吧。」

不要再出現在我面前。

別再像個小孩子。

妳今夜鬧夠了，回去吧。

成玉愣了好一會兒，突然覺得今夜所有的一切都毫無意義，又令人厭憎。她從前是那

樣難得憂愁的小姑娘，大多時候覺得世間一切都好，並不知厭憎是何意，今夜卻突然想起來，這世上原有個詞叫厭憎，而那正是自己此刻的心情。

她靜了半晌。半晌後，她輕聲道：「嗯，是該回去了。」她懨懨地，「我今晚可能有些可笑，這樣糾纏，太失禮了，大約是來路上喝了些酒的緣故。」她抬起頭來，「世子不必覺得煩惱，此時我覺著我酒醒了，今夜，」她微微抿了抿嘴唇，「讓世子和這位姑娘見笑了。」她不再說那些愛嬌又任性的言語，這樣說話的她前所未有地像個大姑娘，端嚴、得體、還客氣。

季明楓動了動嘴唇，但最終，他什麼都沒有說。

可成玉並沒有注意到，像是思考了一瞬，她百無聊賴道：「那就這樣吧，我走了。」說完真轉身走了。

直走到樓梯處，她聽到季明楓在她身後開口：「就這樣，是怎樣？」

她停下腳步來，卻沒有轉身，但仰頭看著房樑，像是思考的模樣，最後她說：「就是世子希望的那樣吧。」然後她下了樓。樓梯上傳來咚、咚、咚、咚的腳步聲，不疾不徐，是高門貴女應該有的行路之儀。

她沒有再叫他世子哥哥。

自此之後，成玉再也沒有叫過季明楓一聲世子哥哥。

後來當朱槿將她重帶回平安城，她更是徹底忘記了這個稱呼。

那夜菡城一宿風雨，成玉回府已是三更，回首才發現蜻蛉竟在後頭不遠處跟著她，大雨中兩人皆是一身濕透。

開門的小廝惶恐地盯著她瞧，待視線往下時，嚇得話都說不大俐落：「郡、郡主這、這是……」她也順著小廝的目光瞧了一瞧，瞧見自個兒半幅裙襬上全是泥漬，軟絲鞋邊上亦糊著稀泥，鞋尖上卻沾著半片紅花，花色被小廝手中的風燈一映，倒有些豔麗。

是在清遠街上摔的。她記得。

初夏的雨來得快，彼時她步出越北齋沒多久，便有落雨傾盆。出了清遠街，她才發現竟走錯了方向，於是又折了回去。

重走近越北齋時，卻瞧見季明楓正攜著那白衣女子步出茶樓。她在雨中停住了腳步，遙見季世子撐開紫竹傘步出屋簷，然後將傘斜了斜，那白衣女子單手提一點裙襬步入傘下，那個小動作是還不習慣漢裝的模樣，季世子的傘朝著那姑娘又斜了斜。兩人共用一傘在大雨中徐行遠去。

成玉在雨中打了個冷戰，待他們走出一段距離，她才重新舉步。身子被冷雨澆得哆嗦，舉步時一不小心跌了一跤，目光著地，她才發現街道兩旁的榴花被這場四月落雨摧折下來好些。

入目可見的石榴花樹們皆是被雨水澆得頹然的少年男女模樣，而她能瞧得見的花朵，不過就是這滿地的亂紅落英。如此蕭瑟情境，襯得她也有些蕭瑟。她在地上坐了好些時候，自己都不知道自己在想什麼，直到打了個噴嚏，才站起來辨別方向，朝王府而去。

便是有這麼個插曲。

當夜蜻蛉伺候著成玉洗了個熱水澡，又灌了她滿滿一碗薑湯，還給她點了粒極有效用的安神香，她捂在被中一夜安眠，再睜眼時已是次日巳時。

室中唯有冷雨敲窗之聲，蜻蛉坐在她床前，見她醒來，輕聲向她：「世人有云『昨日種種譬如昨日死，今日種種譬如今日生』，郡主昨日委屈了一場，痛哭了一場，又被雨澆了一場，昨日種種，郡主希望它是生還是死呢？」

成玉打了個呵欠，平靜道：「我希望昨日種種，譬如昨日死。」

天子成家，無論姑娘兒郎，性子都烈，有時候連娶回來的媳婦兒性子都烈。成家性子最烈的是二十幾年前的睿宗皇帝。大熙開朝兩百餘年，自開朝便和北衛是死敵，歷任皇帝在位時均和北衛有戰有和，還派公主去和親，唯有睿宗皇帝他說幹就幹然後和北衛至死方休幹了一輩子；睿宗皇帝在位時，熙衛邊境唯有王子埋骨，從無王女和親，便是如此烈性。而這位睿宗皇帝，是成玉她爺爺。

須知紅玉郡主成玉她平生最崇拜的就是她爺爺，其次才是她老子爹。秉續她爺爺的風骨，成玉雖然年不滿十六，較真起來，也是相當烈性。她說昨日種種譬如昨日死，那就真的死乾淨了，是絕不可能再搶救一下的了。

定義昨日種種已死乾淨的成玉在房中讀了幾天書，不曉得從哪個犄角旮旯找出來一本皺巴巴的《幽山冊》，裡頭說菡城城外好幾座深山裡都藏著玄妙的幽洞暗窟。成玉對這本書愛不釋手，讀得如癡如醉，讀完就拽著蜻蛉跑去訪幽探秘了。

整個四月，她們都在深山老林裡度過，戰天鬥地劈豺狼砍猛虎，影衛出身的蜻蛉根本沒有覺得這有什麼問題。直到四月底，季世子找蜻蛉談了次話，大意是說如果她再帶著紅玉郡主出門犯險就將兩個人都禁足，算是給了城外深山老林裡的豺狼虎豹們一條生路。

二十來日，成玉同季世子王不見王。蜻蛉同她談及季世子的干涉時，她也只是點了個頭，道客居在此，主人有令，自當遵從，方是客居之禮。然後規規矩矩去後花園看書餵魚去了。

蜻蛉從未瞧過她這樣一面，一時倍感新鮮。她不知道她眼前這位郡主被自由的花妖們養大，也被威嚴的皇庭所規束，她天真時十分天真，任性時非常任性，規矩起來時，也可以做到極其規矩。

五月，成玉一徑待在府中花園裡蹓躂，因此碰到過好幾回季世子以及季世子領回來的那位夷族姑娘。季世子同她還是那樣，倒是世子身旁那位喜著白衣的夷族姑娘對她很有些不同。

有時候這位姑娘同季世子一道，同季世子一道時她會學著季世子，目不斜視當成玉不存在。有時候這位姑娘一個人，她一個人時，卻會假裝不經意自成玉餵魚的涼亭前走過，將眼風輕飄飄掃到她的身上。

成玉是個逢年過節需在皇宮裡討生活的倒霉郡主，宮裡頭最不缺的便是女子的心機，她品得出來姑娘眼風中的探究和輕視。但成玉覺得這其實也怪不著人家，誰叫她那夜在越北齋不顧體面地鬧了一場又哭了一場。

白衣姑娘是個甚來歷，府中有一些傳說。

下人們嘀咕的版本，說這姑娘姓諾護，單名一個珍，是季世子在十三夷部之一的月令

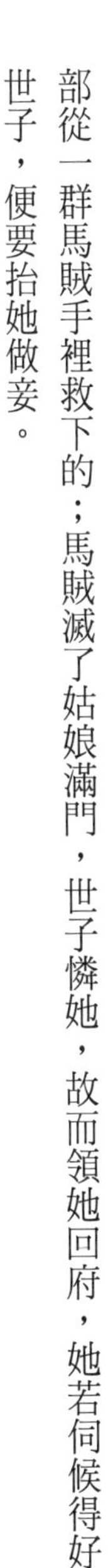

部從一群馬賊手裡救下的；馬賊滅了姑娘滿門，世子憐她，故而領她回府，她若伺候得好世子，便要抬她做妾。

成玉覺得季世子他選朋友挺嚴厲，但抬妾倒是挺隨意的。

不過蜻蛉在此事上和她意見不太一致，蜻蛉覺得，下人們口中這個版本，應是世子他特意放出來的障眼法，為的是迷惑有心之人。季世子選朋友嚴厲，抬妾也不會隨意。

成玉就和蜻蛉賭了五十兩金子。

為了這五十兩金子，蜻蛉很快探出了一個全新的版本。說這位諾護珍姑娘的確是世子從月令部尋得，但並非是從什麼馬賊手裡救下來。這是四個影衛努力了七年才努力出的結果。

說珍姑娘乃是十五年前南冉國宮變之中唯一活下來的南冉先王遺珠。因是南冉孟氏之後，真名其實該叫孟珍。季世子將她帶回來，為的是南冉古墓中所藏的集南冉整個部族千年智慧的南冉古書。

南冉人擅毒蠱之術，又擅奇門遁甲，故而在十五年前南冉政局飄搖時，那樣好的時機之下，麗川王爺也沒能將南冉收入彀中。但若能進入南冉古墓得到那些古書破譯掉南冉的奇方奇術，大敗南冉卻是計日可待。

打開南冉古墓需要聖女之血，而南冉國的聖女，乃是天選。這便是季世子在孟珍身上花費如此多心血的緣由：南冉這一代的聖女，便是這位隱居月令部，化名諾護珍的孟珍公主。

而如今的南冉王自十五年前弒兄竊位後，也一直在尋找這位失蹤的聖女。

講完這個故事，蜻蛉替世子感嘆了一句：幸好世子他搶先了一步。又發表了一下自己的預測：可見下一步世子他準備準備便要去探南冉古墓了。

蜻蛉一席話畢，成玉稍稍掩住了口，有些驚訝。為了五十兩金子，蜻蛉她就把季世子給賣了，還賣得俐俐落落的，一絲猶疑都沒有。她有些為蜻蛉感到擔心：「妳就不怕世子他知道了會削妳嗎？」

蜻蛉點頭回她：「是的，世事一向是這個道理，知道得越多，死得就越快，」幽幽看向成玉，「郡主此時和我知道的一般多了……」

成玉哭喪著臉：「我根本不想知道得這麼多，我裝什麼都沒有聽見還來得及嗎？」

蜻蛉噗哧笑道：「郡主英明。」頗有深意道，「所以珍姑娘若是有一日挑釁郡主，郡主妳也不要理她，妳既知道世子在她身上花了多少心血，便該知道一旦妳和珍姑娘爭執起來，世子他為了他的大業和大局，便是郡主妳有道理，他也是不會站在郡主妳這頭的。」她嘆了口氣，「世子他是做大事的世子。」

成玉愣了片刻，表示理解世子的事業心，也理解世子對孟珍的維護，還理解孟珍對她的輕視，但完全不能理解孟珍為什麼會挑釁自己。

蜻蛉斟酌道：「難道郡主未看出來珍姑娘視郡主為勁敵嗎？」

成玉覺得奇了怪了她為什麼要視自己為勁敵。

蜻蛉看著她非常發愁，好半天，憐惜地摸了摸她的頭：「郡主不用理解為什麼，聽我的話就對了。」

成玉從未懷疑過蜻蛉的穎慧，也欽佩蜻蛉素來識人有道且有術。但蜻蛉對孟珍的那句預言，她卻並未放在心上。直到四日後。

四日後的清晨，成玉斜倚在花園小亭中一張軟榻裡，頭髮束起，額前扎一條藏青護額，手裡握一把泥金扇，和著面前紅衣歌姬的唱詞有一搭沒一搭打拍子。

這幾日天上落雨落得慇懃，她原本有些在後花園待不住了。尋常人可能覺得玩賞雨中嬌花也是一種雅趣，但成玉踱步其間，打眼望去一院子都是被雨水澆得落魄的美人。蜻蛉在一旁感嘆：「瞧這株四季海棠微雨中含羞帶怯多麼醉人……」成玉卻只能瞧見幾天的冷雨將一個橙衣美人打得都要厥過去了……她覺得只有蒼天能明白她的苦。幸而蜻蛉自府中挑出個唱曲唱得好的歌姬陪她打發時間，並且她待的這個亭子周圍也不種什麼花花草草，她就在這個亭子裡一待待了四天。

紅衣歌姬彈著琵琶正唱到「瓊花摧折，冷香盡謝，西風只向無情夜」，本該和她沒什麼交集的孟珍走了進來。

歌姬落音，成玉坐正了些笑問孟珍：「珍姑娘這是聽憐音姐姐她歌聲曼妙，故而也動了興致到此一坐……」看孟珍筆直得跟株楊柳似地站她跟前，半途改口，「到此一站嗎？」

孟珍秀眉蹙起，冷冷看著她：「郡主是熙朝的郡主，卻為何將低賤的伶人也喚作姐姐？」

成玉將扇子抵在額頭前。她其實不僅將伶人喚作姐姐，她也將伺候她的侍女喚作姐姐，甚而平安城青樓裡的小娘們，凡她見過的，她都叫過姐姐。姑娘們覺得她嘴甜，又難得是個一擲千金的敗家子，因此都喜歡她，她從來沒覺著這是個什麼問題，頭一回被人如此指責，一時間有點蒙。

孟珍繼續道：「近一月來，我見郡主在此賞花觀鳥，蓄禽垂釣，如今竟還同伶人廝混在一起，郡主便打算日日如此嗎？」

成玉覺得自己這樣已算十二分修身養性了，須知她在平安城中要能做到如此，朱槿是要開心得每天燒高香的。她笑了笑，揚眉向孟珍：「我這樣難道還不夠好嗎？」

孟珍從上到下打量了她一遍，眼中浮現輕視意味，微微挑高了眉：「郡主想過這樣的日子，便不應待在麗川王府中。麗川王府同京城中的王府別有不同，容不得一位富貴逍遙不解世事的郡主，郡主在此遲早要拖累世子，不如早一日回妳的靜安王府，如此，對郡主、對世子、對王府，都是樁好事。」

成玉用扇子尖兒撐著下巴尖兒。

孟珍淡淡：「還請郡主仔細考慮。」話罷不待成玉回應，已移步邁出涼亭，於微雨中淡然而去。

紅衣歌姬憐音隨意撥弦，重彈起方才那支小調來，成玉還用扇子抵著她的下巴尖兒，半晌道：「蜻蛉姐姐說珍姑娘會來挑釁我，憐音姐姐，我怎麼覺著珍姑娘這不像是在挑釁我，是在趕我出王府啊。」

憐音微微一笑：「郡主用『趕』這個字，算不得是個好字，奴婢以為委婉一些，用『勸』這個字，聽著要好聽些。」

成玉刷地攤開摺扇，半掩住臉，動作端地風流，輕輕一嘆：「都是想我走啊。」

憐音抱著琵琶幽幽然唱了一句：「瓊花折，冷香謝，西風只向無情夜。」彎眉一笑，

「郡主同奴婢聯詞聯曲為樂，何苦為他事多費神思。郡主擇的這一曲本就有哀調，配郡主這句詞，倒顯出十分的傷懷來，奴婢便將這句詞減了兩個字，郡主可覺得是否不那麼寥落了？」

成玉扇子一收，樂出聲來：「憐音姐姐不愧為詞曲大家，是個煉字之人。」

但成玉回頭還是想了想離府這事兒。

她待在麗川王府，乃是因她欲同季世子結交，加之恰巧她的忠僕朱槿那陣子覺得她很討人嫌順勢把她給扔這兒了。

朱槿的意思是半年後再來接她。她初來王府時二月中，此時才將將五月中。

她同季世子走到這一步其實很沒有意思，她再待在王府的確有些說不過去，但麗川不比平安城太平，她就這麼貿然離開王府，若她出事，皇帝的態度不好說，但朱槿一定徒手將麗川王府給拆了……著實是給老王爺夫婦添麻煩。

她覺著還是待著為好。

此後每每同孟珍相逢，瞧著對方隱含著「妳怎麼還沒有離開」之意的眼神，她都當瞧不見了。

有一回為了捉一隻飛去花園中那座流泉瀑的彩蝶，成玉躡手躡腳地跟過去，一耳朵聽到山石一側孟珍同她的侍女用南冉語閒話，有幾句說的是她。

那侍女道：「世子殿下這一月來每日都要來花園中走一走，姑娘妳……」

孟珍沒有說話。

那侍女恨恨道：「那紅玉郡主為何還不離開？道理姑娘都同她說明白了，她便安心在王府中當一個拖累世子殿下的無用之人不成？她是未聽明白姑娘的意思還是……」

孟珍開了口：「她明白，」淡淡道，「只是中原女子，大約骨頭都輕。」

說著二人步出山石，一眼看到她，那圓臉侍女一臉慌亂，孟珍倒是頗為鎮定，還皺了皺眉。

成玉展顏一笑，豎起手指來放在唇間，同她們比了個噤聲的姿勢，又指了指停在一朵大紅色扶桑花上頭的彩蝶，躡手躡腳地靠近那朵扶桑花，似隻捕食的鷂子猛朝那彩蝶撲了過去，又立刻從花叢裡爬起來煩惱道：「咦，這樣都能教你跑了！」一路追著翩飛的彩蝶而去。

柔和軟風中聽到身後那圓臉侍女鬆了口氣：「幸好她不懂南冉語。」

孟珍淡淡道：「能聽懂又如何。」聲音中微含怒意，「便是這樣一個玩物喪志之人！」

成玉追著彩蝶而去的腳步沒有絲毫停頓。

若是在平安城，有誰敢說她骨頭輕，她能將對方打個半身不遂，別說打一個蠻族公主，便是打當朝的公主都不在話下。但念及她今日是在麗川王府，如蜻蛉所言，孟珍於季世子有大用，季世子同她雖然這樣了，但總是救過她。且她蒙麗川王府慇懃照拂了三月，因朱槿是個說半年後來接她就必定會在半年之後才來接她的說話算話之人，因此他們還得再照顧她三個月。

終歸麗川王府對她有恩。

她願意為了這個恩，多擔待一些孟珍對她的莫名敵意。

季夏時節，三伏裡赤日炎炎，花園中待著嫌熱，蜻蛉便領著成玉出門聽說書了，倒是很少再看到孟珍。蜻蛉提了一句，說近日前府事多，世子十分忙碌，成玉並不多問，蜻蛉也就不多說。二人只是聽書看戲，玩物度日。

結果那個月末，出了事。

季世子領著精兵良將去探了南冉古墓。前去十八人，回來只得兩人。一個是孟珍，一個是為了救她而身中劇毒的季世子。

季世子身中劇毒，生死一線，照理說這是個緩和季成二人關係的好時機。

蜻蛉瞧了古往今來許多話本，於此深有心得，明白即便世子認為二人間有什麼邁不過的溝壑天塹，只要郡主她以淚洗面日日服侍於世子榻前，病弱的世子怎能抵擋得住，必然就從了。

她前些時日冷眼旁觀，覺著郡主著實是個看得開的人。自以為郡主天真童稚不能與他並肩的是世子，因此而將郡主拒於千里之外的是世子，但隱痛著看不開的那個人，也是世子。她覺著自己有這個打算其實是為世子好。

但問題就在於季世子馭下太嚴太有手段，以至於蜻蛉探得季世子他中毒這個消息，已是三日之後；待她剛在心裡頭勾出一幅借此時機助郡主世子冰釋前嫌的大好藍圖來時，她又立刻探知世子他劇毒已解了。

的確如話本中的套路，翩翩佳公子命懸一線之時是有佳人陪伴照顧還痛哭的，但那不是成玉。

為世子配出解藥的是珍姑娘。

守候服侍在世子榻前的也是珍姑娘。

世子醒時在他跟前哭得梨花帶雨的，還是珍姑娘。

蜻蛉覺得世子和郡主怕是要徹底涼涼了。

成玉得知季世子中毒的消息是在世子回府後的第七日，倒並非全然自蜻蛉口中獲悉，乃是聽拒霜院門口那株櫻樹提了幾句，她再去問了蜻蛉。

成玉在書房中坐了片刻，翻箱倒櫃地找出了前幾日她讀得如癡如醉的那本《幽山冊》。那上頭她拿蠅頭小楷密密麻麻做了許多筆錄，添記了平安城外她探過的許多奇山妙嶺，與冊子上記載的菡城山澤遙遙呼應，蜻蛉看過，也覺得很有趣。

她將冊子揣在懷中，便領著蜻蛉去拒霜院探病了。

她們在外堂候人去內室通傳，正碰到孟珍自內室出來，瞧見她二人，皺了眉，卻沒有說什麼，端著藥碗出了外堂。未幾便有小廝出來請她二人入內。蜻蛉隨著小廝走了兩步，才發現身後成玉並無動靜，回首時瞧見她左手端著茶盞右手撐在圈椅的扶臂上，眼睫微微垂著，不知在想什麼。

蜻蛉開口喚她：「郡主。」她才終於回過神來似的，卻依然沒怎麼動，只將撐著額角的右手手指緩緩移到了腮邊，垂著的一雙眼睛淡淡看過來。因沉默和遲滯帶出的些許懶態，與平日之美大不相同，配著微蹙的一雙眉，清清冷冷的。

蜻蛉在心中嘆息，想若她是世子，便為著這一張傾城國色的臉，她也狠不下心推開她。

「其實我來得有些草率，」成玉緩緩開口，情緒不大高的樣子，「竟忘了季世子一向嫌棄我，見著我總要生氣，此番他臥病在床，靜養時節，應該少生點氣。」

她頓了頓：「方才我瞧珍姑娘面色裡已無擔憂，想來季世子已無甚大礙，既然來了，那蜻蛉姐姐妳進去瞧一瞧世子吧，我去外頭逛逛，在園子裡候妳。」話罷擱了茶盞便要起身，目光落到放在一旁的那本《幽山冊》上，愣了愣。

蜻蛉見她這個模樣，斟酌著道：「世子臥床定然無聊，那這本書我替郡主捎給世子？」

她沉默了片刻，將書拾撿起來：「過我手的東西，季世子他定然也難以瞧得上，算了。」籠著書冊出了外堂。

蜻蛉在後頭靜看了她的背影好一會兒，輕輕嘆了口氣。

季世子這一方拒霜院，乃因院中種著許多拒霜花而得名。但因這一院拒霜花的花期比尋常拒霜花要晚些，只見綠樹不見花苞，故而誤入這片花林的成玉也不覺頭大，只覺自己誤打誤撞，竟難得尋到了一個清幽之地。

她走走停停，肆意閒逛，沒注意到此時身處的柳蔭後半掩了一扇軒窗。

軒窗後忽傳來低語：「正事便是如此，那我說說旁的事吧。」卻是蜻蛉的聲音。成玉停住了腳步，接著聽到蜻蛉一句，「她是擔憂你的。」

成玉好不容易舒展的眉頭重新擰了起來，她想起來那扇軒窗後彷彿是季明楓的內室，同蜻蛉說話的，應當是季明楓。

蜻蛉仍在繼續：「她此時就在院中，為何不進來，大約……你也明白。同她走到這一步，便是殿下你想要的嗎？殿下其實，並不想這樣吧？」

成玉愣住了。她當然明白蜻蛉說的是她。

季明楓剛拔出劇毒，正值病弱，察覺不出她在外頭是有的，然蜻蛉是何等靈敏的影衛，必定知道她此時正立於屋外柳蔭中。她卻偏同季明楓提起她，想來是以為她不會武，站得又有些距離，絕無可能將二人言談聽入耳中。可偏生她耳力素來比常人強上許多。

她覺著自己應該趕緊離開，終歸事已至此了，她不該想知道他們為何竟會談起她，也不該想知道季明楓私下裡究竟如何看她。

卻在舉步時，聽到了季明楓微啞的嗓音自軒窗後響起：「她只能做一個天真不知世事的郡主，我卻不能要一個天真不知世事的郡主。」壓住了一聲咳嗽，「她沒有能力參與王府的未來，早日離開才是好事。」

成玉停住了腳步。

屋中重回靜默。

半晌，蜻蛉再度開口：「那孟珍，便是有能力參與王府未來的人嗎？」

季明楓沒有回答。

蜻蛉低低一嘆：「此事其實是我多管閒事，但承蒙殿下一直當我是朋友，我今日便僭越地多說一句吧。世事如此，合適你的，或許並非是你想要的；你想要的，或許並非是合適你的。殿下你……既然執意如此選擇，只希望永遠不要後悔才好。」

這一句倒是難得得到了季明楓的回應。

季明楓咳了一陣：「紅玉和我……我們之間，沒什麼可說的，妳今後也不必在此事上操心了，她在王府也待不了多少時候。」停了一停，放低了聲音，似在自言自語，但成玉還是聽到了那句話，「她離開後，也不大可能再見了。」

房中又靜默了片刻，蜻蛉輕聲：「殿下就不感到遺憾嗎？」

季明楓的語聲如慣常般平淡，像是反問又像是疑問，他問蜻蛉：「有何遺憾？」

那就是沒什麼遺憾了。

成玉微微垂眼，接著她快步離開了那裡。

季明楓和蜻蛉的對話，有些她其實沒太聽懂，譬如蜻蛉那兩句什麼合適的並非想要的，想要的並非合適的。若這話說的是交友，似乎交朋友並不一定要考慮這許多。但季明楓的那幾句話，她倒是都聽懂了。

原來季世子突然討厭了她，是因她「天真不知世事」。一個「天真不知世事的郡主」，對他、對形勢複雜的麗川毫無助益，而他不交對他沒有助益的朋友。

季世子大約還有些看不上她，覺得她弱小無能，他也並不希望她在麗川王府長待，甚而即便往後他們因各自身分再見一面難於登天，他也不感到什麼遺憾。

哦，他原本就挺煩她，往後二人再不能相見，他當然不會有什麼遺憾。

她從前倒不知道他是這樣看她的。但其實也沒什麼分別。

方才她為何要停步呢？

蜻蛉問季明楓，殿下其實並不想這樣吧？他會如何回答，大體她也能料到，著實沒有留下來聽壁角的必要。果真他回答蜻蛉的那些話便沒有什麼新鮮之處。

但再聽一遍總還是令人難受。

可那時候她卻停了步。

明知會難受卻為何還會停步呢？難道她還指望著他面上表現出的那些對自己的厭棄是緣於什麼不得已的苦衷？

走出那片拒霜花林後，她拿一直握在手中的那本《幽山冊》敲了一記額頭，敲得有些沉重，腦子都嗡了一聲，然後她責罵了自己一句：「妳倒是在發什麼夢呢？」

日暮已至。拒霜雖未到花期，但園中自有花木盛放，被夏日的烈陽炙了一整日，此時再被微涼的暮色一攏，一涼一熱之間，激起十分濃釅的香氣。是白蘭香。

成玉想起來前頭的小樹林中的確生著一株參天白蘭，乃是棵再過幾十年便能化形為妖的千年古樹。她日日上南書房那會兒，很掛念這棵樹開花時會是如何卓絕的美人。微一思忖，也不急著去外堂同蜻蛉會合了，踏著濃釅花香一路向著那株古白蘭而去。

只是沒想到今日竟很有聽壁角的運勢。

依稀可見那株古白蘭飄飄的衣袂之時，有兩個熟人在前頭不遠處擋住了她的視線。負手而立的是孟珍，拿個藥鑵正掘著什麼的是那日成玉在流泉瀑撲蝶時與她有過錯身之緣的圓臉侍女。

二人今次依然用了南冉語交談，依然提了她，依然是圓臉侍女在狠狠地抱怨她。

大意還是那麼個大意，說世子的大事裡頭瞧不見她這位郡主，世子中毒命懸一線之時瞧不見她這位郡主，如今世子安然了她倒是假惺惺來探病了，便是用著一張天真而又故作無知的面孔糾纏世子，真是十分可恨討厭。

成玉因曾無意中聽過一回孟珍同她的侍女議論她，明白孟珍自恃身分，其實不願多評點她。但令成玉感到驚訝的是，今次孟珍竟破了例，忍著厭煩與不耐說了老長一段話：「中原女子便是如此，素來嬌弱無用。中原確是英雄輩出，男子們大體也令人敬佩，但中原的女子，卻不過是男子的附庸罷了，被男子們護著慣著，個個都養成了廢物。」露骨輕蔑透出話音之外，「連天子成家的貴女也不過如是，自幼養尊處優安享尊榮，」冷冷嘲諷，「那張臉倒長得好，不算個廢物，是個寵物罷了，不值一提，今後也大可不必再提起她。」

圓臉侍女訥訥稱是，又道中原女子們的確沒有志氣，鮮見得能有與男子們並肩的女子，便同是貴女，府中此時供著的那位郡主又豈能比得上她家的公主。譬如季世子要做翱翔天際的鷹，她家公主便也能做鷹，季世子要做雄霸山林的虎，那麼她家公主便也能做虎，那位徒長得一副好面孔的懶散郡主，也著實不必一提了。語中有許多意滿之態。

孟珍笑了笑，沒有再說什麼，只叮囑了那正掘藥的侍女一句，讓她別傷了藥材的藥根。

成玉靠著那株三人方能合圍的鳳凰木站了會兒，瞧那一雙主僕一時半會兒沒有出林子的意思，摸了摸鼻子，另找了條偏路，仍向著在月色下露出一段飄飄衣袂招惹自己的古白蘭而去。

連著這次，已是兩次讓成玉撞見這位南冉公主在背後怠慢輕視她。這事有些尷尬。她其實從前並不如何在意孟珍，但今日，卻有些不同。

因今日她終於知道了季世子究竟是如何看她，而季世子的見解同孟珍的見解本質上來說竟然頗為一致。因此孟珍這一篇話就像是對季世子那些言語的註解，讓她每一個字都聽了進去。

在平安城無憂無慮做著她的紅玉郡主玉小公子時，成玉從不在意旁人說她什麼，因世人看她是紈褲，她看世人多愚駑，愚駑們的見解有什麼重要呢？

但季世子是她認可過的人，在意過的人。這樣的人，她生命中並不多，一隻手就能數得過來。正因稀少，故而他們說的話，她每一句都聽，每一個詞都在意，每一個字都會保留在心底。而又正因她對這些言辭的珍重，故而一旦這些言辭變成傷害，那將是十分有力的傷害。

能傷害她的人也不多。

這無法不令成玉感到難堪，還有憤怒。

她打小皮著長大，吃喝玩樂上頭事事精通，瞧著是不大穩重，兼之年紀又著實小，些許世人便當她是個草包，能平安富貴全仗著有個為國捐軀了的老父。世人卻不知這位郡主還是十花樓的花主，十花樓中蓄著百族花妖，而僅靠著一個為國捐軀的老父，成玉她能做成大熙朝的郡主，卻做不成百族花妖們的花主。

百妖們為何能認她一個凡人當花主，光靠命好是不行的。花妖雖是妖物中最溫馴的一類，然但凡妖物便總是有些肆無忌憚不拘世俗。花妖們愛重這位小郡主，絕非因她有朱槿梨響兩個護身符。他們愛重她如雛鷹般天真英勇，如幼虎般剛強無懼，他們愛重她無窮的膽量和驚人的魄力，他們還愛重她一等一的決斷力。

有事當前，成玉很少拖泥帶水，她一向是有決斷的。

幽幽月色下，成玉倚著棵尋常垂柳，瞧著在她眼中已化作個黃衣美人的古白蘭，玩轉著右手大拇指上一個玉扳指，笑了笑：「這個扳指姐姐妳可能沒有見過，但我想妳應該聽過。」

古白蘭原本帶著好奇的目光肆無忌憚地打量著成玉，聞言驚訝：「妳……是在同我說話？」

成玉換了個姿勢靠在垂柳上，抬頭看她：「姐姐生得很美。」左手手指撫著右手大拇指上光華流轉的玉扳指，漫不經心轉了兩圈，「它有個名字，是牡丹帝王姚黃給起的，叫希聲，說是大音希聲。」

離地三尺浮在半空的古白蘭雙眼圓睜，盯著那白玉扳指直發愣，口中喃喃：「牡丹……姚帝，希聲。」良久，將驚異目光緩緩移到成玉身上。

菡城建城不過七百年，這株古白蘭卻已在此修行了兩千餘年，雖修行至今尚不能化形，但因很早便開智，因此天下之事，她知之甚多。

凡人看這俗世，以為天子代天行權，蒼天之下，便該以他們人族天子為尊，正所謂普天之下莫非王土，率土之濱莫非王臣。但這只是人族的見識罷了，對於生於凡世的妖物們而言，人族有人族的王，但同他們不相干。人族有人族的大事兒，但同他們更不相干。他們妖物也有自己的王，也有自己的大事兒。

各類妖物中，只花妖一族的情形有些特殊。世間各妖族均有妖王，僅花妖一族，無王久矣，許多年來只是在各處凡世選出萬千花木中有靈性的一百位族長代掌王權，行花主之職。

在古白蘭聽過的傳說裡，其實他們花妖一族原也是有王的。那時候他們還沒有墮為妖物。他們有過兩任花主。

第一任花主雖並非自他們族中遴選而出，但身分極尊崇，乃是九天之上天君之子、掌領天下水域的水神，那位殿下當年代領九重天瑤池總管之職，順道做了他們的花主。

第二任花主出身雖沒有那麼貴重，卻十分傳奇，自幼生於魔族，乃是株魔性極重的紅蓮。魔性重到那個程度，又是株紅蓮，本就為神族不喜，想要修仙，難於登天。但她偏偏修成了仙，還做了瑤池的總管，成了所有花神、花仙和花妖的宗主。九重天上有一十二場千花盛典出自她手，每一場都精采紛呈，曾載入仙家寶籍；第三十六天有七百二十場天雨曼陀羅之儀由她主理，深得挑剔的東華帝君讚譽；而她自培的五百種花木曾助力藥君新研出一萬三千個藥方單子，無量功德惠及六界蒼生……她在位時，世間花木常得萬千尊崇加身。

一十二場千花盛典，七百二十場天雨曼陀羅之儀，是九重天上的七百二十年。

這位花主共在位七百二十年，而後卻因闖二十七天鎖妖塔搭救友人而死。天君震怒，她雖身死，亦革了她花主之位意欲另立新主，未曾想萬花不從，竟甘願墮為妖物追隨供奉已逝之主，惹得天君更為惱怒，原本要將萬花滅族，幸得東華帝君攔勸，才只將他們革除仙籍四處放逐罷了。

但從此世上便再無花仙花神，萬千花木便是如何修煉，也只能修成個妖物。九重天也再懶得管他們的死活，而他們自己，在凡世中久遠的時光流轉裡，也再沒有立過一位花主。

可十五年前，便是在這一處凡世，他們的百位族長竟重新迎立了一位新主。

這位新主還是個本該同他們妖物全無關係的凡人。

這是唯有他們花木一族才知曉的私密，皆知不可與外族道之。

聽說這位新主雖是凡人之軀，卻生而非凡，因初生之軀不能承受體內的非凡之力，故而百族族長合以千年修行，鑄成一枚封印扳指令小花主長年佩戴。

那枚扳指由百族族長中最具聲望的牡丹帝王姚黃親自結印，親自命名，名字就叫希聲。

白蘭瞧著眼前的白衣少女，見她微微垂著眼，月光下側面有些冷淡，但格外美。若世間有一個凡人夠格做他們的花主，那這個凡人必定是該這麼美的。

少女微微抬頭，眼睫眨了一眨，她年紀小，看著原本該有些天真，但那眸子卻似笑非笑，又很是沉著，令白蘭心中一顫，只覺那美竟給了她許多壓力，不自覺地便自半空中跪伏在地，嘴唇顫了幾顫：「花主在上……」

少女微揚了揚手：「行什麼虛禮呢？」平緩道，「《麗川志》、《十七道注》、《幽山冊》、《寂夢錄》……談及麗川地理風物的這些書我大體都看過，大約知道姐姐是整個南邊修行最久的一棵花樹。」她停了停，「姐姐雖未化形，不能離開扎根之地，但數千年來隨風而至的花種，南來北往的鳥群，一定給妳帶來了許多消息吧。」

白蘭定了定神，嗓音中再無猶疑：「請花主示下。」

少女微微一笑：「我想知道，南冉古墓，姐姐熟不熟呢？」

白蘭停頓良久：「兩百年前南冉族曾有大亂，大亂之後，再沒有一個凡人能活著進入那座古墓深處。」聲音縹緲，「我知道這座王府的主人想要得到墓中的古書，但終歸不過白白送命罷了，他們拿不到那些書冊的。」

少女挑了挑眉：「那妳覺得，我能拿到嗎？」

白蘭訝聲：「即便是花主您，也要耗費無窮心力，不過是凡人間的無聊爭鬥，花主何必插手呢？」

少女漫不經意：「麗川王府待我有恩，」她的目光放在未可知的遠處，「這恩，是要還的。」

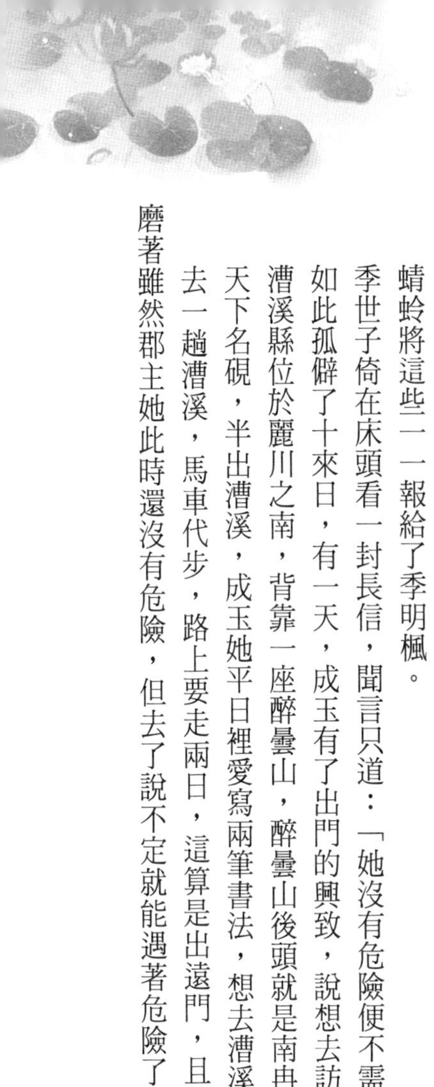

第十五章

蜻蛉覺得自她們去拒霜院探病歸來後，成玉便有些不同了。她話少了些，笑也少了些，整日都有些懶懶的。

上個月天兒不好，十日中有個七八日都風大雨大，那些風雨亦將她熬得有些懶，卻不是如今這種懶法。那時候她要嘛讓自己作陪，要嘛讓伶人作陪，看書下棋聽小曲兒，是公子小姐們消磨時光的尋常玩法。

如今她卻愛一個人待著，找個地兒閉目養神，屈著腿，撐著腮，微微合著眼，一養起來便能動也不動地待那兒半日。

蜻蛉將這些一一報給了季明楓。

季世子倚在床頭看一封長信，聞言只道：「她沒有危險便不需來報了。」

如此孤僻了十來日，有一天，成玉有了出門的興致，說想去訪一趟漕溪。

漕溪縣位於麗川之南，背靠一座醉曇山，醉曇山後頭就是南冉。

天下名硯，半出漕溪，成玉她平日裡愛寫兩筆書法，想去漕溪瞧瞧無可厚非。

去一趟漕溪，馬車代步，路上要走兩日，這算是出遠門，且漕溪臨著南冉，蜻蛉琢磨著雖然郡主她此時還沒有危險，但去了說不定就能遇著危險了，這個是應當報給季世子的。

季世子沉默了片刻：「她原本便是來遊歷，出門散一散心也好，讓季仁他們四個暗中跟著。」

澧溪之行，蜻蛉騎馬，成玉待在馬車裡頭。

路上兩日，風光晴好，因此馬車的車帷總是被打起來。自車窗瞧進去，成玉屈腿臥在軟墊之上，單手撐腮，微微合目，是同她在府中全然一致的養神姿態。

這是蜻蛉頭一回如此接近地端詳成玉這副姿態，心中卻略有奇異之感，覺得她這副神態不像是養神，倒像是在屏息凝神細聽什麼。

她聽力算是卓絕了，亦學著她閉眼凝聽。但除了遠方村婦勞作的山歌、近處山野裡婉轉的鳥鳴，卻並未聽到什麼別的聲音。

到得澧溪縣後，成玉終於恢復了初到麗川王府時的精神，日日都要出門一逛。

先兩日她訪了好幾位製硯大家；第三日特去產硯石的澧溪領教了溪澗風光；第四日她意欲進醉曇山一觀，不過蜻蛉同她進言山中不太平，她便沒有強求，只在山腳下歇了個午覺，便同蜻蛉重回了鎮中。

後頭幾日她日日去街上瞎逛，今日買幾粒明珠一壺金彈，明日買一張彈弓兩匹綢布，後日又買一把匕首幾雙軟鞋，沒什麼章法，瞧著像是隨便買買，碰到什麼就買了什麼。

而後又有一天她突然問蜻蛉孟珍是不是很擅長製毒解毒，蜻蛉答是，次日便瞧見她不

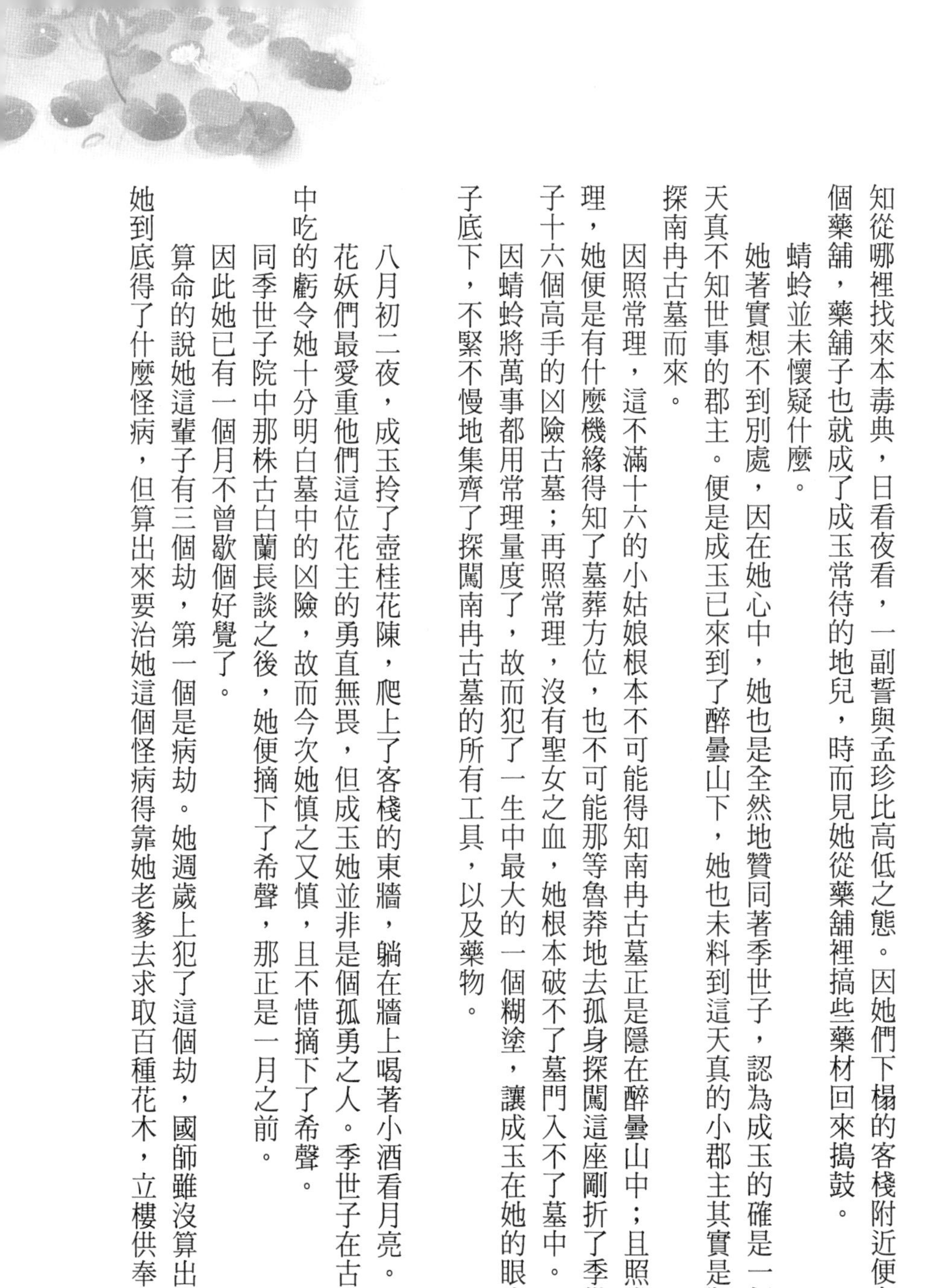

知從哪裡找來本毒典，日看夜看，一副誓與孟珍比高低之態。因她們下榻的客棧附近便有個藥舖，藥舖子也就成了成玉常待的地兒，時而見她從藥舖裡搞些藥材回來搗鼓。

蜻蛉並未懷疑什麼。

她著實想不到別處，因在她心中，她也是全然地贊同著季世子，認為成玉的確是一個天真不知世事的郡主。便是成玉已來到了醉曇山下，她也未料到這天真的小郡主其實是為探南冉古墓而來。

因照常理，這不滿十六的小姑娘根本不可能得知南冉古墓正是隱在醉曇山中；且照常理，她便是有什麼機緣得知了墓葬方位，也不可能那等魯莽地去孤身探闖這座剛折了季世子十六個高手的凶險古墓；再照常理，沒有聖女之血，她根本破不了墓門入不了墓中。

因蜻蛉將萬事都用常理量度了，故而犯了一生中最大的一個糊塗，讓成玉在她的眼皮子底下，不緊不慢地集齊了探闖南冉古墓的所有工具，以及藥物。

八月初二夜，成玉拎了壺桂花陳，爬上了客棧的東牆，躺在牆上喝著小酒看月亮。

花妖們最愛重他們這位花主的勇直無畏，但成玉她並非是個孤勇之人。季世子在古墓中吃的虧令她十分明白墓中的凶險，故而今次她慎之又慎，且不惜摘下了希聲。

同季世子院中那株古白蘭長談之後，她便摘下了希聲，那正是一月之前。

因此她已有一個月不曾歇個好覺了。

算命的說她這輩子有三個劫，第一個是病劫。她週歲上犯了這個劫，國師雖沒算出來她到底得了什麼怪病，但算出來要治她這個怪病得靠她老爹去求取百種花木，立樓供奉。

然後說不準是她老爹尋到了朱槿還是朱槿主動找到了她老爹，接著一百位族長也一一被請進了十花樓中，事兒就這麼成了。

其實她到底得了什麼病她爹娘一直稀里糊塗，在他們淺顯的認知中，一直以為她是撞了邪。

她也是長大了才聽朱槿提起。

那不是病，是生為花主的非凡之力覺醒罷了。而那所謂的非凡之力，乃是能聽聞天下所有花木言語心聲的能力。他們花木一族管它叫全知之力。

因為成玉不愛八卦，因此根本不知道這種能聽到天下花木心聲的能力有什麼作用。讓她自個兒選，她更希望來得俗套些，御劍飛仙這種她也不強求了，她就想要個點石成大額銀票的能力。可惜沒得選，老天爺只賜給了她這個什麼用都沒有，且淨帶給她苦頭吃的全知之力。

猶記那時候她還是個週歲小兒，幼小且脆弱，那能力甦醒時如有千萬個聲音跨越千里萬里響在她的耳畔灌進她的腦海攪亂她的心神，她無法躲避也無法承受，虧得朱槿和姚黃他們動作快，為她造出了希聲，在她受不住差點一命嗚呼之時，顫巍巍撿回了她一條小命。

希聲是封印，她戴上它便能封印體內的異能，令她安然成長。

希聲也是修行重器，要日日吸食百花之長們的靈力，好在她一個肉體凡軀之內再塑花主靈身，使她終有一日能掌控花主的全知之能。

朱槿說若掌控了這靈力，便是摘下希聲，那千萬個聲音再次湧進她的心中，她也將再無煩惱痛苦，反而能自由地徜徉於心海之中。萬千花木便有萬語千言她也能在一個瞬

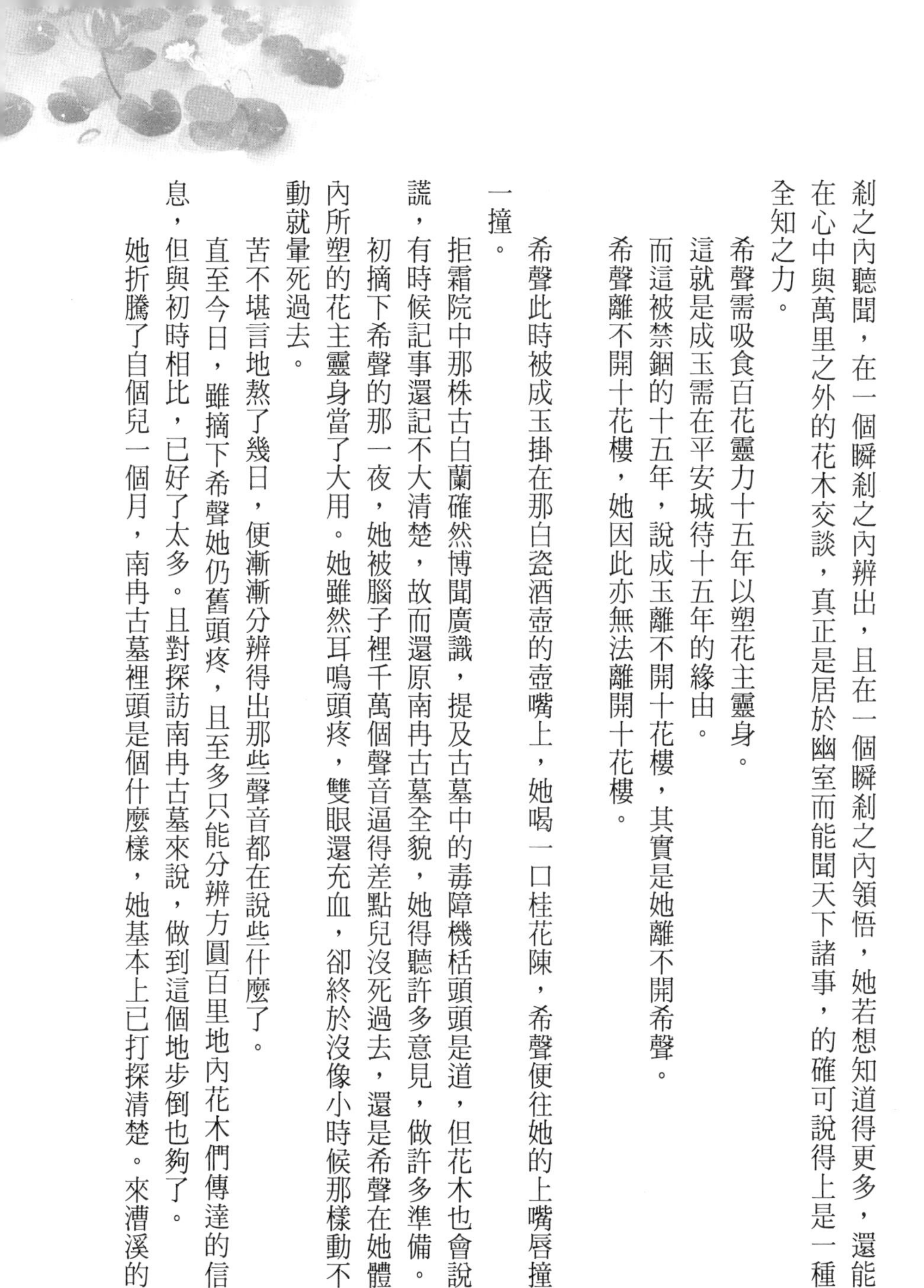

剎之內聽聞，在一個瞬剎之內辨出，且在一個瞬剎之內領悟，她若想知道得更多，還能在心中與萬里之外的花木交談，真正是居於幽室而能聞天下諸事，的確可說得上是一種全知之力。

希聲需吸食百花靈力十五年以塑花主靈身。

這就是成玉需在平安城待十五年的緣由。

而這被禁錮的十五年，說成玉離不開十花樓，其實是她離不開希聲。

希聲離不開十花樓，她因此亦無法離開十花樓。

希聲此時被成玉掛在那白瓷酒壺的壺嘴上，她喝一口桂花陳，希聲便往她的上嘴唇撞一撞。

拒霜院中那株古白蘭確然博聞廣識，提及古墓中的毒障機栝頭頭是道，但花木也會說謊，有時候記事還記不大清楚，故而還原南冉古墓全貌，她得聽許多意見，做許多準備。

初摘下希聲的那一夜，她被腦子裡千萬個聲音逼得差點兒沒死過去，還是希聲在她體內所塑的花主靈身當了大用。她雖然耳鳴頭疼，雙眼還充血，卻終於沒像小時候那樣動不動就暈死過去。

苦不堪言地熬了幾日，便漸漸分辨得出那些聲音都在說些什麼了。

直至今日，雖摘下希聲她仍舊頭疼，且至多只能分辨方圓百里地內花木們傳達的信息，但與初時相比，已好了太多。且對探訪南冉古墓來說，做到這個地步倒也夠了。

她折騰了自個兒一個月，南冉古墓裡頭是個什麼樣，她基本上已打探清楚。來漕溪的路上，她覺得最大的問題只剩下如何取得孟珍的聖女之血好破墓門了。

季世子著實將孟珍護得嚴，王府中二十天來她都無從下手。她藉著覽硯之名來漕溪，原本是想向附近百里的花木打探打探還有沒有別的法子可以破墓。她原本也沒抱著什麼大指望，想著若不行再回王府從長計議罷了，卻沒料到這個問題竟很快解決了。

那日她在醉曇山腳下歇午覺時，古墓旁的一棵古柏和深山裡的一棵迎客松告訴她，朔日乃一月之始，也是生氣之始，便在每月朔日子時至未央時分，以古墓為中心，照著先天八卦的八個方位，依序自天然造化的河湖溪澗中採集映月之水，將八方之水合為一瓶，稱作水神靈鑰，亦能打開古墓墓門。

昨日便是朔日，她昨晚將蜻蛉迷暈後便將這樁大事幹好了，此時左手裡的青瓷瓶裡就裝著那講究的開墓靈鑰。

前些日她事多，並沒有空閒再在腦海中會會那株古柏和那棵迎客松。今日她諸事了結，萬物俱備，只待明日進山，因此有了閒暇，打算探探他們提給她的這個新奇的開墓之法緣自何處。

千萬個嘈雜的聲音裡頭，分辨出那株古柏的聲音：「花主是問為何八方之水亦能啟開古墓之門？那是因那蘭多神的夫婿，乃是掌管天下水域的水神大人哪。」

成玉琢磨著那蘭多神是個什麼玩意兒。

古柏善解人意：「花主沒有聽過那蘭多神吧？這不奇怪，今世的凡人們早改了信仰，

就連妖族裡也沒有多少還記得那些古早的傳聞。」

他解釋：「古早的傳說裡，那蘭多神乃凡人們的母神，是此處凡世裡最初的凡人們所供奉的神。而最初的凡人們的君王名叫阿布托，被稱為人主阿布托，是那蘭多神的神使。醉曇山中的這座古墓，與其說是南冉族祖先的墓葬，不如說是整個人族祖先的墓葬，因墓中所藏的乃是人主阿布托的遺骨。誠然千年萬年的……」

成玉有點跟不上，擰著眉頭：「你說慢一點。」

古柏調整了下語速：「誠然，千年萬年的時光流轉裡，凡人們早已遺忘了，這座古墓中埋葬的是誰，只記得，此乃聖地……」

成玉差不多已能抵擋住腦子裡的疼痛，跟上他的速度了，打了個響指：「也不要這麼慢。」

古柏：「……」

古柏恢復了語速：「因記得此乃聖地，凡人們對古墓進行了成千上萬次的整飭和重修，這讓古墓的格局和功用在後世裡都變得不成樣子了。但即便如此，開墓之法凡人卻是無法更改，要嘛得是人主阿布托在凡世的遺血，要嘛就得是朔日裡所取的八方映月之水。傳說這兩種開墓之法都是人主阿布托在世時所親定……」

一旦跟上古柏的語速，成玉的腦子反應是很快的，她立刻抓住了重點：「這個阿布托很有意思嘛。如果此墓是那蘭多之墓，那倒可以理解為何水神靈鑰亦可打開墓門，水神是她丈夫嘛。可此處葬的是阿布托，開墓卻需用水神靈鑰，難不成這個阿布托也喜歡水神？」

敬業的古柏沒忍住卡了一下：「花主，我剛才有沒有同您提起過，人主阿布托他是個男的，水神也是個男的？」

成玉道：「哦，他倆都是男的，我忘了，男的是不該喜歡一個男的。」

見多識廣的古柏不由得要反駁她這個落後的觀念：「花主您這個觀點也不盡然……不過阿布托不可能喜歡水神，因為阿布托是喜歡那蘭多神的，聽說還是真愛。」

成玉：「……這種八卦你都知道？」

古柏謙虛了一下：「無意中耳聞罷了。」一看話題扯遠了，咳了一聲回歸正題道，「此墓雖葬著人主阿布托的遺骨，算是人主的墓，但據說此墓卻是建在那蘭多神羽化之處。那蘭多神乃是自光中化生的神祇，彼時為人族而羽化後，也是回化作了垂天之光，消失在了混沌之中。

「人主阿布托曾是那蘭多神的神使，長年跟隨那蘭多神，那蘭多神羽化後，阿布托懷念她，著了一冊，錄了那蘭多神生平許多言語。

「那冊中記載那蘭多神曾與阿布托有過一次關乎為她建墓的交談。那蘭多神曾告知人主：『你若為我建墓，那就讓所有能進入墓中之人都崇奉水神，這樣我便是羽化了，我的最後一束不滅之光，也將降臨在那座墓中。』」

因信息量太過豐富之故，成玉有一陣沒反應過來，消化半天，她總結道：「所以說，這座古墓其實並非阿布托一人之墓，或者並非阿布托之墓，它只是收殮了阿布托的骸骨罷了。此墓真正的墓主其實是那蘭多，這是阿布托為那蘭多所建之墓。」

成玉疑問：「他期望終有一日，羽化的那蘭多能夠在收殮了他骸骨的這座墓中，降下她的最後一束不滅之光，是嗎？」

古柏唏噓：「人主情深啊。」

成玉喃喃：「『你若為我建墓，那就讓所有能進入墓中之人都崇奉水神，這樣我便是羽化了，我的最後一束不滅之光，也將降臨在那座墓中……』」

她好奇：「就算阿布托對那蘭多情深，可那蘭多喜歡的是水神吧？」

古柏高深莫測：「誰知道呢？據人主的筆記記載，說那蘭多神羽化之時，她的丈夫水神還沒有降生呢。」

「……」成玉感覺自己白腦補了一齣三角大戲，一頭霧水道，「所以水神他們家是跟那蘭多神定了娃娃親？」她吃驚，「聽你的意思，那蘭多也是十分了得的一位古神了，怎麼就能答應且認定一個未出生的孩童做丈夫呢？」

古柏婉婉道來：「誰也無法逼迫得了那蘭多神，那蘭多神認定水神，乃是因她有預知之能。人主的筆記中說，那蘭多神曾作了一個夢，醒來後她便告知人主，說數萬年後誕生的水神將要成為她的丈夫。」

成玉嘆了句：「封建迷信造的孽。」又問，「那蘭多她怎麼什麼事都告訴人主？」她提問的角度有點新穎，古柏一時不知道該如何回答，半天，道：「……可能也沒有什麼別的朋友吧……」

成玉哦了一聲，又問：「那蘭多神她到底作了個什麼夢？」

古柏有問必答：「什麼夢不知道，人主並沒有載錄。」

「花主不知羽化是何意，因此不知此事的關竅其實並不在那蘭多神作了什麼夢上頭。

「須知天神若是羽化，便是神魂俱滅，煙滅灰飛，再無可能復生的。可那蘭多神卻在為人族羽化之前作了預知夢，說她自己未來會嫁給水神，這其實是說她即便羽化了亦會復生，因此阿布托建造這座古墓，並非只為了求得那蘭多神的最後一束不滅之光，他是想讓那蘭多神在這座古墓中復生。」

成玉沉默了片刻，再次做出了總結：「南冉古墓到現在還好端端立在那兒為難意欲進墓之人，可見那蘭多還沒有復生。」

她突然想起來：「不過，那位那蘭多認定的水神大人，他如今降生了嗎？」

古柏靜了好一會兒：「可見花主並沒有好好熟悉我花木一族的歷史過往啊，」他意味深長，「花主難道不知道，我族的第一任花主，便是那位水神大人嗎？」

成玉飲完了酒，聽完了古柏說給她的這個睡前故事，爬下了東牆，又重新套上了希聲。

她預備睡了。

往常便是只摘下希聲半個時辰，她也要在床上頹起碼一個半時辰方能入眠，還睡不踏實。今次古柏那個神神叨叨的傳說甚吸引她，因此她摘了希聲整整一個時辰。

她預感今夜無法安眠，只能在床上閉眼養一陣罷了，卻未料到竟很快就入睡了。睡前她又想起了那蘭多的那句話。

「你若為我建墓，那就讓所有能進入墓中之人都崇奉水神，這樣我便是羽化了，我的最後一束不滅之光，也將降臨在那座墓中。」

她覺得這句話很有意思，像是有些情深的樣子，但明明那蘭多從未見過水神，卻說得

出這樣鄭重又情深的話，聽著讓人有些遺憾，或許還有點心傷。她想著那蘭多那時候到底作了個什麼夢，想著想著她就睡著了。

然後她就作了個夢。

成玉知道自己在作夢，但在夢中，她卻並未想過要醒過來。恍惚間她行走在一段漆黑的長廊上。她什麼也看不見，卻知道如何才能走到長廊盡頭。她似乎走了許久，終於瞧見一點白光，回神時她發現自己已赤足站在一片戈壁之上。碎石將她的腳底硌得生疼，那感覺十分真實。

月輪巨大，掛在天邊，天卻極近，銀光覆蓋了整片戈壁。胡楊樹點綴其間，儘管是在夜裡，金黃色的林木卻似乎仍帶著陽光的灼烈。風從林木中來，貼住她的臉龐，拂起她的裙角，竟是溫暖且柔軟的。

這是深秋的戈壁，她雖從未去過戈壁，卻知戈壁上深秋的夜風絕不該如此溫柔。那些邊塞詩人們常有好句描繪這荒無人煙的邊陲之地，那些句子從來便如刀刃一般冷硬鋒利。她想像中戈壁上的一切都該是像離群索居的孤獸一般兇猛，又蕭瑟，但此時這月、這金色的胡楊林、這林間追逐著草木香氣的輕軟和風，卻似乎比春日的平安城還要溫柔令人沉醉。

這溫柔的一切縈繞在她微微揚起的裙邊，撓得她一雙赤足微微發癢。月也溫柔，風也溫柔，像是整片戈壁都被誰馴服了。

她禁不住閉上了眼睛，便在閉眼之時，她聽到了她自己的聲音，似在同誰喃喃低語：

「那你要怎麼彌補我？」那聲音極輕，極軟，帶著半真半假的埋怨。

她不記得自己會這樣說話，她也確信自己沒有開口，但那確實是她的聲音。

她猛地睜眼，眼前竟出現了一座精緻木舍。

男子的低語聲自木舍中傳出，回應著那句埋怨。「送妳一句詩，好不好？」男子道。那聲音有些啞，有些微涼，是很好聽的音色，可她並不熟。

「什麼詩？」她自己的聲音竟也自那木舍中傳出。

男子低笑了一聲：「明月初照紅玉影，蓮心暗藏袖底香。」

「你不要糊弄我啊。」依然是她的聲音，依然極輕，極軟，貓撓似的令人心癢，響在那木屋之中。

她忍不住去推門。

木門緩緩打開，她終於看清房中的情景。一盞昏燈，一張大床，重重白紗被床頭的銀鉤懶懶鉤起。因她將房門推開了，有風進來，那一點昏黃的燈火便搖曳了起來，那白紗的床帳亦隨著微風和燭火輕輕舞動。

幽室之中暗生旖旎。

但躺在床上雪白綢緞中的兩人卻像是並沒有注意到那忽然洞開的房門，以及站在門口的她。當然他們也沒有注意到突然吹進室內的，這深秋的，帶著奇異溫暖的夜風。

成玉倚在門旁，迷茫地看向那躺在下方的女子，目光隨著包裹住她纖長身軀的鮮豔紅裙一路向上，停在了她幼白的頸項上。

再往上便是一張雪白的臉。她每天清晨梳妝時都能在鏡中瞥見那張臉。她自己的臉。

本該是十分熟悉，卻又並不那麼熟悉。

因她從沒有見過那樣的自己。

昏燈全不中用，月光倒是明亮。

明明月光裡，那一雙杏子般的大眼睛裡含著水汽，眼尾泛著紅。那薄紅微微挑起，一直延到眉尾，就像是抹了胭脂。濕潤雙眼襯著那胭脂似的薄紅，看人時眼風便似有了鉤子。

她心裡狠狠一跳。

就見那躺在白綢緞上的她輕輕咬住了下唇。明明咬住的僅是下唇，可當牙齒鬆開後上下唇都變得榴花似的鮮紅。榴花她是見過的，當它們落在地上，被雨水浸濕，就有一種純潔卻又放縱的美態。

她心裡又是狠狠一跳。

她看到她說話了，還抬起右手不大用力地推了伏在她身上的青年一把，嘴角微微抿住，便有些天真：「不要糊弄我。」又像是在生氣，可就算是生氣也像是假的。

「你不要糊弄我啊。」

「不要糊弄我。」

每一個字，每一個吐息裡都帶著撓人的鉤子。

成玉一張臉漲得通紅，若不是倚著門，便站也站不穩。但躺在床上的那個她卻似乎很是自然地，便做出了那樣的姿態。

她聽到那伏在上方的青年輕聲回道：「怎麼會。」接著她看見青年白皙的手指撫向床上那個她的耳畔，一副明珠耳墜驀然出現在那一雙小巧耳垂上，青年低聲道，「明月。」

那手指在耳垂處略一停留，緩緩下移，便在此時，成玉只感到天旋地轉，再次定神時卻發現是她自個兒躺到了青年的身下，而她似乎和床上那個她合為了一體，但她的視線卻有些模糊。

她終於能感到那手指的溫度，帶著高熱，燙得她有些戰慄，但一時也不知道究竟是青年手指的溫度還是她自己的溫度。那手指移到了她的頸項，伴隨著青年的低語：「紅玉影。」被青年撫得發燙的脖頸上一涼，那是項鏈的觸感。

明月，紅玉影。明月初照紅玉影。

然後那手指滑到了她的指尖，輕輕捏了捏她的無名指，青年的聲音再次響起：「蓮心。」她偏頭，那是一枚戒指。

她的手指和青年的手指纏在了一處，都同樣的白皙，定睛看去，她卻覺得也許青年的手指更白一點，像是白瓷，又像是玉。她的手指原也是白皙的，只是在他的輕揉之下不受控制地紅了起來，泛著一層薄粉。

青年又捏了捏她的手指，才將右手潛進她袖中，手指繞著她的腕骨撫了一圈，便有手鏈的觸感，她靈光一閃，搶先道：「袖底香。」

蓮心，袖底香。蓮心暗藏袖底香。

明月初照紅玉影，蓮心暗藏袖底香。

他說送她一句詩。卻原來詩不是詩，是一整套首飾。

青年悶笑了一聲：「我們阿玉很聰明啊。」手指卻依然沒有停下來，頓在她火紅的裙衫上，順著她的腰線、她的腿，一路滑到了她的腳踝，最後終於撫上了她裸露的足踝骨。

他握住了她的足踝，掌心發燙，有些用力。

她整個人更勝方才十倍地燙起來，幾乎啜泣，但她用力咬住了嘴唇，沒有讓自己發出任何聲音。

她微微動了動右腿，聽到了極微弱的鈴鐺聲，腳踝處有細繩的觸感。她腦子發昏，啞著嗓子問青年：「詩裡只有四件首飾，這一條足鏈，又叫什麼呢？」

青年的手指終於離開了她的身體，他似乎低頭看著她，他的左手就撐在她右肩肩側，她偏頭便看到了他白色的衣袖。她甚至能看清那衣袖上用銀色的絲線繡了雅正的瑞草流雲紋，但當那視線攀著衣袖一寸一寸移上去，移到他的臉上時，她卻無法看清他的模樣。

她睜大眼睛，也只能辨清他的嘴唇和下頷：膚色白皙，像是冷玉，嘴唇的弧線瞧著很有些冷峻。他似乎笑了一下，那弧線便微微勾起來了，因此也不見得冷了。

她只能瞧見那樣一點面容，但也可以想見當那面容全然呈現出來時，一定十分英俊。然後她看到他俯下了身，接著她感到他貼住了她的耳郭，吐息灼熱，微啞的嗓音擦著她的耳根灌進了她耳中。

「這是……步生蓮。」青年說。

成玉突然就醒了過來。

次日是八月初三。

蜻蛉覺得今日成玉起得很早。郡主她自從和世子鬧掰無須上南書房後，就再也沒在卯時起過床。可今日啟明星還掛在東天，遠處的醉曇山也還只是朦朧晨光下的一片剪影，成玉她竟然就坐在院子裡喝起茶來。

蜻蛉問她：「郡主妳昨夜睡得不好嗎？」

成玉在想事情，眼中現出了一點迷茫，瞧著像濕潤雙眼中下了一場大霧。聞聽蜻蛉之言，她皺了皺眉，語聲含糊：「昨晚作了個夢……」

蜻蛉好奇：「什麼夢？」

她更加含糊：「不大好……的夢。」抿了抿唇角，有些煩惱地道，「好了不說這個了，我待一待，我們待會兒去堂中用點粥。」

蜻蛉倒沒有再問什麼。

成玉在院中又待了一待。

她昨晚突然自夢中驚醒，在床上坐了半天，手抖得厲害，心也跳得厲害。

她自三更坐到黎明，卻一直沒有平復，以為讓風吹吹能好些，才輾轉到了院中。被晨風吹了半個時辰，手倒是不抖了，心跳也不那麼惶急了，臉卻還燙得厲害。

她覺著這是一種不舒服，因此認定導致這一切的那個夢並非什麼好夢。

夢裡的每一個細節她都記得，稍一動念便令她呼吸紊亂。朱槿和梨響誰都沒有教過她這個。誰也沒有告訴她世間還有這樣的事、這樣的夢。

倘若她的摯友花非霧在，便可為她解這個夢。她會告訴成玉，這樣的夢，叫春夢，姑娘們到了年紀可能就會發這樣的夢，其實並沒有什麼。

但因為花非霧不在她身邊，因此成玉並不知道這其實沒有什麼。

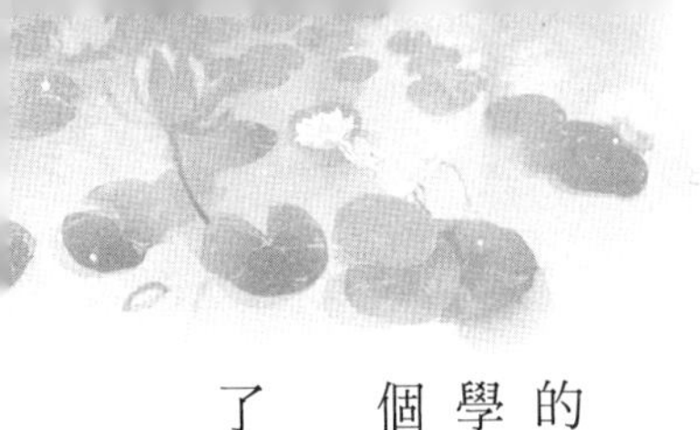

不過吹風還是有效。

在日光將晨風烤得灼熱之前成玉終於恢復了正常。她就給蜻蛉泡了杯茶，茶葉還是用的她貼身藏著的那一瓣朱槿花。

對蜻蛉這樣見多識廣的影衛而言，世間最頂級的迷藥也不一定藥得了她。問題是成玉藏著的這瓣自朱槿原身上取下的花瓣雖有迷神之用，卻顯然不是什麼迷藥。雖然說一個好的影衛絕不會在同一個坑裡栽兩次跟頭，但因為成玉對她幹的已經完全進入了怪力亂神的範疇，故而蜻蛉毫無懸念地再次栽進了坑裡，一杯茶下去，睡得很沉。

成玉看著天色，將前些時候買的東西鼓鼓囊囊地裝了一個百寶囊，翻身便跨上了蜻蛉的那匹額間雪。蜻蛉這匹馬跑起來極快，僅有一個問題，就是烈。但成玉騎馬馴馬都是好手，故而應付起來並沒有花太多心思。令她正兒八經花了許多心思的是一直綴在她後頭的那四個用來保護她的暗衛。

初離開菡城時，蜻蛉便提起過季明楓放了幾個人在她身旁，她就留了心。

她不會武，打肯定打不過這些暗衛，不過醉曇山林幽木深，是個布陣的好地兒。來武的她不會，來文的和來玄的，就好辦很多。她小時候見天覺得自己是個仙女，就是因為她學東西極快。十天時間精通一個幽玄陣法於她而言不太是個事兒。故而今日，她果然將四個暗衛都困在了醉曇山山腳。

似乎一切都依照她的計畫發生了，但她也明白她只有這一次探墓的機會，若她失敗了，便不會再有第二次。季明楓不會讓她有第二次機會。她今次如此順利，一半靠她籌備得宜，另一半，靠的其實是季世子對她的掉以輕心。

成敗只在今日，此時，一次。

申時三刻，日晡之時，南冉古墓便在眼前。古樹參天，鱗次櫛比地挨著，碩大的樹冠層層疊疊相連，似給半山遮了一條起伏的綠毯，今日芒只得零星探入，無端將墓地方圓數里都籠得陰森。

而倚山而建的古墓卻並不如成玉想像中那樣隱蔽，墓門前竟昭昭然立著兩尊凶神惡煞的鎮墓獸，似乎根本不懼讓世人知曉此地便是南冉族先人埋骨之處。

當成玉往墓門的凹槽裡盛放水神靈鑰時，守墓的古柏認出她來，斯時斯地，千言萬語僅能化作一頓深沉叮囑：「自兩百年前南冉族那位具有盛名的工匠進去修整了古墓後，南冉便發生了宮變，有關古墓機關的秘密也遺落在了那場宮變之中，兩百年來，便是這些凡人們打開了古墓，也沒有一個人能真正進入最後一層墓室。我們告訴您的有關這座古墓的秘密，皆是兩百年前的秘密，並不完全，花主您……定要小心，見機行事，活著回來！」

「活著回來」四個字掠過成玉耳畔，她右手微微一抖，最後一滴水自青瓷瓶中灌進石製凹槽，墓門霍然洞開。

她表情平靜地收回瓷瓶，將它放進了肩上的百寶囊。

踏進這道門後非生即死，她很清楚，但她一步也不曾猶豫，不曾停留，她也不曾回頭。墓門處僅透進去一點光亮，像一張血盆大口，要將所有闖墓者嚼碎了吞進墓中。

要如何才能在這座古墓裡活下來？

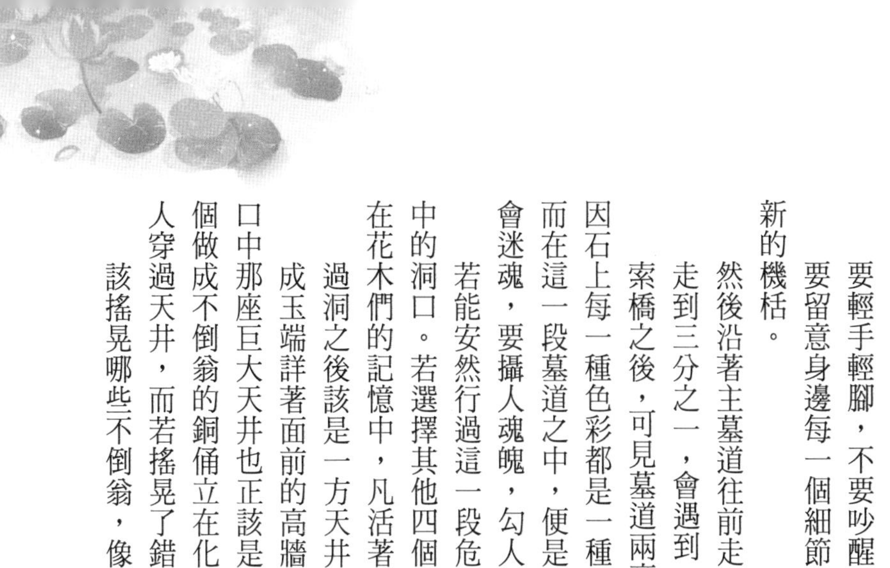

火把是不能用的，因些微熱量便會揮發染在墓壁上的毒素，需用夜明珠。

要輕手輕腳，不要吵醒了沉睡在墓底深處的毒蟲。

要留意身邊每一個細節，因誰也不知道兩百年前那個工匠進墓後又為此處添加了什麼新的機栝。

然後沿著主墓道往前走。

走到三分之一，會遇到一汪水池，池中乃化骨之水，上有木製索橋，過橋需十分小心。索橋之後，可見墓道兩旁巨石林立，石上有彩繪浮雕。不可觸摸，亦不可以火把探近，因石上每一種色彩都是一種劇毒，極易揮發，通過肌理入侵，若百毒入體，便藥石無醫。而在這一段墓道之中，便是以明珠為光源，亦不可靠近細看石上浮雕，因畫雖是好畫，卻會迷魂，要攝人魂魄，勾人心神。

若能安然行過這一段危機四伏的巨石長廊，便會碰到一字排開的五個過洞。需選擇正中的洞口。若選擇其他四個過洞會遭遇什麼，這一點成玉不大清楚，花木們沒有告訴她。在花木們的記憶中，凡活著走出這座古墓的人，他們無一例外都選擇了中間的過洞。

過洞之後該是一方天井。

成玉端詳著面前的高牆。按照花木們的說法，此時她面前本該是一方天井。而花木們口中那座巨大天井也正該是整座古墓中最為凶險之地：整個天井都是一個化骨池，七十二個做成不倒翁的銅俑立在化骨池對面，搖晃了正確的銅俑，便會有一條路自池底升上來助人穿過天井，而若搖晃了錯誤的銅俑，升上來的卻將是化骨於無形的池中之水。

該搖晃哪些不倒翁，像是不斷變動的密碼一般，每一天都不一樣。不過這個成玉已背

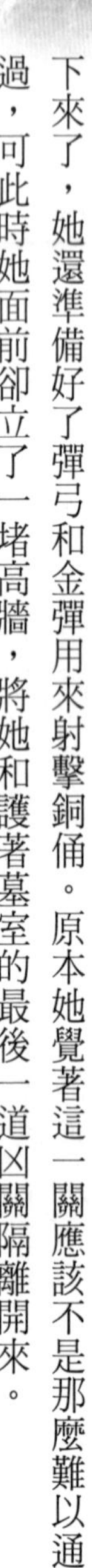

下來了，她還準備好了彈弓和金彈用來射擊銅俑。原本她覺著這一關應該不是那麼難以通過，可此時她面前卻立了一堵高牆，將她和護著墓室的最後一道凶關隔離開來。

若通不過這道高牆，她今日就算已走到此處，大約比近兩百年所有入墓之人都走得更遠了，卻也不過是做無用功。

她當然不能做無用功。

這大概就是兩百年前那位工匠新添的機栝，沒想到是個大宗。

成玉高高舉起手中的明珠，抿著嘴唇細看面前的高牆。

這是座石牆，牆壁上卻無半分拼接痕跡，像是原本就是一塊方方正正的巨石立於天井之前過洞之後。可天底下哪裡有這樣巨大的石頭。牆面從左至右分成三個區域，以橫列十八格的基準，一路繪下來許多格子，密密麻麻，不知何用。其他的倒沒有什麼特別了。

南冉族慣愛使毒，她不敢徒手試探這座石牆，掏出匕首在邊角之處敲了幾敲，聽見幾聲空響。這石牆竟並非實心。而不知是否錯覺，在她那胡亂幾敲之後，石牆似乎朝她這一面斜了幾分。成玉一驚，頓住了手。不自禁退後一步，石牆竟在此時肉眼可見地壓下來一大截，告知她她走錯了路，移錯了步子。

低頭時她發現她腳下亦踩著一只格子。

格子。

成玉腦中突然一亮，若說起格子來，她其實一直都在走格子。

此墓巨大，主墓道也極為寬大，她踏上墓道之初，便注意到墓道上橫繪了十八個格子，墓道朝墓內延伸，那些格子十八格十八格地延伸下去，就像一張棋盤連著一張棋盤，一直延到這座高牆之前。

她初時只以為那是墓中的裝飾，但也算留了心。此時再瞧石牆之上的三幅棋盤格：第三幅最短，第二幅最長，第一幅是第二幅的二分之一……第一段指的應是墓門到化骨池，那是三分之一的墓道；第二段指的應是化骨池到過洞，那是三分之二的墓道；第三幅指的應是過洞到這段高牆之前，她記得自己一共走了一百二十一步。

她瞬也不瞬地盯著牆上那第三幅棋盤格，一只格子一只格子往下數，橫格十八，豎格，一百二十一。

她在原處站了好一會兒，手有些抖。古柏說過造這機關的乃是個頗負盛名的工匠，那便一定是工匠中的天才。夠格來此墓中效勞才智的都該是天才。天才們喜歡玩的花樣不一定複雜高深，但一定充滿機巧。

成玉的額頭上滲出了一層薄薄的細汗，她從行囊中取出以防萬一的一捆粗繩來，打了個套環，甩上去掛在墓頂一朵蓮花浮雕上。她拽了拽繩子，挺穩。便順著繩子攀了上去，抽出匕首來，目視著石牆上第一幅棋盤格的第一排格子。

良久，她屏住呼吸，拿匕首尾端輕輕敲擊了第一排自右往左數的第十二格。那是她進入墓中，邁步踏過的第一個格子。咚地一聲，她整個人都顫了顫，石牆內也發出咚地一聲，像是回應匕首的敲擊。但牆壁卻沒有像方才她在地上移錯步子那樣突然往下傾斜。石牆紋絲不動。

她就鎮定了些。拿著匕首，就像拿著個鼓槌，在那異形的棋盤上一路敲下去。咚、咚、咚、咚，每一擊都是她踏入墓中後所踏過的格子，走過的路。

她有絕好的記性，第一段第二百一十二步時她一步跨了兩個格子，第二段第一百一十三步時她踩中了第十三和第十四格之間的實線，這些她都記得。因古柏囑咐了她務必謹慎，因此便是無用的東西，她也一直很留意。而她留意過的事情，她很少記不得。

敲擊完最後一個格子時，轟隆聲自地底傳來，如困獸的怒吼，整座石牆驀然陷入墓底，還沒反應過來，她已摔在了地上。右臂摔得生疼，自攀上石牆便屏住的氣息終於得以鬆懈。她大口大口喘息起來。

猜對了。這面高牆竟然和整條主墓道相連，而移牆之法竟是闖墓者一路行到此處所走過的路徑。這的確是難以言說的巧奪天工。

成玉此時才感到後怕。若沒猜錯，幸而她今日是一人闖墓，才有這活的生機。以方才她所經歷的來研判，主墓道應是一次只能記錄一人的步伐，傳至石牆，而後還需得闖墓之人一步不錯地熟記來時所踏的棋格，復現在牆壁之上，方能通關。

若再有一人隨她而入，怕是石牆機關早被觸動，只待二人踏完最後一只格子來到高牆之前，那石牆便會壓下來將他們砸成肉醬。便是她一人來此，若解不出牆上奧秘，要原路返回，重踏上回途的格子，那石牆也勢必塌下來將她壓得粉碎。片刻前她移步時不意踩中地上的最後一排格子，那石牆忽地傾斜，便是對她的警示。

這的確是又一次非生即死。幸而今日的運勢在她這裡，她解開了這謎題。

但誰也不知兩百年前那位工匠是否還在這墓中留了其他機栝。她已十分明瞭這位工匠的本事，故而絲毫不敢放鬆，即便過了此關，依然緊緊地繃著精神。

閉眼休憩了良久，方敢睜眼細辨下一關等待她的又是何物。

夜明珠的微光中，白霧沉浮裡，可見一方陰森的天井，一汪浮著白煙的化骨池，以及凶池盡頭造型詭異的七十二只銅俑。化骨池旁立著一塊石碑，上頭一筆連體寫了三個字「玉虛海」。

成玉鬆了一口氣。

這是花木們口中那道護著墓室的最後一道凶關，是她熟悉的關卡了。

她鎮定地從行囊中取出彈弓和金丸來，瞄準了正中那只面帶笑容的騎馬射日俑。

初三蛾眉月，深照玉虛海，騎馬射日來，金路始鋪開。

金丸飛了出去。

成玉在申時三刻入墓，於酉時初刻成功進入了南冉古墓的主墓室。

因傳說中南冉古墓所藏之書集整了南冉部千年智慧，故而成玉站在墓室外頭時，還想著室中即便不是汗牛充棟之象，那裡頭要是有個棺材，估計一棺材書總是藏了。

然踏入墓室才曉得，棺材的確是有個棺材，但棺材裡裝的卻不是書，乃是具古屍。

石棺無蓋。

成玉看到古屍的一瞬間才想起來，這是座古墓。

一座古墓，它原本就不是用來藏書的，而是用來藏屍的。

她其實有些懼怕古屍骷髏之類，但因今夜所經歷的一切都過於凶險了，以至於整個人此時都很麻木，瞧著躺在石棺中的古屍也生不出什麼懼意來，還不知所畏地俯下身去認真端詳了一番。

明珠微光之下，可見那古屍身著黃金盔甲，首掩黃金面具，無數年的黑暗之中，金子的光輝雖已顯暗淡，卻難掩貴重和華麗。她將明珠移得更近一些，就看清了那黃金面具的模樣。她盯著那面具瞧了許久，從那高挺的鼻樑和極薄的嘴唇處瞧出令她驚異的熟悉感來：這黃金面具上閉目沉睡的臉，竟有七八分像麗川王府中那位季世子。

她在怔然中注意到了那古屍躺在棺中的姿勢。這樣一位一身盔甲威武外露的武士，他躺在棺中的姿勢卻是極內斂而靜穆的：兩手置於胸前，黃金指套掩住了那可能已經森然的指骨。武士本該持刀拿劍，便是要在棺中放置明器，於一位武士而言，也該在他手邊安放一柄用作禮器的玉劍。但這黃金武士合攏的雙手間，卻溫柔地捧了一朵顏色妖異的紅蓮。

成玉湊近了去看，那蓮以紅玉雕成，在夜明珠的微光之下暗生華彩，光暈流轉。栩栩如生的紅蓮，若不細看，只以為它剛剛才被人從覆著晨露的荷塘中採摘而來，納了清晨的第一縷日光，帶著溫柔和珍惜，被英俊的武士握在了手中。

這長得像季明楓的黃金武士，武士手中的紅蓮，這數百年來未曾有人靠近過的古棺，這古墓。

成玉在墓室中找尋了片刻，卻並未找到關於棺中所納之人的記載。

她的確想起來古柏同她提起的那個傳說。在那神秘的異族傳說裡，說在凡世之始，這世上最初的凡人們的君王叫作阿布托，被稱作人主阿布托，而南冉古墓正是阿布托的埋骨之處。

可若要論及凡世之始，畢竟是太過遙遠的歲月，彼時的遺骨如何能保存至今？故而這個念頭只在她腦中一閃，便如一朵浮雲掠過渺無蹤影了。

她琢磨著季世子祖上也同南冉部通過婚，棺中之人約莫是季世子的哪位先祖。因此很快便不再糾結，專心尋找起南冉族藏在墓室中的古書來。

事實上並沒有汗牛充棟的一屋子書，也沒有一棺材書，連一箱子或者一架子書都沒有。成玉找遍整個墓室，唯找出五冊書來。

極古舊的書，墨運於紙，線裝而成，薄薄的五本冊子。但其上的墨卻數百年不曾陳褪，所用紙張數百年不曾腐蠹，裝書之線亦是數百年不曾斷裂。

這著實令人驚奇，因此即便只找出這五冊書來，成玉亦是興致不減，翻來覆去把玩了好一陣，注意到書封上空無一物，連個書名也無，就打算翻翻看每一冊書中都是什麼內容。

不曾想翻著翻著便迷了進去，大約在子時三刻前，藉著夜明珠的幽光，成玉將五冊書都讀完，才反應過來她待得太久，是出墓的時候了。

這五冊書，一冊山川地理，一冊史記傳說，一冊奇門遁甲，一冊毒典，一冊蠱簿。她極喜前兩冊，後頭三冊看得似懂非懂，但也覺有趣。

在此後的人生中，成玉曾一次又一次地責問自己，為何那時候她會忘記時辰，若她能提前離開墓室哪怕一刻，興許蜻蛉就不會死。

但所有的這一切都無法重來。

那一夜，她子時末才抱著五冊古書離開墓室原路返回，然後在走到那巨石長廊的三分之二處時，她瞧見了前面的火光。

接著便是在無數個最深的夜裡，一次又一次折磨她的那場噩夢。

她在墓中待得太晚，自沉睡中掙扎而醒的蜻蛉終於猜測到了她身在何處，來古墓中尋她了。

如同每一個不知古墓秘密的探墓之人，蜻蛉點了火把照明。火把的高溫和松脂的香味喚醒了墓底沉睡的毒蟲，亦喚醒了墓中無處不在的藥毒。還好蜻蛉入墓不深，而成玉事先又做了許多解藥，能暫解二人身上之毒。

她們一路奔跑，眼看就要渡過墓門近處的那方化骨池，將毒蟲隔在墓中找到生路，但池上唯一的那座索橋卻不知被誰砍斷了。

為了將她平安送到化骨池對岸，蜻蛉死在了化骨池中。

她最後一次聽到蜻蛉的聲音，是她在她背後那句微啞的急聲：「郡主，快跑！」

她最後一次看到蜻蛉的身影，是自洞口透進來的微光中，化骨池裡猛然濺起的白色水花。

蜻蛉死的這一年，不到二十八歲。

無論是清醒還是在夢中，成玉都不記得這一夜她到底是如何從化骨池畔走到了古墓外。

她的記憶有一段空白。

關於古墓中的記憶，僅能停留在那個極其冰冷而絕望的時刻，她顫抖著聲音呼喚蜻蛉的名字，向那灼人的池水探身而去。

清醒時她從不敢去回憶那一刻，因此她從來無法弄清那時候已被蜻蛉推到對岸的她，又哭著爬回去是想要做什麼。或許她是想要抓住蜻蛉。

貼近池水時她的手便立刻被蒸氣灼出水泡來，可見被池水淹沒的蜻蛉確然已屍骨無存。她不該那樣愚蠢，想要去抓住她，她根本抓不住她。她從不是愚蠢的人。可也許那一刻她也沒有辦法，她只想抓住她，是生是死的她她都想抓住。

然後便是一段失魂一般的空白。

但那空白並未持續太久。

下一段關於墓外的記憶是伴著月光出現的。

彼時天上淺淺一彎蛾眉月，月在中天。仍是夜半。

古墓之外，有兩列鐵騎一字排開，黑衣的王府侍衛如靜謐石雕列於馬上，唯手中的火把熊熊燃燒。那暗黃色如同晨曦的光芒，將墓門、鎮墓獸，還有墓門前陰森的林地映得不啻白晝。

季明楓騎著一匹棗紅駿馬立在那些黑衣侍衛之後，成玉看不清他的面目，卻能感到他的目光含著冷意落在自己臉上。

片刻後，他緩緩開了口：「妳究竟在這裡做什麼？」

她三日前便在街上碰到過季明楓，彼時他正攜孟珍上酒樓，未瞧見她。她想他們到此必然是為第二次探墓，故而她在初一夜取到水神靈鑰後，只休整了一日便來醉曇山闖墓了。她想趕在他們之前。

便在昨夜，她還想過，若她能帶著古書活著出墓，她大概想選一個靜夜將那些書送給季明楓，將他的救命之恩徹底了了。她同季明楓結緣是在二月十五的月圓之夜。在一個明月夜結緣，在另一個明月夜將這緣徹底斷掉，似乎有一點宿命的無奈感，那是很合適的。

但命運的劇本卻由不得她顧自安排。

她活著出了古墓，活著帶出了那些古書，但蜻蛉死了。

可她還不死心，她試著開口，找回了自己的聲音。她隱在鎮墓獸巨大的陰影裡，嗓音沙啞地詢問數步之外的季明楓：「蜻蛉呢？」

馬蹄聲響起，季明楓近前了兩步，他的臉在火光中清晰起來。是極冷肅的面目，她聽見他冷酷的聲音響起：「她死了，因妳而死。」

他像是有些困惑：「當日妳讓蜻蛉帶妳循著《幽山冊》去訪幽探秘時，我便令她告誡了妳不要闖禍，妳是真的就算錯一百次也不知道悔改，是嗎？」

如利劍一般的話語，刺得她重重喘了一口氣。

是了，蜻蛉死了。

古墓中蜻蛉落水那一瞬她所感到的疼痛再一次襲遍全身，但這一次她沒有發出聲音來。她發不出聲音，只能用滿是血泡的右手用力握緊胸口的衣襟，因太過用力，血泡被擠得破裂，將白色的布料染得一塌糊塗，她卻並未感到疼痛。

她喘了好一會兒，但那喘息有一種本能的克制，故而無人注意，當她終於能出聲時，季明楓的目光才重新落到她身上。

她像是問自己又像是問任何人：「是這樣嗎？」嗓音仍是沙啞，像是用砂紙砂過一遍似地難聽。問過之後她又想季明楓說的是對的，蜻蛉是因她而死。因此她又輕輕回應了自己一句，「是的，是這樣的，是我的錯。」

沒有人回答她。火光離她有些遠，月光離她卻是很近的，但它們灑在她身上卻只讓她感覺冰冷。

好一會兒，季明楓終於再次開口，聲音不再像方才那樣絕然地冷酷，他淡淡道：「蜻蛉，」他閉了閉眼，「她為妳而死，是職責所在。但她的死總該有些作用，」他遙遙看她，目光中含著逼視，他問她，「郡主，從此後妳是否能安分一些，不要再那樣魯莽了？既然自己無法保護自己，能不能不要再自作主張，總將自己置於險境了？」

她反應了很久，有些艱難地道：「你是想說，既然我沒用，就不要總是給人找麻煩是嗎？蜻蛉她……」光是唸出這個名字，便讓她哽咽了一下，但她忍住了，抑住喉頭的巨大哽痛，她啞聲道，「蜻蛉的死，不應該那樣輕，她不應該只是為一個郡主的頑劣和無知埋單，」她嘴唇顫抖，「我們這一趟並非全然無用，我和她，我們一起取回了你想要的南冉古書。」

說著她用已經不甚靈活的手指顫抖地打開了隨身的那只百寶囊。在她即將取出那五本古冊時一個女聲慌張地插進來：「不要。」是一直與季明楓並轡的孟珍。

隨著那一聲冷厲尖銳的「不要」，成玉眼睜睜看著五冊古書在瞬間化為紙塵，夜風一吹，那紙塵便揚散在無邊夜色之中，像是煙花燃過徒留下一幅無用的煙灰。

她的目光停留在那紙塵的遺痕上，有些發愣。

巨大的沉默之中，忽聽得孟珍咬牙責難：「郡主既然能從機關重重的墓室中取出我族的聖書，怎就不知這些聖書只該留在墓室之中待人抄錄？怎就不知它們每一本都加了秘術，遇風便要化為揚塵？」

胯下那匹駿馬徑直向前行了五六步，她面色鐵青：「郡主此番探墓探得真叫一個『好』字，硬生生將我們這條路斷乾淨了。依我之見，蜻蛉之死，豈是輕於鴻毛，簡直……」成玉臉色蒼白。

季明楓突然開了口，他問她：「妳究竟在這裡做什麼？」這是最開初他問她的那個問題。她方才便沒有回答，此時他像是也不需要她回答，像是不可思議似地繼續問她，「妳究竟，想要幹什麼？」

她一個字也說不出來。

他的問題卻一個接一個：「妳來取南冉古書，為何不告訴我？妳可知這些書有多重要？有了它們，戰場之上能減少多少無辜的犧牲？」

她嘗試著開口，只說了一個「我」字。

他卻閉上了眼，拒絕聽她的任何辯駁，哪怕是懺悔，他像是極為疲憊似地，又像是終於壓抑不住對她的憤怒，他的聲音極為低沉：「紅玉郡主，妳真是太過膽大包天恣意妄行，錯一百次也不知道悔改。今日蜻蛉因妳而死，來日還會有更多麗川男兒因妳這次任性喪命，這麼多條人命，妳可背負得起？」他還要冷酷地揣度，「或許妳貴為郡主，便以為他們天生賤命，如此多的性命，妳其實並不在意？」

這已然不是利劍加身的疼痛。

她坐在那裡，迷惘間覺得今夜她也陪著蜻蛉掉了一回化骨池，卻被撈了起來，沒有死成，但骨與肉已然分離。她還活著，卻要忍受這種骨與肉分離的痛，這是比死還要更加難受的事情。

也許只是因她還好好地坐在墓門前，她沒有哭，她看上去剛強而冷酷，因此他們便覺得她是足夠剛強冷酷的。沒有人知道她痛到極處從來就是那樣，因此沒有人在意她的疼痛。

季明楓像是再也不想看她一眼，在那幾乎令她萬劫不復的一番話後，便調轉了馬頭揚鞭而去。後頭跟著孟珍和他的護衛們。

她想她壞了季明楓的事，他的確是該如此震怒的。

她沒有怪他，她只是很疼。

很快古墓前便重歸靜寂，亦重歸了陰森。

月光是冷的，風是冷的，她能聽到一兩聲夜鳥的啾鳴，那鳴聲是哀傷的。

她終於支撐不住，癱倒在了鎮墓獸籠罩出的陰影裡。

她在那陰影裡緊緊抱住自己，縮成了小小的一團。

整整一個月，沒有人知道她經歷了怎樣的痛苦和折磨。正如當日古白蘭所言，便是她，要取得南冉古書，也要耗費無窮心力。

沒有人知道摘下希聲之後，她如何度過了一個又一個不眠之夜；沒有人知道那些嘈雜的聲音是怎樣在每一個白天和黑夜令她生不如死；沒有人知道取水神靈鑰的月夜裡她所經歷的艱險；更沒有人知道今夜。

今夜，在那些命懸一線的瞬間，她其實是懼怕的。

而後蜻蛉的死，忽然化灰的古書，和季明楓的那些鋒利言辭，她其實沒有一樣能夠承受得住。

她痛得都要死掉了。

她急需要誰給她一點溫柔，讓她別再那麼疼，但自她來到麗川，只有蜻蛉給過她純粹的溫柔。可此時想起蜻蛉來只讓她更加疼痛。近時她還得到過怎樣的溫柔？在冰冷而沉痛的回憶河流中，只有昨夜那個夢似乎是暖色的，浮了上來，像一顆暖的明珠，碰到了她的手指，給了她一點熱。那夢裡有一片溫柔的戈壁，月光是暖的，風也是暖的。那時候有個人在她身邊，柔聲對她說：「送妳一句詩，好不好？」那是一個待她好的人，即使只是一個夢裡人。

因著這一點點溫暖，她終於有力氣哭出聲來，哭聲迴盪在陰森的林地中，就像一匹失去親人的小獸。

而因為沒有人在她被自責壓得崩潰時握住她的手安慰她，告訴她她並沒有錯得那樣厲害，蜻蛉的死只是一個大家都不想發生的意外，因此，這回憶中的一點點溫暖給予她的力氣和勇氣，卻反而讓她在心底接受了讓她萬劫不復的那套說辭。

是她的任性害死了蜻蛉，而她的無知讓蜻蛉的死變得一文不值，這是無法挽回的錯誤，她要一輩子為它負罪。

故事的後來，於成玉而言依然是有些模糊的。

那夜的後半夜裡似乎王府的人將她帶了回去，兩日舟車勞頓後她回到了麗川王府中，然後她被關了起來。

她生了病，成日裡恍惚度日，因此也不清楚究竟被關了幾日。

她印象中沒有再見過季明楓，倒是有一日聽照顧她的丫頭說王府中要辦喜事了，秦姑娘要嫁進來當主子。她恍惚了好一會兒才反應過來秦姑娘究竟是誰，想著應該是要嫁給季明楓，然後就又犯了睏。她那些日子裡總是犯睏，睡不夠的樣子。

彷彿是次日，朱槿和梨響就來接她了。他們是悄悄來的。

在看到朱槿時，她的神思才得以清明，她才不再那樣渾渾噩噩。而青年震驚地抱住她，悔恨難當道：「若早知妳會受這樣的苦，我必然不會將妳一人留在此處！」所以朱槿從來都是刀子嘴豆腐心，瞧著最嫌棄她，但其實最珍重她。而她心力交瘁得只來得及告訴朱槿，讓他去她記憶裡搜尋那五冊南冉古書，抄錄下來留給麗川王府。她闖了禍，必須得彌補。而後便暈了過去。

醒來時她已在挽櫻山莊。挽櫻山莊是皇家別苑，雖也在麗川，但離菡城很遠。

朱槿並沒有同她打商量，便將那些她清醒時無力亦無法承受的對蜻蛉的愧疚封印了起來。所有那些令她痛苦難當的情緒，和在每一個夜夢裡深深折磨她的同蜻蛉死別的幕景，全被朱槿封印在了她的內心深處。因此麗川的一切，好的壞的，在朱槿的封印之術下，於她而言，都只留下一個不帶情緒的、籠統的殘影。

半年後重回平安城的成玉，便又是十五歲前未曾邁出過平安城一步的成玉，未曾長大過的成玉。

白玉川旁垂柳依依。夜已然很深了，金三娘竹樓上的琵琶聲早已停歇，被琵琶聲帶走的那些屬於花街的歡然氣息，也愉快地同子夜告了別，全沉入到了一個又一個風流旖旎的歡夢中。因此整條白玉川都冷了下來，只剩河水還在潺潺地流動，夜風還在輕輕地吹。

連三屈膝坐在草甸之上，單手撐著腮，微微皺著眉頭。

成玉便有些惶惑。

這是她第一次如此完整地回憶這段往事，告知連宋的那些過往雖並不完全，但大致便是如此。那些無法示人的秘密無論何時都不可示人，她曾在十花樓中立過誓，因此關乎花主、關乎希聲、關乎那些古早傳說以及同花木們的交流，包括墓中那古屍，她一概囫圇過去了。又因著一些少女心思，故而關乎一些私密之事，譬如那個戈壁夢境，她也一字未提。

可連三那樣聰明，她不知自己在故事中的種種粉飾是否瞞過了他。她也不知如此半遮半掩地同他談及這段過往算不算誠實地面對了自己。因此她看著他微皺的眉頭，心跳便隨之而劇烈，她悲哀地想她是不願意騙他的，只是她不得不。

但三殿下想的並非那些。

他皺眉時想著的，是那個無助的夜裡，那陰森的古墓之前，坐在他面前的這個眼眶微紅的女孩子，她是如何將自己縮成了小小的一團。是否就像他在她內心四季裡所看到的那樣，孤孤單單一個人蹲在飄雪的街上，緊緊抱住自己，想要自己給自己一點溫暖。那讓他心底發沉。

此時這個封印解除了的成玉，才是真正的成玉，是剛剛長成便被折斷了翅膀的成玉。她身上壓著的是單憑那稚嫩雙肩決然無法承受的痛悔，她卻不知如何是好，就像剛破繭便折翼的蝶，被殘忍地定格在了那痛苦的蛻變途中。

她無法重鑽進繭中做回一隻無憂無慮的蛹，卻也不能展開雙翅做一隻自由自在的蝶。她痛苦地靜止在了那裡。

在有些令人發慌的靜默中，成玉是先說話的那個人。

她問連宋：「我是個壞人，是不是？」

青年的手指撫上了她的肩膀，月光之下，那手指泛著瑩潤的光，比最好的羊脂玉還要通透光潔，他輕聲回她：「不是，他們在胡說。」

「可……」她喃喃。

連宋的手指點在她的肩側：「將這些情緒和記憶再次封印進妳的身體裡，妳能再次無憂無慮，」成玉迷茫地抬頭看他，卻突然感到他靠近握住了她的手，聽到他低聲，「可阿玉，我還是想讓妳繼續長大。」

成玉感到那聲音擦過自己的耳郭，微微低沉，灌入她耳中，有些熟悉，但到底熟在哪兒，她一時也沒有抓住。便是一陣天旋地轉。

第十六章

眼見著白玉川旁三殿下攜著紅玉郡主憑空消失，國師在心底罵了聲娘。

他很慶幸方才他扯塊布蒙住了季世子的眼睛，否則此時如何解釋兩個大活人在他眼前憑空就消失了？

今夜唯一算得上好的一樁事是三殿下他此時消失，而他不知他去了何處。他琢磨這大約是三殿下示意他不用跟了。這倒霉的一夜終於熬到了盡頭。

可國師還沒來得及鬆口氣，卻發現兩隻玄蝶翩翩飛到了他眼前，繞著他先飛了個「一」字，再飛了個「八」字。

國師愣了一陣，然後他覺得他偏頭痛要犯了。他生平第一次痛恨自己這樣見多識廣，不僅知道這兩隻玄蝶乃是引魄蝶，來自冥司，還明白它們的效用。

這蝶顯見得是連三留給他的。

連三應是帶著小郡主去了冥司，而給他留下兩隻引魄蝶，自然是讓他把季明楓也帶著跟上他們。他想裝不知道都難。

因方才他們蹲著的那棵櫸木離白玉川畔有些距離，故而郡主同三殿下說了什麼國師並未聽清，因此他完全不能明白為何連三要帶一個凡人上冥司，還要讓他再帶上另一個凡人跟著。不過他也著實沒有精力去疑惑此事了，待會兒該如何向季世子解釋他們將冥司一日遊這事兒，已經要把他給逼死了。

引魄蝶繞著他們二人飛了三圈。玄蝶已至，多思無用，最後要嘛是勾著他們的魂魄將他們硬帶往冥司，要嘛他們主動點跟上去，入冥司時還不至於魂魄和肉身分離。

國師一邊木然地想為何我今夜要在這裡受連三的罪，難道是因先帝死得早嗎？先帝你死得早啊，你死的時候怎麼不把我也帶走呢？一邊拉住季世子的胳膊，用空著的那隻手捏出個訣來，照著三殿下給他的台本，帶著季世子隨玄蝶共赴冥司了。

凡世有許多關乎冥司的傳說，多描述冥司幽在地底，人死後幽魂歸於冥司，便是歸於地底。

但冥司並非在地底，而是獨立於神仙居住的四海八荒和凡人居住的十億凡世之外的混沌之中，由白冥主謝畫樓和黑冥主謝孤栦兩姐弟共同執掌。

自創世到如今，宇宙洪荒漫長的衍化過程中，被少綰送來凡世的凡人們早已改變了信仰，自然也已忘卻了冥司的真正由來和真正含意，就如同忘卻了他們自身來自哪裡。

國師算是凡人之中見多識廣之人了，關乎冥司，卻也只知道一個思不得泉，一個斷生門，一個惘然道，一個忘川，一個憶川，一個輪迴台，外加一個引魄蝶。一半是從他師父那兒聽來，一半是早年他同三殿下請教而來。

國師站在思不得泉跟前發愣。思不得泉雖被稱作泉，實則是條長河。因此地既無日月

又無星辰，故而很難辨別此河的流向，不知它究竟是從東到西還是自南往北。藉著瀰漫在空中的銀色星芒遠望，僅能瞧見此河似從濃雲中來，又流向濃雲中去。

國師恍然明白那濃雲興許便叫作混沌。

終於恢復自由身並摘掉了蒙眼布的季世子站在國師身旁，仰頭目視河畔足有百丈高的石碑，唸出了上面刻著的三個大字：「思不得。」又環視了一遍四圍，蹙眉向國師道，「……這是何地？」

國師頭一下子就大了。

思不得泉乃是冥司第一道關口，過了思不得泉才能到達冥司的真正入口斷生門。

國師小時候聽他師父講，冥司的冥主謝畫樓和謝孤栦兩姐弟，因長年幽在冥司沒什麼事好做，就愛折騰凡人頓悟。思不得泉便是白冥主謝畫樓的得意之作。

凡人死後，幽魂歸於冥司，首先要入思不得泉三思：思前塵，思此世，思來生；前塵有何意義，此世有何意義，來生又有何意義？這是助幽魂回溯一生、面對自我、拷問自我的一道關卡。

有悟性的幽魂們在思不得泉中泡個幾日，便是前塵有再多癡怨糾葛，上岸也悟得差不多了。譬如一對癡情男女死前約定忘川河畔等三年，基本上先死的那一方入思不得泉泡一泡再爬出來，他就會立刻頓悟並先行毀約，根本支撐不到忘川。思不得泉就是如此令人髮指，由此可見白冥主謝畫樓真是世間癡情兒女們的公敵。

見國師長久不語，季世子再次詢問：「國師大人，這是何地？」

國師沉默了片刻：「哦，是這樣的，這是你的夢境，你是在作夢，而我為何會出現在

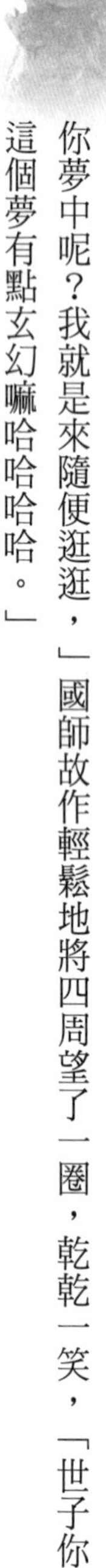

你夢中呢？我就是來隨便逛逛，」國師故作輕鬆地將四周望了一圈，乾乾一笑，「世子你這個夢有點玄幻嘛哈哈哈哈。」

季世子也沉默了片刻：「國師大人，我並非三歲小兒，不會分不清自己是作夢還是清醒著。」他看向國師，「傳說之中，也有一個地方叫作思不得，是地府的入口，人死後鬼魂皆歸於地府，歸於思不得。」

國師的笑僵住了：「……季世子真是博聞廣識，」認識到誆騙季世子有多難，國師選擇了自暴自棄，坦然道，「此處的確是你想的那個地方，不過地府一詞乃是凡人的說法，世間並無地府，世間有的是冥司；鬼魂也是凡人的說法，冥司中有的並非鬼魂，而是幽魂。」

季世子顯然不太能接受這樣的現實，平靜的表情中出現了裂痕：「……你居然把我帶到了這種地方。」

國師眼明手快扶了季世子一把。

季世子反應過來後沒有拔劍而出砍死將他帶來這裡的自己，這還是大大超過了國師的預期，不由得便對季世子和藹了一些，安慰他道：「世子不必擔心，你我並非幽魂，此時仍是肉身凡胎，只是有些事，需你我來此走一趟罷了。」

這當然不能安慰到季世子，但好歹轉移了世子的注意力，他凝眉道：「你是說阿玉她在此處？」

國師對季世子的敏銳感到詫異，但也不是佩服的時刻，他看了眼對岸，表達了自己的愁思：「他們沒等我們便過了思不得泉，現在想是已在斷生門了。可沒有我關門師兄的幫

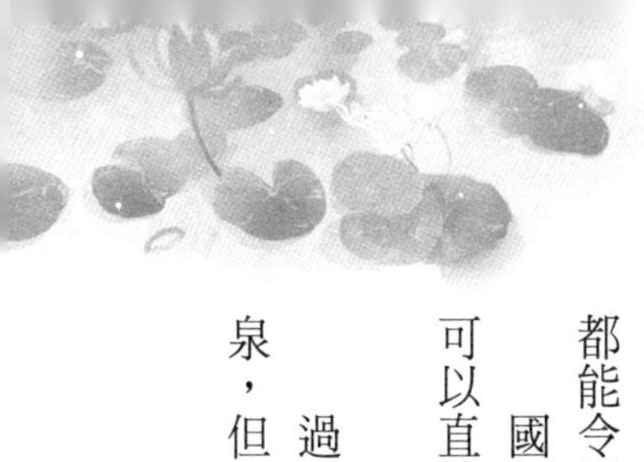

忙……」國師捂著額頭，「哦，我的關門師兄就是大將軍，這也是為何他能帶著紅玉郡主闖冥司的緣故了。」

能編到這個程度國師已經拚盡全力，但他突然想起來凡人眼中連三其實比他要小上許多……他靜了一靜，嘗試著修正：「對了，我們師門收弟子是看根骨，誰根骨最好誰就做師兄，大將軍根骨太好了，因此雖入門最晚，卻做了我們大師兄。」

國師瞄了季世子一眼，見季世子並無懷疑，他鬆了口氣：「沒有大將軍的幫忙，我也不知如何過思不得泉，你看這泉上無橋，河中無舟，鳧水過去那也是行不通的，思不得泉的水我們碰不得，我覺得……」國師頓住了。

在「我覺得」三個字之後，國師眼見得滾滾思不得泉頃刻封凍，凍結的碧藍河水似一塊巨大的寶石鑲嵌於長河之中，在懸空的星芒映照之下，發出深幽的冷光。冰面下許多銀色的影子亦被凍結了，那是正在渡河的幽魂。

水神掌天下河川。能瞬間封凍冥司河川，十有八九是水神所為。便是三殿下沒有候著他們，也必定是在河畔留下了什麼印訣以助他們此時渡河。無論何時，見到連三所施之法，都能令國師感到驚異。這便是天神。

國師目視著封凍的美麗河流，愣了片刻，給方才那篇話做了收尾：「我覺得……我們可以直接走過去。」

過了思不得泉，便是斷生門。斷生門比思不得泉在凡間要有名些，凡人不知有思不得泉，但大多都在傳說中聽過地府有個斷生門，由一頭叫作土伯的巨獸守衛。

傳說中土伯頭生銳角，虎首叄目，身若巨牛，形容可怖，據守著斷生門，只放行被輪迴之鑰牽引至冥司的幽魂。

季世子望著面前洞開的古樸門扉。

那是座極高大的石門，門楣亦是石製，上刻「斷生門」三個大字。赭色的刻字，字跡開闊風流，左側搭了個血紅的落款：謝畫樓書。

已接受現實並冷靜下來的季世子看了兩眼刻字，又看了一眼臥倒在石門前氣息奄奄的銳角巨獸，蹙眉半晌，劍柄指向趴在地上哼哼著爬不起來的土伯：「這是大將軍的手筆？」

國師也看著巨獸，他內心覺得這必定是連三的手筆了，可就算他解釋那是他的關門師兄，一個未得正果的凡人，為何能將冥司靈獸傷到如此境地，這說不通的。國師感到了一陣熟悉的偏頭痛，他沉默了半晌：「怎麼可能，」他說，「一定是有別人也來闖冥司了，也不知是敵是友小郡主她會不會有什麼事，我們……」

這一招果然有用，季世子一聽成玉或有危險，立刻飛身掠入了斷生門，匆匆步入惘然道中。

國師遙望季世子的背影，突然想起來，惘然道裡有冥獸哇。壞了。

土伯身上的血跡還熱乎著，說明連三剛入惘然道不久，十有八九還未將傳說中比土伯更為凶殘的五大冥獸解決乾淨。季世子貿然入內，他一介肉體凡胎，要是遇上除了有功德的幽魂不吃以外什麼都吃的冥獸，毫無疑問這是一道送命題了。

國師的頭皮瞬間就麻了，什麼也來不及想，急匆匆跟了上去。

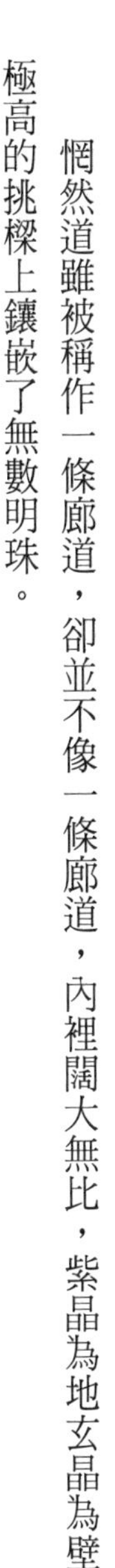

惘然道雖被稱作一條廊道，卻並不像一條廊道，內裡闊大無比，紫晶為地玄晶為壁，極高的挑樑上鑲嵌了無數明珠。

大約因空間高闊之故，雖有明珠照亮廊道，人在其中，視物卻仍舊朦朧。

踏入其間，國師的臉色忽地變白。他眼前無形無影，也絲毫未感到什麼危險相侵，卻在他掉以輕心的一刻，有一隻無形的利爪狠狠地刺進了他的左臂。劇痛襲來，國師本能地拔劍抵抗，然劍光凌冽處所刺皆是虛無。

無形無影，卻能傷人，是冥獸。

國師正要棄劍捏訣，有白色身影似疾風掠過他身側。黑色的鐵扇點在他的肩側將他往後一帶，國師眼前恍惚了一下，近處忽有猛禽哀嘯一聲，一縷黑煙自他左臂處脫逃，凝出一隻黑鳥的影子來，那黑影很快地在急逃之中消散。是五大冥獸之一的玄鳥。

「看著她。」一微涼聲音自他身畔掠過，國師感到利爪刺骨的疼痛倏然消失，懷中則猛地一沉，是三殿下將郡主推到了他懷裡。

國師只來得及開口喚出「將軍」二字，便見一道水晶屏障忽地伸展在他身前數丈遠之處，瞬間鋪滿了從廊頂到地面的整個空間。他眼角覷到不遠處持劍跪地的季世子，他似乎也受了傷。乍起的水晶屏障將他們隔離在了危險之外，而方才救了他一命的三殿下身姿如風，在小郡主伸手想拉住他衣袖的前一瞬，已急掠至了屏障之後，轉瞬便消失在了廊道深處。

雖然三殿下將郡主推到了他懷中，但國師善解人意，明白連三絕不是讓他懷抱住郡主的意思。國師伸出右臂來虛虛扶住成玉。

這是自成玉成年後國師第一次近距離接觸她，因想著她一個凡人小姑娘，初入冥司，方才又跟著連三同那些冥獸打鬥，定然被嚇壞了，正想著安慰一二，沒料到她突然甩開了他的手，急向連三消失的方向奔去。

國師有一瞬沒反應過來，然畢竟道術高超，身體先行地亦緊跟了過去。

成玉跑到了屏障跟前，沒有如國師所料般關心則亂地亂敲亂捶，她只是靜靜地站在那兒，微微抿著唇，注目著廊道盡頭。站了會兒，許是發現並無可能看清盡頭處連三和冥獸的打鬥場，她抬起雙手來按壓住了透明的障壁，微微偏了頭，做出了個側耳傾聽的姿勢。

國師感到好奇，他停住了腳步。季世子趕在了他前頭，幾步行到成玉身前，不由分說便要將她拉離屏障：「此處危險，別靠得這樣近！」

在季世子的手伸過去之時，成玉快速地後退了兩步，依舊貼著那厚實的水晶屏障。看清季世子後她愣了愣，然後比出了個噤聲的手勢，貼著屏障輕聲：「不要說話。」

國師想了想，也走近了屏障，學著郡主的姿勢貼住了障壁，隱隱聽得遠處傳來打鬥之聲，他就明白了她在做什麼。果然聽她低聲解釋：「我只是想知道連三哥哥他是否安全。」

季世子面色不大好看，僵持片刻後讓步道：「那我在這裡保護妳。」

成玉沒有回話，她有些奇怪地看了季世子一眼，就像難以理解季世子為何會關心她似的。

國師對他二人之間的機鋒並無興趣，他看著一心一意擔憂著連三的成玉，在心裡冷漠地想，與其擔心三殿下的安全，我們不如擔心擔心那些冥獸的安全。

方才國師雖只同連三擦肩，然他確定自己沒有看錯，三殿下同冥獸打鬥時依然只用了他那把二十七骨鐵扇。那把以寒鐵為扇骨、鮫綃為扇面的鐵扇的確也是一柄難得的法器，但那並不是連三的慣用神兵。可見他根本沒有認真打，還在逗著那些冥獸玩兒。

廊道深處突然傳出猛獸的哀號，該是三殿下占了上風，國師注意到郡主緊繃的神色頓時舒緩了許多。

既然局勢穩定了，國師覺得，他們站在這裡，也沒有什麼別的事好幹，大家不如聊一聊天。他趁機同郡主攀談起來，兩人一問一答。

「不知將軍帶郡主來此，可曾告訴郡主此是何地？」

「……此處不是冥司嗎？」

「那將軍可曾同郡主說起，他為何能帶郡主來冥司？」

「……那不是因為連三哥哥他是國師大人你的同門師弟嗎？」

國師萬萬沒想到在這件事的編排上他竟然和三殿下心有靈犀了，一時無話可說。但他最想問的並不是這兩個問題，他最想問的是：「那將軍為何要帶郡主來冥司，郡主知道嗎？」

成玉這下子沒有立刻回答他了。她突然看了季明楓一眼，季世子抬起了頭，她立刻低垂了眼睫，許久，她低聲道：「他說，他帶我來見蜻蛉。」

國師不知蜻蛉是誰，這個答案令他一頭霧水，卻見季明楓驀地僵住了。

國師道：「蜻蛉是……」

便見季明楓僵硬道：「我不知道蜻蛉的死讓妳……」

然後國師看到郡主眼中又出現了那種奇怪的神色，她像是難以理解季世子的回答似地微微蹙了眉：「世子怎麼會不知道呢？因為，」她輕聲，「是季世子告訴我，蜻蛉是因我而死，是我的頑劣和無知害死了她，我是個錯一百次也不知道悔改的人。」她的眼眶驀地有些紅，「我知道我要永遠背負這罪，我沒有忘記那天，你和孟珍，你們告訴我，我必須要永遠背負這罪。」

季明楓愣住了，臉色一點一點變得慘白，他似要再說些什麼，卻在此時，水晶屏障突然被大力撞擊了一下。

國師剛來得及握住成玉的手臂，已有黑色的煙霧撞出屏障，將他和成玉一同席捲其中。國師趕緊以印御劍，刺入煙霧中，聽得那冥獸嗚咽了一聲，可惜並沒有傷到要害之處。

半化出實體的冥獸將他狠狠摜在地上，是隻玄狐。他雖被放開了，成玉卻仍被那玄狐蓬鬆的尾巴纏住，劫在半空之中。國師立刻以指血捏出印訣，但落印的速度總差著那靈巧的畜生一截，季明楓的長劍在凡人中已算極快了，可劍到之處，卻半分也未傷到那狡猾敏捷的靈獸。

這玄狐竟能衝出連三的結界，也可見出有多麼凶殘了，國師思忖連三應是被另外四頭冥獸纏在了廊道盡頭，故而此時無暇來救他們一救，一顆心不由得提到了嗓子口。

那冥獸似乎也察覺到此時自己居了上風，不禁得意地化出了人形，在半空布出一道屏障來。在那有些模糊的屏障之後，他一條尾巴仍纏得成玉無法動彈，留著極長指甲的指尖卻撫上了成玉的臉頰，文縐縐地嬉笑：「占不著那位神君的便宜，這麼個小美人的便宜，小可卻是占定了！」

成玉很害怕，但她沒有叫出聲，只屏住呼吸用力將頭往後仰，想躲開那化形後依然黝黑的男子越靠越近的一張臉。便聽那男子逗弄似地同她低語：「小美人，不要躲嘛。」她隱約明白他要幹什麼，只能奮力掙扎，可她肉體凡胎，如何掙扎得過。便在恐懼地緊閉上雙眼之時，聽到極熟悉的聲音響在他們身後：「找死。」那聲音含著怒意。

她猛地睜眼，只看到近在咫尺的玄狐那扭曲的面孔。一柄長槍自他左胸貫過，既而一挑，被逼回原形的玄狐再次被扔進了水晶屏障結成的結界之中，且那屏障在頃刻之間足加厚了三層。

連三沉著一張臉摟住了失去狐尾纏縛，立刻就要自半空墜落的成玉。不過那擁抱只在一瞬之間，成玉甚至來不及回神，待國師飛身而上接住她時，連三已經放開了她。

可她幾乎是本能地追隨他，未及思考右手已伸了出去，想要握住連三的手，但只觸到了他的手指。即便是他手指的一點點微溫，也令驚懼之後的她感到無比留戀，可極短的一個觸碰，兩人的手指便相錯而過。她試著想要再次抓住他的手指，卻什麼都沒有抓到。她幾乎感到委屈了，卻在下一刻發現連三的手竟回握了上來，他緊緊地握了她一下然後放開，「乖。」他說。

這一切都發生在一個剎那之間。直到目送連三重新折回屏障中，成玉都還有點呆呆的。

旁觀了連三和小郡主在這短暫瞬間所有小動作的國師，感到自己需要冷靜一下。但並沒有什麼時間讓他冷靜。下一刻，國師眼睜睜看見無數巨浪自惘然道深處奔騰而來，頃刻填滿了屏障那邊的整個結界。

結界似化作了一片深海。

這世間無論哪一處的深海，無不是水神的王土。

國師感覺自己終於弄明白了三殿下方才那句「找死」是什麼意思。

是了，他方才就該注意到，連三手中握著的已不再是那把鐵扇，而是戟越槍——傳說中以北海深淵中罕見的萬年寒鐵鑄成，沉眠了一千年、飲足了一千頭蛟的血才得以開鋒的一等一的利器，是水神的神兵，海中的霸主。三殿下尋常時候愛用扇子，有時候也用劍，但他最稱手的兵器，卻是這一柄長槍。這就是說連三他開始認真了。

就像要驗證國師的推測似的，最擅長在空中隱藏行蹤的無形無影的玄獸們，在水神的深海中卻無法掩藏自個兒的蹤跡，即便身體的一個細微顫動，也能通過水流傳遞給手握戟越槍靜立在結界正中的連三。冥獸們卻毫不自知，自以為在水中亦能玩得通它們的把戲，還想著自五個方向合力圍攻似乎突然休戰了的連宋。尤其是那頭被連三一槍挑進結界內的玄狐，熬著傷重的身軀還想著要將連三置於死地。

便在玄獸們起勢的那一剎那，靜海一般平和的水流忽地自最底處生起巨浪，化作五股滔天水柱，每一股水柱都準確地捕捉到了一頭冥獸，像是深海之中摧毀了無數船隻的可怕漩渦，將冥獸們用力地拖曳纏縛其中。而靜立在水柱中間的三殿下，從始至終都沒有什麼動作。

在這樣不容反抗的威勢之下，國師除了敬佩外難以有其他感想，只覺水神掌控天下之水、操縱天下之水的能力著實令人敬畏，此種壯闊絕非凡人道法可比，令他大飽了眼福，但這樣非凡的法力，也有一些可怖。

五頭冥獸被水柱逼出原形來，原是一頭玄虎，一頭玄豹，一頭玄狐，一尾玄蛇和一隻玄鳥，大概是常幽在冥司之中幽壞了腦子，不知惹了怎樣的對手，還兀自冥頑不靈，高聲叫囂：「爾擅闖冥司，教訓爾乃是我等聖獸之職，爾卻用如此邪法將我等囚縛，是冒犯冥司的重罪，爾還不解開邪法，以求此罪能從輕論處！」

三殿下就笑了，那笑意極冷：「區區冥獸，也敢同本君論罪。」話音剛落，五道水柱從最外層開始，竟一點一點封凍成冰，不難想像當封凍到最內一層時，這些玄獸們會是什麼下場。

五隻冥獸這才終於感到了害怕，也忘了遣詞造句保住自己冥獸的格調，在自個兒也即將隨著水柱被徹底封凍前，用著大白話驚懼道：「你、你不能殺我們，殺死冥獸可是冥司重罪！」

「哦，是嗎？」三殿下淡淡道，封凍住冥獸們的五輪冰柱在他的漫不經意中忽地扭曲，只聽得五大冥獸齊齊哀號，就像那一剎那所承受的是被折斷四肢百骸的劇痛。

但更為可怖的顯然並不是這一茬，扭曲的冰柱突然自最外層開始龜裂，剝離的冰片紛紛脫落，一層又一層，眼看就要龜裂至被封凍的玄獸身上。可想若不立刻制止，這五頭冥獸也將同那些冰層一般一寸一寸龜裂，最後碎成一片一片脫落在地。它們當必死無疑。

國師腦門上冒出了一層細汗，他摸不準三殿下是不是真打算同冥司結這樣大的樑子，就算那隻玄狐方才調戲了小郡主，死它一個就得了嘛，正要出言相勸，小郡主卻行動在了他前頭。

這一次成玉沒有那麼鎮定了，她扒著加厚的水晶屏障拚命敲打，企圖引起連三的注意：「連三哥哥，你不要如此！」

眼見著連三抬頭看向自己，成玉正要努力勸說連三別得罪冥主，放冥獸們一條生路，開口時卻發現自己的聲音被淹沒在了一個更加清亮的聲音之中。那聲音自惘然道深處傳來，帶著慌張和急促：「三公子，請手下留情！」

惘然道深處透出星芒織出的亮光來，隨音而現的是個玄衣女子，一身宮裝，如同個女官模樣，身後綴著一長串同色服飾的冥司仙姬。然三殿下頭也沒回，一個抬手便以冰雪封凍了惘然道來路，一長串冥司仙姬齊齊被攔截在廊道裡乍然而起的風雪之中。

成玉愣然地望著那些風雪。水晶屏障之後，連三抬眼看著她，目光同她相接時他開了口。他的聲音應該很輕，絕然穿不過眼前他設下的厚實結界，但她卻覺得聽到了他的聲音。那微涼的嗓音平靜地響在她的腦海中：「我沒聽清，妳方才說了什麼？」

成玉趕緊：「我說連三哥哥你不要殺掉它們，不要同冥司結仇。」

「為何呢？」他笑了一下，「是怕我打不過冥主嗎？」

「我，」她停了停，「我很擔心，」她蹙著眉頭，雙手緊緊貼在冰冷的屏障之上，就像那樣就能靠近他一點似的，「就算打得過冥主，可你不要讓我擔心啊連三哥哥！我很擔心你，」她認真地，言辭切切，「別讓我擔心啊！」

明明那句話說得聲並不大，可就在話音落地之時，結界中的冰柱竟忽地停止了龜裂，惘然道中狂烈的暴風雪也驀然靜止，片片飛雪轉瞬間化作萬千星芒飄落而下。

飄落的星芒之間，結界中持著寒鐵神兵的白衣青年微微低頭，唇角微揚，五指握緊手中觸地的戟越槍略一轉動，便有巨大力量貼地傳感至五輪冰柱。只見上接屋樑的冰柱猛地傾倒，在傾倒的一瞬間那封凍的寒冰竟全化作了水流，形成了一簾極寬大的水瀑，懸掛在了廊道的橫樑之上。

如此壯闊的變化，似自然之力，卻又並非自然之力，令人心驚。巨大的水瀑之中，冥獸們總算得以喘息，卻再不敢造次。

那一長串冥司仙姬終於自漫天星芒之中回過神來，瞧著被水流制在半空中保住了一條命的冥獸們，齊齊施下大禮：「謝三公子手下留情。」

打頭的女官在眾人之禮後又獨施一禮：「冥主早立下冥規，世間諸生靈，若有事相求冥司，需獨闖斷生門兼惘然道，闖過了，冥主便滿足他一個與冥司相關的願望。」

玄衣女官屈膝再行一禮：「既然土伯和冥獸們皆阻攔不了三公子，三公子便得到了冥主這一諾，故而此時，飄零斗膽問一句，三公子此來冥司，卻是有何事需我冥司效力呢？」

三殿下已收回了長槍，背對著那一簾囚著五大冥獸的水瀑。待那自稱飄零的玄衣女官一篇客氣話脫口，躬身靜立於一旁等候示下時，三殿下方道：「我要去輪迴台找個人，請女官帶路吧。」他垂頭理著衣袖，口中很客氣，目光卻沒有移向那些玄衣仙姬們一分一毫，是上位者慣有的姿儀。

一個凡人，對一眾仙姬如此，的確太過傲慢了。國師心細如髮，難以忽視這種細節，主動硬著頭皮向季世子解釋：「我關門師兄，呃，他道法深厚啊，常自由來去五行六界，神仙們見過不知多少了，故而才不當這些個冥司仙子有什麼要緊，態度上有些平淡，全是這個因由。」他還乾笑了兩聲力圖緩和現場僵硬的氣氛，「哈哈。」

但季世子沒有理他。季世子一直看著成玉。

他看見面前的水晶屏障突然消失，成玉提著裙子直奔向連宋，他從不知她能跑得那樣快，連三便在此時轉身，在漫天星芒之中，他張開手臂，她猛地撲進了他的懷中，緊緊抱住了他。

季明楓突然想起來蜻蛉曾同他說過的一句話。

她說世事如此，合適殿下的，或許並非是殿下想要的，殿下想要的，卻不一定是合適殿下的。但殿下如此選擇，只望永遠不要後悔才好。

蜻蛉同他說這句話時，目光中有一些憐憫，他過去從不知那憐憫是為何，今日終幡然明悟。因為後悔，也來不及了。

成玉在他身邊的那些時候，他對她，真的很壞。

其實一切都是他的心魔，是他在綺羅山初遇到她時，便種下了癡妄的孽根。

他這一生，第一次那樣仔細地看清一個女子的面容，便是在綺羅山下那一夜。

清月冷輝之下，她的臉出現在他的視線中，黛黑的眉，清亮的眼。絕頂的美色。剛從山匪窩中脫險，她卻一派鎮定自若，抬頭看他時黛眉微挑，眼中竟含了笑：「我沒見過世子，卻見過世子的玉珮，我喜歡過的東西，我一輩子都記得。」被空山新雨洗潤過似的聲音，輕靈且動人。

後來有很多次，他想，在她彎著笑眼對他說「我喜歡過的東西，我一輩子都記得」時，他已站在地獄邊緣，此後陷入因她而不斷掙扎的地獄，其實是件順理成章之事。

而所有的掙扎，都是他一個人的掙扎。她什麼都不知道。

為著她那些處心積慮的靠近而高興的是他，為著她失約去聽鶯而失落的是他，為著她無意中的親近話語而失神的是他，為著她的真心流露而憤怒的，亦是他。只想同他做朋友，這便是她的真心，是她的天真亦是她的殘忍。

但這天真和殘忍卻令他的理智在那一夜得以回歸，那大醉在北書房的一夜，讓他明白了他的那些癡妄，的的確確只能是一腔癡妄。

他是注定要完成麗川王府一統十六夷部大業的王世子，天真單純、在京城中嬌養著長大的紅玉郡主，並不是能與他同行之人。她想要做他的朋友，他卻不願她做他的朋友；他只想要她做他的妃，她卻做不了麗川王府的世子妃。他一向是決斷俐落的人，因此做出選擇並沒有耗費多少時候。他選擇的是讓她遠離他的人生，因為一個天真不解世事，甚至無法自保的郡主，無法參與他的大業。

他的掙扎和痛苦，所有的一切似乎都與成玉相關，但其實一切都與她無關，他非常清楚這一點。他只是被自己折磨罷了，可卻忍不住要去惱恨她，因此強迫自己一遍又一遍漠視她。

他知道自他們決裂之後，她在麗川王府中時沒有快樂過幾日。可那時候，他沒有意識到他的漠視對她是種傷害，也沒有意識到過她的疼痛。

她怎會有疼痛呢？她只是個無法得到糖果的孩子，任性地鬧著彆扭罷了，那又怎會是疼痛？他自小在嚴苛的王府中長大，對疼痛其實已十分麻木，因此忘了，世間並非只有因情而生的痛，才會令人痛得徹骨。

他們真的，並沒有相處過多少時候。

而後便是那一夜她擅闖南冉古墓。

他其實明白，如今她對他的所有隔閡、疏遠與冷漠都來自那一夜。是那晚他對她說的那些話讓他們今日形同陌路。那個時候，他沒有想過那些話會讓她多疼。被她的膽大妄為激得失去理智的他，那一刻，似乎只想著讓她疼，很疼，更疼。因疼才能長教訓。

自少年時代主事王府以來，運籌中偶爾也會出現差錯，故而便是她獨闖古墓，打斷了他的步驟，其實也不過是一樁沒有料到的差錯罷了，照理遠不至於令他失去理智。但偏偏是她做了此事。她再次顯露出了那種莽撞與任性，再次向他證明了她無法勝任世子妃這個角色。這令他感到惱怒，痛苦，甚至絕望。他自己知道，他不是個拖泥帶水之人，可唯獨在關乎她這件事上，他雖做出了決定，卻在每個午夜夢迴時分，無不希冀著有朝一日，他們還可以有那個可能。他仍在關乎她的地獄中無望地掙扎，尋找不到出路。

他的所有惱怒和痛苦，源於他自己的癡念，但他卻忍不住遷怒於她，似乎傷害了她，他就能好過一些。那一夜，他看她的最後一眼，是她孤零零坐在鎮墓獸巨大的陰影中，眼中沒有絲毫神采，他卻在那一刻想起了他們的初見，想起她一襲白裙，一雙笑眼，眼中的光彩幾乎使月輝失色：「我喜歡過的東西，我一輩子都記得。」揚鞭調轉馬頭時，他絕望地想，此時我們都在地獄中了。

他這一生第一次喜歡一個人，卻被太多的凡念束縛，壓抑著自己不能去選擇喜歡這個人，所做的一切都是將她越推越遠，他以為這才是一種正確。可根本不知該如何愛一個人的他，又怎能知道此事到底如何才算正確？

彼時蛸蛉同他說，殿下如此選擇，只望永遠不要後悔才好。

永遠不要後悔，才好。

有冥姬們引路，過忘川來到輪迴台沒有花費多少時候。

過忘川時他們不和連三成玉共乘一船，下船時也是連三領著郡主直去了輪迴台，國師和季世子則被冥姬們請在輪迴台附近浮空的紫晶蓮葉上喝茶休憩。

國師已然怕了讓連三和季明楓共處一地，恨不得他倆今晚的距離能一直保持起碼三百丈。三殿下今夜說話行事全無忌憚，而季世子又不太好騙，有好幾次國師都感覺自己在季世子面前根本就瞎掰扯不下去了，完全是靠著季世子的心不在焉他才勉強矇混過了關。國師想起這一茬就不禁頭痛，因此冥姬這樣安排，正正合他心意。

哪知坐定之後，卻還是聽到風中傳來輪迴台上三殿下同郡主的聲音。國師一口茶噴出來，生無可戀地詢問侍奉在一側的冥姬：「你能把我們腳下這塊紫晶蓮葉弄得離輪迴台再遠一些些嗎？」

一直沉默不語的季世子此時突然出了聲：「這樣就好。」

輪迴台其實離他們說遠不遠，說近不近。

懸浮於半空的玄晶高台上種著能讓幽魂們進入來生的輪迴樹，巨木參天，直刺入冥司上空，樹冠被一團銀白雲絮懶懶圍住，那是去往來生的入口。

樹葉上的銀芒是附著的幽魂，巨木肉眼可見地生長，不斷有枝條探入天頂的銀白雲絮之中，也不斷有新的枝條和樹葉附著新的幽魂自樹幹最底部生出。

三殿下和紅玉郡主就站在樹下。

季世子自打「這樣就好」四個字後便再無言語，似乎在安靜地傾聽隨夜風送來的輪迴台上的二人對話聲。

國師只見得他一張臉越聽越沉肅，不禁好奇，亦擱了茶杯豎起了一雙耳朵。

首先入耳的是郡主的聲音。國師不知前情如何，卻知他們此時談論的，定然是一樁極悲傷的往事。國師再次聽到了蜻蛉這個名字。

微風之中郡主的語聲極其沙啞：「……你說這世上唯有蜻蛉才有資格評斷我是對是錯，可連輪迴台上也無法尋到蜻蛉，她、她一定是不願意見我，那夜季世子說得沒錯，是我的魯莽和任性害死了蜻蛉，所以她連死後都不願見我，因為她恨我。」

「他們是在胡說，她沒有理由恨妳。」三殿下低沉的語聲中存著安撫。

但郡主幾乎是不假思索地作答：「有理由的，連三哥哥，」她短促地哽咽了一聲，「因為我害死了她，因為我……壞。」但她立刻忍住了那種哽咽，彷彿自虐似地繼續同連三找理由，「因為我無法保護自己，卻總要將自己置於險境，因為我是個膽大包天恣意妄行的郡主，錯一百次也不知道悔改，因為我，我是個罪人。」那語尾帶著一點哭腔，她同連三道，「你看，是不是有很多理由？」

國師就聽三殿下沉默了一會兒：「是那位季世子告訴妳這些理由的？」

郡主卻沒有回答他，聲音裡含著一點微顫：「所以，我是個罪人來的。」她顫聲總結，「我知道我是個罪人，應該掉進化骨池的是我，應該死掉的也是我。那一夜，他們將我留在墓前的那片小樹林時，我其實一直在想，若死掉的是我就好了，為什麼是我活下來了呢？」

國師聽三殿下又是一陣沉默，良久，他才道：「所以，朱槿才將這段記憶封印了，因為不封印它們，妳就沒有辦法活下去，是嗎？」

或許郡主是點了頭，或許沒有，國師看不真切，只是聽到郡主的聲音越發地沙啞：「我想如果我足夠壞，如季世子所說的那樣，我便能背負這一切，還能夠好好地生活，可是我並沒有那麼壞，我，」她的聲音顫得厲害，「連三哥哥，我沒有辦法活下去，是因為我沒有那麼壞，我沒有辦法背負蜻蛉的死。」她強撐了許久，很努力地喘了一下，她沒有哭出來，但是那發啞且顫抖的聲音聽上去極其絕望，令人心酸。她絕望地向連三道：「我不知道該怎麼辦，我覺得活著很辛苦。」

國師看到坐在對面的季世子猛地震了一下，原本就不大好的臉色瞬間變得慘白，「不是這樣的。」他聽到他嘶啞道，那聲音帶著壓抑，又很費力似地，極輕。

自然他這句話輪迴台上的二人誰也聽不見，而微風之中，幾乎是在同一時刻，國師聽到三殿下說出了和季世子相同的話：「不是這樣的。」

「不是這樣的。」是說給成玉的五個字。

但這簡簡單單的五個字，卻讓她反應了很久，她抿緊了嘴唇茫然地看著面前的白衣青年，因全然沒有想過這件事還有什麼另外的可能性，在片刻的茫然後，她的臉上現出了空白：「如果不是這樣，那……又是怎樣的呢？」

就聽三殿下平靜道：「蜻蛉的死，並不全然是妳的錯，妳也並不是什麼罪人，明白嗎？」

說這話時他的神情很平淡，就像這原本便是一樁天經地義之事，他所說的可能性才是這樁事原本應有的真實。因著他的從容，她也想要相信他所說的那些才是真的，但是她不能。

「不，是我的錯。」她停了一下，努力地抑制住上湧的淚意，「我，」她艱難地吞嚥了一下，「我也給自己找過藉口，想過一次又一次，我告訴自己，入墓之前，我就知道墓裡的種種機關，非要親自去闖，並不全然是因為我的自尊，還因為就算告訴季世子，他們也不一定能成功，因為我所知的也不完全。我可以拿自己的命去賭，卻不可以拿別人的命去賭。我曾找過這樣的藉口。」

他並沒有立刻回應她。

她見他抬起了手指，劃過她的眼角，輕微地一撫，就像她流了淚。她眨了眨眼，眼中的確有些曚曨，她微微仰起了頭，想要將淚水憋回眼中，然後她聽到他開了口，聲音仍是從容的，他沉定地告訴她：「妳說的並非藉口，事實便是如此。」

她閉上雙眼，搖了搖頭：「不是的，這，」她將哽痛嚥入喉中，「這只是我給自己找的冠冕堂皇的理由，想讓自己的負罪感少一些罷了。可，季世子說得對，我其實可以選擇不闖墓，如果我不去，蜻蛉就不會死。」

他放在她眼角的手指停頓了一下。「又是季世子。」他道，那聲音有些不悅。她睜開了眼，她從不記得他喜歡嘲諷別人，可此時那好看的唇角卻勾起了一個嘲諷的弧度：「我想他在責罵妳時，沒有告訴過妳，若妳不去闖南冉古墓，他也很難再找到別的誰能成功地取回南冉古書，這只會導致戰場之上出現更多無辜喪命之人吧？」

她有些愣住了。的確從來沒有人告訴過她這個。

為她拭淚的手指在她頰邊停了一停，順勢滑落到了她的左肩，令得她微微傾向他：「能重新尋得失落已久的南冉古墓破墓之法，已非易事；獲得那些似是而非的破墓之法，能夠準備周全，有膽量去闖墓，更是不凡；在墓中面臨那些突然生出的機關時，還能有機巧的應變，若我是那位季世子，」他停住了，她仰頭看他，他微微俯了身，附在她的耳畔同她低語，「我只會想，我們阿玉是有多麼聰明，竟能平安回來。」

我們阿玉是有多麼聰明，竟能平安回來。

喉頭發梗，她說不出話來，試著停頓一下，想像方才那樣將所有哽咽和疼痛都嚥入喉中，但這一次卻沒有成功。壓抑良久的眼淚終於不受控制地湧出了眼眶，先是極小聲地抽噎，待他的手臂攬住她的肩時，她終於忍不住痛哭失聲。

就像是被風雨摧殘的小船終於找到了一個可供停泊的港口，她的雙手牢牢握住他胸前的衣襟，將自己緊緊貼入了他懷中。似乎所有的委屈都找到了出口，她哭得不能自已，卻仍然忍不住懷疑，抽噎著在他懷裡一字一頓：「是、是因為連三哥哥總是向著我，才會如此說……」

「不是的。」他輕聲道，「蜻蛉雖然死了，但妳卻讓更多的人活了下來，這原本就不是一樁過錯。」他繼續道，「我在軍前亦會做許多決定，我做的決定常常是讓一部分人去死，以期讓更多人活下來。我並不覺得這有什麼問題，也從未感到有什麼背負。如果蜻蛉因救妳而死妳便有罪，那我是否更是罪無可恕？」

她緩緩從他懷裡抬起了頭，像是聽進了他的話，但眼中仍有迷惑。

這便是凡人的執迷。九重天上和東華帝君坐而論道的三殿下何曾如此囉嗦過，但就算他今夜多話到這個地步，似乎也不能讓她頓然明悟。放在從前，三殿下必定就煩了，撒手不管了，更不必說凡人的種種苦惱在他看來原本就很不值一提。

但今夜，他卻像是突然有了無窮的耐心，他還用心地將自己代入成了一個凡人，用凡人的邏輯和慧根為她指點迷津：「這世間有許多無可避免的死亡和犧牲，阿玉，那些是遺憾，不是罪過。」

她終於有些動搖，似乎信了那不是罪過，但也許那一晚對她造成的傷害太過巨大，從一個結中鑽出，她又立刻進入了另一個結中：「就算那不是罪過，可，蜻蛉一定很恨我，只要想到這一點，我就……」

「她不恨妳，她甚至連遺憾都沒有。」這句話脫口之時，三殿下愣了一愣，他終於意識到了今夜自己的可怕耐心。萬事無常，無常為空，和「空」計較，這是完全沒有意義的一樁事，但此時他卻幫著她同這無常、同這「空」計較起來，一貫的理智告訴他，他這樣很莫名其妙。可要使她得到解脫，卻必須得完成這件莫名其妙的事，他今夜將她帶來此處，原本便是為了這個。

他揉了揉額角，嘗試著更深入地理解凡人，以排解她的痛苦：「不在輪迴台的幽魂只有兩個去處，一是來生，一是冥獸的腹中。既然《往生冊》上載了蜻蛉的名字，她便順利通過了惘然道，來到了這輪迴台。而此時她不在輪迴台，只能說明她已入了輪迴。她並不是不想見妳，這並非她可以決定的事。」

她睜大了眼睛，不確定地喃喃：「是這樣的？」

他看著她：「妳要明白，帶著遺憾的幽魂不會那麼快進入下一個輪迴，蜻蛉她不在這裡，說明她沒有遺憾。沒有遺憾是什麼意思，」他耐心同她解釋，「就是救了妳，她並不後悔，就算再選擇一次，她依然會為了讓妳活下去而犧牲掉她自己。在這件事中，除了妳自己，沒有人有遺憾。」他淡淡道，「連季世子可能都沒有。」

她的嘴唇顫了顫，沒有能夠說出話來。

他低頭看了她一陣，問她：「妳信我嗎？」

許久，她輕輕點了頭。

他再次開口：「能從這段過往中解脫了嗎？」

她依然停頓了許久，卻還是點了點頭，便在他打算放開她時，她輕聲問他：「我有那麼多遺憾，是我太懦弱了嗎？」

這個問題真是天真。

他停止了放開她的動作，頓了一下。

但天真得有些可愛。

他端詳了好一會兒她的神情，看到她眼中不加掩飾的疑惑和忐忑，是很笨拙的姿態，但那漆黑的雙眸再不是先前那樣全無神采，故而雖然她流露出了這樣笨拙的模樣，亦讓他心情好了一些。

他再次攬住了她的肩膀，讓她的額頭靠在他的胸前：「有遺憾沒有什麼不對，」他輕聲道，「人的一生總有種種憾事，因妳而生的憾事，這一生妳還會遭遇許多。接受這遺憾，妳才能真正長大，」在她抬頭之前，他說完了最後一句話，他告訴她，「因為，凡人都是這樣成長的。」

蜻蛉的死是一樁遺憾，要接受這遺憾，因為凡人，都是這樣成長的。

如何面對這樁悲劇，這是另一個答案，同季明楓和孟珍告訴她的完全不同的一個答案。

那漫長的一刻，成玉其實不確定自己到底在想什麼，須臾之間，她像是又回到了南冉古墓前的那個樹林。

那殘忍的一夜，所有的人都離開了那一片墓地，她坐在鎮墓獸的陰影中，相伴的唯有頭上明亮卻冰冷的月光，和樹林中傳來的悲哀獸鳴。她冷得要死，又痛得要死，在她緊緊抱住自己痛哭的時刻，這一次，終於有一個人來到了她的身邊。

他給了她一隻手，一個懷抱，許多溫暖。

他告訴她，這一切並非全然是她的錯，這是生命中的一個遺憾，要學會接受這種遺憾，這樣她才能長大。

靜止的蝴蝶終於破繭而出。

成玉緊緊抱住了面前的白衣青年，兩滴淚自她的眼角滲出，她想這將是她為蜻蛉、為不能面對過去的自己流下的最後的淚水，她是應該長大了。

齊天的輪迴樹鋪展在他們頭頂，如同一片碧綠的雲；微風輕動，承著幽魂的樹葉在夜風中沙啦作響，似在慶賀著彼此即將新生；而天空中布滿了銀色的星芒，在夜色中起舞，像無數的螢火蟲，給這無邊的冥夜點上了不可計數的明燈。

第十七章

因十億凡世的凡人們死後皆需入冥司，冥司空間有限，為了容下前仆後繼的幽魂們，故而冥司在時間上比之凡世被拉長了許多。冥司中並無日夜，單以時辰論之，國師他們所處的這一處凡世裡一盞茶的時候，便當得上冥司中的十二個時辰。

這就是說即便三殿下帶著小郡主在此處待上個十天半月，他們依然能在凡世裡明日雞鳴之前回到曲水苑中。國師鬆了口氣。須知要是他們不能準時回去，郡主失蹤一夜這事兒被發現後鬧出去，毫無疑問被丟到皇帝跟前收拾爛攤子的必定又是他。

他就是這樣一個倒霉催的國師。

一個時辰前三殿下將小郡主從輪迴台上帶下來，冥姬們便安排了一處宮室令他們暫歇下。小郡主倒是睡了，三殿下卻一直在院中自個兒同自個兒下棋。

連三一個神仙，精神頭如此好國師並沒有覺得怎麼，可季世子一介凡人，折騰了一夜，竟然也無心休憩，孤獨地站在廊前遙望郡主歇下的那處小殿，背影很是蕭瑟。

旁觀了一夜，季世子此時為何神傷，國師大抵也看明白了，只感到「情」之一字果然令人唏噓，幸好自己年紀輕輕就出家做了道士。

惘然道中那自稱飄零的玄衣女官來相請蓮三時，國師剛打完一個盹兒。

那女官稟明來意，靜立在一旁，三殿下仍在下棋，將手上的一局棋走完後他才起身，見國師候在一旁，隨口道：「你一起來。」

冥司中有兩條河川，一條忘川，一條憶川。

忘川在冥司的前頭，教幽魂們忘記，憶川在冥司深處，關乎的則是「憶起」。相傳一口憶川之水便能令幽魂們記得前世，而一碗憶川之水，能令幽魂們記得自己數世。問題在於經歷了思不得泉和忘川折騰的幽魂們，個個如同一張白紙，根本想不到要往憶川去，因而數萬年來除冥主和服侍冥主的冥司仙姬們，基本上沒人踏足此地。

遍布冥司的銀芒照亮了整條長川。

憶川說是河川，卻不見河水流動，滿川的水都像被封凍住了似的，但若說水是死水，被凍住了，河面之上卻又養著一川盛放的紫色子午蓮。半天星芒，一川紫蓮，碧川似鏡，清映蓮影。星芒與蓮影相接之處，一座玄晶的六角亭璀然而立。

玄衣女官就此停住了腳步，只恭敬做出一個相請的姿勢，然從河畔到河川中心的小亭，卻沒有搭建出什麼可行的小路。國師正要開口詢問如何渡川，只見蓮三已先行一步踏足在了那川中的紫蓮上，那紫蓮卻也未被踩壞，穩穩地承住了三殿下。國師便隨三殿下一路踩著這些紫蓮行過去，既覺奢靡，又覺神奇，再次真切地意識到凡世同神祇們居住的世界的確有許多不同，而凡人同天神們也的確有許多不同。

剛走近小亭，便聽到亭中傳出了一陣輕咳，打斷了國師的思緒，一個微啞的聲音響

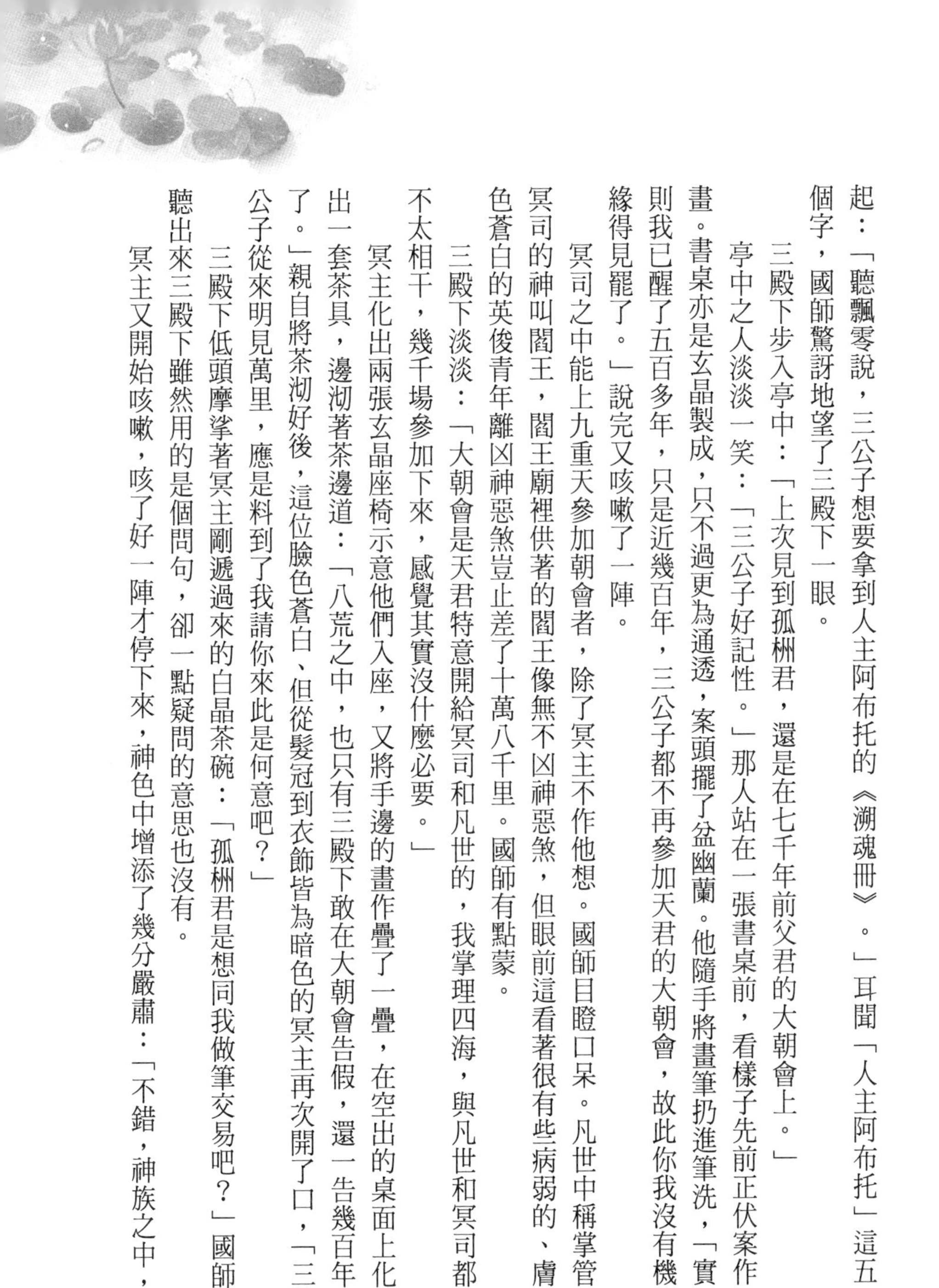

起：「聽飄零說，三公子想要拿到人主阿布托的《溯魂冊》。」耳聞「人主阿布托」這五個字，國師驚訝地望了三殿下一眼。

三殿下步入亭中：「上次見到孤楸君，還是在七千年前父君的大朝會上。」

亭中之人淡淡一笑：「三公子好記性。」那人站在一張書桌前，看樣子先前正伏案作畫。書桌亦是玄晶製成，只不過更為通透，案頭擺了盆幽蘭。他隨手將畫筆扔進筆洗，「實則我已醒了五百多年，只是近幾百年，三公子都不再參加天君的大朝會，故此你我沒有機緣得見罷了。」說完又咳嗽了一陣。

冥司之中能上九重天參加朝會者，除了冥主不作他想。國師目瞪口呆。凡世中稱掌管冥司的神叫閻王，閻王廟裡供著的閻王像無不凶神惡煞，但眼前這看著很有些病弱的、膚色蒼白的英俊青年離凶神惡煞豈止差了十萬八千里。國師有點蒙。

三殿下淡淡：「大朝會是天君特意開給冥司和凡世的，我掌理四海，與凡世和冥司都不太相干，幾千場參加下來，感覺其實沒什麼必要。」

冥主化出兩張玄晶座椅示意他們入座，又將手邊的畫作疊了一疊，在空出的桌面上化出一套茶具，邊沏著茶邊道：「八荒之中，也只有三殿下敢在大朝會告假，還一告幾百年了。」親自將茶沏好後，這位臉色蒼白、但從髮冠到衣飾皆為暗色的冥主再次開了口，「三公子從來明見萬里，應是料到了我請你來此是何意吧？」

三殿下低頭摩挲著冥主剛遞過來的白晶茶碗：「孤楸君是想同我做筆交易吧？」國師聽出來三殿下雖然用的是個問句，卻一點疑問的意思也沒有。

冥主又開始咳嗽，咳了好一陣才停下來，神色中增添了幾分嚴肅：「不錯，神族之中，論在魔族中交遊的廣闊，數來數去，只能數到三公子頭上。若三公子能替我在魔族尋得一人，那阿布托的《溯魂冊》，我必然雙手奉上。」

三殿下把玩著手中的白晶茶蓋：「孤桝君欲尋何人？」

冥主似是忍耐了一會兒才道：「青之魔君的小兒子。」

「哦，南荒燕家的嫡子。」三殿下看了國師一眼，「我記得……叫什麼來著？」

國師當然不能回答這個問題，國師連青之魔君是個什麼鬼東西都不曉得，無辜地回看了三殿下一眼。

「燕池悟。」冥主代他回答了這個問題，表情卻像是完全不想提起這個名字。

「一個神族要尋一個魔族，這魔族的身分還非同尋常，」三殿下笑了笑，「孤桝君尋人的原因是何？」

冥主沉默了好半晌：「是家姐尋他。」國師注意到冥主的神色有點咬牙切齒。

三殿下終於將那白晶茶蓋放了回去，端起茶盞喝了一口：「我是聽聞畫樓女君當初遊歷南荒時，無意間救了一個少年。」

冥主微訝：「不愧是你，」停了停，「正是這個因由。」皺了皺眉，又是一陣咳嗽，緩下來後繼續道，「家姐孤傲，四海皆有聞，我也不知她為何竟救了一個魔族，還收了他為徒，醒來後看到她沉睡時給我的留書，也頗覺荒唐。聽說燕儺的這個小兒子除了長得好看外，別的一無是處。」眉頭擰得極緊，滿心不願卻逼不得已這個意思躍然眉上，「如今我仍覺此事荒唐，不能明白家姐她為何會收這麼一個蠢材為徒，但也不得不盡力，否則她醒來之時我無法交代。」

三殿下看了國師一眼：「你好像有話說？」

這種場合本不是國師能開口的場合，連三和謝孤栦一番對話國師也基本上沒太聽明白，不過關於謝孤栦說不懂他姐姐為何要收一個蠢材為徒這事兒，國師的確有自己的見解。國師遲疑了片刻，向謝孤栦道：「貧道是想著，冥主既說那位小燕公子長得好看，興許正是因他長得格外好看，令姐才破例收他為徒。」又向連三，有些訕訕地：「三殿下也知道這種事我們凡世有許多了。」

孤栦君立刻哼笑了一聲，不以為然：「若論容貌，四海八荒第一美人是青丘白淺，第二美人便是冥司畫樓，燕池悟再好看，總好看不過畫樓她自己，她為何要因一副不如她的皮囊而對燕池悟另眼相看？」

三殿下亦道：「八荒美人譜上，畫樓女君是略遜於青丘白淺，不過我也並不覺得白淺是最美的那一個，此事見仁見智罷了。」

聽得此言，謝孤栦面上現出滿意之色，沒再繼續為難國師。國師卻在心中搖了搖頭，想著冥主殿下你真以為三殿下潛台詞裡誇讚的是你姐姐嗎？你太天真了。

國師一時間覺得自己很是敏銳，但又有點心灰意冷，因他作為一個道士，其實不應該在這種事上這樣敏銳。好道士們，一般都不這樣。國師憂愁了片刻。

沒多久連三便辭別了謝孤栦。

回程時國師沒忍住一顆求知好問之心，煩了連三一路。一路下來，國師才明白白冥主謝畫樓與黑冥主謝孤栦姐弟執掌冥司有些特別：這兩姐弟自出生之始便從不同時現世，白冥主執冥司時黑冥主沉睡，黑冥主執冥司時白冥主沉睡，因此謝孤栦才會說他姐姐留書給他令他照顧小燕。

同時，國師也明白了連三為何突然要尋找人祖阿布托的《溯魂冊》。

原來來冥司時三殿下已詢問過紅玉郡主關於南冉古書中所記載的祖媞神紅蓮子之事，但郡主回憶中，原冊中對祖媞神仙體化為紅蓮子後的去向並無紀錄，他們所見的那一頁空白，在原冊中亦是一片空白。查找祖媞神的線索因此又斷了。

不過正巧他們此行是來冥司，冥司中藏著凡人的《溯魂冊》，故而連三他便順道來跟冥主借一借阿布托的冊子。

若阿布托仍在輪迴之中，《溯魂冊》中可覓得他今在何世，又為何人，找出他來灌上一大碗憶川之水，便能知道那顆紅蓮子究竟去了何處，說不定便能尋到祖媞神的芳蹤。

國師此前一直懷疑連三壓根將尋找紅蓮子這事兒給忘了，乍聽他已將此事推進到這個地步，很是欣慰。

連三幹正經事兒的時候，國師還是很願意為他分憂的：「所以殿下讓我一起來見冥主，是因換阿布托《溯魂冊》這樁事，有用得著我的地方是嗎？」國師很是主動，「此事上殿下若有什麼差遣，只管吩咐便是，粟及無有不從。」

三殿下看著他，面露困惑：「你能幫什麼忙？」

國師比三殿下還困惑：「如果我什麼忙都幫不上，殿下同冥主議論這樁大事卻帶著我，這是為何呢？」

「順道。」

國師跌了一下：「順道？順道……是何意？」

三殿下奇怪地看了國師一眼，像是不理解為何這麼簡單的事情他都看不明白：「有你在院中守著，你覺得那位自尊高過天的季世子，會去和阿玉說清楚，同她道歉嗎？」

國師自然一向是妥貼的國師，否則先帝朝也輪不著他來嘔心瀝血，但他們修道之人不問人心，國師在對人心的理解上毫無造詣。國師很納悶：「可郡主心結已解，此事已經了結了啊。」

「阿玉的心結因他而起，他同阿玉沒有說清，就不算了結，否則我讓你將他帶來這裡做什麼？看我打架好玩嗎？」

國師還是不太懂：「但殿下在輪迴台上不是已然問過郡主是否解脫，我雖沒聽到郡主的回答，可離開輪迴台時，我看郡主的確是已經釋然的樣子。我不是很懂殿下為何要讓季世子再單獨見郡主一次，這豈不是節外生枝？」

大約是怕不回答他他就能繼續沒完沒了地問下去，三殿下權衡了片刻，忍住不耐回答國師：「季明楓其實很清楚蜻蛉之死，最大的罪責應該在誰身上，當日責難阿玉，不過為了一己私心。」他淡淡道，「阿玉信任我，所以當我告訴她錯不在她時，她能接受這個說法；季明楓這個罪魁則應該告訴她真正錯的是誰，她才能徹底從這件事中出來，她那份並不太恰當的負疚感早已深入骨髓，將它們徹底剔除並不容易。而我將她帶來這裡，要的就是『徹底』二字。」

國師了悟，感佩不已，今夜他防火防盜就防著連三和季明楓為了成玉打起來，不曾想三殿下心中的帳簿竟是這樣，倒顯得他是個十足的小人了，不由慚愧：「殿下胸懷博大，看事又看得這樣真切明白，真是教我輩汗顏。」

三殿下點了點頭，接受了他的恭維。兩人一路前行，沒再說什麼，半盞茶後便回到了院中。

在入內院的月亮門前，果然瞧見小院深處一株如意樹下，季世子同郡主正站在一處。國師見三殿下停下了腳步，他也就停下了腳步。

探頭望去，只見小院中銀芒漫天，在樹冠籠出的陰影中，季世子同郡主相對而立，兩人身姿皆很高眺，衣袂隨夜風而舞，遠遠看去如一株妙花伴著一棵玉樹。

郡主背對著他們，應該是沒發現他們回來了，季世子一雙眼只專注地望著郡主，看樣子也沒發現他們站在月亮門旁。

國師兌起耳朵，並未聽到二人說什麼，無意中偏頭，嚇了一跳。

三殿下面沉似水，神色若冰。

國師也不是個蠢人，想了片刻，有點明白，不禁凝重：「是殿下你說要讓他們徹底了結，要讓郡主徹底解開心結，他們兩人現今這般獨處，還是你特意給他們製造的機會，可此時你瞧著他們站在一處，卻又這樣生氣，」國師兩手一攤，「你這是何苦呢？」

三殿下面無表情地問他：「我有生氣嗎？」

國師點了點頭。

三殿下依然面無表情：「可能因為做的時候是一回事，看到的時候又是另一回事？」

國師不敢回答，察言觀色道：「那我去把郡主帶走？」走了兩步忍不住折回來勸諫，「要不然還是以大事為重吧？」

三殿下沉著臉沒有說話，但也沒有反對以大局為重，半晌，拂袖道：「我出去吹吹風。」

國師忍住了提醒三殿下這裡風就挺大的，順從地點了點頭。他覺得方才自己真是白感佩了也白慚愧了。

成玉方才睡醒後瞧屋子裡沒人，因此去院子裡尋連三，她在院裡晃了一圈，連三沒瞧見，卻看見了季世子。她本能地覺得需避一避，但剛走到這棵如意樹下，便被季世子給攔住了。季世子的臉色不太好。

她覺得她同季世子有點無話可說，因此站那兒有點尷尬，也沒察覺連三進院子了。她沒說話，季世子也沒說話。直到她有點煩躁起來，季世子終於開了口：「我知道妳已從過往中解脫。」

他第一句話便是這個。

成玉就愣住了，然後在頃刻之間遍體生涼，良久她才找到自己的聲音：「世子是覺得我不配得到解脫，因此又來提醒，是嗎？」

她的目光中浮上來許多情緒——有層次的情緒，那些層次極為清晰，先是不解，再是疼痛：「……我那時候是壞了世子的事，但之後我不是留下南冉古書彌補了世子嗎？世子為何，就非想要看到我痛苦呢？」

季世子幾乎立刻抬起了頭，他看著她，臉上沒有半點血色：「我並不想讓妳痛苦。」他急促道。

她方才的反應全在他意料之外，同她說那句話之前他想過很多，他想她也許會恨他，也許會責罵他。他沒有想過她沒有憎恨，沒有責難，她甚至連抱怨也沒有，她只是誤解了他。可他卻寧願她此時能同他發脾氣，打他也好，罵他也好，那些都比不上這樣的誤解來得誅心。他從前總以為讓她遠離是好的，但此時卻真切地發現沒有什麼比她的誤解更讓他感到痛苦。

他的聲音帶著明顯的沙啞：「古墓那一夜我說的那些，並不是我的真心話，並非是妳害死了蜻蛉。」他終於說出了早該說出的話，「砍斷化骨池上那座索橋的人，才是真正的元凶。」

成玉一愣，猛地抬頭。

「是孟珍的侍女砍斷了索橋。」他繼續道，「她的侍女精通毒瘴，對醉曇山亦十分熟悉，我們到漕溪後令她守著古墓。那古墓開啟之後，除非闖墓之人死在墓中或成功出來，否則墓門不會關閉。蜻蛉在妳之後入墓，看到蜻蛉入墓後，她自作主張砍斷了索橋，想將妳們困死在墓中。」

他的臉色蒼白，目光中含著苦澀，落在她怔忪的面容上：「連將軍是對的，蜻蛉沒有遺憾，她的職責是保護妳。她是影衛，妳還活著，她便不會有任何遺憾。」

好一會兒成玉才反應過來，她後退一步扶住了如意樹的樹幹。

是了，她想起來了，那一夜的確有人砍斷了索橋，正是因索橋被砍，蜻蛉才犧牲了自己將她送到了對岸。但事發後是季明楓在第一時間告訴了她是她害死了蜻蛉，她在劇烈的疼痛中接受了這個說法，因此便忽視了還有一個元凶，是那人砍斷了索橋，直接導致了蜻蛉之死。她也從沒有想過要把蜻蛉之死歸在那元凶身上，彷彿那樣做，便是在推脫自己的罪，會令人不齒。

如今她當然不再那樣偏激。她沉默了許久：「那你……」她想問問如果他從一開始就知道這一切，明白這件事是怎樣的道理，那時候卻為何……可一時又覺得似乎也沒什麼必要。因一切都過去了，蜻蛉已順利入了輪迴，而她，也不再為此事痛苦了，雖仍思念著蜻蛉，卻也發自內心地釋然了。

季明楓似看出了她心中所想，主動回答道：「當夜我會那樣震怒，口不擇言，是因為我的私心，我的私心是……」

她沒有說話，只靜靜聽著他的解釋。但這一刻他卻無法說出口，告訴她什麼呢？告訴她他對她的所有傷害都來源於他的癡念，都來源於……他喜歡著她？不過是一個拙劣的藉口罷了。事實就是他傷害了她，他是她這一年來噩夢的根源。若連這一點他都無法面對，他今後又要怎樣控制自己的心魔，不再繼續傷害她？因此他沒有再說下去。

他靜默了許久，許久後他道：「沒有什麼可解釋的，一切都是我的錯，」他費了很大的力氣才能看著她問出今夜他最想問的一句話，「妳可以原諒我，我們可以重新來過嗎？」

她當然十分吃驚，像是他同她致歉，祈求她的原諒，比方才他告訴她害死蜻蛉的元凶是誰更令她感到不可思議似的。他將她的每一個細微表情都看在眼中，那每一個懷疑的表情都令他心臟鈍痛。

她靠著如意樹的樹幹，終於，她回答道：「其實談不上什麼原諒不原諒。」她微微低著頭，似在思索，「當夜世子以為我毀了南冉古書，壞了王府的大事，會那樣責難我，我能理解，這並非世子的錯，我也從未怪過世子。只是世子……」

她抬起頭來，微蹙了雙眉：「為什麼要和我重新來過呢？」

她困惑地道：「若世子是因覺得愧疚，想要補償，又知道我過去一直想同世子做朋友，因此才提及要重新來過，那其實大可不必。」

她依然蹙著眉：「從前是我不懂事，而我如今已經明白，季世子不交……」似乎覺得所要用及的詞不大妥當，她頓了一下，換了一種說法，「世子不隨便交朋友，」她笑了笑，「而我是個沒用的郡主，世子其實無需勉強，我和世子的緣分就止在麗川，未嘗不是一件好事。」

他聽出來她是想說他不交無用的朋友，驀然之間每一寸血管都泛出了涼意，手指握得發白，緩了好一會兒才能開口：「是誰告訴妳，我不交無用的朋友？」

她沒有說話，卻很禮貌地笑了笑。宗室貴女的笑法，是委婉的拒絕，不想回答他這個問題的意思。

他抑制住一身涼意，半晌，低聲道：「妳並不是個無用的郡主。」

正如輪迴台上連三所說，能破南冉古墓取得南冉古書，那並非一般人可以辦到。他從前總是評判她天真不知世事，卻是他自視太高。以為古書被毀的那一夜後，他又帶著影衛闖過三次古墓。

前兩次闖墓，她仍被關在麗川王府中，他折損了三十名良將，然而連古墓的巨石長廊也沒有走過。而後便是她的離開，她離開了，卻留下了以她的筆跡抄錄成冊的五本古書在王府。孟珍要強，即便拿到了古書，仍偷偷去闖了那古墓，誓要同她一比高低。他領著侍衛們將孟珍自巨石長廊的迷陣中救醒時，醒來的孟珍在迴光返照的最後一刻，不得不承認，是她低看了成玉，她遠不及這位中原的嬌嬌郡主聰慧能為。而後孟珍帶著遺憾和不甘死在了墓中。

事實上，他們所有人都低估了她。這位來自京城的年幼郡主，她有著絕頂的智慧和勇氣。連三用了那個詞，非凡。的確，唯有她拿到古書從那座噬人的古墓中全身而退了，唯有非凡才能如此。

可此時，她卻對他的認可毫不在意似的。從前他誤言她無能弱小，她放進了心中，今日他說出了真心話，她卻並沒有將這句話當作一回事。

她安靜地站在他面前，沉默了片刻，而後笑了笑：「我沒有什麼好，世子從前也是知道的。」雖笑著，那笑卻未必真心，因他在她眼中沒有看到一點親近，甚至不及他們初見時的那個月夜，那時候他至少在她眼中看到了信任，但此時，那裡面什麼都沒有。

他傷過她，因此她絕不會再信任他。

那笑將他刺得生疼，可她還要繼續說話，用極規整、極客套的語聲告訴他：「世子說的我都知道了，關乎過去我已全然沒有心結，望世子也不要再有芥蒂為好，這樁事我們從此後便不再提起了吧，那麼我就先……」說著便要走。

「妳若不相信我是真心想和妳成為朋友，」他疾走兩步攔住了她轉身的腳步，抬眼認真地看著她，「從前總是妳追著我跑，這一次，就讓我追著妳吧。」

方才的所有吃驚加起來都不及她此時的吃驚，她愣了好一會兒才想起來開口，目光中流露出不解：「世子何必？我們其實連做朋友都很不合適，世子在京城也待不了多少時候，我們不如就此……」

他卻打斷了她，想要握住她的手，看到她懷疑的眼神，發僵的手指頓在了袖中。他蹙著眉，像在說一句誓言，很認真地再次同她重複了方才的話：「這一次，讓我做那個追在妳身後的人。」

同季世子分開後，成玉頗愣了一陣，同季世子這場談話讓她感到很是疑惑，因在她心中，季世子毫無疑問是討厭她的。

當初煩厭著她，讓她不要出現在他面前的是他；認為她天真無能而低看她，希望她能早日離開麗川王府別再給他找麻煩的也是他。她的確難以理解今夜世子的舉動。他竟然說一切都是他的錯，還想再同她做回朋友。

她方才對季世子所說全是真心話，她的確從未恨過他，因站在他的立場，她從未覺得他有什麼錯，他當然可以對她有偏見，他也當然可以不想交她這個朋友。他也說過我覺得妳煩這種話，是了，他當然也可以覺得她很煩。

那時候她的傷心其實同他沒什麼關係，都是她自找的，因此明白過來後，她便收了性子淡了心。

季世子想一齣是一齣，此時又說希望和她重新開始，但她其實早已做出了選擇：她和季世子，不太適合做朋友。

然季世子今日如此言辭切切，滿心同她示好，她若一力拒絕，倒顯得氣量狹小。她嘆了口氣。其實，若不是極要好的那種好友，萍水相逢能互相點一點頭的平淡之交，他們倒

也做得。想到此處，也就釋然了。

一抬頭看到不知什麼時候站到了她身旁的國師，成玉轉頭就把方才的煩惱忘了，一意同國師打聽起連三的去向來。國師一臉深思，看著她欲言又止：「妳是不是不太懂季世子他對妳……」

成玉莫名其妙望著國師：「季世子對我很是愧疚？我雖覺得沒有必要，但季世子如此說，我也信他，國師大人又想要說什麼呢？」

國師在心中為季世子默哀，他聽到郡主對他的稱呼，立刻想起了自己是個道士。一個道士，真的很不應該參與他們這種兒女情事，國師咳了一聲閉了嘴：「沒有什麼。」他道，正色指了指月亮門外，「將軍在外頭吹風。」提醒了她一下，「將軍心情不太好，郡主妳小心些。」

成玉尋著連三沒花多少時候。

冥司中冥主住的宮城建在輪迴台後。

入得城門，能見到數座孤島浮於半空，宮室皆位於浮島之上，浮島之間則以廊橋相連。

成玉順著一陣悠揚樂聲來到一座銀裝素裹的浮島跟前。

島上籠著一片雪景，仔細一看又並非雪景，蓋因遍布浮島的林木天生銀枝銀葉，樹林中的小路也皆由白石壘成，因此看上去像剛下過大雪一般。

成玉跟著樂聲步入面前的白葉林，沒走上幾步，眼前豁然開朗。

白葉林環出的一座泉池中，數位紅衣舞姬正立於水面之上翩翩起舞。在舞姬們自一個花瓣陣列中散開的一刻，成玉瞧見了方才被舞姬們擋住了的連宋，他正靠坐在一張白玉長椅上提著酒壺喝酒。

一名舞姬白色的水袖向著連三多情地拋去，輕薄的綢紗自他撐腮的左手拂過，拂過他的手背，亦拂過他半張臉。成玉是見過大世面的人，她記得琳琅閣的舞姬們也有這一手。姑娘們這樣做的時候，那綿軟的身段，嬌豔的臉蛋，再和著水袖中暗藏的旖旎花香，她一個姑娘有時候都要被迷得暈暈乎乎。

連三微微抬眼，那舞姬腰肢一扭便要倚去他懷中。卻在那一瞬間，舞姬拋出去的純白水袖突然化作了萬千碎片，又化作一簾雪花，飄飄蕩蕩自半空落下。三殿下則往後靠了靠，冷冷地看了她一眼。

舞姬被連三冰冷的眼神嚇得愣住，生生頓在了他跟前，另有一個機靈舞姬一個旋身轉到那飄零的雪花之中，輕輕拽了那拋袖舞姬一把：「還不入列，不要毀了這支舞敗了三公子的興。」

舞姬們重舞作一列，雪花也在此時落盡。

在那落盡的雪花之後，成玉發現不知什麼時候連三看到了她，他的目光穿越整個泉池落在了她身上。她不知那目光中含著什麼，只是凝在她臉上時，教她感到沉甸甸的。

成玉想起來國師說連三可能心情不大好，這麼看來果然是心情不好了。

待她繞過泉池走近時，他已收回了目光，又開始自顧自喝起酒來。他生氣也罷，心情不好也罷，她反正從來不懼怕的，因此在他的長椅邊兒上找了個位置拿袖子隨意揩了揩就

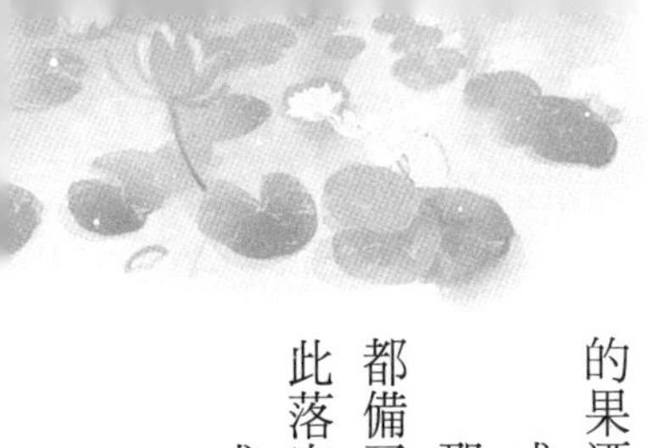

坐了下來，渾不在意地和他搭話：「國師說連三哥哥你就在院子外邊吹風，怎麼卻吹到這裡來了，教我好找。」

他淡淡看了她一眼：「妳來這裡做什麼？」

泉池之上舞姬們一曲舞畢，一個長得尤其好看的舞姬從遠處靜候的侍女手中端了新的瓜果酒食呈上來，成玉一邊從漆盤中挑水果一邊道：「來帶你回去啊。」

「回去做什麼？」

這可不像她原始見終見微知著的連三哥哥能問出的問題，成玉拎著一串葡萄抬頭看了他一眼，有些狐疑地：「就休息一下，然後回凡世啊。」

連三喝著酒沒有再說話。她覺得他有些奇怪，因此仔細瞧了瞧他的臉，但那張臉除了特別好看以外，別的她也看不出什麼來，她想了想，又問了一句：「你是還不想回去休息嗎？」

他沒有立刻回答她，那托著漆盤的紅衣舞姬在此時微微一笑：「小姐擔憂三公子之心令人動容，但小姐如何知道三公子在此處就不是休息了？」是有些發沙的聲音，卻似陳釀的果酒一般，有一種熟透了的好聽。

成玉反應過來這就是方才為那個拋袖舞姬解圍的機靈舞姬。

那舞姬淺淺一彎眉眼：「實不相瞞小姐，三公子難得來一趟冥司，我們姐妹其實每人都備了一支拿手之舞想呈給三公子一觀。但若小姐此時帶三公子離開，我等的心願豈不就此落空了。」這話其實說得有點逾越，但由眼前這舞姬說出，卻並不令人生厭。

成玉托著腮幫等她的下文，便見她果然抿了抿唇，唇邊的一雙梨渦也很令人喜愛：

「今日我主為三公子設下這舞宴，雖是小宴，但照冥司的規矩，若小姐要提前帶三公子離開，卻需同我等比一比本事。今次不如就同我們比一比舞技如何？小姐同我等一比，既全了我等獻舞給三公子的心意，而若小姐舞技在我等之上，那一定更能取悅三公子，三公子大約也更願意同小姐回去，小姐以為如何呢？」

明明這裡最能作主的人是連三，但這紅衣舞姬偏偏來問她，這是看準了連三不會有意見。連三方才同自己說的那幾句話，也的確看不出他有想要中途離席的意思。

成玉一邊剝著葡萄一邊覺得這舞姬果真機靈，但問題是她根本不會跳舞，比這個她必輸無疑。不過好在她是個經常逛青樓的郡主，根本不覺得在這種事情上輸給別的女孩子有什麼要緊。有這麼多姑娘想要跳舞給連三看，這，這很好啊，她也很想看啊。

「這個提議太好了，就這麼辦吧。」她放下手裡的葡萄興高采烈地對紅衣舞姬說。三殿下的酒壺一個沒拿穩摔在了地上。

樂音揚起，舞姬們挨個兒在泉池之上獻舞，果然各有妙處。成玉雖然自己不會跳，看過的舞卻多。宗室郊祭的祭祀舞，她觀過；宮中宴饗的大曲舞，她覽過；蠻族進貢的胡舞，她也欣賞過；加之她沒事兒還去逛青樓，民間的那些俗樂舞她更是門兒清。

她雖然在這上頭如此見多識廣，但今夜也被冥姬們的舞姿給鎮住了。真正是身形未動，神韻已出，而且這些冥姬，她們的身段真的軟。

成玉看得入神，精采處還要同連三點評：「你看那個雲步，果真如騰雲而行，真是輕盈優美。」「這個橫飛燕跳，腿抻得好直啊。」「方才那個下腰連三哥哥看到沒，那樣那樣的，怎麼腰能那麼軟……」

她吃著葡萄觀著舞，看上去氣定神閒還胸有成竹，連三皺著眉，問了她一個問題：「妳這是終於學會跳舞了，有底氣和她們一比高低？」

「沒有啊。」

連三放下酒壺：「所以是妳自己想看她們跳舞，才答應了她們，是嗎？」

她毫無防備：「是啊。」話出口反應過來，心裡一咯噔。

三殿下看著她，居然笑了一聲，又看了她一會兒，開口道：「答應她們答應得如此爽快，是原本就沒想著和她們比，也沒想著把我贏回去，是吧？」

成玉心道，壞了。她坐在長椅邊兒上只覺頭大，想了好半天，道：「那是因為你看上去也不太想回去的樣子……」

三殿下沒有容她糊弄過去，淡淡道：「說實話。」

她嘆了口氣：「我……」她將雙手搭成個塔尖放在下巴下面，「我……」她又「我」了一遍，最終在連三涼涼的眼神之下選擇了放棄，「那愛美之心人皆有之嘛。」

她破罐子破摔：「好看的小姐姐們想要獻舞給你，當然應該讓她們獻啊，因為這樣她們會跳得很高興，我也會看得很高興，大家都可以很高興。那我看她們跳完了，我就認輸回去，這也沒有毛病嘛，因為我又不會跳舞啊。況且她們說得也很有道理，連三哥哥你在這裡也可以休息，也不是非得要回去不可，所以你到底在生什麼氣呢？」說完她想了一遍，覺得這番話真是非常有邏輯。

三殿下額角青筋跳了跳：「我沒生氣。」

「好吧。」她嘟噥著，「那你沒有生氣。」她吃了一顆葡萄，又摘了一顆給連三，試圖將氣氛緩和一下，「那你吃葡萄嗎？」

「不吃。」他抬了抬扇子，將她的手推開。

她也沒有覺得尷尬，就自己吃了。連三生氣的時候該怎麼哄，成玉其實有經驗，但她今夜大悲大喜，情緒不太穩定，怕發揮不好，不僅不能將他哄回來還要弄巧成拙，就琢磨著可能將連三放一放，放一會兒沒準他自己也能好。

她打算放著三殿下，三殿下卻沒打算放著她，他挑眉責問她：「讓我一個人在這裡休息，妳就不擔心待會兒會出什麼事是嗎？」

她還真不擔心這個，不禁反問：「這些舞姬姐姐們，她們都是手無縛雞之力的姑娘啊，冥獸連三哥哥你都不怕的，姑娘們能拿你怎麼樣呢你說是不是？」

樂音陡然一高，泉池中的舞姬一下子躍了起來，紅色的紗裙在空中撒開，成玉的注意力立刻被吸引了過去，但鑑於連三此時正面無表情地看著她，她目光只溜了個神又趕緊移了回來。

三殿下冷眼看著她，成玉覺得他可能是忍不住想要打她的意思，出於本能，朝長椅的邊角處躲了躲。

看她這個動作，三殿下揉了揉額角，朝泉池吩咐了一句：「停下來。」泉池旁的樂音驀然凝住，泉池正中的舞姬也趕緊剎住了動作，差點摔在水中。

成玉迷惑地看向連三。

他卻懶得理她似的，只向著泉池中一眾舞姬淡聲吩咐：「換個比法。」一抬摺扇，化

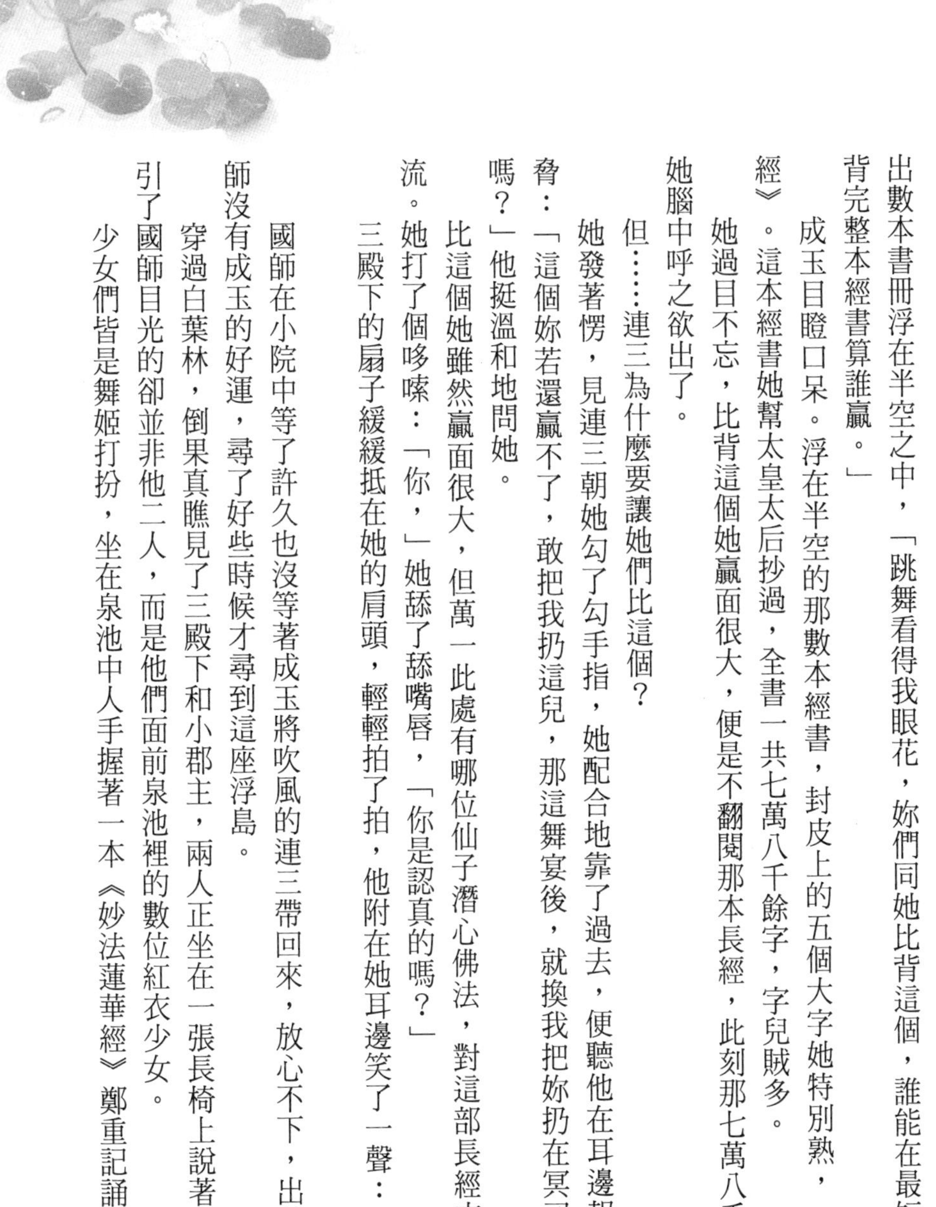

出數本書冊浮在半空之中，「跳舞看得我眼花，妳們同她比背這個，誰能在最短的時間內背完整本經書算誰贏。」

成玉目瞪口呆。浮在半空的那數本經書，封皮上的五個大字她特別熟，《妙法蓮華經》。這本經書她幫太皇太后抄過，全書一共七萬八千餘字，字兒賊多。

她過目不忘，比背這個她贏面很大，便是不翻閱那本長經，此刻那七萬八千餘字已在她腦中呼之欲出了。

但……連三為什麼要讓她們比這個？

她發著愣，見連三朝她勾了勾手指，她配合地靠了過去，便聽他在耳邊報復性地威脅：「這個妳若還贏不了，敢把我扔這兒，那這舞宴後，就換我把妳扔在冥司，聽懂了嗎？」他挺溫和地問她。

比這個她雖然贏面很大，但萬一此處有哪位仙子潛心佛法，對這部長經亦能倒背如流。她打了個哆嗦：「你，」她舔了舔嘴唇，「你是認真的嗎？」

三殿下的扇子緩緩抵在她的肩頭，輕輕拍了拍，他附在她耳邊笑了一聲：「妳猜。」

國師在小院中等了許久也沒等著成玉將吹風的連三帶回來，放心不下，出外尋找。國師沒有成玉的好運，尋了好些時候才尋到這座浮島。

穿過白葉林，倒果真瞧見了三殿下和小郡主，兩人正坐在一張長椅上說著什麼。但吸引了國師目光的卻並非他二人，而是他們面前泉池裡的數位紅衣少女。

少女們皆是舞姬打扮，坐在泉池中人手握著一本《妙法蓮華經》鄭重記誦。

「爾時如來放眉間白毫相光，照東方萬八千佛土」的誦經聲中，國師有點發蒙，心道禿驢們動作怎麼這麼快，傳經都傳到冥司來了？

國師蒙了好一會兒，回過神後他從胸前取出一本小冊子，靜悄悄靠近了那一串舞姬，拍了拍坐在最外頭的舞姬的肩膀：「姑娘，我們道教的《太平經》妳有沒有興趣也瞭解一下？」

姑娘：「……」

成玉終於還是證明了自己，沒有給連三將她丟在冥司中的機會。

事實上她只背了前頭三千字，下面的舞姬們便齊齊認輸，並沒有誰有那樣的氣性非要和她一較高低。成玉早已看透，明白這是因大家都不願背書，都希望早早輸給她以求盡快結束這場折磨的緣故。同時她感到以後連三要再來冥司，再也不可能有這種十來位舞姬求著向他獻舞的禮遇了，大家不給他獻刀子不錯了。

將連三贏回來帶離泉池時，成玉還在琢磨連三為何非要她把他贏回去，他這是個什麼想頭，又是在犯什麼毛病，因此也沒察覺連三喝醉了。

她後來才聽說，冥主謝孤栦愛酒，酒窖中存了頗多佳釀，有些酒滋味溫和，酒性卻極烈，而那晚連三所飲之酒便是這一類酒中的絕品。

起初她和國師誰也沒發現連三醉了這事，畢竟三殿下從頭到腳看起來都很正常。

直到走下那段廊橋。

下廊橋後他們原本該向東走，連三卻義無反顧地選擇了相反的方向。國師在後頭犯糊

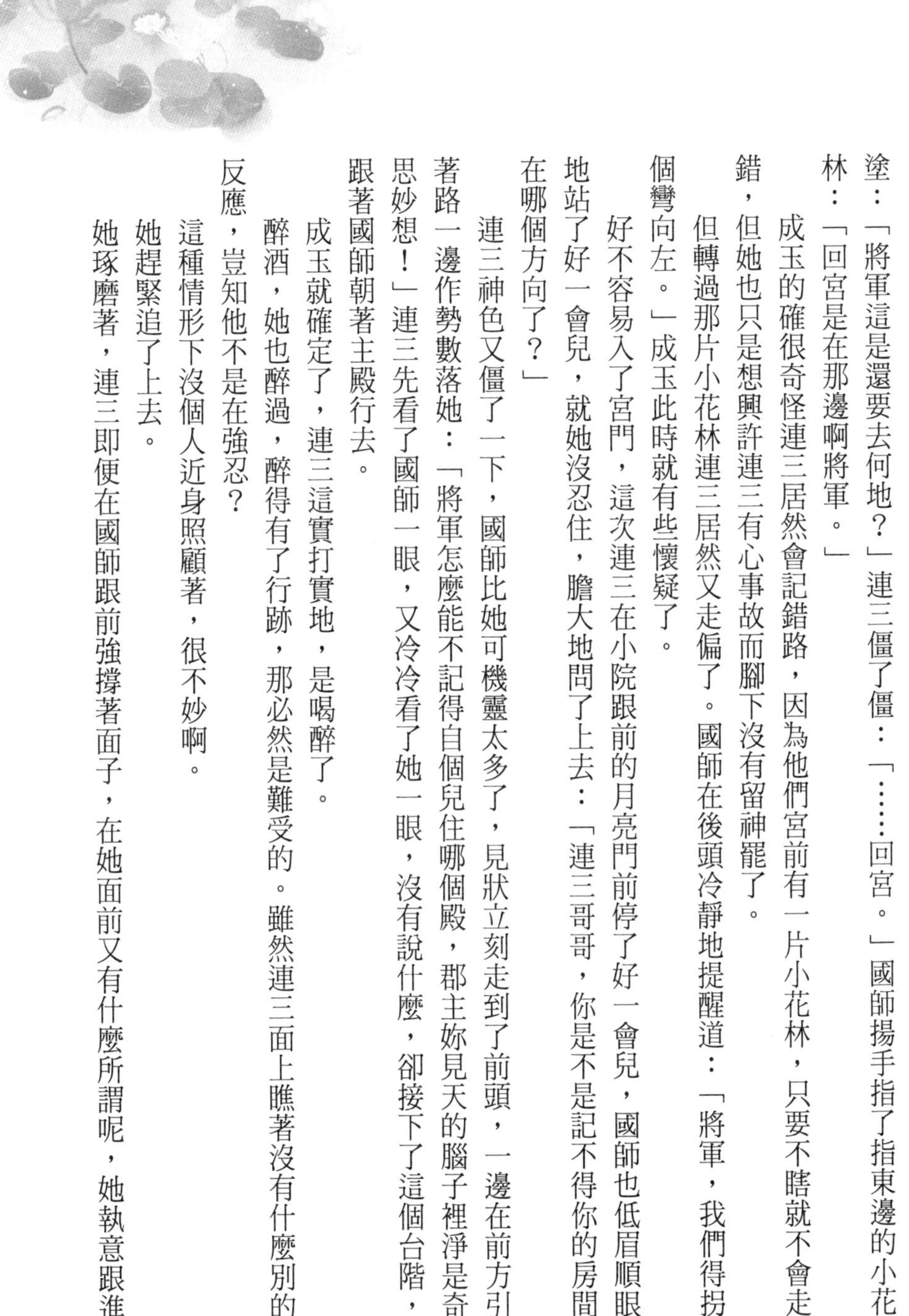

塗：「將軍這是還要去何地？」連三僵了僵：「……回宮。」國師揚手指了指東邊的小花林：「回宮是在那邊啊將軍。」

成玉的確很奇怪連三居然會記錯路，因為他們宮前有一片小花林，只要不瞎就不會走錯，但她也只是想興許連三有心事故而腳下沒有留神罷了。

但轉過那片小花林連三居然又走偏了。國師在後頭冷靜地提醒道：「將軍，我們得拐個彎向左。」成玉此時就有些懷疑了。

好不容易入了宮門，這次連三在小院跟前的月亮門前停了好一會兒，國師也低眉順眼地站了好一會兒，就她沒忍住，膽大地問了上去：「連三哥哥，你是不是記不得你的房間在哪個方向了？」

連三神色又僵了一下，國師比她可機靈太多了，見狀立刻走到了前頭，一邊在前方引著路一邊作勢數落她：「將軍怎麼能不記得自個兒住哪個殿，郡主妳見天的腦子裡淨是奇思妙想！」連三先看了國師一眼，又冷冷看了她一眼，沒有說什麼，卻接下了這個台階，跟著國師朝著主殿行去。

成玉就確定了，連三這實打實地，是喝醉了。

醉酒，她也醉過，醉得有了行跡，那必然是難受的。雖然連三面上瞧著沒有什麼別的反應，豈知他不是在強忍？

這種情形下沒個人近身照顧著，很不妙啊。

她趕緊追了上去。

她琢磨著，連三即便在國師跟前強撐著面子，在她面前又有什麼所謂呢，她執意跟進殿中照顧，連三也不會趕她。她如意算盤打得挺好，對連三也的確瞭解，但眼看著差一點就跟進去了，半路卻殺出了個季世子竭力阻撓。

季世子對她想跟去連三房中近身照顧這事極力反對。季世子的理論是她一個未出閣的姑娘，即便初心只是為著照顧一個酒醉之人，深夜還孤身留在一位男子的房中也十分不妥。

但季世子也是位慮事周全的世子，並不只一味反對，他同時還提出了可行的建議，主張好在除了她這個姑娘外，此處還有國師同他兩人，他們亦可以代她照料連三，此事如此解決當更為妥當。任成玉如何同他解釋她和連三因是義兄妹，因此沒有所謂男女大防的分別和計較，季世子也攔在殿門之前毫不鬆口。

國師站在一旁，看著自從季世子冒出來後臉色就更差了的三殿下，再看郡主每說一次她同三殿下只是兄妹，三殿下臉色就更冰冷一分。國師心累地感到自己完全沒有辦法應付這樣的修羅場，不禁嘗試著在夾縫中求生存，提出了另一個建議：「既然郡主和世子兩位照料將軍之心同樣切切，那不如郡主和世子兩人一同進去照料將軍，世子也不用擔心郡主的閨名受損，郡主也不用擔心我們兩個大男人照顧將軍不妥當，實乃兩全之……」

「閉嘴。」三殿下終於忍夠了，揉著額角神色極為不耐，「都出去。」話罷砰地一聲將門關了。

國師看著成玉，成玉也看著國師，二人面面相覷一陣，然後成玉轉頭跟依然站在殿門前的季世子抱怨：「都是你啊，」她生著悶氣，「喝醉了沒有人照顧很難受的。」

季世子此時倒放緩了語聲，做出了退讓的姿態：「嗯，都怪我，」看著她低聲道，「但

將軍看上去很清醒，我想他能自己照顧自己。」

郡主憂心忡忡：「你根本不知道，連三哥哥一定只是逞強罷了。」

季世子沒再說什麼，眉頭卻緊緊蹙了起來。

國師看著他們此刻的情形，深深地嘆了口氣。

三殿下躺在床上想事情。冥司中並無日夜，他其實不需要休息。

他的確醉了，但他的頭腦卻十分清醒。他想起了許久不曾想起的長依。

為何竟在這時候想起長依來？他蹙眉看著帳頂，覺得可能是自己對「情」之一字的所有認知和理解，都來自她吧。

長依能夠成仙，他功不可沒。

三殿下初見長依，是在南荒清羅君的酒宴之後，她深夜出現在他房中，不惜自薦枕席，只為向他求取白澤。第二次見到她也沒隔上多久，是在他平亂的北荒，她救了他數名將士，向他求取成仙之道。

這兩次所求，皆是為了與她相依為命的幼弟。她那幼弟被南荒七幽洞中的雙翼猛虎所傷，需以白澤為質，輔以神族聖地三十六天無妄海邊生長的西茸草，以老君的八卦爐煉製成丹，一日一粒連服三百年方得痊癒。白澤，西茸草，八卦爐，皆為神族之物，她若成仙，這三樣珍寶便唾手可得，正因如此，她才有那等逾越的請求。

而他那時候為何會助她成仙呢？

他蹙眉回想。哦，似乎是覺得一株被整個南荒魔族輕視，根本不能開花的紅蓮若能成仙，還怪有趣的。

此後他耗費了許多力氣，以仙之白澤化去了她體中妖之緋澤，又助她躲過天雷劫，終於令她得以飛昇；他還同掌管仙籍的東華帝君打了招呼，為她謀得了花主之位，讓她能夠統領瑤池。可，即便是幫了她這許多，那時候，以及那之前，他其實都未曾真正地注意過她。她的確挺有趣，同他見過的許多神族魔族女子都不盡相同，但不過也就是那樣罷了。

他真正注意到她，倒是在她戀上桑籍之後。九重天上有許多規矩，有一則是生而並非仙胎、由他族修煉成仙的靈物們，證得仙位後須得戒清七情滅除六欲，否則將被剝除仙籍打入輪迴。故而她即便愛上桑籍也不敢坦言，只能在一旁默默看著他這位二哥。

她初時對他這位二哥動情，他便知曉，她偷偷看著他看了幾百年，他順道也將他們看了幾百年。

世間之事，盡皆無常；無常，乃是流轉生滅。四萬餘年的流轉生滅中，他從未見過一事能恆長，一物能恆久，只覺世間之物世間之事，一派空空如也，全是荒蕪。他的心中也一片荒蕪。可一隻半點佛法道法造詣也沒有的小花妖，卻將一份最易無常的癡戀默默保存了數百年，還頗有些海枯石爛至死不移的架勢。不是不令他感到驚異的。

即便被八荒都冠以風流之名，他其實，從不知道情是什麼。

長依有時候膽小，有時候卻又出奇地膽大，明知情這個話題對她這樣的仙者乃是禁忌，可當新上天的小花仙們私底下悄悄討論這個話題時，她竟也敢高談闊論：「情在發芽的時候，可能只是一種好感；情根長起來時，卻生了嫉妒心；待情葉順著根兒鬱鬱蔥蔥發起來，又有了占有欲；而當遍布了情葉的情藤漫捲了整個心海，再斬之不去時……」小花

仙們聽得興起，紛紛催促：「那時又怎麼？」

「又怎麼？那時……悔之晚矣，便再沒了主意，只要他好，怎麼都可以吧。」

那些話他當日雖不經意間聽到，當時卻並未感到如何，只覺她的比喻有些新奇，因此也就記住了。但今日，那一番話再次重現在他腦中，卻像每一字每一句都是專為了他所說。

待情根長起來時，卻生了嫉妒心。待情葉順著情根鬱鬱蔥蔥發起來，又有了占有欲。

嫉妒心。

占有欲。

他對季明楓的嫉妒心。

他對成玉的占有欲。

這就是情。

這其實是情。

不是單純的喜愛，欣賞；不是只求一夕之歡愉；不是有她陪著無可無不可。這是情。自他的心底生出。雖然時常令他生氣，卻不令他感到荒蕪的情。

得出這個結論後三殿下愣了好一會兒，他一時很有些回不過神來。

卻在這怔忪之中，聽到了窗戶啪嗒一聲響。有人跳了進來。

成玉很慶幸連三今夜忘了鎖窗戶。

她原本打算待季世子和國師都回房歇下了，她再悄悄跑過來照顧連三。她可太知道醉酒是怎麼一回事了，著實很擔憂。但季世子卻似猜到她心思一般，一直守在她門口防著她

出門。

她說得過季世子卻打不過季世子，只好自暴自棄地招了冥姬提水沐浴打算就此歇下，結果洗完澡出門一看，季世子居然不見了。

她趕緊抓住了這個機會，連衣裳都來不及換一換，順著牆根就溜去了連三窗戶底下，一推窗戶，輕盈地翻進了房中。

房中一片漆黑，成玉試探著喚了聲連三哥哥，無人應答。

冥司中因無日月，外頭照明全靠瀰漫在空中的星芒，而因星芒入不得室內之故，房中照明則需靠明珠。她來得匆忙，忘了帶顆明珠探路，此時只能將窗戶撥得更開些，靠著外頭星芒的些微亮光辨出床在何處。

「連三哥哥，你睡著了嗎？」她向著玉床的方向輕聲問。無人應答。

她知道連三警醒，可此時卻是如此，使她有些著慌，趕緊小跑到了那玉床前，想瞧瞧他如何了。然玉床置於房間深處，星芒的微弱亮光難以覆及此處，一片昏暗中，她根本看不出連三到底如何了。

她發愁了片刻，乾脆蹬掉鞋爬上了床，伸手去搆連三的額頭，想看看他有否發汗。右手撫上他的額頭探了探，倒是沒有發汗，額頭卻有些冰涼。額頭發涼，這是外感濕邪的症候。不過梨響照顧酒醉的朱槿時也同她傳過經驗，說有些人飲酒飲得過多，酒意發出來後會全身發涼，稱作發酒寒，此時需喝些薑茶取暖。

連三這是外感濕邪還是發酒寒了，光探一探額頭她也無法分辨，因此又伸手去摸了摸他的臉，感到他的臉頰也同額頭一般冰涼，她的手指又順勢移到了他的頸項。便在她試著向他的領口脈搏處探去時，手腕突然被握住了。

一陣天旋地轉，待她反應過來時，才發現連三竟不知什麼時候醒過來了，此時正握著她的右手將她壓在身下。

這十足昏暗的床角處，便是兩人如此貼近，她也看不見連三臉上的表情，只能感到被他禁錮的右手手腕處微涼的觸感、他高大的身軀帶給她的壓迫感，以及他慢慢靠近的、溫熱的吐息。

他身上有酒味，但不濃烈，反而是他衣袖之間的白奇楠香，在這一瞬間突然濃郁起來，縈繞在她鼻尖，直讓她頭腦發昏。她雖然沒反應過來這是什麼狀況，卻本能地想要開口，但他空著的那隻手驀地撫過了她的喉頭，那微涼的手指在那處輕輕一頓。

她不知自己是太過驚訝還是太過緊張，忽然便不能說話。

她呆呆地看著他，但因光線暗淡之故，她什麼都無法看清。

連三其實一直醒著。

玉床所在之處的確昏暗，但自成玉翻窗躍入，她的一舉一動，他都看得十分真切。他聽到了她的輕聲試探，但他沒有回應，只是安靜地注視著站在窗前的她。

她應該沐浴過，穿著素綢百蝶穿花寢衣，白日裡成髻的長髮散開了，垂下來，似一匹綢緞，漆黑而潤澤。他從不知道她的頭髮那樣長。那長髮搭在寢衣之上，寢衣是以盤釦繫結的絲綢長裙，十二粒盤釦，自領口繫到裙角，領口開得有些低，露出一對精緻的鎖骨。

漆黑的長髮，微蹙的眉，雪白的寢衣，銀線織就的穿花百蝶翩然欲飛。

他在黑暗之中看著她，竟然無法移開目光。

他知道這並不是適合見她的時候。在他剛剛發現他對她究竟是怎麼一回事的前一刻，以及此刻，他都不應該見到她。有些事他需要好好想一想，他還沒有想清楚。她這樣出現在這暗室之中，再多呆一刻，他都無法思考了。

他知道她所為何來，他以為他裝睡她便會回去，瞧見她匆忙來到他床前，毫無猶疑地脫鞋爬上他的床榻時，一時之間，他竟不知今夕何夕。

當她赤足爬上他的床榻時，白色的裙裾被帶上去一些，露出一截越加白皙的小腿來，因為鮮活，因此那白皙更為精緻，刺得他眼睛都開始疼。他從沒有這樣在意過一個女子的身體，還含著這樣的綺思，他想他果真是醉了，亦不能再看她，因此他閉上了眼。

但感知卻更加靈敏。

他感到她靠近了他。

她周身都像帶著濕潤的水汽似的，當她靠近時，就像一團溫熱的水霧欺近了他的身體。明淨而又柔軟的水霧，似乎在下一刻便要化雨；而當它化雨時，不難想像，那將是純然的、細絲般的雨露，灑落在這世間的任何一事任何一物之上，都將極為貞靜，柔美。就像要印證他的想像似的，她的手指撫上了他的額頭。

他猛地睜開了眼睛。那手指卻無所知覺，又移到了他的臉頰。

怕將他吵醒似的，羽毛一般的撫觸。無情，偏似有情。

他深知她的所有動作都只有單純的含意，她只是擔心他醉酒，但到此時，這種單純於他，卻變成了一種難以抵擋的引誘。感情上她純淨如一張白紙，但她又天生有迷惑他的本事。他從前總為她的這種矛盾生氣，可此時，卻只是無法控制地被蠱惑，被吸引。

幾乎是出於一個捕獵者的本能，他無法自控地將她壓在了身下。

不能讓她說話。他太知道她。一旦她開口，必定是他不喜歡的言辭。因此他的手指移到了她的喉頭，給了那處極輕微的一個碰觸。

黑暗中，她杏仁般的眼中流露出驚訝的情緒。這種時候，她一向是笨拙的，她一定以為是因她自己的緣故才無法出聲，故而眼中很快地又浮現出一絲惶惑。驚訝，惶惑。那讓她顯得脆弱。

往常他們也有這種靠得極近的時刻，可她要嘛是少不更事的純真，要嘛是不合時宜的振振有詞，總能令他立刻惱怒。他寧願她這種時候表現得脆弱一些。

青絲潑墨，鋪散在他的床榻之上，穿花百蝶的寢衣裹住她的身軀，那是一具嬌嬈女子才會有的身體，纖細，卻豐盈。他放開了她的手腕，她沒有動。他的左手在她的袖中微停了停，而後撫上了她的小臂。她僵了一下。寢衣將她的身軀裹覆得玲瓏有致，卻偏偏衣袖寬大，他的手指毫無阻礙地一路劃過她的小臂，她微屈的手肘，而後是上臂，再然後，是她的肩，她的蝴蝶骨。剛剛沐浴過的身體，凝脂一般柔軟溫暖，還帶著一點水霧的濕潤氣息。

他空著的那隻手揉進了她的黑髮中，青絲裹覆著他骨節分明的白皙手指，無端便有了一絲纏綿意味。他刻意忽略了她驀然間泛了霧色的雙眼，只看到她眉心的一點硃砂，在此時紅得分外冶豔。

他俯下身，他的唇落在了她的眉心。她顫了一下。就像僅被撥出了一個音節的琴弦，那種輕顫，有一種羸弱的動人。

這輕顫吸引著他繼續在她臉上放肆。他輕柔地吻著她的秀眉，而後輾轉至她的眼，她的鼻樑，他的手掌則緊密地貼覆著她小巧凝滑的蝴蝶骨，撫弄，揉捏，本意是為了安撫，卻不可抑制地帶著一絲情欲的放縱滋味。

他有些無法克制地對她用力，吻也好，撫觸也好，而就在他的唇試圖接近她的嘴唇時，他感到了那輕顫劇烈起來，而她的肩，她的整個身軀，在他身下一點一點變得僵硬。他輕喘著停下來。便也聽到了她的喘息，低低的，輕輕的。他貼近她的耳畔，啞聲安撫她：「不要怕。」但這安撫並沒有起作用，她抖得更加厲害。

他便離開了她一些。而此時，他終於再次看清了她的眼。那泛著水霧的一雙眼中沒了驚訝也沒了惶惑，有的，只是滿滿的恐懼。

似一盆冰水兜頭澆下，他僵住了，片刻後，他終於醒過神來，明白了自己在做什麼。解開她被封禁的語聲時，他聽到她像一隻被欺負的小獸，膽怯又絕望地試圖喚醒他：「連三哥哥，你是不是認錯人了，我是阿玉啊。」

這是她為他找出的藉口。

他放開了她。在熟悉的惱怒漫上心頭之前，先一步湧進他內心的卻是無盡的荒涼感。他的失控，他的溫存，他的無法克制，在她看來只是傷害，只帶給她恐懼罷了。她從來就不懂，什麼都不懂。

許久，他才能出聲回應她：「阿玉。」聲音毫無情緒。

她被嚇壞了，還躺在床上小口小口地喘息，試圖平復自己，聽到他叫出她的名字，才

終於鬆了一口氣似地。「嗯，我是阿玉啊。」她心有餘悸地道，停了一下，又立刻低聲補充：「我知道連三哥哥是認錯了人，我不會怪你的。」

他此時真是煩透了她的自以為是，「我沒有認錯人」這幾個字卻卡在喉中無法出口。說出口會怎樣？她會怎樣？他又該怎樣？他自負聰明，一時卻也不知此題何解。因此靜默良久後，他只是淡淡道：「季明楓說得沒錯，以後不要深夜到男子的房中，很危險。」

她已全然平復了下來，坐到了他的身旁，蹙著眉同他解釋：「我沒有深夜去過別的男子房中，我也絕不會去，我是因為想要照顧連三哥哥才……」

他看著窗外飛舞的星芒，打斷了她的話：「我也很危險，妳懂嗎？」

她的眉頭蹙得更深：「我不懂，」她望著他，眼中滿懷信任，「連三哥哥不會傷害我，連三哥哥是這世上絕對不會傷害我的人。」

他終於回頭看她：「我剛才……」

她篤定地打斷他：「那是因為你認錯了人，你不知道是我罷了。」

他一生中難得有矛盾的時刻，她卻總是讓他感到矛盾，譬如方才，他不知道是該讓她走還是該讓她留，又譬如此時，他不知是該欣慰她的信任，還是該煩厭她在這種時候對他如此信任。他只能冷淡地命令她：「以後就算是我房中，也不許輕易進來。」

她立刻坐直了身體問他：「為什麼？」

他早知道她會是這個反應，她總是這樣。要想堵住她的嘴其實很簡單，也不用真的和她講什麼道理，他一直知道該怎麼對付她。「沒有為什麼，不許就是不許。」他道。

她喪氣地低了頭，果然讓了步：「嗯，那好吧，不許就不許吧。那……」

他在她提出新的要求前俐落地下了逐客令：「妳可以回去了。」

她遲疑了一會兒才下床，趿著鞋走到了窗口，又回過頭來很有些擔憂地詢問他：「那連三哥哥你沒事吧，你真的不需要喝一碗薑茶嗎？」

「不用。」這一次他沒有看她。

直聽到她躍窗而出，他才將視線再次移向窗前。隨著她的離去，那些閃耀的星芒似乎都暗淡許多，像一隻隻休憩的螢火蟲，因睏乏而光亮微弱。

房中一時靜極。

方才的一切就像是一場夢。一場綺夢。

而當她離開之後，他終於能夠繼續思考。

他不知情是什麼，不知它因何而生，亦不知它為何會生於他同成玉之間。他只能判定，若這是情，那麼從一開始，它就錯了。

這樁事，錯不在成玉，錯不在她一心將他當作哥哥，錯不在她的純真和遲鈍。錯在他。自他對她生情之始，所有的一切，就都錯了。他是個神，對一個凡人生出情意，對她和他都沒有任何好處。在她躍窗而入之前他就應該意識到這一點。彼時他卻疏忽了。

此時他終於想了起來，這才是最重要的一件事。

他突然憶起今夜在曲水苑中時，她玩笑著問起他的那句話：「難道放在今日，皇祖母再賜婚，連三哥哥你就會改變想法娶我嗎？」

他那時候愣住了，因他從未想過娶妃這個問題。作為一個神族，他也還不到需考慮娶妃這個問題的年紀。

而此時，當他第一次正視娶妃這個詞彙時，卻只是感到煩亂和失望。

他即便對成玉生了情，也最好到此為止。

因他不能娶一個凡人。

因他娶不了一個凡人。

雖然他一貫惱怒她的天真和遲鈍，偶爾生氣時甚至想問她是不是被朱槿給養傻了？但此時卻不得不承認，朱槿將她養成這樣，太好了，她不曾對他動意，太好了，無論是對他還是對她自己，這都是一件好事。

——壹·完

國家圖書館出版品預行編目資料

三生三世步生蓮（壹）化繭 / 唐七 著.
--初版.--臺北市：平裝本. 2021.10
面；公分（平裝本叢書；第0526種）
（☆小說；9）
ISBN 978-986-06756-3-4（平裝）

857.7　　　　110014538

平裝本叢書第 0526 種
☆小說 9

三生三世步生蓮

（壹）化繭

作　　者—唐七
發 行 人—平雲
出版發行—平裝本出版有限公司
台北市敦化北路120巷50號
電話◎02-27168888
郵撥帳號◎18999606號
皇冠出版社(香港)有限公司
香港銅鑼灣道180號百樂商業中心
19字樓1903室
電話◎2529-1778　傳真◎2527-0904
總 編 輯—許婷婷
責任編輯—張懿祥
美術設計—單宇
著作完成日期—2021年2月
初版一刷日期—2021年10月
初版二刷日期—2022年3月
法律顧問—王惠光律師

讀者服務傳真專線◎02-27150507
電腦編號◎541009
ISBN◎978-986-06756-3-4
Printed in Taiwan
本書定價◎新台幣360元/港幣120元